분신

分 身

분신

초판 1쇄 펴낸 날 2019년 12월 5일 3쇄 펴낸 날 2021년 12월 16일
지은이 히가시노 게이고 옮긴이 김난주 펴낸이 박설림 펴낸곳 도서출판 재인 디자인 오필민디자인
등록 2003. 7. 2. 제300-2003-119 주소 서울시 강남구 언주로 30길 13 대림아크로텔 1812호
전화 02-571-6858 팩스 02-571-6857

ISBN 978-89-90982-83-4 03830 Copyright ⓒ 재인, 2021 Printed in Korea.

책값은 뒤표지에 표시되어 있습니다. 잘못된 책은 바꿔 드립니다.

분신

히가시노 게이고 지음

김난주 옮김

재인

마리코의 장 1

어쩌면 엄마가 나를 싫어하는 게 아닐까.

내가 그런 생각을 하게 된 것은 초등학교 고학년 무렵이었다.

그렇다고 엄마가 나를 신데렐라의 계모처럼 구박하거나 매몰차게 대한 것은 아니다. 오히려 내 기억 속에는 엄마에게 사랑받은 추억이 더 많다.

우리 집에는 앨범이 세 권 있었는데, 그 안에도 거의 내 사진만 담겨 있을 정도였다. 학교에서 찍은 사진이나 친구들이 찍어 준 사진도 있었지만, 90퍼센트는 부모님이 찍어 준 사진이었다.

두 권째 앨범의 앞에서 세 번째 페이지에는 가족 셋이 하코다테산에 놀러 갔을 때 찍은 사진이 붙어 있었다. 나와 엄마가 찍혀 있으니 카메라 셔터를 누른 사람은 당연히 아빠일 것이다. 장소는 산꼭대기 전망대였던 것 같다. 배경이 멋진 단풍인 것으로 보아 시기는 대충 10월 중순이었을 것으로 짐작된다.

사진 속의 나는 네댓 살쯤으로 보였다. 후드가 달린 윗도리를 입었고 조금 추운 표정으로 서 있었다. 엄마는 약간 비스듬히 서서 두 손으로 나를 안은 모습이었다. 이상한 점은 엄마의 시선이 카메라 쪽이 아니라 약간 오른쪽을 향해 있다는 것이었다. 훗날 내가 어디를 보고 있었느냐고 묻자 엄마는 다소 멋쩍은 듯이 대답했다.

"그게 말이지, 그때 마침 조금 떨어진 곳에서 벌이 날아다니는 거야. 그 벌이 이쪽으로 오면 어쩌나 싶어서 사진에 신경을 쓸 겨를이 없었어."

그런 벌은 없었다고 아빠가 말했지만 엄마는 분명히 있었다고 주장했다. 나는 전혀 기억나지 않았지만, 아마 있었을 거야, 하고 생각했다. 사진 속의 엄마가 나를 감싸듯이 하고 서 있는 모습이 그 증거다. 엄마의 불안한 표정에는 확실히 벌이 자기가 아니라 어린 딸에게 달려들까 봐 두려워하는 빛이 드러나 있었다. 내가 그 많은 사진 중에서도 그 사진을 유독 마음에 들어 하는 이유는 그런 일화가 떠오르기 때문이다. 하기야 그 앨범도 이제는 없다.

나를 향한 엄마의 사랑은 늘 세심하고 은근하며 적절했다. 엄마 곁에 있으면 아무 걱정도 할 필요가 없었다. 그리고 그 사랑이 영원히 계속되리라는 것을 나는 믿어 의심치 않았다.

그렇게 영원히 변치 않을 줄 알았던 애정에 언제부터 어두운 그림자가 드리웠는지는 정확하게 말하기 힘들다. 일상에 뭔가 변화가 있었던 것은 아니다.

다만 먼 기억을 더듬어 보면, 어린 마음에도 엄마가 왜 저럴까 싶었던 일이 몇 번 있었던 것 같다. 밥을 먹다가 문득 고개를 들면 엄마가 생각에 잠긴 표정으로 나를 바라보고 있다거나, 화장대 앞에 앉아 오래도록 꼼짝하지 않는다거나 하는 경우가 그랬다. 물론 그런 때도 내가 바라본다는 걸 깨닫고는 여느 때의 따스한 눈길로 미소를 지어 주었다.

어느 것 하나 크게 이상할 것은 없었다. 그러나 그때 이미 나는 어린아이의 직감으로 엄마의 태도에서 뭔지 모를 불길함을 느끼곤 했다. 그리고 그 빈도는 나의 성장과 비례해서 늘어 가는 듯했다.

대학교수였던 아빠는 연구에 열심인 사람이라 집에 있을 때도 서재에 틀어박혀 일할 때가 많았다. 그래서 왠지 아빠에게 다가가기가 어려웠던 나는 아빠를 아빠라기보다 관리자처럼 여겼던 것 같다. 아빠가 나를 끔찍이 사랑한다는 건 알았지만, 그것이 엄마를 향한 나의 불안을 씻어 주지는 못했다.

5학년이 되자 나는 좀 더 구체적인 느낌을 품게 되었다. 엄마가 나를 피하는 게 아닐까, 하는 것이었다. 나는 종종 부엌에 가서 엄마가 식사를 준비하는 모습을 바라보며 학교에서 있었던 일들을 조잘조잘 떠들곤 했는데, 언제부터인가 내 애기를 듣는 엄마 얼굴이 전보다 즐거워 보이지 않았다. 심지어 저녁을 준비하는 데 방해가 되니 저리 가라는 식으로 말하기도 했다. 한번은 일요일에 쇼핑하는 데에 따라가겠다고 하자, 오늘은 아빠 것만 살 작정이라 재미가 없을 테니 따라오지 말라는 것이었다. 이것 또한 전에는 없었던 일이다.

무엇보다 신경이 쓰이는 일은 엄마가 얘기할 때 내 얼굴을 바라보지 않는다는 점이었다. 얼굴은 이쪽을 향해 있어도 눈은 언제나 내가 아닌 다른 곳을 바라보았다.

왜 그러는 걸까, 하고 나는 생각했다. 그토록 다정했던 엄마가 왜 갑자기 이렇게 멀어졌는지 도무지 알 수 없었다.

5학년이 끝나 갈 무렵의 일이 문득 떠오른다. 우리 학교에서는 학기말이 되면 담임과 학부모, 학생이 함께 면담을 하곤 했다. 그 면담이 끝난 후 같은 반의 낫 짱과 낫 짱 엄마와 다 같이 찻집에 갔다. 엄마들끼리 잠시 잡담을 하다가, 무슨 얘기가 나와서 그랬는지 낫 짱 엄마가 이런 말을 꺼냈다.

"마리코는 누굴 닮은 걸까? 엄마보다는 역시 아빠를 많이 닮았나 봐."

"맞아, 아줌마는 안 닮았어."

낫 짱도 옆에서 그렇게 말하면서 내 얼굴과 엄마 얼굴을 번갈아 보았다.

"눈도 다르고 코도 전혀 달라."

나는 "그런가?" 하고 대답했다.

"엄마를 닮지 않아서 다행이지, 뭐."

엄마는 웃으면서 그렇게 말했지만, 그런 다음 묘하게 입술을 일그러뜨리며 나를 멀뚱멀뚱 바라보다가 불쑥 이런 말을 흘렸다.

"정말 전혀 다르게 생겼다니까……."

내가 엄마 마음속에 깃들어 있는 무언가를 눈치챈 것은 바로 그 순간이었다. 그때 엄마 눈 속에는 웃음기라고는 조금도 없었다. 마치 불길한 생물을 보는 듯한 시선으로 나를 바라보고 있었다.

엄마가 나를 다정하게 대해 주지 않게 된 이유는 내가 엄마를 조금도 닮지 않았기 때문이다, 그것이 그때 내가 얻은 답이었다. 닮지 않으면 왜 안 되는가, 그런 의문은 전혀 없었다. 누구나 자신을 닮은 대상을 사랑스러워하는 자연법칙을 막연하게 이해하고 있었는지도 모른다.

아닌 게 아니라 우리 모녀는 서로 닮았다는 말을 한 번도 들은 적이 없었다. 그렇다고 해서 그 점을 심각하게 여긴 적 또한 단 한 번도 없었다. 외갓집에 놀러 가면 외할머니는 나를 보며 자주 말하곤 했다.

"아이고, 요 녀석은 볼 때마다 예뻐진단 말이야. 대체 누굴 닮은 걸까. 시즈에가 이런 아이를 낳다니, 이런 걸 두고 개천에서 용 났다고 하는 거겠지?"

외할머니의 그런 말에 엄마도 즐겁다는 듯이 웃곤 했다. 그랬다. 내가 아직 어린애로 불릴 무렵에는.

그날 이래 나는 방에 틀어박혀 거울을 들여다보는 일이 많아졌다. 어떻게든 엄마와 닮은 부분을 찾아내고 싶었다. 그러나 보면 볼수록, 그리고 시간이 흐르면 흐를수록 내 얼굴은 엄마 얼굴과는 동떨어져 갔다. 게다가 나는 또 깨닫고 말았다. 사실은 내가 아빠와도 전혀 닮지 않았다는 사실을.

불길한 생각이 싹트기 시작했다. 어쩌면 나는 우리 부모의 친자식이 아닐지 모른다. 맏딸인 내 나이에 비해 엄마 아빠 나이가 너무 많다. 아이를 낳지 못하는 부부가 어딘가에서 여자아이를 데려와 양녀로 삼았을 가능성도 충분히 있다.

혼자서 해결할 수 있는 고민도 아니고, 그렇다고 누구에게 의논할 수도 없는 일이어서 나는 스스로의 껍데기를 만들고 그 안에서 전전긍긍했다.

마침 그 무렵 학교에서 호적이라는 것을 배웠다. 담임이었던 젊은 남자 선생이 내가 손을 들고 한 질문에 자신만만하게 대답했다.

"호적에 거짓을 올릴 수는 없다. 양자면 양자라고 분명하게 쓰여 있을 거야."

그 이틀 뒤 나는 결심을 굳히고 시청으로 갔다. 창구 여직원이, 초등학생으로 보이는 여자아이가 혼자 호적 등본을 떼러 오자 다소 의아하다는 표정을 지었지만 이유를 묻지는 않았다. 만일 물어보면 중학교 입시에 필요하다고 대답할 작정이었다.

몇 분 후 나는 호적 등본 복사본을 손에 쥐었다. 집에 도착할 때까지 그걸 보지 않을 생각이었지만 도저히 참을 수 없어 결국 그 자리에서 내용을 확인했다.

부모란에 우지이에 기요시, 시즈에라고 명시되어 있었다. 그리고 그 밑에 설득력 있는 명조체로 장녀, 라고 적혀 있었다.

그걸 보는 순간, 가슴속에서 그때까지 나를 계속 짓누르던 무언가가 말끔히 사라지는 것 같았다. 장녀라는 말을 이토록 따스하게 느끼기는 처음이었다. 마음속에 안도감이 번졌다. 나는 몇 번이나 등본을 확인하고 또 확인했다. 동시에 '뭐야' 하는 기분도 들었다. 간단한 거였어. 이렇게 간단히 확인할 수 있는걸.

언제였던가. 외할머니가 이런 얘기를 해 준 적이 있다.

"네가 태어날 때 말이지, 지독한 난산이어서 얼마나 걱정했는지 몰라. 병원에 친척들이 모여 있었는데, 한 8시간은 기다렸지, 아마. 그런데 밤 1시쯤 되니 갑자기 눈발이 거세지지 뭐냐. 아무래도 내일은 눈을 쓸어야겠다느니 어쩌느니 하는데 울음소리가 들리더구나."

호적 등본을 확인했을 때 그 얘기가 떠올랐다. 그 얘기는 역시 진짜였어. 나를 속이려고 지어낸 얘기가 아니었어.

그런데 왜? 내 의문은 처음으로 돌아갔다. 왜 내 얼굴은 부모님과 그렇게 다르게 생겼을까. 거울을 볼 때마다 생각에 잠겼다.

6학년이 되자 나를 대하는 엄마 태도가 점점 더 서먹하게 느껴졌다. 그게 나 혼자만의 느낌이 아니라고 확신한 것은 그해 겨울의 일이다. 부모님이 나를 사립 중학교에 보내겠다는 말을 꺼낸 것이다. 가톨릭 계열 대학의 부속 중학교로, 학생 전원이 기숙사 생활을 해야 한다는 규칙이 있는 곳이었다.

"이 근처에는 좋은 중학교가 없잖니. 아빠 엄마도 허전하기는 하겠지만, 휴일에는 집에 올 수 있는 데다 마리코의 장래를 생각하면 그게 옳은 일 같구나."

아빠가 변명하듯이 말하는 동안 엄마는 싱크대에서 설거지를 하고 있었다. 나는 두 분 사이에 오갔을 대화의 내용을 상상했다. 저 아이와 함께 있으면 아무래도 마음이 무거우니 어딘가로 멀리 보내 버립시다……

내가 대답하지 않자 싫어서라고 받아들였는지 아빠는 당황하며 덧붙였다.

"아니, 물론 네가 싫으면 억지로 갈 필요는 없다. 지금까지 친하게 지내던 친구들과 헤어지기도 싫겠지. 다만 이런 선택지도 있다는 뜻이야. 가까운 중학교에 가고 싶으면 솔직하게 그렇다고 말하거라."

잠시 생각하던 내가 엄마의 등에 대고 물었다.

"엄마는 어떻게 하는 게 좋다고 생각해?"

"글쎄……."

엄마는 설거지를 계속하면서 이쪽을 돌아보지 않은 채 대답했다.

"가까운 중학교를 다니는 것도 나쁘지는 않겠지만, 단체 생활을 하면서 공부하는 것도 멋질 것 같아. 지금까지 몰랐던 일도 많이 경험할 수 있고 말이지."

엄마도 내가 집을 떠나는 데에 찬성이라는 걸 알자 결심이 섰다.

"알았어, 나, 그 중학교에 갈게. 기숙사에서 친구들이랑 같이 지내는 것도 재미있을 것 같아."

아빠를 향해 대답했다.

"그래? 응. 그럼 그렇게 하자꾸나."

아빠는 몇 번이나 고개를 끄덕이면서 학교 안내 팸플릿을 정리했다.

"허전해지겠지만 말이야."

진심 어린 표정을 지어 보였다.

나는 엄마의 뒷모습을 봤다. 엄마는 아무 말이 없었다.

중학교에 입학할 때까지 나는 엄마와 둘이서 종종 쇼핑을 하러 갔다. 갈아입을 옷과 생활용품, 간단한 가구 같은 것을 사기 위해서였다. 엄마는 친절하게, 전형적인 엄마의 모습으로 물건을 같이 골라 주었다. 내게 웃어 보이기도 했다. 그런 모습을 보고 있자면 내게 거리를 둔다는 생각이 단지 내 착각이 아닐까 싶기도 했다. 그러나 한편으로는 이제 내가 없어지니까 앞으로는 마주칠 일이 없어서 기분이 좋은가 보다는 생각도 들었다.

"엄마, 내가 없으면 쓸쓸할까?"

쇼핑을 마치고 카페에서 주스를 마시면서 물어본 적이 있다. 무심히 묻는 척했지만, 사실은 한참을 망설인 끝에 나온 말이었다.

"그야 물론 쓸쓸하겠지."

엄마는 망설이지 않고 대답했다. 그러나 그 직후에 엄마의 눈빛이 묘하게 흔들리는 것을 나는 놓치지 않았다.

3월이 되어 초등학교를 졸업하고, 그달 29일에 나는 조그만 가방 하나를 들고 엄마와 함께 집을 나섰다. 큰 짐은 이미 보낸 상태였다.

근처에 있는 역까지 걸어가니 거기에 학생들을 태우러 온 버스가 서 있었다. 나만 올라타고, 엄마는 차창 밑에서 나를 올려다보았다.

"몸조심하고, 무슨 일 있으면 전화하렴."

응, 하고 나는 고개를 끄덕였다. 버스가 움직이기 시작한 후에도 엄마는 한참이나 그대로 서 있었다. 나를 향해 흔들던 손을 순간 눈가로 가져가는 것 같았다. 울고 있나 싶었지만 그때는 이미 확인할 수 없을 정도로 엄마의 모습이 작아져 있었다.

내가 다닐 학교는 경사가 완만한 언덕 위에 있었다. 울타리 안에 목장이 있고, 교회가 있고, 기숙사가 있었다. 기숙사 건물은 목조였지만 내부는 생각보다 낡지 않았고 공기 조절 장치도 갖추어져 있었다. 중등부는 네 명이 한방을 쓰는데, 실내가 접이식 커튼 같은 것으로 나뉘어 있어 어느 정도는 사생활이 보장되는 구조였다. 내가 들어간 방에는 3학년인 하루코 선배와 2학년인 스즈에 선배, 둘뿐이었다. 둘 다 친절해 보이는 상급생이라 안심했다.

6시에 일어나서 6시 반에 체조를 하고, 7시에는 기도를 올린 후 아침을 먹고, 8시에 학교에 가는 생활이 시작되었다. 동급생 중에는 집이 그리워 향수병을 앓는 아이도 몇 명 있었지만 나는 그런 일이 없었다. 같은 방 선배들이 재미나서 하루하루가 수학여행 같았고, 교육의 일환인 목장 일이나 성가대 연습도 재미있었다. 신입생은 교육 일지라는 걸 써야 했다. 잠자기 전에 하루 일과를 적어 다음 날 아침 사감인 호소노 수녀에게 제출하도록 되어 있는데, 낮에 너무 활동을 심하게 한 탓에 때로 일지를 쓰는 도중에 잠드는 일도 종종 있었다. 그럴 때면 체형이 이름과는 정반대인 호소노(細野) 수녀는 허리에 손을 얹고 나를 빤히 내려다보며 아주 위엄 있는 목소리로 "앞으로는 주의해요."라고 말하는 것이었다.

호소노 수녀의 엄격함은 거의 전설이다시피 했지만, 정말로 화를 내는 모습을 봤다는 사람이 내 주위에는 없었다.

기숙사 생활에 어느 정도 익숙해졌을 무렵 하루코 선배와 스즈에 선배가 우리 집 얘기를 물은 적이 있다. 아빠는 무슨 일을 하느냐, 가족은 어떻게 생활하느냐 등등의 질문이었다. 아빠가 대학교수라고 하자 스즈에 선배는 기도를 올릴 때처럼 가슴 앞에서 두 손을 꼭 마주 잡았다.

"대단하다. 흠, 아빠가 머리가 좋으신가 보네. 대학교수란 말이지, 우아, 부러워!"

"뭘 가르치시는데?"

하루코 선배가 물었다. 나는 고개를 약간 옆으로 기울였다.

"잘 모르겠어요. 생물인가, 의학인가, 그런 쪽이었던 것 같은데."

내가 대충 설명하자 스즈에 선배가 또 "와, 대단해!" 하고 감탄했다.

그러고 나서 엄마 얘기가 나왔다. 처음에는 일상적인 얘기를 했다. 어떤 타입의 여성이고 어떤 요리를 잘하는지, 뭐, 그런 정도였다. 그런데 스즈에 선배가 불쑥 물었다.

"역시 마리코와 닮았나?"

이 무심한 질문에 스스로도 의외일 정도로 나는 마음의 상처를 입었다. 내가 느닷없이 엉엉 울음을 터뜨리자 스즈에 선배는 당황해서 어쩔 줄을 몰라 했고 하루코 선배가 나를 침대로 데려다주었다. 집이 그리워져서 그런가 보다고 생각한 모양이었다.

다음 날 밤, 나는 두 선배에게 사실대로 털어놓기로 했다. 골치 아픈 후배로 여겨지고 싶지 않았기 때문이다. 두 사람은 진지하게 얘기를 들어 주었다. 그리고 입을 모아 믿을 수 없다고 말했다.

"친엄마잖아. 그런데 어떻게 딸을 싫어할 수 있겠어. 절대 그럴 리 없어."

스즈에 선배가 힘주어 말했다.

"나도 그렇게 생각하고 싶지만……."

나는 고개를 숙였다.

"있잖아, 마리코. 부모 자식 간에 전혀 닮지 않은 경우도 흔히 있어."

하루코 선배가 3학년생답게 차분히 말했다.

"그 정도 일로 엄마가 마리코를 피하다니, 도저히 있을 수 없는 일이야. 만약 정말 엄마 태도가 이상하다면 거기에는 틀림없이 다른 이유가 있을 거야. 그리고 그 이유는 절대, 절대 너랑 관계가 없을 거야."

"맞아, 내 생각도 그래."

스즈에 선배도 고개를 크게 끄덕거렸다.

"여름 방학에는 집에 갈 거지?"

하루코 선배가 웃으면서 물었다.

"그때는 분명히 다정하게 맞아 주실 거야. 내가 보장할게."

나는 조그만 소리로 "네." 하고 대답했다.

여름 방학이 되어 집에 돌아가자, 하루코 선배가 보장한 대로 부모님은 나를 무척 반겨 주었다. 첫날엔 아빠가 내내 거실에 머물며 내 얘기를 듣고 싶어 했다. 내가 집에 있는 동안에는 집에 일거리를 가져오지도 않았다.

엄마는 매일 나를 시내로 데리고 나가서 옷과 액세서리 몇 가지를 사 주었다. 그리고 저녁때는 내가 좋아하는 반찬을 만들어 주었다. 여름 방학 내내 그렇게 상냥했다.

그런데도 나는 역시 무언가가 석연치 않다고 느꼈다. 엄마의 태도가 연기까지는 아니어도 어딘가 모르게 부자연스럽게 생각되었다. 마치 남의 집 딸을 임시로 맡은 것처럼 느껴질 때도 있었다.

여름 방학이 끝나고 기숙사로 돌아가자 하루코 선배가 맨 먼저 물었다.

"엄마가 다정하게 대해 줬지?"

네, 하고 대답할 수밖에 없었다.

기숙사와 학교를 오가는 생활이 다시 시작되었다. 나는 그곳 생활이 마음에 들었다. 마침 운동회나 문화제 같은 연례행사가 있는 계절이기도 했다. 하루하루가 새로운 발견의 연속이었고, 울고 웃고 화내다 보면 시간이 지나갔다. 엄마 일이 늘 마음에 걸리기는 했지만, 심각하게 생각할 틈이 없어 오히려 좋았다.

어느덧 겨울이 찾아왔다. 여름이 짧고 겨울이 긴 고장이다. 연말부터 1월 말까지는 겨울 방학이다. 겨울 방학이 끝나면 3학년은 졸업한다. 따라서 집으로 돌아가기 전 우리 1, 2학년의 최대 화제는 송별회를 언제 어떻게 하느냐는 것이었다.

"송별회는 무슨, 거창하게."

하루코 선배는 웃으며 그렇게 말했다.

"어차피 너희들이 고등학교에 올라오면 다시 만날 텐데."

"그거랑 이거는 다르죠."

집에 돌아가려고 짐을 꾸리던 스즈에 선배가 말했다.

"아무튼 2월에 다시 얘기하자. 그동안 두 사람 다 건강히!"

그러고는 고개를 꾸벅 숙인다.

"네, 웃는 얼굴로 다시 만나요."

나도 씩씩하게 말했다.

그러나 결국 이 약속은 지키지 못했다. 그 겨울 우리 집에 악몽 같은 사건이 일어났기 때문이다.

12월 29일의 일이었다. 나는 이 날짜를 평생 잊지 못할 것이다. 가족의 단란함이 하룻밤 새에 깨져 버렸다.

오랜만에 집에 돌아온 딸을 맞이하는 부모님은 무척 즐거워 보였다. 늘 그랬듯이 아빠는 질문 공세를 폈다. 공부는 어떻게 하고 있느냐, 기숙사 생활은 어떠냐, 친구는, 선생님은 등등.

"그냥 그래요."

미안하지만 내 대답은 늘 그랬다. 그런데도 아빠는 그러냐, 그러냐 하고 흐뭇하게 미소 지으며 고개를 끄덕였다.

엄마도 여전했다. 말은 많지 않아도 자상하게 나를 살펴 주었다. 정말 딸을 사랑해서 그러는 건지, 엄마가 그리는 완벽한 엄마의 이상형이 있어서 거기에 맞춰 행동하는 것인지는 판단할 수 없었다. 다만 이때 내가 화들짝 놀란 기억이 한 번 있다. 식사 준비를 하는 엄마를 도우려고 부엌에 들어갔을 때였다. 엄마가 아무것도 하지 않고 싱크대 앞에 우두커니 서 있었다. 말을 걸려던 나는 흠칫하고 속으로 삼켰다. 엄마의 발치에서 뭔가를 보았기 때문이다.

마룻바닥에 물이 몇 방울 떨어져 있었다. 엄마의 턱을 타고 흘러내리는 것이었다. 엄마가 울고 있다는 것을 깨달았다. 그런 식으로 어른이 우는 광경을 나는 그때껏 본 적이 없었다. 뿐만 아니라 엄마의 등에는 왠지 모르게 다가서기 어려운 위험한 분위기가 감돌았다. 엄마, 왜 그래. 그 한마디를 하지 못하고 나는 발소리를 죽여 되돌아 나왔다.

저녁 식사 때 엄마는 평소와 똑같이 완벽한 미소를 머금고 식탁에 손수 준비한 음식을 차렸다. 근처 바다에서 나는 해산물로 만든 요리였다.

식사가 끝나자 엄마는 사과차를 끓여 내왔다. 그 차를 마시면서 나는 내년 계획과 장래의 목표 같은 것을 이야기했다. 아빠도 엄마도 만족스러운 표정이었다. 적어도 내게는 그렇게 보였다.

잠시 후 갑자기 잠이 쏟아졌다.

거실 소파에 앉아 텔레비전을 보고 있을 때였다. 아빠는 서재에 들어가 있는지, 보이지 않았다. 그러고 보니 아빠도 어째 잠이 온다고 말했던 기억이 떠올랐다.

엄마는 부엌에서 설거지를 하고 있었다. 나도 돕겠다고 했더니 괜찮으니까 쉬라고 했다.

텔레비전에서는 두 시간짜리 드라마를 하고 있었다. 좋아하는 배우가 나와서 어떻게든 보고 싶었지만 도중에 점차 의식이 몽롱해짐을 나 자신도 느낄 수 있었다. 시계를 보니 밤 9시 반이었다. 기숙사에서의 습관을 고려하면 졸려도 이상하지 않을 시각이긴 하지만 그 감각이 조금 달랐다. 마치 무언가에 빨려 들어가는 느낌이었다.

물을 한 잔 마실까 싶어 일어나려고 했을 때는 이미 몸을 움직일 수 없었다. 머릿속에서 무언가가 빙그르르 한 바퀴 돌더니 까무룩 의식이 흐려졌다.

둥실 몸이 떠오르는 감각이 있었다. 누가 안아 들었나 보다고 생각했다. 하지만 비몽사몽간이라 실제로 그런 건지 단지 그런 꿈을 꾸고 있는지는 분명치 않았다.

눈을 뜬 것은 뺨에 차가운 것이 닿는 느낌이 들어서였다. 아플 정도로 차가웠다. 몸을 비틀어 얼굴의 방향을 바꾸려 했지만, 얼굴뿐 아니라 온몸에 한기가 드는 바람에 눈을 떴다.

맨 먼저 시야에 들어온 것은 밤하늘이었다. 캄캄한 하늘에 별이 몇 개 떠 있었다. 이윽고 서서히 시야가 넓어지면서 집 마당에 있다는 사실을 깨달았다. 눈이 쌓인 위에 누워 있었던 것이다.

왜 이런 데에 있는 거지, 생각하는 동시에 몸이 푸들푸들 떨려 왔다. 스웨터와 청바지 차림에 신발은 신고 있지 않았다.

다음 순간 바로 옆에서 엄청난 소리가 났다.

아니, 그것은 소리라는 말로 표현할 수 있는 것이 아니었다. 폭음과 함께 땅이 울리고, 몸이 흔들리는 것이 느껴졌다.

머리 위에서 불덩어리가 쏟아져 내렸다. 나도 모르게 머리를 감싸고 몸을 웅크렸다. 뜨거운 바람이 등을 훅 스치고 지나갔다.

조심조심 고개를 들었다. 믿기지 않는 광경이 눈에 들어왔다.

우리 집이 불타고 있었다. 조금 전까지 단란한 가족의 터전이었던 집이 불길에 휩싸여 있었다.

일단 대문까지 뛰어가 거기서 다시 돌아보았다. 불길이 너무나 거대해서 눈앞이 어질어질했지만, 이글거리는 불길 속에서 흔들리는 그림자는 틀림없는 우리 집이었다.

누군가 달려와 위험하다며 내 팔을 잡아끌었다. 그가 동네 아저씨였다는 사실은 나중에야 듣고 알았다. 이때 이미 사람들이 잔뜩 달려 나와 있었지만 내 눈에는 전혀 보이지 않았던 것이다.

무슨 일이 일어났는지 전혀 알지 못한 채 나는 내가 태어나고 자란 집이 불타오르는 모습을 멀거니 바라보고 있었다. 불길은 그때까지 내가 인식했던 속도보다 훨씬 빨리 집 전체를 집어삼켰다. 내가 좋아했던 발코니가 무너지고, 크림색 벽이 시커멓게 변해 가고, 내 방 창문에서도 활활 타오르는 불길이 번져 나왔다.

소방차 사이렌 소리에 정신을 차렸다. 참 이상한 일이지만, 이때까지 그것이 화재라고 불리는 사태라는 인식이 전혀 없었다.

나는 울면서 엄마 아빠를 불렀다. 괜찮다, 괜찮아 하고 옆에서 누군가 말해 주었던 것 같다. 그러나 나는 엉엉 울면서 목이 터져라 엄마 아빠를 외쳤다.

소방관들이 진화 작업을 시작한 지 얼마 지나지 않아 아빠가 구출되었다. 들것에 실려 가는 아빠의 머리카락과 옷은 불에 탔고, 얼굴에는 긁힌 듯한 상처가 있었다. 나는 그런 아빠에게 달려가 상태를 확인하기도 전에 먼저 "엄마는?" 하고 물었다.

들것 위에서 아빠가 내 얼굴을 올려다보았다. 의식이 또렷하고, 겉보기와는 달리 중상을 입지는 않은 것 같았다.

"마리코냐."

아빠가 신음하듯이 말했다.

"엄마는……."

그다음 말을 아빠는 하지 않았다. 구급차로 옮겨질 때까지 슬픈 눈빛으로 나를 바라볼 뿐이었다.

불은 인간의 무력함을 비웃기라도 하듯 그 후로도 걷잡을 수 없이 타올랐다. 그러는 동안 나는 뒤늦게 출동한 경찰에 의해 경찰차에 태워졌고, 그 안에서 진화 작업을 지켜보았다.

도중에 그 진화 작업이 우리 집을 위한 것이 아니라 주위로 불길이 번지는 것을 막으려는 작업임을 깨달았다.

경찰이 부탁했는지, 나는 동네 어느 집에 묵게 되었다. 그러나 나는 그 집에 들어가려 하지 않고 엄마의 안부만을 알고 싶어 했다. 그 집 아줌마가 괜찮으니 걱정하지 말라고 몇 번이나 말했지만 그 말이 근거 없는 위로라는 사실을 나는 느낌으로 알았다. 나는 잠들지 못한 채 밤을 보냈다.

다음 날 아침 일찍 외삼촌이 나를 데리러 왔다.

"어디 가는 거야?"

운전석에 앉은 외삼촌에게 물었다. 스키가 취미인 외삼촌은 늘 혈기가 넘쳤는데, 이날만은 10년은 더 늙은 것처럼 얼굴에 생기가 없었다.

"아빠가 입원한 병원."

"엄마는?"

외삼촌은 잠시 뜸을 들이다가 "그건 병원에 도착한 다음에 가르쳐 줄게."라고 나를 돌아보지도 않은 채 대답했다.

죽은 거지, 하고 말하려고 했다. 어젯밤 한숨도 자지 못하고 그 생각만 했다. 그래서 각오는 되어 있었지만, 역시 입 밖에 내지는 못했다.

병원으로 가는 도중에 불에 탄 우리 집 앞을 지나쳤다. 외삼촌이 깜박했을 것이다. 나는 눈을 부릅뜨고 우리 집의 잔해를 바라보았다. 잔해라고 할 수도 없을 만큼 거기에는 아무것도 없었다. 그저 시커먼 덩어리가 웅크리고 있을 뿐이었다. 진화 작업에 사용된 물이 밤사이 얼어붙어 아침 햇살에 반짝반짝 빛났다.

아빠는 머리와 왼팔, 왼다리에 붕대를 감고 있었지만 말은 정상적으로 할 수 있는 상태였다. 전부 가벼운 화상이라고 본 인이 말했다.

알아서 그런 것인지 아니면 아빠가 부탁했는지는 모르지만 외삼촌은 곧 자리를 떴다. 둘만 남자 아빠가 내 얼굴을 보며 말했다.

"엄마는 목숨을 구하지 못했어. 미처 빠져나오지 못했다."

머뭇거리다가 목이라도 메면 더는 말을 하지 못할 거라고 여겼는지, 빠른 말로 단숨에 늘어놓았다. 그러고 나서 아빠는 가슴에 뭉쳤던 것이 풀린 것처럼 조그맣게 한숨을 내쉬었다.

나는 말없이 고개를 끄덕했다. 각오했던 일이야, 하고 속으로 말했다. 그래서 어젯밤 내내 울었던 것이다.

그러나 가슴속에서 끓어오르는 것까지 삼키기는 힘들었다. 눈에 눈물 한 방울이 고이고, 그것이 뺨을 타고 흘러내리는 순간 나는 소리 내어 울기 시작했다.

그날 일찍 경찰서와 소방서에서 사람이 나와 아빠에게 이것 저것 묻고 갔다. 그들의 얘기로 엄마가 불탄 집 안에서 검게 그을린 시신으로 발견되었다는 사실을 알았다.

아빠가 한 증언은 대략 다음과 같았다.

밤 11시경까지 1층 서재에서 일을 하다가 목이 말라서 부엌으로 나가 물을 한 잔 마셨다. 거실에 들어갔을 때, 이상하다는 생각이 들었다. 뭔가 냄새가 났기 때문이다. 이내 가스 냄새라는 걸 알았다. 마당으로 난 유리문을 급히 열었지만, 딸이 소파에서 잠들어 있는 것이 걱정되었다. 우선 딸을 안아서 마당으로 옮긴 다음 다시 집 안으로 돌아와 가스 잠금장치를 찾았다. 거실과 부엌의 가스는 잠겨 있었다.

그는 계단을 뛰어 올라갔다. 아내가 침실에서 가스스토브를 사용하고 있을지도 모른다고 생각했기 때문이다. 그런데 그가 계단을 다 올라간 순간 폭발이 일어났다.

그 충격으로 그는 몇 미터를 날아가 계단에서 굴러 떨어졌다. 삽시간에 주위가 불바다로 변했다. 정신을 차리고 보니 자신의 옷에도 불이 붙어 있었다.

아내의 이름을 부르며 일어섰다. 그러나 다리를 다쳤는지 아파서 한 걸음도 내디딜 수 없었다. 그런데도 그는 필사적으로 계단을 오른 후 침실에 다가가려고 했지만 부서진 문 안쪽에서 불길이 치솟아 도저히 들어갈 수 없는 상태였다.

"시즈에, 베란다에서 뛰어내려!"

큰 소리로 외쳤지만 아내는 대답이 없었다.

그는 아픈 다리를 질질 끌며 계단을 내려갔다. 꾸물거릴 여유가 없었다. 아내가 스스로 탈출하기를 기도하는 수밖에 없었다.

1층에도 이미 불이 번져 있었다. 조금만 더 가면 밖으로 나갈 수 있다. 마음은 그랬지만 빠져나가는 건 도저히 무리라는 생각이 들었다. 게다가 왼쪽 다리에 감각이 거의 없었다.

이러지도 저러지도 못하고 그 자리에 주저앉는 참에 불길 너머에서 방화복을 입은 소방관이 나타났다.

엄마가 밀폐된 방에서 가스스토브를 사용한 탓에 불완전 연소가 발생해 불이 꺼지고 가스가 실내에 방출된 것이 아닐까. 경찰은 일단 그런 견해를 내놓았다. 엄마가 미처 빠져나오지 못한 이유는 일산화탄소 중독으로 의식이 없었기 때문으로 간주되었다.

다만 형사들은 몇 가지 의문점을 제시했다. 그중 하나가 가스 누출 경보기다. 가스 누출 경보기는 1층과 2층 두 군데에 설치되어 있었다. 그런데 두 군데 모두 플러그가 콘센트에 꽂혀 있지 않았던 것 같다고 한다.

그 점에 대해서 아빠는 이렇게 대답했다.

"면목 없는 얘기입니다만, 평소에도 플러그를 빼 놓는 일이 종종 있었습니다. 가전제품이 많아진 탓에 콘센트가 모자라서 그만……."

그런 경우가 흔한지, 아빠의 말을 들은 형사는 못마땅한 표
정을 지었을 뿐이다.

문제는 남은 두 개의 의문이었다. 그 하나는 발화 원인이 무
엇이냐는 것이었다. 엄마는 담배를 피우지 않는다. 혹시 평소
에 피웠다 해도 그때는 일산화탄소 중독으로 의식이 없었을
터였다.

다른 하나는 침실 밀폐 상태에 관해서다. 가스스토브의 불
완전 연소가 발생했다는 것은 침실의 출입구가 밀폐되어 있
었다는 얘기다. 그렇다면 거꾸로 그런 방에서 1층 거실에 있
던 아빠가 냄새를 맡을 만큼 가스가 새어 나올 수 있었을까.

그 점에 관해 아빠는 모른다고 대답했다. 물론 아빠에게 대
답할 의무는 없다. 화재의 원인을 문외한이 모르는 건 당연하
다.

그런데 이날 밤에 또 다른 형사가 아빠의 병실을 찾아왔다.
얼굴이 바위처럼 울퉁불퉁한 남자로, 젊은 사람인지 늙은 사
람인지 나로서는 짐작이 가지 않았다.

"따님은 잠시 자리를 비켜 줬으면 좋겠는데."

형사가 으스스한 목소리로 말했다. 방해꾼으로 여기는 것
같아 기분이 나빴지만, 같이 있기도 싫어서 나는 두말 않고
밖으로 나왔다.

복도로 나와 문 옆에 기대어 섰다. 그러면 안에서 오가는 말이 잘 들린다는 것을 나는 알고 있었다.

"부인은 그때 침실에서 뭘 하고 있었습니까?"

이미 몇 번이나 되풀이한 얘기를 또 한 번 아빠에게 묻더니 형사가 덧붙였다.

"잠들었다고 보기는 힘들지 않겠습니까. 남편과 딸이 아직 잠들지 않았는데 본인만 먼저 잔다는 게 좀 그렇잖아요."

"네, 그러니까 아마 화장을 지우고 있지 않았을까 싶습니다. 목욕 전에는 반드시 그랬으니까요."

"아아, 그렇군요."

고개를 끄덕이는 형사 모습이 눈앞에 떠올랐다.

"평소에 가스스토브를 자주 사용하십니까?"

"네, 매일 사용합니다."

"가스스토브가 침실의 어느 쪽에 놓여 있었습니까?"

"침대 발치에 있었습니다. 베란다와 반대쪽이죠."

"호스의 길이는요?"

"3미터 정도 되지 않을까요……."

그 후로도 형사는 가스스토브와 그것을 사용할 때의 습관에 관해 꼬치꼬치 캐물었다. 모두 낮에 이미 설명한 내용들이었다. 마치 뭔가 의심스러워서, 이런 식으로 계속 되풀이하는 사이에 아빠의 얘기에 모순이 생기리라고 확신하는 듯한 태도였다. 그러나 아빠는 불쾌한 기색도 없이 침착하게 똑같은 대답을 했다.

질문이 일단락되었을 때 형사가 이런 질문을 했다.

"최근에 사모님의 상태가 어땠습니까?"

아빠가 대답할 때까지 잠시 틈이 생겼다. 뜬금없는 질문이라 그랬을 것이다.

"상태라니……."

"생각에 잠겨 있다거나, 뭔가 고민이 있다거나, 그런 일이 있지는 않았나요?"

"아내의 자살이 그 화재의 원인이라는 말씀인가요?"

아빠 목소리가 날카로웠다.

"가능성의 하나로 짐작할 뿐입니다."

"그런 일은 절대 있을 수 없습니다."

아빠가 단언했다.

"그날은 말이죠, 우리 가족이 가장 행복했던 날이에요. 딸이 학교 기숙사에서 지내는데, 그날 오랜만에 집에 왔습니다. 아내도 딸을 무척 기다리면서 아침부터 장을 봐 오고 딸이 좋아하는 음식을 만들면서 그야말로 어린애처럼 들떠 있었어요. 그런 사람이 자살이라니, 어떻게 그런 일이 있을 수 있겠습니까."

아빠의 반박에 형사는 한동안 침묵했다. 고개를 끄덕이고 있을지 아니면 여전히 석연치 않은 표정일지 상상이 되지 않았다.

꽤 오랜 침묵이 흐른 후 형사가 불쑥 물었다.

"담배는 안 피우시죠?"

"저 말입니까? 네, 피우지 않습니다."

"부인께서도요?"

"네."

"하지만 라이터가 있던데요."

"네?"

"일회용 라이터요. 시신 옆에서 발견되었습니다."

"그럴 리가…… 아, 아니, 하지만……."

이제껏 완벽했던 아빠의 말투가 흔들렸다.

"라이터가 있었다는 것 자체는 이상할 게 없죠. 쓰레기나 낙엽을 태운다든지 모닥불을 피울 때 사용했으니까요."

"그렇지만 목욕하기 직전에는 사용할 일이 없지 않겠습니까?"

"화장대에 놓아두었던 건지도 모르죠."

"말씀하신 것처럼 화장대의 잔해도 시신 바로 옆에서 발견되었습니다."

"그랬겠죠."

아빠의 목소리에 자신감이 되살아났다.

"우연입니다. 단순한 우연이에요."

"그럴지도 모르죠."

덜그럭, 의자가 움직이는 소리가 나서 나는 얼른 그 자리를 떴다. 잠시 후 형사가 병실에서 나왔다. 나를 본 그가 상냥하게 웃어 보이며 다가왔다.

"잠깐 얘기를 나눌 수 있을까?"

거절할 이유가 떠오르지 않아 어쩔 수 없이 고개를 끄덕였다.

대기실에서 형사의 질문에 답했다. 조금 전 아빠에게 질문한 것과 같은 내용이었다. 나는 엄마가 부엌에서 울었다는 얘기를 하면 이 형사가 얼마나 좋아할까 상상했다. 그러나 물론 내 대답은 이랬다. 내가 집에 돌아와서 엄마가 얼마나 기뻐했는지 몰라요.

형사는 의미를 알 수 없는 미소를 지으며 내 어깨를 툭툭 두드리고는 돌아갔다.

그 후로도 몇 번이나 참고인 조사가 있었던 것 같지만 자세한 내용은 모른다. 그즈음 이미 나는 외갓집에 맡겨졌기 때문이다. 하지만 아무래도 사건은 경찰이 처음 발표한 대로 가스 스토브의 불완전 연소 때문인 것으로 가닥이 잡힌 듯했다.

아빠가 퇴원한 후, 친척들끼리 형식적으로나마 엄마의 장례를 치렀다. 1월 말의 몹시 추운 날이었다.

2월이 되자 나는 학교 기숙사로 돌아갔다. 다들 나를 친절히 대해 주었다. 호소노 수녀는 나만을 위해 교회에서 기도를 올려 주었다. 이 아이가 다시는 이런 고통을 겪지 않기를……

아빠는 아파트를 빌려 혼자 생활하게 되었다. 화재로 왼쪽 다리가 조금 불편해졌지만, 자신의 일은 스스로 해야 한다며 식사도 청소도 빨래도 전부 손수 해결했다. 휴일이나 방학 때 내가 돌아갈 곳은 그 정든 집이 아니라 좁고 약간은 너저분한 아빠의 아파트였다.

그러나 나는 아주 가끔 화재가 났던 곳에 가 보곤 했다. 한동안은 거기에 아무것도 없더니 내가 고등학교에 올라갈 무렵 주차장이 들어섰다.

나는 시간이 아무리 흘러도 그 밤의 일을 잊을 수 없었다. 풀리지 않는 몇 가지 수수께끼가 내 안에서 하나의 커다란 의문으로 뭉쳐져 머릿속에 들러붙고 말았던 것이다.

왜 엄마는 자살했을까.

경찰이나 소방서의 분석은 들어 볼 필요도 없었다. 엄마는 문이 꼭 닫힌 방에서 가스스토브를 틀지 않는다. 가스 누출 경보기 전원을 끄는 일도 없다.

엄마는 자살했다. 그것도 나와 아빠까지 데려가려 했다. 그 밤 나를 덮친 갑작스러운 졸음. 그리고 저녁 식사 후 엄마가 내어준 사과차. 거기에 수면제가 들어 있지 않았다고 그 누가

장담할 수 있을까. 엄마는 나와 아빠를 잠재우고 온 집 안을 가스로 가득 채운 후 불을 지르려 했던 것이다.

문제는 그 동기였다. 동기가 전혀 짐작되지 않았다. 엄마가 왜 나를 피하게 되었는가 하는 문제를 포함해서.

그러나 나는 확신했다. 아빠는 그 모든 답을 알고 있다. 그래서 엄마의 죽음이 자살이라는 사실을 숨긴 것이다.

하지만 아빠는 무엇 하나 얘기해 주지 않았다. 내가 어쩌다 엄마 얘기를 꺼내도 표정 없는 얼굴로 말할 뿐이었다.

"슬픈 일은 가슴속에 묻어 두고 절대 그 문을 열지 말거라."

그렇게 5년 남짓 세월이 흘렀다.

후타바의 장 1

대기실에 걸린 시계는 예전 초등학교 교실 벽에 걸려 있던 것처럼 동그랬다. 그 시곗바늘의 움직임이 오늘 밤에는 낯설어 보였다. 가만히 쳐다보고 있으면 몹시 더디게 가는 것 같다. 마치 노인이 계단을 오를 때와 같은 리듬이다. 그런데 잠시 눈을 떼고 있으면 놀랄 만치 위치가 바뀌어 있다. 내가 모르는 사이에 누가 시계에 장난을 치는 게 아닐까 싶을 정도였다.

물론 그런 장난을 칠 여유가 지금 내 눈앞에 있는 세 남자에게는 있을 것 같지 않았다. 기타를 맡은 유타카는 아까부터 화장실만 들락거리고, 드럼의 간타는 다리를 달달 떨면서 명상에 잠긴 척 꼼짝하지 않는다. 베이스를 치기로 한 도모히로는 하품을 하거나 우리와는 무관한 대본을 보는 모습이 언뜻 보기에는 침착한 것 같지만, 그건 모두 자신을 대범한 인물로 보이게 하려는 필사적인 연기일 뿐, 사실은 우리 중에서 가장 긴장하고 있다는 걸 나는 안다. 요컨대 셋 다 귀엽고 평범한 남자들이다.

나는 또 시계를 봤다. 무대에 서기까지 앞으로 20분 남았다.

"뭘 그렇게 초조해해?"

내 행동을 눈치챈 듯 도모히로가 말했다.

"긴장할 것 없어. 평소처럼 마음 편하게 하자."

나도 모르게 슬그머니 웃음이 나왔다. 입술이 바짝 말라 있는 주제에 할 말은 아닌 것 같아서다. 그래도 남자 체면이라는 게 있을 테니 "그건 그래." 하고 대답해 주었다.

"마음 편히 할 수만 있다면 뭐가 문제겠어."

긴장한 기색을 솔직히 드러내 놓고 있는 유타카가 말했다.

"아아, 왠지 실수할 것 같아."

"부탁이야, 유타카."

간타가 체구에 어울리지 않는 가느다란 목소리로 말한다.

"리드 기타만 제대로 해 주면 우린 실수를 좀 해도 눈에 띄지 않을 거야."

"컥, 나한테 그러지 마. 부탁은 후타바한테 해야지."

"그래, 맞는 말이야."

유타카의 말에 도모히로도 나를 바라보았다.

"아마추어들이 무슨 연주를 알겠어. 본선에서 살아남느냐 마느냐는 전부 후타바에게 달렸어."

"다들 뭐 하는 거야. 이 마당에 나한테 압박을 줘서 어쩔 셈이지?"

나는 발로 바닥을 쿵, 울렸다.

"아니, 압박을 주자는 게 아니라……, 아무튼 일단 릴렉스, 릴렉스."

보컬이 긴장하면 큰일이라는 듯이 도모히로가 대본을 부채 삼아 내게 부치며 말했다.

"평소처럼만 하면 오늘은 일단 합격이겠지?"

간타가 스스로 다짐하듯, 누구에게랄 것 없이 물었다.

"감독은 그럴 거라고 말했어."

유타카가 대답했다.

"한동안 쓸 만한 밴드가 나올 것 같지 않다면서 말이야. 그래도 우리 연주가 너무 엉망이면 떨어뜨리지 않을 수 없으니까 각오를 단단히 하라던데."

"생방송이니 그럴 만도 하지."

"실패는 절대 있을 수 없어."

간타와 유타카가 나란히 한숨을 쉬는데 키 작은 여드름투성이 AD가 다가왔다.

"시간 다 됐습니다. 준비해 주세요."

위엄도 무엇도 없는 가벼운 말투였지만 그 한마디가 우리를 더 긴장시켰다.

"드디어 때가 왔군."

간타가 맨 먼저 일어서며 말했다.

"나, 또 화장실에 가고 싶다."

유타카가 한심한 표정을 짓는다.

"끝나고 가. 어차피 한 방울도 안 나올 거잖아. 정말 한심하게 구네."

그러는 도모히로 역시 연신 입술을 핥는다.

나도 일어섰다. 이왕 이렇게 된 거, 피할 수 없다. 내가 지금 생각해야 할 일은 이 세 남자의 엉덩이를 걷어차서 어떻게든 합격점을 받아 내도록 열심히 노래하는 것뿐이다.

대기실에서 나와 심호흡을 한 번 한 후 복도를 걸었다. 앞서 걷는 세 남자의 발걸음이 기름기 없는 양철 인형마냥 어정쩡하다. 그런 뒷모습을 바라보며, 저들처럼 그저 텔레비전 출연을 앞두고 긴장하는 것뿐이라면 얼마나 좋을까 생각했다. 지금의 나는 이 방송이 끝난 후의 일로 머리가 터질 것 같다.

"안 돼. 어림없는 일이야!"

엄마는 예상대로였다. 반대할 줄 이미 알고 있었지만, 그래도 낙담했다.

내가 텔레비전에 나갈지도 모른다고 말했을 때였다.

우리 모녀는 여느 때처럼 조그만 식탁에 마주 앉아 저녁을 먹고 있었다. 그날 식사 당번은 나였고, 나는 정성 들여 엄마가 좋아하는 음식으로 식탁을 차렸다. 예를 들어 구운 가지와 바지락 국.

"뭐니, 이거? 수상하네. 무슨 꿍꿍이가 있는 거지?"

식탁을 보자마자 엄마는 예리하게 내 속내를 꿰뚫어 봤다. 나는 아무것도 아니라고 했지만, 물론 아무것도 아닌데 이런 서비스를 할 리 없었고, 엄마의 기분이 최고조에 달했을 때를 노려 텔레비전에 나간다는 말을 꺼냈다.

이제껏 성모 같았던 엄마 얼굴이 귀신으로 변했다. 그러고서 한 말이었다.

"왜 안 되는데?"

나는 젓가락으로 식탁을 탁 쳤다.

"안 되니까 안 되는 거지."

귀신에서 철가면으로 무표정하게 변하더니 엄마는 내가 만든 가지구이를 말없이 먹었다.

"그런 게 어디 있어. 이유라도 말해 줘야지."

그러자 엄마는 젓가락을 내려놓고 눈앞에 있는 접시들을 한쪽으로 치우더니 거기에 팔을 괴고 내 쪽으로 얼굴을 들이밀었다.

"후타바."

"왜?"

나는 뒤로 약간 물러났다.

"네가 고등학교에서 밴드를 시작했을 때 엄마가 한 말이 있을 텐데. 뭐라고 했지?"

"공부도 집안일도 소홀히 하면 안 된다고……."

"그리고?"

"밴드 남자애들이랑 함부로 사귀지 말라고……."

"한 가지가 더 있을 텐데."

엄마가 나를 흘낏 보았다.

나는 한숨을 쉬었다.

"프로가 되거나 텔레비전에 나가지 말 것."

"맞아. 제대로 기억하네. 그럼 설명할 필요도 없겠지?"

"아니, 잠깐만."

엄마가 접시를 제자리로 돌려놓으려고 하는 것을 내가 막았다.

"약속한 건 기억하지만, 상황이 변할 수도 있잖아. 고등학생이 밴드를 만들어서 프로가 되겠다면서 다른 일을 팽개치는 건 나도 좋지 않다고 생각해. 하지만 나는 이제 대학생이잖아. 스무 살이야. 내 일은 내가 판단할 수 있어. 프로가 될 수 있는지 없는지도 안단 말이야."

"흐음."

엄마가 멀뚱멀뚱 내 얼굴을 바라보았다.

"프로가 될 수 있다고 생각하니, 그 정도 노래 실력으로?"

41

"자신 있어."

"와, 축하해야겠네. 소음 공해라고 환경청에서 달려올 텐데."

"흥, 들어 본 적도 없으면서."

"듣지 않아도 알아. 어차피 내 딸이니까."

"나는 엄마 안 닮았잖아. 늘 그렇게 말했으면서."

"그런데 말이지, 네 아빠도 음치였거든. 아, 불쌍한 우리 후타바. 유전자만은 어쩔 수 없구나."

엄마는 셀러리를 아작아작 소리 내어 먹은 후 나를 험악하게 노려보았다.

"안 된다면 안 되는 줄 알아."

"엄마, 제발."

나는 애원 작전으로 나갔다.

"이번 한 번만 나가게 해 줘. 그 프로그램 출전권을 따내려고 기를 쓰고 예선을 통과했단 말이야."

"그런 예선에 나가는 거 자체를 허락한 기억이 없어."

"그게 말이지, 여기까지 오게 될 줄 몰랐다니까. 그래도 애써 잡은 기회인데 여기서 물러날 수 없잖아. 응? 딱 한 번만. 엄마 말대로 프로가 될 실력이 없다면 첫째 주에 바로 떨어질 거야."

"그야 떨어질 게 뻔하지."

정말 엄마가 맞나 싶을 정도로 냉담한 말투였다.

"굳이 전국적으로 망신을 당할 것까지 없잖아."

"텔레비전에 잠깐 나가는 정도인데 왜 그렇게 안 된다는 거야?"

나는 살짝 언성을 높였다. 엄마가 일순 눈을 감았다가 다시 떴을 때는 나를 노려보는 눈초리가 되어 있었다.

"엄마는 네가 하고 싶은 일이라면 뭐든지 하게 해 줬어. 앞으로도 웬만한 일은 눈감아 줄 거고. 네가 어디 사는 개뼈다귀인지도 모를 녀석을 데려온다 해도 너만 좋다면 결혼을 하든 뭘 하든 괜찮아. 그러니까 한 가지쯤은 엄마 말을 들어줄 수도 있잖아? 그렇게 무리한 요구를 하는 것도 아닌데 말이야. 평범하게 살아 줬으면 하는 바람뿐이야. 록 음악이 나쁘다는 게 아니야. 취미로만 하고 사람들 앞에 나서지 않았으면 좋겠다 이 말이지."

"내가 사람들 앞에 나서면 무슨 안 좋은 일이라도 생기는 거야?"

절반은 농담, 절반은 진담으로 나는 물었다.

"그렇다면 포기할래?"

엄마가 젓가락을 내려놓고 말했다. 농담의 기색은 전혀 없었다.

"포기 못해, 그 정도 설명으로는."

"포기해."

엄마는 의자에서 일어나 잘 먹었다고 하고는 옆방으로 가 버렸다. 그리고 그 후로는 내가 무슨 말을 하건 바위처럼 묵묵부답이었다.

노래하는 시간은 불과 3분 정도였다. 그 전후에 사회자와 몇 마디 대화를 주고받았지만, 리허설 때 몇 번이나 반복해서 연습한 내용이라 거의 아무 생각 없이 입만 움직였다. 말을 할 때나 노래를 할 때나, 어느 카메라가 자신을 찍고 있는지 끝까지 제대로 파악할 수 없었다. 그런데도 나중에 별말이 없었던 것을 보면 그런대로 해낸 모양이다.

심사 위원 등의 판정에 따라 우리는 첫째 주 합격 팀이 되었다. 감독의 지시로 만세를 부르면서 나는 모니터에 내 얼굴이 클로즈업되는 모습을 곁눈질했다. 이제는 이 방송을 엄마가 보지 않았기를 기도할 뿐이다. 오늘은 야근일 테지만 그렇다고 안심할 수는 없었다. 병원 간호사실에도 텔레비전은 있을 것이고, 간호사들도 밤에 하는 음악 프로그램 정도는 볼지 모른다.

프로그램이 끝난 후 감독과 다음 방송에 대해 가볍게 의논하고 나서야 겨우 해방되었다. 어느새 밤 1시였다. 간타가 운전하는 왜건을 타고 우리는 함께 철수했다.

"해냈어!"

차가 움직이고 얼마쯤 지나서야 기쁨이 실감 나는지 유타카
가 절절한 목소리로 말했다.

"자신은 있었지만, 그래도 기쁘긴 기쁘네."

조수석에 앉은 도모히로도 느긋하게 감상을 말한 뒤 내 쪽
을 돌아보았다.

"어쨌든 이게 다 후타바 덕분이야."

"나만 잘해서 된 게 아니야. 다들 잘했어. 정말 잘했어."

"하긴 큰 실수는 없었지."

만족스럽다는 듯이 유타카가 대답했다.

"그렇지만 우리 연주 수준만으로는 어림없었을 거야. 후타
바, 오늘은 유난히 목소리가 듣기 좋더라. 심사 위원들도 한
목소리로 칭찬하던걸."

"그럼, 후타바 덕분이지, 후타바 덕분이야."

운전대를 잡고 있는 간타도 백미러로 이쪽을 보며 말했다.

"고마워."

나는 슬쩍 웃어 보이고 등받이에 몸을 기댔다.

텔레비전에 출연하겠다고 최종적으로 결심한 것이 불과 사
흘 전이다. 결심했다기보다 더는 물러설 곳이 없었다는 표현
이 옳을 것이다. 다른 멤버들은 내가 엄마와 무슨 약속을 했
었는지 모른다. 그들은 내가 밴드 활동을 하는 이상 프로를
지향할 것이라고 믿었다. 그리고 그들이 믿는 것처럼 나도 프

로가 되고 싶다. 그러니 눈앞의 기회를 놓칠 수는 없었다.

그러나 결심이 선 후에도 마음은 개운치 않았다. 엄마의 그 매서운 눈초리가 뇌리를 떠나지 않았다. 엄마는 왜 내가 사람들 앞에 나서는 걸 그토록 싫어할까.

텔레비전에 출연하는 일로 옥신각신한 일이 실은 이번이 처음은 아니었다. 중학교 3학년 때, 단체로 출전하는 퀴즈 프로그램에 반 친구들과 나가려고 한 적이 있다. 그때도 엄마는 한사코 반대했다. 입시 공부에 방해가 된다는 게 이유였다. 나는 참가 상품인 CD 플레이어가 갖고 싶어서 출전하려 했는데, 그 사실을 말하자 엄마는 다음 날 나를 아카하바라에 데리고 가서 CD 컴포넌트를 사 주었다. 이거면 불만 없지, 하는 식이었다. 불만은 없었지만 의문은 남았다. CD 컴포넌트가 훨씬 공부에 방해될 것 같았기 때문이다.

내가 사람들 앞에 나서면 뭔가 안 좋은 일이 일어난다……. 설마하니 그럴 리 없겠지만, 엄마가 워낙 심각하게 구니까 농담은 아니라는 생각이 든다. 그런 이해할 수 없는 태도가 마음에 걸리는 데다, 엄마와의 약속을 어겼다는 꺼림칙함 때문에 오늘은 내내 우울했다. 그 꺼림칙함을 날려 버리고 싶어 무대에서 한껏 소리를 질렀는데, 그 덕분에 노래가 성공적이었다면 그야말로 아이러니다.

간타는 나를 샤쿠지이 공원 근처의 내가 사는 아파트까지 태워다 주었다. 다른 멤버들도 모두 이쪽에 살고 있다. 모두 같은 고등학교를 졸업한 동창생이다.

내가 도모히로의 권유로 이 밴드에 들어온 것은 고등학교 2학년 때 일이다. 첫 연습을 하면서 이거다, 하고 생각했다. 나 자신이 오래도록 찾던 것을 만난 듯한 기분이었다. 그때까지 나는 배구부였는데, 뭔지 모르게 약간 부족한 느낌이 있었다. 그 부족한 것을 바로 밴드가 채워 주었다.

"고바야시 후타바를 영입함으로써 우리는 완벽해졌다."

그날 연습이 끝난 후 카페에서 도모히로가 선언했다.

우리는 주위에 생활 지도 선생님이 없는 것을 확인하고는 맥주로 건배했다.

그렇게 해서 나는 배구부를 그만두고 밴드에 빠져들게 되었는데, 엄마가 예의 조건을 달았던 것이다. 다른 멤버들에게 그 얘기를 했지만 그들은 별로 신경을 쓰지 않았다.

"프로가 되지 않는다는 게 조건이란 말이야? 하하하, 과연 후타바의 어머니답다. 말씀 한번 거창하게 하시네."

도모히로의 말에 유타카와 간타도 키득거렸다.

아닌 게 아니라 그 무렵에는 프로가 되겠다는 생각은 꿈에도 없었다. 학교 축제 같은 데서 조금이라도 눈에 띄면 좋겠다고 생각한 정도다. 그런데 전원이 대학에 진학해 밴드 활동을 본격적으로 하게 되자 누가 먼저랄 것도 없이 구체적인 꿈을 얘기하게 되었다. 밴드 활동으로 밥벌이를 할 수 있으면 좋겠다든지, 콘서트를 열 수 있으면 좋겠다든지 하는 꿈이다.

그래서 이번에 도전하게 된 것이다.

밴드 멤버들은 나와 엄마의 약속 따위는 잊은 지 오래일 것이다. 설사 기억한다 해도 그다지 대수롭지 않게 생각할 터였다. 무리도 아니다. 나도 그랬으니까.

만약 내가 밴드를 그만두겠다고 말하면 멤버들은 어떤 반응을 보일까. 상당히 흥미로운 실험일지는 모르지만 도저히 꺼낼 수 없는 말이었다.

나와 엄마가 사는 곳은 역에서 도보로 10분 정도 거리에 있는 2층짜리 아파트의 201호다. 이렇다 할 가구도 없고 찾아오는 손님도 없어서 방 두 칸으로도 충분하다. 남쪽 베란다에서는 나무가 울창한 샤쿠지이 공원이 보인다. 그런대로 쾌적한 곳이다.

문을 열었을 때 현관에 엄마의 짙은 갈색 펌프스가 놓여 있는 걸 보고 나는 가슴이 철렁했다. 야근이라고 했으니 내일 아침이나 되어야 돌아올 것으로 생각했기 때문이다.

살금살금 엄마 방 앞을 지나 부엌으로 가서 물을 한 잔 마신 다음 다시 돌아와 엄마 방 장지문을 조심스레 열었다. 이부자리가 펴져 있고, 엄마가 등을 돌린 채 그 위에 누워 있었다. 다부진 어깨가 이불 밖으로 나와 있었는데, 그 모습이 어쩐지 내게 향한 분노를 나타내는 것처럼 느껴졌다.

자는 거라면 깨우지 말자는 생각에 살며시 장지문을 닫으려
했다. 그런데 5센티미터쯤 문을 움직였을 때 갑자기 엄마의
음성이 날아들었다.

"왔니?"

나는 전기 충격이라도 받은 것처럼 몸을 움찔했다.

"아이, 깜짝 놀랐네. 안 잤어? 야근이 아니었나 봐."

"바뀌었어."

"아, 그랬구나……."

텔레비전을 봤는지 못 봤는지 궁금했지만 확인할 방법이 생
각나지 않았다. 그래서 아무 말 없이 엄마 등을 바라보고 있
는데 그 너머에서 다시 엄마 목소리가 들렸다.

"너, 다음 주에도 나갈 생각이니?"

텔레비전 방송 얘기라는 걸 이내 알아차렸다. 역시 봤나 보
다. 그런데 이런 투로 묻는다는 건 별로 화가 나지 않았다는
뜻 아닐까. 아니야, 아니야. 폭풍우가 몰아치기 전의 고요함
일 수도 있다.

"그러려고 하는데……."

조심스럽게 말하면서 엄마의 몸에 덮여 있는 이불에 눈길을
주었다. 그 이불이 확 걷히면서 무시무시한 얼굴을 한 엄마가
나를 돌아볼 것만 같았다.

그러나 실제로 그런 일은 벌어지지 않았다. 엄마는 흥, 콧방귀를 꿰었을 뿐이다. 그리고 이렇게 말했다.

"다른 용건이 없으면 그 문 좀 닫아 줄래? 춥다."

"아, 미안."

이 계절에 추울 리 없는데, 하고 생각하면서 다시 장지문을 닫으려 했다. 그런데 그러기 전에 엄마가 나를 불렀다.

"후타바."

"응?"

"네 노래, 괜찮더라. 다시 봤어."

뜻밖의 말에 나는 순간적으로 말문이 막혔다.

"……고마워."

어안이 벙벙한 채로 대꾸한 뒤 엄마의 등에 대고 꾸벅 고개를 숙였다. 그리고 이번에는 장지문을 끝까지 닫았다.

내 방으로 가서 잠옷으로 갈아입은 다음 꾸물꾸물 침대로 기어 들어갔다. 엄마가 화가 난 것 같지는 않다. 그 이유가 뭘까 생각해 보았다. 아무리 말해도 듣지 않는 딸에게 마침내 넌더리가 난 것일까. 아니면 생각 이상으로 노래를 잘해서, 프로가 되겠다는 꿈을 무턱대고 반대하면 가엾다고 생각한 것일까.

결론을 내리지 못한 채 나는 서서히 잠에 빠져들었다. 완전히 잠들기 직전에 어렴풋이 생각한 것은 아무래도 내가 짐작한 것만큼 엄마가 강경하게 반대하지는 않았었나 보다는 것이었다.

그러나 그로부터 1시간 후, 그 섣부른 생각은 맥없이 무너지고 말았다.

심하게 목이 말라 눈을 떴다. 침대에서 기어 나온 나는 문손잡이로 손을 뻗다가 도로 움츠렸다. 몇 센티미터쯤 열려 있는 문틈으로 부엌 일부가 보였다.

엄마가 의자에 멍하니 앉아 있었다. 눈은 식탁을 향해 있었지만, 뭘 보고 있지는 않았다. 그 얼굴을 가만 바라보던 나는 그만 화들짝 놀라고 말았다. 얼굴에 분명히 눈물 자국이 나 있었다. 엄마는 허탈한 표정으로 인형처럼 꼼짝하지 않았다.

그런 엄마 모습이 나와 상관없는 일이라고 여길 만큼 나는 낙천적인 성격이 아니다. 목이 마른 것도 잊고 침대로 돌아갔다.

내가 그렇게 나쁜 짓을 한 걸까. 텔레비전에 나갔을 뿐인데. 텔레비전에 나가서 큰 소리로 노래를 불렀을 뿐이다.

그 일이 왜 엄마를 저토록 괴롭히는 것일까.

그 순간 묘한 느낌이 머릿속에 싹텄다. 예전에도 이런 일이 있었다는 생각이 들었다. 데자뷔 따위의 흐릿한 느낌이 아니었다. 좀 더 선명한 기억이다. 한참을 생각하고서야 아아, 맞아, 하고 떠올랐다. 그때 일이다.

아주 오래전이지만, 전에도 한 번 엄마가 저렇게 슬픈 표정을 지은 적이 있었다. 내가 초등학교에 들어갔을 무렵의 일이다. 이 동네로 이사 온 직후이기도 하다.

그날 나는 학교에서 같은 반 친구들에게 괴롭힘을 당하고 돌아왔다. 그 중심인물은 이웃에 사는 여자아이였다. 반 친구들을 양옆에 거느리고 나를 손가락으로 가리켰다.

"같이 놀면 안 된대. 고바야시 씨네 아이에게 가까이 가면 안 된다고 우리 엄마가 그랬어. 그치, 내 말이 맞지?"

그 아이가 동의를 구하자, 주위에 있던 몇 명이 고개를 끄덕거렸다. 모두 한동네에 사는 아이들이었다.

내가 "왜 안 되는데?" 하고 묻자 그 아이는 으스대듯이 가슴을 쫙 펴며 말했다.

"왜냐하면, 너는 아빠가 없잖아. 죽은 게 아니라 처음부터 없었다던데? 그러면 안 된대. 우리 엄마가 그러는데 그건 비정상이래."

'비정상'이라는 말의 의미를 갓 초등학교에 입학한 그 아이가 제대로 이해했을지는 의심스럽다. 아마도 집에서 엄마들이 그런 표현을 썼을 것이다. 엄마들 사이에 무슨 대화가 오갔을지 지금의 나는 손에 잡힐 듯이 알 것 같다. 고바야시 씨는 정식으로 결혼한 적이 없대요, 어머나 그럼 미혼모네요? 무슨 일을 하는지는 모르지만 불규칙한 건 분명해요, 그럼 물장사? 그럴지도 모르죠, 애 아빠가 누군지 본인도 모르는 거 아닐까요? 아, 싫다, 그런 비정상적인 사람이 이웃이라 니……, 보나 마나 그런 식이었을 것이다.

그날 울면서 집에 돌아온 나는 엄마 얼굴을 보자마자 대뜸 따져 물었다. 엄마, 우리가 비정상이야? 다른 집처럼 아빠가 없어서 안 되는 거야?

내 얘기를 들은 엄마는 잠시 생각에 잠기더니 고개를 들고 나를 바라보며 하하하, 호쾌하게 웃었다.

"후타바, 그 정도 험담은 너그럽게 봐줘야지. 다들 네가 부러워서 그러는 건데."

"내가 부럽다고? 왜?"

"그야 뻔하지. 자유롭잖아. 아빠가 있어 봐, 얼마나 자유롭지 못한 줄 알아? 예절 바르게 행동하라느니, 여자답게 굴라느니 하며 시끄러울 거야. 엄마가 그런 잔소리를 한 적 있니?"

"없어."

"거봐. 여자끼리 사는 게 제일 좋아. 그게 부러워서 괜히 시비를 거는 거야. 알겠니?"

알 것 같은 기분이 들어 나는 고개를 끄덕였다.

"알았어."

"좋아. 이제 알았으니까."

엄마는 내 얼굴을 양손으로 감싸고 뺨을 빙글빙글 돌렸다.

"다음에 또 아이들이 괴롭힌다고 울면서 돌아오면 집에 안 들여놓을 거야. 상대가 그 누구건 싸워. 괜찮아, 다치면 엄마가 다 치료해 줄 테니까. 친구들에게도 말해 둬. 우리 엄마가 간호사라서 상처 따위 얼마든지 치료할 수 있으니까 적당히 그만두지 않을 거라고."

그 박력 넘치는 말에 나는 용기를 얻었다.

하지만 그날 밤 나는 보고 말았다. 엄마가 이부자리를 깔다 말고 다다미에 무릎을 꿇은 채 멍하니 앉아 있는 모습을. 내가 욕실에서 나온 줄도 모르고 엄마는 초점 잃은 멍한 눈을 하고 있었다. 그리고 그 눈에서 눈물이 흘러내렸다. 그 모습을 본 나는 도로 욕실로 들어갔다. 나는 세탁기 옆에 우두커니 선 채, 어린 마음에도 확신했다. 내 출생과 관련해서 엄마에게는 누구에게도 말하지 못할 비밀이 있다고. 그 비밀이 아빠와 관련된 일인지 아닌지, 거기까지는 알 수 없었다.

조금 전 엄마 모습이 그날 밤과 똑같았다.

그렇다면 이번 일도 내 출생과 관련이 있고, 그래서 엄마가 괴로워하는 것일까. 내가 텔레비전에 출연했기 때문에, 판도라의 상자가 열리기라도 한 것일까.

마리코의 장 2

7월 10일 오후 3시 5분, 내가 탄 비행기가 하네다에 도착했다. 짐을 찾아 들고 공항에서 모노레일을 타고 하마마쓰초로 갔다. 도쿄는 세 번째인데, 지금까지는 친구 뒤를 쫓아다니기만 하면 문제가 없었다. 그러나 이번에는 모든 걸 스스로 판단해야 한다.

하마마쓰초에서 야마노테선을 타고 시부야로 향했다. 데이토 대학으로 가는 길은 홋카이도대 학생인 요코이가 가르쳐 주었다. 그가 설명을 제대로 해 준 덕에 거의 헤매지 않았다. 그러나 어디를 가도 삿포로나 하코다테에 비할 수 없을 만큼 사람이 많아서 당황스러웠다. 전철 표를 사는 데도 시간이 걸렸다. 토요일 낮인데 마치 아침의 출근 시간 같다.

야마노테선에는 주로 젊은이들이 타고 있었다. 그들이 홋카이도 젊은이들과 어떻게 다른지는 잘 알 수 없었다. 아마 옷차림이나 머리 모양에 차이가 있겠지 짐작할 뿐이다. 원래 패션을 잘 모르는 나는 삿포로에서 지금 어떤 옷차림이 유행하는지도 잘 모른다. 다만 내가 그들에게 이유를 알 수 없는 두려움을 느끼는 건 사실이었다. 홋카이도에서는 없었던 일이다. 어쩌면 내 안에 있는 도쿄라는 도시의 이미지가 나를 예민하게 만든 건지도 모르겠다.

시부야는 사람이 더 많고, 역 전체가 『장미의 이름』에 등장하는 입체 미로마냥 복잡하게 얽혀 있었다. 나는 요코이가 적어 준 메모를 한 손에 들고 표지판을 찾으면서 우왕좌왕하다가 간신히 이노가시라선 개찰구에 도착했다. 이제 조금만 더 가면 된다.

"도쿄에서는, 역무원이 아니면 길을 묻지 않는 게 좋아."

이것이 요코이의 충고였다. 사람들이 대부분 자신이 지금 어느 지점에 있는지 의식하지 않은 채 늘 다니는 코스를 습관적으로 걷기 때문이란다. 그런 사람들에게 길을 물어 봐야 귀찮게 여길 뿐이고, 설사 대답이 돌아온다 해도 정확한지 어떤지 전혀 보장할 수 없다는 것이다. 이렇게 거미줄처럼 전철이 달리는 데다 역 구내가 입체 미로처럼 복잡하니 그럴 만도 하다고 나는 생각했다.

10분쯤 전철을 타고 가자 내려야 할 역에 도착했다. 역 주변에는 건물이 즐비하고, 도로는 차로 꽉 막혀 있었다. 이런 동네조차 내 눈에는 큰 도시로 보였다. 새삼스럽게 역시 도쿄는 대단한 곳이라는 생각이 들었다. 삿포로에서는 10분만 전철을 타고 가도 벌써 도시 분위기가 희미해진다.

전국 어디에나 있는 햄버거 가게가 눈에 들어왔다. 나는 그곳이 저쪽에서 말한 장소가 틀림없다는 것을 확인하고 안으로 들어가 햄버거 보통 사이즈와 콜라를 주문했다. 손목시계를 보니 10분 후면 4시였다.

햄버거는 늘 먹던 것과 똑같은 맛이었다. 다 먹었을 때는 4시가 지나 있었지만, 약속 상대는 나타나지 않았다. 얼마 남지 않은 콜라 컵을 들고 입구 쪽을 바라보고 있으려니, 브라이트 리버역에서 매슈 커스버트 아저씨가 데리러 와 주기를 기다리는 앤 셜리가 된 기분이었다. 정말 데리러 나와 줄까. 나온다 해도 나를 알아보지 못하는 것은 아닐까. 무사히 만난다 해도 뭔가 착오가 있어, 남자아이가 올 줄 알았던 상대가 실망하지 않을까. 빨간 머리 앤처럼 그런 생각에 빠져있었다.

4시 12분에 파란 폴로셔츠에 크림색 바지를 입은 여자가 들어왔다. 키가 큰 그녀는 가게 안을 한 바퀴 둘러보다가 내 얼굴에 시선을 고정하더니 두 손을 바지 주머니에 찔러 넣은 채 똑바로 다가왔다.

"우지이에 마리코 씨?"

허스키한 목소리였다.

"시모조 씨인가요?"

그래, 하고 그녀가 고개를 끄덕였다.

"늦어서 미안해. 교수가 갑자기 일을 시키는 바람에……."

"괜찮아요. 별로 오래 기다리지도 않았어요."

"그럼 다행이고. 자, 갈까."

시모조 씨가 빙그르 몸을 돌렸다.

"아, 네."

나는 허둥지둥 짐을 챙겨 들었다.

학교까지는 걸어서 몇 분 정도라고 했다. 우리는 나란히 보도를 걸었다.

"아버지의 반생기를 쓰고 있다면서?"

요코이에게 들었는지 시모조 씨가 그렇게 물었다.

네, 하고 대답했다.

"그것도 영어로 쓴다면서? 대단하네. 아무리 영문학과라지만 이제 겨우 1학년인데."

"별로…… 대단한 일은 아니에요."

"대단하지, 그 정도면. 부럽네, 그런 걸 쓰고 싶어질 만한 아버지가 있다니. 우리 아빠는 게으르기 짝이 없는 치과 의사일 뿐인데 말이야. 머릿속에 돈 벌 생각밖에 없어."

정말 부럽다고 시모조 씨는 거듭 말했다.

"저, 아까는 어떻게 저를 금방 알아보셨어요?"

"아까? ……아아. 맥도널드에서 커다란 여행 가방 껴안고 있는 여자아이가 어디 흔한가."

시모조 씨는 별일 아니라는 듯이 대답했다.

이윽고 오른쪽으로 기다란 담장이 나타났다. 파릇파릇한 잎이 달린 나무가 담 너머에서 도로를 향해 가지를 뻗고 있다. 도쿄에도 나무는 있다.

"맨 먼저 뭘 알고 싶지?"

교문에 들어서자 시모조 씨가 물었다.

"글쎄요……, 아빠의 학창 시절 애기라면 뭐든지요."

"그럼 우선 어느 연구실에 계셨는지 알아야겠네. 하지만 30년 전이니 지금과는 여러모로 다를 텐데……. 아버지 전공이 뭐였는지 알아?"

"지금은 대학에서 발생 공학이라는 걸 가르치시는 것 같던데요."

"발생 공학이라……."

시모조 씨가 걸음을 멈추고 짧은 머리를 쓱 쓸어 올렸다.

"학생 때도 그 분야를 연구하셨는지는 모르겠지만, 우메즈 교수님께 여쭤보면 알 수 있을지도 몰라. 내가 속해 있는 연구실 교수님이야."

"우메즈 마사요시 교수님 말인가요?"

내 물음에 시모조 씨가 한쪽 눈썹을 치켜세웠다.

"알아?"

"안다고 할 수는 없지만⋯⋯."

나는 핸드백에서 연하장을 한 장 꺼냈다. 보낸 사람은 우메즈 마사요시였다.

"데이토 대학 관계자로 보이는 사람 중에 지금까지 연락을 하는 사람은 이분뿐인 것 같아요."

"그러네. 그럼 역시 우메즈 교수님이 정답이네. 이거 보통 우연이 아닌걸."

시모조 씨가 다시 걷기 시작했다. 나도 가방을 껴안은 채 그녀를 뒤따랐다.

하얀 4층 건물 앞에 다다르자 여기서 기다리라고 하고는 시모조 씨는 안으로 들어갔다. 나는 그곳에 덩그러니 선 채 캠퍼스를 오가는 학생들을 바라보았다. 흰 가운을 입은 학생들은 너 나 할 것 없이 생기발랄해 보였다. 그 표정에서 자신감이 느껴졌다. 30년 전에는 아빠 역시 저랬을 것이란 생각이 들었다.

아빠의 반생기를 쓴다는 말은 물론 거짓이다.

내 목적은 오직 하나였다. 몇 년 전에 있었던 불가사의한 엄마의 죽음, 그 수수께끼를 푸는 것이다.

엄마의 죽음이 자살이라고 확신한 나는 사건 후에도 어떻게든 진상을 밝히고 싶어서 전전긍긍했다. 그러나 유일하게 진실을 알고 있을 아빠가 입을 열지 않는 한 기숙사 생활을 하는 내게 그런 기회가 찾아올 리 없었다. 나는 괴로워하면서도 그저 시간만 흘려보낼 뿐이었다.

그러다가 처음으로 실마리를 찾은 것은 사건으로부터 5년 남짓 지난 올봄의 일이었다.

올해 4월, 나는 삿포로에 있는 여자 대학에 입학했다. 그와 함께 외삼촌 가족이 사는 외가에서 지내게 되었다.

외삼촌 부부에게는 고등학교에 갓 입학한 여자아이가 있었다. 내게는 여동생 같은 존재로, 이름은 가오리다. 내가 그 집에서 살기 시작할 무렵, 가오리가 도쿄 지도책과 옛날 시간표를 보여 주었다. 집을 새로 지을 때, 돌아가신 외할머니의 짐을 정리하다가 불단 서랍 속에서 발견했다고 한다.

"도쿄 지도라는 게 어쩐지 멋져 보이잖아. 그래서 아빠한테 가져도 되냐고 물었더니 그러라고 해서 내 방에 놓아두었던 거야. 왜, 드라마 같은 데서 도쿄 지명이 나오잖아, 롯폰기나 하라주쿠 같은 데 말이야. 그런 곳이 어디 있는지 지도에서 찾아보면서 놀곤 했어."

그 얘기를 들었을 때 나는 그만 웃고 말았다. 내게도 그런 기억이 있었다. 중학교 3학년 때 기숙사 룸메이트가 집에서 지구의를 가져왔다. 우리는 『빨간 머리 앤』에 나오는 프린스 에드워드섬이나 '사운드 오브 뮤직'의 무대인 잘츠부르크 같은 곳의 위치를 찾아보았다. 가오리에게는 롯폰기나 하라주쿠가 그런 곳이었나 보다.

그러나 가오리가 내게 그것들을 보여 준 이유는 물론 그런 이야기를 하려는 것만은 아니었다. 그 지도와 시간표가 자기 고모, 그러니까 우리 엄마 물건이 아닐까 하는 게 그녀의 생각이었다.

가오리는 시간표의 국내선 항공기 운항표가 실린 페이지를 펼쳤다. 그러고는 도쿄-하코다테 편 시간표에 파란 볼펜으로 동그라미가 그려져 있고, 도쿄-삿포로 편에도 같은 표시가 되어 있는 점을 지적했다. 그리고 이번에는 하코다테 본선 열차 페이지를 펼쳤다.

"이것 봐, 여기에도 열차 편에 표시가 있잖아. 비행기 운항 시간표랑 대조해 보고 알았는데, 이건 말이지, 도쿄에서 비행기를 타고 지토세 공항에 도착했을 경우 하코다테와 연결되는 열차 편이야. 그러니까 이 시간표를 사용했던 사람은 어쨌거나 하코다테와 도쿄 사이를 왕복하고 싶었던 거야. 그런데 만에 하나라도 하네다에서 직접 하코다테로 가는 비행기를 타지 못할 경우에 대비해서 지토세 공항을 거치는 방법을 고려했던 거지."

나는 고등학교 1학년인 사촌 동생의 예리함에 혀를 내둘렀다. 거기까지 듣고 나면 그다음은 나도 안다. 하코다테에 살면서 외할머니 집을 드나들었던 사람이라면 엄마밖에 없었다.

"가오리 너, 대단하다. 미스 마플 같아."

나는 그녀를 칭찬했다.

그러나 그렇게 들떴던 기분은 가오리의 다음 말에 싹 가시고 말았다. 그녀가 약간 머뭇거리며 말했다.

"할머니가 이걸 불단 서랍에 넣어 둔 이유는 고모의 유품이라고 여겼기 때문이 아닐까 싶었어. 바로 그 사고가 일어났을 무렵의 것이니까."

나는 깜짝 놀라 시간표 표지를 다시 보았다. 그리고 중대한 사실을 놓쳤다는 걸 깨달았다.

시간표는 5년 반 전인 12월 치였다. 엄마가 죽은, 그 악몽 같았던 12월이다. 그러니까 엄마는 그 사건이 일어나기 직전에 도쿄에 다녀왔다는 말이다.

그 사실을 아빠에게 직접 확인해 보았다. 내 질문에 아빠는 당황하는 빛이 역력했다. 시간표와 도쿄 지도를 보여 주고 내가 가오리에게 얻어들은 추리를 내 것인 양 늘어놓는 동안에도 얼굴이 창백했다.

그러나 아빠는 이렇게 대답했다.

"엄마는 도쿄에 가지 않았어. 그 화재 사건은 하루빨리 잊도록 해라."

그리고 더는 말을 붙일 수 없었다.

그러나 아빠의 그런 태도에서 나는 오히려 확신했다. 엄마가 자살하기 직전에 도쿄에 다녀온 것이 사실이라고. 그 도쿄행에 모종의 진실이 숨어 있다고.

도쿄 하면 기억나는 일이 하나 더 있었다. 작년 말, 내가 도쿄에 있는 대학에 가고 싶다고 했을 때 곤혹스러워하던 아빠 모습이다. 도쿄는 절대 안 된다, 그런 도시에서 젊은 여자 혼자 살아서 좋을 게 없다. 대학에서 교편을 잡고 있는 사람이 맞는지 의심스러울 정도로 감정적이고 비논리적인 말을 내뱉었다.

그때 나는 결국 아빠가 외로워서 그러나 보다고 해석했다. 다른 이유가 짐작되지 않았기 때문이다. 그러나 엄마가 도쿄에 다녀왔다는 사실을 알고 나니 그 일도 신경이 쓰이지 않을 수 없었다. 무슨 특별한 사정이 있어서 아빠가 나를 도쿄에 보내지 않으려 했던 것 아닐까.

그 뒤로 나는 틈이 날 때마다 엄마와 도쿄의 관계를 조사했다. 외삼촌 부부에게 슬쩍 물어보기도 하고, 엄마의 경력을 새삼 조사하기도 했다. 그 결과, 엄마는 도쿄에 아는 사람이 있었던 것 같지 않고, 엄마에게 도쿄는 익숙지 않은 도시라는 사실을 알게 되었다. 그렇다면 가능성은 한 가지뿐이었다. 엄마의 상경은 아빠의 과거, 즉 데이토대 학생이었던 아빠와 관련이 있다는 것이다.

그리고 실은 엄마의 행선지를 암시하는 실마리가 하나 더 있었다. 가오리가 발견한 도쿄 지도에 동그라미로 표시된 부분이 있었던 것이다. 그것은 세타가야구가 실린 페이지의 지도 중 '소시가야 1번지'라고 인쇄된 부분이었다. 나는 다른 페이지도 꼼꼼하게 살펴보았지만 그런 표시를 더는 찾을 수 없었다.

세타가야구 소시가야 1번지. 그곳이 엄마의 목적지였는지도 모른다. 지도로 봐서는 딱히 큰 시설이 있는 것 같지도 않다. 그렇다면 개인 집을 찾아갔다고 보는 편이 타당할 것이다.

나는 하코다테의 집에 갈 때마다 주소록과 편지 등을 샅샅이 뒤져 보았다. 그러나 세타가야구 소시가야라는 주소는 끝내 발견할 수 없었다.

어쩌면 아빠의 데이토 대학 시절 지인 중에 그 주소에 사는 사람이 있을지도 몰랐다. 나는 당장이라도 도쿄로 가고 싶은 충동에 시달렸다. 하지만 그 시점에는 단서가 너무 적었다. 도쿄에 간다 해도 그다음에는 어째야 할지 몰라 이러지도 저러지도 못할 것이 뻔했다.

중대한 열쇠를 찾은 것은 여름 방학이 코앞으로 다가와 초조함을 느끼기 시작할 무렵이었다. 그 열쇠는 사진 한 장이었다. 그 사진을 보는 순간 나는 아빠의 데이토 대학 시절을 조사해 보기로 결심했다. 그 방향이 틀림없다는 확신이 섰기 때문이었다.

도쿄로 올라가기 전에 데이토 대학 의학부와 줄이 닿는 사람을 찾아보았다. 자원 봉사 동아리에서 함께 활동하는 홋카이도대 학생 요코이가 고등학교 선배 중 그 학교에 다니는 여학생이 있다고 했다. 나는 요코이에게 그 여학생을 소개해 달라고 부탁했다. 그 사람이 시모조 씨다.

"많이 기다렸지."

등 뒤에서 목소리가 들려 퍼뜩 정신을 차렸다. 시모조 씨가 건물에서 나오는 참이었다. 그녀는 나를 보며 두 팔로 X표를 만들었다.

"우메즈 교수님이 지금 강의 중인가 봐. 나중에 다시 와 보자. 오늘 밤은 늦어도 괜찮은 거지?"

"네. 호텔을 예약해 놓았어요."

"홋카이도에는 내일 밤에 돌아간다고 했지?"

"맞아요. 밤 비행기라서 6시까지만 하네다에 도착하면 돼요."

"그래? 그럼 여유가 좀 있네."

그녀가 싱긋 웃으면서 팔짱을 끼었다.

"그럼 이제 어떡할까? 아버지에 대해 달리 조사하고 싶은 거 있어?"

"저, 혹시 명부를 볼 수 있을까요?"

"명부라니, 무슨 명부?"

"의학부 명부요. 졸업생의 이름과 연락처가 실려 있다든지 하는 게 있으면……."

"아아, 그래!"

그녀가 손가락을 탁 튕겼다.

"그거라면 도서관에 가야지. 자, 가자."

말이 끝나는 것과 동시에 걸음을 옮겼다.

도서관은 내가 다니는 대학이라면 대강당으로 보이지 않았을까 싶을 정도로 멋지고 웅장한 분위기를 풍겼다. 내부는 박물관처럼 고요했다. 나는 1층에 짐을 맡기고, 시모조 씨를 따라 2층의 특별 열람실이라는 방으로 들어갔다. 그곳에는 책은 한 권도 없고, 책상과 의자만 늘어서 있었다. 방 한구석에 담당 직원인 듯한 젊은 남자가 하나 있을 뿐이고 열람자는 한 명도 없었다.

시모조 씨가 학생증을 꺼내며 남자에게 다가갔다. 얼굴을 아는 사이인지, 열람 수속을 하면서 축구 얘기를 두세 마디 나누었다. 남자가 미소를 지으면서 내 쪽을 바라보았다. 그러더니 어, 하는 표정을 지었다.

"시모조 씨 친구야?"

"친구의 친구예요. 예쁘죠?"

시모조 씨가 대답했다.

"그러네. 그런데 어디선가 만난 적이 있는 것 같은데, 흠……, 어디였더라."

"또, 또. 속 들여다보이는 거짓말 좀 그만해요. 그런 식으로 꼬드겨 봐야 소용없다니까요."

"아니, 그런 게 아니라, 정말 본 기억이 있어서 그래."

"저는 뵌 기억이 없는데요."

내가 말했다.

"그래요? 아닌가……."

남자가 내 얼굴을 보며 조그맣게 중얼거렸다.

"허튼소리 말고 빨리 명부나 갖다주세요. 게으름 피운다고 일러바치는 수가 있어요."

시모조 씨가 말했을 때 남자가 손뼉을 짝 쳤다.

"생각났어. 어젯밤 텔레비전이야."

"텔레비전이라니, 뜬금없이 무슨 소리예요?"

시모조 씨가 물었다.

"텔레비전에 나왔단 말이야. 거 왜, 금요일 밤 11시부터 하는 음악 프로그램 있잖아."

그가 말하는 프로그램 이름을 나는 알지도 못했다. 홋카이도에서는 방송되지 않는 프로그램인 듯했다.

"거기에 아마추어 밴드가 나오는 코너가 있는데, 어젯밤에 출연한 밴드의 보컬이랑 똑같아. 혹시 학생 아니야?"

그가 진지한 표정으로 물었다. 농담인지 진담인지 구분하기 어려웠다.

나는 고개를 저었다.

"아닌데요."

"어, 정말이에요?"

"무슨 소리예요. 얘는 조금 전에 홋카이도에서 왔단 말이에요. 장난치지 말고 일이나 제대로 하시죠."

"장난 아닌데……."

남자가 고개를 갸웃거리며 안쪽 방으로 들어갔다.

문이 닫힌 후 시모조 씨가 속삭이듯 말했다.

"조심해. 도쿄에는 저런 식으로 접근하는 남자가 우글거리니까."

나는 웃으면서 네, 하고 대답했다.

남자가 두툼한 파일을 들고 나왔다.

"여기서 봐야 해요. 그리고 복사도 안 됩니다."

그가 파일을 시모조 씨에게 건네며 말했다. 이런 순간에는 존댓말을 쓰는 습관이 있는 모양이었다. 그리고 이번에는 내 쪽을 힐금 보더니 "아무리 봐도 닮았어. 나는 마음에 드는 여자 얼굴은 한 번만 봐도 절대 잊어버리지 않는단 말이야." 하고 중얼거렸다.

"정말 집요하네."

시모조 씨가 남자의 말을 일축했다.

우리는 창가 쪽 책상을 사용하기로 했다.

"이게 의학부 졸업생 명부야. 일단 아버지 이름부터 찾아보면 어떨까? 당연히 있겠지만 말이야. 나는 우메즈 교수님 스케줄을 다시 한 번 확인하고 올게."

"고맙습니다. 부탁드려요."

시모조 씨가 밖으로 나가는 보습을 눈으로 배웅하고 나서 나는 그 옛날 명부를 펼쳤다. 어느 시기에 한꺼번에 정리해서 작성한 게 아니라, 매년 졸업생의 자료를 덧붙인 것이었다. 그래서 앞쪽 페이지들은 색이 많이 바랜 데다 인쇄 상태도 좋지 않았다. 70년 이상의 역사를 지닌 대학의 졸업생 명부다 보니 역시 그만큼 연륜이 묻어나는 것이다.

아빠 나이로 졸업 연도를 알 수 있어서 명부에서 이름을 찾기가 별로 어렵지 않았다. 43기생 제9연구실이라는 항목에 우지이에 기요시라는 이름이 있었다. 그 바로 아래에는 우메즈 마사요시라는 이름도 있다.

각각의 이름 옆에는 졸업 후의 진로도 적혀 있었다. 아빠의 경우, 호쿠토 의과 대학 대학원이라고 되어 있다. 아사히카와에 있는 대학이다. 동기 중에는 아빠를 빼고는 그런 진로를 택한 사람이 한 명도 없었다. 다른 대학의 대학원으로 진학하는 일 자체가 별로 없는 것이다. 대부분 의사가 되는 것이 목표인지라 데이토 대학을 졸업한 후에는 어떤 형태로든 의사 노릇을 하는 게 일반적인 코스인 듯하다.

문득 아빠는 왜 아사히카와에 있는 대학을 선택했을까 하는 의문이 들었다. 도마코마이에 있는 본가에서 가깝기 때문이었을까. 아니, 그럴 리 없다. 그런 이유라면 애초에 데이토 대학으로 가지도 않았을 것이다.

여태 한 번도 생각해 본 적이 없지만, 의문이라면 의문이었다.

나는 아빠보다 몇 해 먼저 졸업한 사람들의 진로도 살펴보았다. 아빠 이전에 호쿠토 의과 대학으로 진학한 사람이 있는지 궁금해서였다. 그러나 아무리 거슬러 올라가도 그런 졸업생은 찾을 수 없었다. 그래서 아빠의 진로가 더욱더 이상하게 여겨졌다.

그만 포기하고 다시 한 번 아빠 이름이 나와 있는 곳을 보려고 페이지를 뒤로 넘기는데 문득 '호쿠토'라는 글자가 눈에 들어왔다. 나는 흠칫하며 손을 멈췄다.

그것은 졸업생 페이지가 아니라 의학 연구실 인사란이었다. 거기서 호쿠토 의과 대학이라는 글자를 발견했다.

구노 도시하루, 19××년 3월 15일자로 제9연구실 교수에서 호쿠토 의과 대학 교수로 전출.

그렇게 적혀 있었다.

제9연구실이라면 아빠가 이 구노 교수 밑에 있었다는 얘기다. 그렇다면, 구노 교수가 호쿠토 의과 대학으로 자리를 옮기자 아빠도 뒤따라간 것일까. 교수가 호쿠토 대학으로 옮기고 1년 후에 아빠도 호쿠토 의과 대학 대학원에 들어갔다.

하지만 이해할 수 없었다. 아빠가 구노라는 교수 밑에서 공부했다면 아빠 주변에 그런 흔적이 더 많이 남아 있어야 할 터인데, 주소록이나 편지들 그 어디에도 구노라는 글자는 없었다.

그 점에 대해서는 당장 해답을 얻기가 어려울 것 같았다. 나는 방법을 바꿔 아빠의 졸업 연도를 중심으로 졸업생들의 주소를 조사해 보았다. 세타가야구 소시가야 1번지. 이미 기억하고 있는 주소에 해당하는 사람을 찾아내는 게 목적이었다.

그러나 잠시 후 이 작업 역시 포기하고 말았다. 아무리 찾아도 그 주소에 해당하는 사람이 없었다. 주소가 소시가야 4번지인 사람을 겨우 찾아냈지만, 아빠보다 10년이나 후배여서 도저히 관계가 있을 것 같지 않았다.

나는 책상에 턱을 괴었다. 일이 그렇게 간단히 풀릴 것이라고는 기대하지 않았지만 그럼에도 실망이 적지 않았다. '세타가야구 소시가야 1번지'에는 아무 의미도 없는 것일까. 도쿄도 23구 지도에 표시를 한 이유는 전혀 다른 것이었을까.

열람실 문이 열렸다 닫히는 소리가 났다. 고개를 들어 보니 시모조 씨가 미소를 지으며 다가왔다.

"수확이 있었어?"

"네, 참고가 되었어요."

신세를 지고 있는 마당에 별 수확이 없었다고 말할 수는 없었다.

"그렇다면 다행이네."

그러고서 시모조 씨는 난처한 듯이 한쪽 눈을 찡그리며 관자놀이를 긁적였다.

"우메즈 교수님이 오늘은 도저히 시간이 안 나신대. 내일 만나면 어떻겠느냐고 하시는데? 내일 점심때 말이야."

"괜찮긴 한데, 내일은 일요일이잖아요."

"그건 상관없어. 우지이에 씨 따님이라면 꼭 만나 보고 싶다고 하시니까."

"그럼 다행이지만……."

1층에서 짐을 찾은 뒤 도서관을 나왔다. 1시간 반이 지나 있었다. 7월이라고는 해도 주위가 슬슬 어두워지고 있었다.

"온 김에 캠퍼스 구경할래? 내가 안내할게."

"아, 그럼 부탁드려요."

"짐이 무겁지 않니?"

"괜찮아요. 그런데 저, 귀찮지 않으세요? 이런 일을 부탁받아서요."

아까부터 내내 마음에 걸렸던 부분을 물었다.

시모조 씨는 살짝 눈을 감고 고개를 저었다.

"귀찮다고 생각했으면 애초에 응하지도 않았을 거야. 요코이는 단지 후배일 뿐, 갚아야 할 빚이 있는 것도 아니었으니까 말이지."

"그래도 이렇게 신세를 지면……."

"아직 별로 한 일도 없는데, 뭘. 그보다 난 말이지, 너 같은 사람이 열심히 해 줬으면 좋겠어. 여자가 대학에 가는 거, 연애나 노는 게 목적인 경우도 있잖아. 요즘은 여성의 사회 진출이 이슈로 많이 등장하지만, 여전히 졸업하면 여자로서의 책임감도 막을 내리는 것처럼 구는 여자가 많아. 그런 여자들이 우리 발목을 잡거든. 나도 여자라는 이유만으로 얼마나 손해를 많이 봤는지 몰라. 그건 지금도 마찬가지고, 앞으로도 그렇겠지. 그러니까 너도 열심히 하면 좋겠어. 내가 힘을 보탤 일이 있다면 얼마든지 협조할게."

시모조 씨의 열기에 찬 말을 듣다 보니 비치볼에서 공기를 빼듯이 몸을 짜부라뜨려 여행 가방 속에 들어가고 싶어졌다. 내게 아빠의 반생기를 쓸 마음 따위가 눈곱만큼도 없다는 걸 알면 그녀는 불같이 화를 낼지도 모른다. 나는 마음속으로 두 손을 모았다. 엄마의 죽음에 얽힌 진상을 알기 위해서는 어쩔 수 없었어요. 다른 방법이 없었습니다. 그러니 용서해 주세요…….

그리고 동시에 나 자신의 양심에도 양해를 구했다.

도서관에서 나온 우리는 캠퍼스를 빙 둘러 의학부 건물로 갔다. 도중에 크고 작은 갖가지 건물이 보였다. 메이지 시대를 떠올리게 하는 낡은 건물도 있고, 단단하고 조금 차가운 느낌을 주는 현대적인 건축물도 있었다.

"여기는 예전 학생 회관 건물이야. 한 20년 전까지는 사용했던 모양인데, 이제는 너무 낡아서 위험하니까 출입을 금지시켰어. 하지만 분위기가 근사하지?"

시모조 씨가 가리킨 곳은 네모난 벽돌 건물이었다. 설경이 어울릴 듯한 분위기고, 굴뚝만 있으면 산타클로스가 찾아올 것 같다.

그 창문에 덧문이 달려 있는 것을 보고 나는 걸음을 멈췄다.

"왜 그래?"

시모조 씨가 물었다.

"아니……, 정말 멋진 건물이네요."

"그렇지? 그 시대 건축가들이 훨씬 감각이 좋았나 봐."

우리는 한동안 그 자리에 머물렀다.

시모조 씨의 제안으로 역 근처에 있는 이탈리안 레스토랑에서 함께 저녁을 먹었다. 그녀는 몇 접시나 되는 요리를 정말로 깔끔하게 먹어 치웠다. 그러면서도 틈틈이 여러 가지 얘기를 한다. 학교생활, 연구 이야기, 그리고 다양한 의술을 익혀

장차 전 세계를 돌아다니고 싶다는 꿈……. 나는 파스타 한 접시를 서툴게 먹으면서 그녀의 얘기에 귀를 기울였다.

"남자는 저리 가라네요."

"일이라는 면에서는 그렇지. 하지만 여자이기를 포기한 건 아니야. 여자에게는 모성이 있잖아. 모성이 없으면 여자는 살아갈 수도 없고 싸울 수도 없어. 단순히 아이를 낳고 안 낳고의 문제가 아니야. 모성은 우주를 품는 존재야."

그러고서 시모조 씨는 화이트 와인을 잔에 따랐다. 그로써 와인 병이 깨끗이 비었다. 그녀는 빈 병을 흔들어 보이고는 "내가 좀 취했나?"라고 말하며 웃었다.

"하지만 이해할 수 있어요."

내가 대답했다. 아울러 나는 모성이란 좋은 말이라고 생각했다. 불쑥 엄마가 떠올라 눈시울이 뜨거워졌지만 물을 마시면서 꾹 참았다.

레스토랑을 나와 내일 만날 시간을 약속한 다음 시모조 씨와 헤어졌다. 전철을 탄 후 멋진 사람을 만나 다행이라고 새삼스레 생각했다. 그녀를 소개해 준 홋카이도 대학의 요코이 씨에게 선물이라도 사 가야 할 것 같다.

예약한 호텔은 하마마쓰초에 있었다. 방에 들어서자마자 가방에서 사진 한 장을 꺼냈다.

이번 상경을 결심하게 만든 사진이다.

그걸 내게 보여 준 사람은 외삼촌이었다. 뭔가를 찾다가 우연히 묘한 것을 발견했다면서 내 방까지 가져다주었다. 나는 무엇보다 그걸 발견한 곳이 마음에 걸렸다. 외할머니 짐 속에, 그것도 원래는 불단 서랍에 들어 있던 것이라고 한다. 불단 서랍이라면 가오리가 시간표와 도쿄 지도를 발견한 곳이다. 그렇다면 이 사진 또한 엄마가 도쿄에 갈 때 가지고 갔으리라고 봐도 되지 않을까.

사진은 손바닥 안에 들어갈 만한 크기로 흑백이었다. 어떤 건물 앞인 듯, 벽돌로 된 벽 앞에 두 사람이 서 있었다. 벽에는 덧문이 달린 창이 나 있다. 두 사람의 그림자가 그 벽을 향해 선명하게 뻗어 있었다.

오른쪽에서 웃고 있는 청년은 아빠가 틀림없었다. 머리카락이 새카맣고 얼굴은 팽팽하다. 아직 이십 대 전반이 아닐까 싶었다. 남방셔츠의 소매에서 뻗어 나온 팔이 유달리 길고 가늘며 하얬다.

그런데 외삼촌이 묘하다고 한 이유는 아빠 때문이 아니었다. 나머지 한 사람을 말하는 것이 분명했다.

키가 큰 아빠에 비해 키가 상당히 작은 그 사람은 긴 타이트 스커트에 하얀 블라우스 차림이다. 그러니까 여자라는 것을 알 수 있다. 바꾸어 말하자면, 옷 부분을 가리면 남자인지 여자인지 구분할 수 없었다.

왜냐하면 그 사람은 얼굴이 없었기 때문이다. 얼굴 부분만 검은 매직으로 지워져 있었다.

다음 날, 짐을 하마마쓰초역에 있는 사물함에 집어넣고 데이토 대학으로 향했다. 정오에 어제 갔던 햄버거 집에서 만나기로 되어 있었다. 시모조 씨가 오늘은 약속 시각 5분 전에 나타났다.

"잘 잤어?"

"네, 푹 잤어요."

"그래, 다행이야."

"죄송해요, 모처럼 쉬는 날에⋯⋯."

"내 걱정은 하지 마. 일요일이라고 해서 데이트할 상대가 있는 것도 아니니까."

웃는 그녀의 하얀 이가 눈부셨다.

일요일이라 역시 캠퍼스가 한산했다. 멀리서 고함을 지르는 듯한 소리가 들려온다. 운동부원들일 거라고 시모조 씨가 말했다. 운동장이 가까이 있는 듯하다.

시모조 씨에게 어제 갔던 구 학생 회관 쪽으로 돌아서 가 달라고 부탁했다. 어지간히 마음에 들었나 보네, 하며 그녀가 웃는다. 나는 말없이 미소만 지었다.

해묵은 벽돌 건물 앞을 천천히 걸어가면서 나는 머릿속으로 예의 사진 배경과 견주어 보았다. 벽의 형태나 덧문, 모든 것이 똑같다. 그 사진은 여기에서 찍은 것이 틀림없었다.

엄마가 도쿄에 온 것과 그 사진이 관련이 있을 거라고 확신했다. 그렇다면 얼굴이 지워진 여자는 대체 누구인가 하는 것이 가장 큰 열쇠다. 그걸 알아내면 수수께끼가 모두 풀릴 듯한 느낌이 들었다.

우메즈 교수와는 연구실에서 만나기로 되어 있었다. 약품 냄새가 나는 마루 복도를 걸어 제10연구실이라는 팻말이 걸려 있는 방문 앞에 도착했다. 시모조 씨가 문을 두드렸다.

"아, 정말 반가워요."

교수는 얼굴이 컴퍼스로 그린 것처럼 동그랬다. 머리카락이 전혀 없고 눈썹도 희미했다. 그 눈썹 밑에 갈매기 모양으로 처진 두 눈이 있었다.

교수가 우리를 응접용 소파로 안내했다. 먼저 시모조 씨가 내가 여기 온 이유를 다시 한 번 설명했다. 아버지의 반생기라는 말이 나와 나는 그만 고개를 숙이고 말았다.

"호오, 그래? 그런 걸 써 주는 딸이 있다니, 정말 부럽군."

교수는 살찐 몸을 흔들며 고개를 끄덕였다.

"그럼 저는 옆방에 있을 테니까 천천히 말씀 나누세요."

시모조 씨가 내게 미소를 지어 보이고 방을 나갔다.

"아주 똑똑한 학생이야."

방문이 닫히기를 기다렸다가 교수가 말했다.

"네, 정말로요. 참 부러워요."

"남학생들이 꼼짝도 못 해. 그건 그렇고, 아버지는 잘 계시는가?"

"네, 덕분에요."

"그래, 다행이군. 그러고 보니 못 만난 지 벌써 10년이 되어 가는군. 그 친구가 홋카이도로 간 직후에는 수시로 연락을 주고받았는데 말이야."

거기까지 말하고 나서 교수는 문득 뭔가 떠올랐다는 듯이 낭패스러운 표정을 짓더니 자세를 고쳐 앉았다.

"그 화재 사건은 정말 안타깝게 됐어. 자네 어머니 장례에 어떻게든 가려고 했는데 도저히 그럴 만한 시간이 없어서 말이지."

"아니에요. 마음에 두지 마세요."

나는 살랑살랑 고개를 저었다.

"내내 마음이 쓰였지 뭔가. 아버지에게 잘 말씀드려 달라고 하고 싶지만, 시모조 양 얘기를 들어 보니 그 친구는 자네가 여기 온 사실을 모르는 듯해서 그럴 수도 없고 말이야."

"죄송합니다."

"아니, 자네가 사과할 일은 아니야. 그래서, 내가 뭘 얘기하면 되지?"

"뭐든지 괜찮습니다. 아빠의 학창 시절 얘기라면요."

"흠, 그 친구 일은 내가 자세히 기억해. 그를 한마디로 표현하면 우수했다, 그걸로 충분할 거야. 딸 앞이라서가 아니라, 그렇게 머리가 좋은 사람은 본 적이 거의 없다네. 게다가 남들의 배 이상으로 노력도 했어. 교수의 신뢰가 두터워서 학생 때부터 상당히 중요한 일을 맡곤 했다네."

"교수라면, 구노 교수님 말씀인가요?"

내가 묻자 우메즈 교수는 고개를 크게 끄덕였다.

"그래, 구노 교수님이지. 발생 공학 분야에서는 선구적인 인물이야. 우지이에 군은 구노 교수님을 존경했어. 교수님 쪽에서도 그 친구를 후계자로 염두에 두었고."

"그런데 그 구노 교수님이 호쿠토 의과 대학으로 가신 거죠?"

내 말에 교수의 처진 눈이 약간 커졌다.

"그래, 거기에는 이런저런 사정이 있었네. 구노 교수의 연구가 한마디로 지나치게 혁신적이어서, 뭐라고 해야 하나……말하자면 다른 교수들과 의견이 맞지 않았지."

"대립했다는 말씀인가요?"

"아니, 대립이라고 할 정도는 아니고, 학문적인 견해 차이라고 해야겠지. 흔히 있는 일이라네."

우메즈 교수의 말투가 왠지 좀 모호했다.

"설령 그렇다 해도 아사히카와라는 게……. 구노 교수님이 홋카이도 출신이신가요?"

"아니, 그런 건 아니고, 호쿠토 대학 측에서 구노 교수를 영입한 거지. 그 당시 호쿠토 의과 대학은 설립된 지 얼마 안 된 학교로, 첨단 기술의 권위자들을 닥치는 대로 스카우트했어."

"그래서 그다음 해에 아빠도 구노 교수님을 따라갔군요."

"따라갔다기보다, 교수 쪽에서 그 친구를 스카우트한 게 아닐까 싶네. 연구라는 게 혼자 해서는 좀처럼 성과를 내기 힘들거든."

그 후로 우메즈 교수는 학창 시절의 추억을 몇 가지 얘기해 주었다. 놀러 다닌 얘기도 있었지만 대부분은 연구에 얽힌 고생담이었다. 아빠와 전혀 관련이 없는 얘기도 있어서 나는 조금 애가 탔다.

"당시 대학에는 여학생이 얼마나 있었나요?"

얘기가 끊긴 틈을 타 나는 넌지시 화제를 바꿨다. 여학생 얘기를 꺼낸 이유는 물론 예의 얼굴이 지워진 여자를 염두에 두었기 때문이다.

"여학생? 여학생은 거의 없었어. 아니지, 거의가 아니라 전혀 없었을 거야."

교수가 손바닥으로 턱을 문지르며 말했다.

"단 한 명도요?"

"그래. 여자가 올 만한 학과가 없었으니까. 지금이야 문학부나 생활 과학부 같은 게 있지만 당시에는 의학부, 공학부와 경제학부밖에 없었거든. 그런데 여학생은 왜 묻지?"

"아니, 저, 혹시 아빠가 여대생과 사귀거나 하지는 않았을까 싶어서……."

내 말에 교수가 큰 소리로 웃었다.

"글쎄다……. 연구에 열중하기는 했지만, 성인군자도 아니었으니까. 나름대로 교제는 했을지도 모르지."

"하지만 여학생이 없었다면서……."

"아니야, 그래도 다른 대학과 교류는 있었거든. 지금과 마찬가지지. 데이토 여자 대학 같은 곳과는 연합 동아리도 있었어. 아아, 그러고 보니……,"

교수가 자기 무릎을 탁 쳤다.

"우지이에 군도 무슨 동아리에 들어 있었어."

그 말에 나도 모르게 등을 쭉 폈다.

"정말요?"

"응. 그러니까…… 그 동아리를 뭐라고 설명하면 좋을까. 산악회처럼 거창한 건 아니고. 하이킹 동호회라고 하면 되려나."

"하이킹 동호회……."

아빠가 학창 시절에 동아리 활동을 했다는 얘기는 한 번도 들은 적이 없었다. 아빠는 일단 데이토 대학 시절 얘기라면 입을 꾹 다물었다.

"아빠 말고 그 동아리에 있었던 분을 혹시 아세요?"

"아니, 몰라. 우지이에 군이 동아리 얘기를 해 준 적이 별로 없었어."

"그렇군요……."

마지막으로 나는 우메즈 교수가 우리 엄마를 만난 적이 있는지 물어보았다. 죽기 직전에 엄마가 도쿄에 왔을 때 혹시 찾아오지 않았을까 싶어서였다.

"홋카이도에 출장 갔다가 한 번 만난 적이 있어. 자네 집에 들렀었거든. 신혼일 때인데, 참 정숙하고 좋은 아내를 얻었다고 생각했지. 참으로 안타까운 일이야."

말하고 나서 우메즈 교수는 눈썹을 여덟팔자로 늘어뜨렸다.

인사를 하고 교수실에서 나오자 기척을 느꼈는지 옆방에서 시모조 씨가 나왔다.

"참고할 얘기가 있었어?"

"네, 여러 가지로요."

건물을 나온 후 하이킹 동호회 얘기를 꺼냈다. 시모조 씨가 걸음을 멈추더니 휙 내 쪽으로 돌아섰다.

"어쩌면 너, 진짜 운이 좋은지도 모르겠다."

"왜요?"

"한 사람 있어. 예전에 하이킹 동호회 멤버였다는 사람이 말이야. 나이도 너희 아버지와 비슷하지 않을까."

만약 그렇다면 그야말로 행운이다.

"지금 어디 계시는데요?"

"일단 따라와 봐."

시모조 씨는 양손을 주머니에 찔러 넣은 채 까딱, 고갯짓을 했다.

그녀가 안내한 곳은 운동장 옆에 있는 테니스코트였다. 휴일인데도 이곳만은 활기차서, 코트 네 군데가 모두 차 있었다. 테니스를 치는 사람들은 나이로 보아 테니스 부원은 아닌 듯했다.

"여기서 잠깐만 기다려."

철망 옆에 있는 벤치에 나를 앉으라고 하고서 시모조 씨는 맨 끝에 있는 코트로 걸어갔다. 그곳에서는 한 남자가 멋진 은발을 휘날리며 젊은 여성을 상대로 서브를 연습하고 있었다. 시모조 씨가 그 남자에게 다가갔다. 쉰이 조금 넘었을까. 남자는 머리만 검었다면 사십 대 전반으로 보였을 것이다. 그 정도로 몸집이 탄탄했다.

두세 마디 얘기를 주고받은 후 시모조 씨와 남자는 코트를 나와 이쪽으로 걸어왔다. 나도 벤치에서 일어났다.

"이쪽은 가사하라 교수님."

시모조 씨가 내게 남자를 소개했다.

"경제학부 교수님이셔. 내게는 테니스 라이벌이기도 하지만."

"아······, 저는 우지이에 마리코라고 합니다."

나는 고개를 숙였다.

"가사하라입니다. 만나서 반가워요."

싱긋 웃던 가사하라 교수가 갑자기 정색하며 내 얼굴을 뚫어져라 바라보았다.

"교수님, 왜 그러세요?"

시모조 씨가 물었다.

"아, 아무것도 아니야."

가사하라 교수가 다시 웃는 얼굴로 돌아와 손을 내저었다.

"자, 그래서, 용건이 뭐지?"

"교수님, 예전에 하이킹 동호회에서 활동하셨죠?"

"뭐야, 한참 옛날 얘기잖아?"

가사하라 교수가 피식 웃었다.

"그래, 맞아. 하지만 하이킹이라고 해도 도시락을 싸 들고 언덕에 올라가서 노래나 부르는 건 아니었어. 산악부만큼 험악한 산에 오르지 않았다 뿐이지."

"그 동호회에 혹시 우지이에라는 분이 계셨나요? 이 친구 아버지인데요."

"우지이에 씨?"

가사하라 교수가 우람한 팔로 가슴 앞에서 팔짱을 끼고 나와 시모조 씨의 얼굴을 번갈아 보았다.

"아니, 기억이 안 나는데. 경제학부 사람인가?"

"아니요, 의학부였어요."

나는 아빠가 입학한 연도를 말했다.

가사하라 교수가 부드럽게 미소를 지으며 고개를 저었다.

"그렇다면 나보다 1년 위인데, 선배 중에도 그런 사람은 없었어요. 애초에 우리 동호회에는 의학부 학생이 한 명도 없었는걸. 아마 다른 동아리가 아니었을까 싶은데."

"다른 동아리라고요, 하이킹 동아리가 또 있었나요?"

시모조 씨의 질문에 교수가 고개를 끄덕였다.

"여러 개 있었을 거야. 물자가 부족했던 시절이었으니까. 하이킹 동아리 같은 건 돈이 별로 들지 않으니까 쉽게 만들 수 있잖아."

"그럼 저희 아빠는 다른 동아리였나 보네요."

실망감이 드러나지 않도록 주의하면서 시모조 씨에게 말했다.

"그런가 보다."

"아버지가 활동했던 동아리를 찾고 있나?"

나는 네, 하고 대답했다.

"그런 거라면 도서관에 가서 조사해 보는 게 어때요. 데이토 대학 체육회 활동 기록이라는 파일이 있는데, 거기 실려 있을 수도 있으니까. 체육회 발족 50주년 때 만들었는데, 두께가

이 정도 되려나……."

교수가 엄지손가락과 집게손가락으로 10센티미터 정도의 폭을 만들어 보였다.

"동호회도 실려 있을까요?"

시모조 씨가 물었다.

"아마 각각의 동호회에서 작성한 명부가 파일에 실려 있을 거야. 나도 한 번 본 적이 있는데, 볼링 동호회나 카누 애호회 같은 것도 있었어."

"그럼 그걸 찾아보자. 고맙습니다, 교수님. 도움이 많이 되었어요."

"감사드립니다."

나도 인사를 했다.

"도움이 되었다면 다행이에요."

그러고서 가사하라 교수가 또 내 얼굴을 빤히 바라보았다. 그리고 약간 주저하면서 입을 열었다.

"실례일지 모르겠지만, 마리코 양은 도쿄 사람인가?"

"아니요. 홋카이도에 삽니다."

"홋카이도? 그럼 내가 잘못 봤나 보군."

"왜 그러시는데요?"

시모조 씨가 물었다.

"아니 그게……, 마리코 양을 어디선가 만난 적이 있는 것 같아서."

"세상에, 교수님까지."

시모조 씨가 웃음을 터뜨리며 나를 봤다.

"어제도 도서관에 계신 분에게 그런 소리를 들었거든요. 텔레비전에 나온 여자애랑 꼭 닮았다고요. 교수님도 음악 프로그램 같은 걸 보시나 봐요?"

"음악 프로그램? 난 그런 거 안 보는데. 그게 아니라 아주 오래전에 만난 적이 있었던 것 같은데……."

거기까지 말하고 나서 교수는 웃으면서 자기 머리를 두드렸다.

"그럴 리 없지. 아아, 미안해요. 홋카이도에 조심해서 돌아가요."

감사합니다, 하고 나는 다시 한 번 고개를 숙였다.

일요일이어서 도서관이 닫혀 있었다. 어떻게 하나 싶어 머뭇거렸더니 시모조 씨가 걱정 말라는 듯이 말했다.

"틈을 봐서 내가 조사해 볼게. 찾으면 연락할 테니까 기다려봐."

나는 놀라서 고개를 저었다.

"그러시면 제가 너무 죄송하죠."

"괜찮아, 괜찮아. 그 대신 솔직하게 말해 줬으면 하는 게 있어."

"뭐죠?"

"아버지의 반생기를 쓴다는 얘기, 거짓말이지?"

숨을 삼키며 시모조 씨를 보는데 그녀는 온화한 표정으로 나를 바라보고 있었다. 나는 고개를 푹 숙였다.

"어떻게…… 아셨어요?"

"왜냐하면,"

시모조 씨가 한숨을 길게 내쉬었다.

"네가 아버지에 대해서 아는 게 너무 없으니까. 나는 형편없는 아빠라도 그보다는 많이 알거든."

"죄송해요. 거짓말을 하려던 것은 아니었는데……."

시모조 씨가 내 어깨에 살며시 손을 올려놓았다.

"이유는 묻지 않을게. 얘기하고 싶어지면 그때 얘기해 주면 돼."

그리고 그녀는 조그만 수첩을 내밀었다.

"자, 여기에 연락처를 적어 줘."

나는 울음이 터지려는 걸 간신히 참으며 수첩에 삿포로 주소와 전화번호를 적었다.

그리고 이날 밤 시모조 씨의 배웅을 받으며 도쿄를 떠났다.

후타바의 장 2

 우리가 빌린 스튜디오는 니시이케부쿠로에 있다. 쇼핑이
하고 싶었던 나는 연습이 끝나자 건물 앞에서 멤버들과 헤어
졌다.

 "본방에서는 제대로 하자. 더는 모여서 연습할 시간이 없으
니까."

 도모히로가 말했다. 그는 오늘 내내 기분이 좋지 않았다. 내
노래에 힘이 하나도 없었기 때문이다.

 "미안. 진짜 열심히 할게."

 나는 손을 모아 쥐고 사과했다.

 힘이 없었던 이유는 뻔하다. 엄마가 줄곧 마음에 걸렸기 때
문이다. 내가 텔레비전에 출연하고 나서 닷새가 지났지만 엄
마는 그 일에 대해 아무 말이 없었다. 그렇다고 부루퉁하거나
대놓고 나를 무시하는 것도 아니었다. 태도는 평소와 다름없
었다. 아니, 보기에 따라서는 평소보다 오히려 태도가 부드러

웠다. 기운이 없다고 할 수도 있다. 적어도 내게 화가 난 눈치는 아니었다.

그게 오히려 더 마음에 걸렸다. 대놓고 화를 낸다면 차라리 나았을 것이다. 내가 엄마와의 약속을 어겼으니 당연하다. 그런데 이번에는 단 한 번도 화가 난 표정을 보이지 않는다. 차라리 화를 내거나 소리를 지르면 좋을 텐데 하고 나는 생각한다. 그러면 훨씬 마음이 편해질 것 같다. 엄마가 무슨 생각을 하는지 도무지 알 수가 없다.

며칠 전에 본 엄마의 눈물이 머릿속에서 떠나지 않았다. 그 후로 몇 번인가 엄마에게 왜 울었느냐고 물어보려고 했다. 하지만 그러지 못했다. 왠지 두렵고, 지금의 엄마에게서는 그러기 어려운 분위기가 풍겼다.

쇼핑을 마치고 집에 돌아왔더니 9시가 넘고 말았다. 오늘 저녁 식사 당번은 엄마지만, 그런 날에도 내가 늦게 들어오면 엄마는 언짢아하는 경우가 많다. 하지만 오늘 밤만은 엄마가 그러기를 바랐다. 어서 평소의 엄마 모습으로 돌아와 주었으면 해서다.

아파트 계단에 발을 올려놓았을 때 위에서 목소리가 들렸다.

"생각이 바뀌면 연락해 주시겠습니까?"

나이가 지긋한 남자의 목소리였다. 어느 집 손님인가 보다 생각하면서 계단을 오르려고 했다. 그런데 그다음 말을 듣고 나는 동작을 멈췄다.

"바뀌지 않을 겁니다. 그러니까 제발……."

틀림없는 엄마 목소리였다. 게다가 이렇게 정중한 말투는 오랜만이다. 심상치 않은 분위기를 느낀 나는 뒤돌아서 살금살금 그곳을 벗어났다. 그리고 자전거 보관대 뒤로 가서 몸을 숨겼다.

누군가 계단을 내려오는 소리가 났다. 경험상 혼자라는 걸 알 수 있었다. 나는 얼굴을 내밀고 길 쪽을 보았다.

짙은 색 양복을 입은 남자가 조그만 가방을 들고 걸어가고 있었다. 어두워서 자세히는 알 수 없지만, 쉰 전후로 보이는 몸집이 자그만 남자였다. 그렇다고 빈약해 보이지는 않았고, 자세가 당당했다. 양복도 만듦새가 고급스럽고 옷감에서 광택이 났다.

5분 정도 기다렸다가 그곳을 나와 계단을 올라갔다. 현관문을 열고 집으로 들어가자 부엌에 있던 엄마가 놀란 얼굴로 나를 봤다.

"후타바, 지금 오는 거니?"

목소리가 약간 높다.

"응. 조금 늦었어."

"길에서 누구 만나지 않았어?"

"응? 아니, 아무도 안 만났는데."

"그래……? 그럼 됐다."

엄마가 숨을 내쉬었다. 그 순간 엄마 몸이 조금 줄어든 것처럼 보였다.

"왜, 누가 왔었어?"

"어? 아, 잠깐. 방문 판매원 같은 사람이야. 이런 시간에 귀찮게 말이야. 끈질기기도 하지. 현관에 딱 서서…… 어찌나 짜증이 나던지."

"흐음."

나는 싱크대 안을 곁눈질했다. 손님용 찻잔이 나와 있었다. 엄마는 거짓말에 서투르다.

"저녁은?"

"아직."

"그래? 그럼 얼른 준비할 테니까 조금만 기다려."

엄마가 돌아서서 냄비가 놓여 있는 가스레인지에 불을 붙였다. 그 등이 평소보다 작아 보였다.

엄마도 아직 저녁을 먹지 않았는지, 10시가 다 되어 식탁에 마주 앉았다. 오늘 저녁은 비프스튜다. 엄마는 맛을 내는 방법이라든가 불 조절 등에 관해 설명하며 스푼과 포크를 입으로 옮겼다. 어제보다 명랑하고 말도 많았지만, 표정은 평소의 엄마답지 않았다. 어쩐지 작위적인 느낌이다. 그래서 어쩌다 대화가 끊기면 싸한 공기가 둘 사이를 떠다니는 느낌이었다.

"있잖아."

그렇게 대화가 끊겼을 때 내가 말을 꺼냈다.

"텔레비전에 나간 거, 화나지 않았어?"

엄마는 허를 찔린 것 같았다. 순간적으로 몸을 살짝 뒤로 젖히는가 싶더니 어깨를 으쓱했다.

"물론 화났지."

"그런데 왜 야단치지 않아?"

그러자 엄마는 스푼으로 고깃덩어리를 건져 올린 상태로 나를 보았다.

"야단쳤으면 좋겠니?"

"그런 건 아니지만."

나는 포크로 당근을 찔렀다.

"왠지 신경이 쓰여서. 야단칠 줄 알았는데, 아무 말이 없으니까."

엄마가 풋, 웃음을 터뜨렸다. 그러나 눈빛은 여전히 매서웠다. 엄마는 아무 대꾸도 하지 않은 채 묵묵히 자신이 만든 음식을 먹기 시작했다.

식사가 끝나 갈 무렵, 엄마가 내게 물었다.

"금요일이라고 했지?"

텔레비전에 나가는 날을 묻는 것이다. 나는 그렇다고 대답했다. 흠, 하며 엄마가 고개를 끄덕였다.

"만약 너희들이 갑자기 나가지 못하게 되면 그 프로그램은 어떻게 되는거야?"

심장이 덜컥할 말을 한다.

"그야 제작진이 엄청 당황하겠지. 감독이나 연출자 같은 사람들 말이야."

"그렇겠지. 하지만 어차피 아마추어니까 어떻게든 다른 사람으로 대신하지 않을까."

"대체 무슨 말이 하고 싶은 거야?"

내가 눈썹을 찡그리며 물었다.

"이제 와서 우리더러 나가지 말라는 거야?"

"그런 게 아니야. 그냥 한번 물어봤어."

그렇게 대답하고 엄마는 서둘러 설거지를 시작했다.

그날 밤, 침대에 들어가서도 나는 좀처럼 잠을 이룰 수 없었다. 엄마에 관한 수많은 의문이 머릿속을 맴돌아 나 나름으로 이런저런 추리를 하는 사이에 잠이 싹 달아나고 말았다. 침대에서 뒤척이기도 지쳐서 나는 아예 일어나 방에서 나왔다.

엄마 방에서는 아무 소리도 들리지 않았다. 잠에 빠졌으면 짐승이라도 키우나 싶을 정도로 코 고는 소리가 요란할 텐데, 어쩌면 깨어 있을지도 몰랐다. 그래서 미닫이문을 가볍게 두드리자 이내 "왜 그러니?" 하는 소리가 들렸다.

나는 미닫이문을 열고 엄마 머리맡에 앉았다.

"묻고 싶은 게 하나 있어."

"뭔데?"

"오늘 온 손님, 누구야?"

자다 깬 것도 아닐 텐데, 엄마가 질문의 의미를 이해하기까지 시간이 좀 걸렸다. 몇 초쯤 있다가 엄마는 화들짝 놀란 표정을 지었다.

"실은 봤어."

나는 코 옆을 긁적거렸다.

"말쑥한 중년 남자던데. 방문 판매원으로는 보이지 않았어."

엄마는 잠시 표정이 굳어 있었다. 그러나 그 표정이 서서히 풀리더니 마침내 웃는 얼굴로 되돌아왔다. 그리고 코로 숨을 길게 내뿜었다.

"그랬니? 보았구나. 그럼 하는 수 없지."

"누구야, 그 사람?"

내가 재차 물었다.

"엄마가 전에 신세 졌던 사람이야. 대학에서 조교로 일하던 시절에 말이야. 그 사람도 조교였는데, 지금은 교수래. 대단하지?"

"왜 왔는데?"

"그게……."

엄마는 입을 열었다가 마치 뭔가에 제지를 당한 것처럼 일단 그대로 닫았다. 그러고 나서 다시 말했다.

"근처에 온 김에 들렀대. 도쿄에 볼일이 있었겠지."

"그런데 거짓말을 왜 해? 방문 판매원이라고 했잖아."

"별 이유는 없어. 그냥."

"하지만."

"후타바."

엄마가 집게손가락을 세웠다.

"너, 묻고 싶은 게 하나라고 했잖아."

아……. 나는 말문이 막혔다.

"알았으면 어서 가서 자. 너는 어떤지 몰라도 엄마는 내일 아침 일찍 나가야 해."

나는 꾸물꾸물 일어나 방을 나오며 미닫이문을 닫았다.

"안녕히 주무세요."

그래, 잘 자, 하는 소리가 문 안쪽에서 들려왔다.

이불 속에 들어가서 그 신사와 엄마의 대화를 떠올렸다.

"생각이 바뀌면 연락해 주시겠습니까?"

"바뀌지 않을 겁니다."

않을 겁니다, 라니. 우리 엄마 맞나. 그러니 보통 상대가 아닐 것이다.

설마 아빠는 아니겠지.

불현듯 스친 생각이 나를 아연하게 만들었다. 있을 수 없는 일은 아니다. 엄마는 뭔가 사정이 있어서 아빠와 헤어졌고, 그 후로는 상대에게 자신을 드러내지 않은 채 살아왔다. 그런데 내가 텔레비전에 출연하는 바람에 사는 곳이 알려져 그가 엄마를 만나러 왔다. 그리고 그가 엄마에게 말했다. 다시 시작하지 않겠냐고.

거기까지 생각하다가 말도 안 돼, 하며 고개를 저었다. 만약 아빠가 우리를 찾고 있다면, 정말로 그럴 마음이 있다면 얼마든지 쉽게 찾을 수 있다. 그리고 아무리 아빠라지만 텔레비전에 나온 내 얼굴을 보고 한눈에 자기 딸이라는 것을 알아채지는 못할 것이다.

그런 생각을 하다가 잠이 들었다.

다음 날, 오랜만에 대학에 가 보기로 했다. 정확히 말하자면 텔레비전에 출연한 이후 처음이다.

내가 다니는 도와 대학은 다카다노바바에 있다. 수업이 있는 계단식 강의실에 들어서자 내 얼굴을 본 국문과 친구들이 다 같이 꺅꺅 소리를 질러 댔다.

"어떻게 된 거야, 후타바. 너, 이제 학교에 안 오는 줄 알았어." 하고 말하는 친구도 있었다.

그들은 나를 에워싸고 텔레비전 출연에 관해 이런저런 질문을 해 댔다. 대부분 나의 밴드 활동을 응원해 주는 친구들이다.

"아아, 맞다. 얼마 전에 너에 대해 꼬치꼬치 묻는 사람이 있었어. 그러니까 그게, 그제였나……."

별명이 구리코인 친구가 말했다.

"나에 대해서? 누가?"

"방송국 사람이라고 했는데, 나중에 생각해 보니까 아무래도 거짓말 같더라. 깡마른 아저씨인데 인상도 별로 좋지 않은데다 도저히 업계 사람으로는 보이지 않았어."

"어떻게 말을 걸어왔는데?"

"교문을 나서서 조금 걸었을 때 뒤에서 불렀어. 처음에는 국문과 학생이냐고 묻더라. 그런데요, 했더니 자기는 방송국 사람인데 고바야시 후타바 학생에 대해서 취재를 하고 싶다는 거야."

부자연스러운 얘기다. 방송국 사람이 그런 식으로 접근할리 없다.

"그래서?"

"사례를 하겠다기에 무슨 일이야 있겠냐 싶어서 카페에서 잠깐 얘기를 나눴지. 그런데 자꾸 이상한 걸 묻더라고."

뭘 물었는데, 하고 옆에서 다른 여학생이 물었다.

"맨 처음에는 후타바 사진을 보여 주면서 이 사람이 고바야시 양이 틀림없느냐고 물었어. 그래서 틀림없다고 하긴 했는데, 그 사진이 어딘지 모르게 좀 이상했어."

"이상하다니, 어떻게?"

"사진 속 사람이 후타바가 맞긴 한데 어딘가 이상하더라. 살짝 어린 느낌이라고 할까, 얌전한 느낌이라고 할까. 아무튼 후타바답지 않았어."

"그게 대체 무슨 소리야?"

"설명하기는 좀 힘든데, 어쩌면 후타바가 고등학생일 때 찍은 사진인지도 몰라. 긴 생머리였던 걸 보면."

"긴 생머리라고?"

나는 미간을 찡그렸다.

"나, 그런 머리 스타일을 한 적이 한 번도 없어."

"사진엔 그랬다니까."

구리코가 입을 뾰로통하게 내밀었다.

얼토당토않은 얘기였다. 나는 고등학교 시절에는 머리가 짧았고, 대학에 들어와서부터 머리를 길렀지만 일찍부터 파마를 했다. 대체 그 남자는 어디서 그런 사진을 손에 넣었을까.

"그래, 알았어. 그건 그렇고, 무슨 얘기를 하던?"

"그러니까, 후타바의 성격이랑 일상생활 같은 걸 묻더라. 그래서 이런 때는 일단 칭찬을 하는 게 좋지 않을까 싶어서 있는 말 없는 말 다 했지. 심지어 성적까지 묻던걸, 난처하게 말이야."

"또 다른 건?"

나는 울컥 화가 치밀어 팔짱을 끼었다.

"그러고 나서 좀 희한한 걸 물었어. 지금까지 큰 병을 앓은 적이 있느냐, 지병 같은 건 없느냐."

그리고 구리코는 갑자기 목소리를 낮췄다.

"임신한 적은 없느냐……."

뭐어, 하고 주위에 있던 아이들이 소리를 질렀다.

"뭐야, 그 질문은?"

내가 물었다.

"몰라. 나도 이상하다 싶어서 그런 건 모른다고 대답하고 자리에서 일어나 나왔어. 사례는 어차피 선불이었으니까."

얼마? 하고 누군가 묻자 구리코는 헤헤헤, 하고 혀를 쏙 내밀었다.

"만 엔."

우아! 조금 전보다 한층 높은 소리가 나왔다.

뭘 먹을지 망설여질 때는 카레라이스. 초등학교 때부터 저녁 식사 준비를 거들어 왔지만 이 방침은 지금까지 변함이 없다. 덕분에 이제는 카레라면 눈을 감고도 만들 수 있다. 그런데 비해 솜씨가 늘지 않는다고 엄마는 알미운 소리를 하지만, 어차피 먹는 사람은 우리뿐이니 신경 쓸 일은 없다.

가스레인지의 불을 약하게 해서 뭉근하게 끓이기만 하면 되는 상태로 해 놓고 식탁 의자에 걸터앉았다. 시곗바늘이 8시 32분을 가리키고 있다. 엄마의 오늘 근무 시간을 따져 보니 9시 전에는 돌아올 것 같다.

식탁에 턱을 괴고 자유로운 오른손으로 석간을 펼쳤지만 딱히 눈에 들어오는 기사가 없었다. 아니, 도무지 머리에 들어오지 않는다. 역시 그 일이 마음에 걸리는 것이다.

오늘 알아본 바로는 만 엔을 받은 사람은 구리코를 포함해 세 명이었다. 모두 국문과 2학년생이다. 날짜도 그저께로 일치하고 상황도 비슷했다. 수업이 끝나고 강의실을 나온 지 얼마 안 되었을 때 뒤에서 말을 걸어왔다. 그리고 일단 국문과 학생이 맞는지 확인했다.

짐작건대 남자는 국문과 2학년생이 수강하는 커리큘럼을 미리 조사한 뒤 그 강의실 앞에서 지키고 있었던 것이 아닐까 싶다. 그리고 수업을 마친 학생을 무작위로 선택해 미행하다가 기회를 봐서 말을 건넨 것이다.

질문 내용도 구리코가 말한 것과 거의 일치했다. 이상한 점은 내 건강 상태와 신체에 관한 질문이 많았다는 것이다. 임신 경험이 있는지도 모두에게 물었다고 한다. 어쩐지 기분이 좋지 않다. 어느 친구는 보나 마나 내 남자 친구의 아버지일 거라고 생각했단다. 아들의 신붓감으로 적합한지 알아보려는 것으로 받아들였다는 것이다.

"잘 말해 뒀으니 걱정 마."

그 친구가 말했다. 수고는 했지만 쓸데없는 오지랖이다.

대체 그 남자는 누구일까. 나를 조사해서 뭘 어쩌자는 걸까. 사례금이 만 엔이었다는 말을 듣고 나니 더 수상했다. 아무리 방송 업계가 떵떵거린다고 해도 몇 가지 질문에 그만한 돈을 쓸 이유가 없다.

그리고 이내 어제 우리 집을 찾아왔던 신사가 떠올랐다. 그러나 구리코 등이 말한 사람과는 아무래도 인상이 다르다. 왼쪽 다리를 끌듯이 걷는다고 했는데 어제 그 신사는 그렇지도 않았다.

도무지 생각이 정리되지 않아서 기분 전환이나 하려고 선반에서 포어 로제스 버번위스키를 꺼내 온더록스로 홀짝홀짝 마셨다. 그리고 냉장고에서 레몬을 하나 꺼내 통째로 와삭 베어 물었다. 엄마는 보기만 해도 입안에 침이 고인다고 하지만, 이 쾌감을 모르는 사람은 참으로 안됐다.

레몬을 절반 정도 먹었을 때 전자레인지 옆에 있는 무선 전화기가 울렸다. 엄마인가, 하면서 통화 버튼을 눌렀다. 그런데 수화기에서 들려오는 소리는 낯선 남자의 음성이었다.

"여보세요, 고바야시 씨 댁입니까?"

"그런데요."

불길한 예감이 들었다. 남자의 목소리에서 뭔지 모를 절박감이 묻어났다.

"여기는 샤쿠지이 경찰서 교통과입니다. 고바야시 시호 씨의 가족 분입니까?"

경찰이라는 말에 몸이 굳어졌다. 예감이 맞아떨어졌다고 생각했다. 수화기를 꽉 붙들었다.

"딸이에요. 엄마에게 무슨……?"

목소리 톤이 높아졌다.

"교통사고를 당하셨습니다. 지금 다니하라 병원에 계세요."

아니, 하는 소리만 새어 나왔을 뿐 숨이 막혀 더는 소리를 낼 수 없었다. 심장이 쿵쾅거리기 시작했다. 쥐고 있던 레몬을 떨어뜨렸다.

"여보세요, 고바야시 씨?"

"……네. 저, 그래서, 상태는요?"

"자세히는 모르겠지만 위험한 상태라고 합니다. 지금 당장 병원으로 가실 수 있겠습니까?"

"네, 갈게요. 곧바로요."

"다니하라 병원의 위치는 아시죠?"

"네, 알아요."

당연하다. 엄마가 근무하는 병원이다.

"저, 대체 어떤 사고가 난 거죠?"

잠시 틈을 두고서 경찰이 대답했다.

"뺑소니입니다. 현재 전력을 다해 수사하고 있으니 범인이 곧 잡힐 겁니다."

"뺑소니……."

그 말이 머릿속에서 메아리쳤다.

전화를 끊자마자 청바지에 폴로셔츠 차림으로 화장도 고치지 않고, 카레 냄새가 물씬 풍기는 집을 뛰쳐나왔다.

병원에 도착하자 입구로 달려 들어갔다. 형광등 하나만 켜져 있는 대기실은 어두컴컴했다. 접수창구도 닫혀 있다.

"누구 안 계세요?"

부랴부랴 스니커를 벗으면서 큰 소리로 외쳤다. 복도 모퉁이에서 간호사가 하나 나타났다. 엄마보다 나이가 약간 적어보이는 자그마한 사람이다.

"고바야시 씨의……?"

조그만 소리로 물었다.

"네."

간호사가 고개를 끄덕이며 이쪽으로, 하고 손짓했다.

수술실로 데려가는가 했는데, 그녀가 안내한 곳은 복도 맨 안쪽에 있는 방이었다. 문에 걸린 팻말에 아무것도 쓰여 있지 않았다.

간호사가 손으로 문을 가리켰다.

"들어가 봐요."

"여기에……."

엄마가, 하고 말하려다 입을 다물었다. 간호사의 눈에 눈물이 고여 있는 것을 봤기 때문이다. 동시에 방 안에서 흐느끼는 소리가 흘러나왔다.

그 순간 몸이 떨리기 시작했다. 온몸에 한기가 들면서 소름이 돋았다. 그런데도 땀이 한 줄기 관자놀이에서 목으로 흘러내렸다.

떨리는 손으로 문손잡이를 당겼다. 어둠 속에 하얀 실루엣이 떠 있었다. 하얀 침대, 그 바로 앞에 두 명의 간호사, 그리고 하얀 천.

휘청휘청 침대로 다가갔다. 내가 온 것을 알아챈 간호사 둘이 좌우로 흩어지듯이 물러섰다. 나는 침대 옆에 서서 얼굴에 하얀 천이 씌워진 엄마를 내려다보았다.

장난이지. 그렇게 묻고 싶었다. 하지만 아무 말도 나오지 않았다. 입이 움직여지지 않고, 하얀 천을 들추려 해도 손끝 하나 움직일 수 없었다.

"엄마…… 나야."

우두커니 선 채 겨우 그 말만 입에서 나왔다.

마리코의 장 3

도쿄에서 돌아온 지 닷새가 지났다. 금요일 마지막 강의를 듣고 나서 나는 혼자 교문을 나섰다. 니시 18길에서 지하철을 타고 삿포로역으로 가서 거기서 다시 JR로 갈아탄다. 평소와 다름없는 일상이다.

시모조 씨에게서는 아직 아무런 연락이 없지만, 기대하는 것 자체가 너무 뻔뻔스러운 일이다. 그녀는 나와 무관한 사람이다. 폐를 끼쳐서는 안 된다. 어떻게든 혼자 힘으로 진상에 이르는 문을 열어야 한다.

지토세선 신삿포로역에서 10분 정도 걸어간 곳에 내가 하숙하는 외삼촌 집이 있다. 전에는 낡은 목조 주택이었지만, 지금은 타일이 붙어 있는 하얀 서양식 집으로 바뀌었다. 약 2년 전 외할머니가 돌아가셨을 때 새로 지었다.

현관문을 열었을 때 귀에 익은 목소리가 들렸다. 아빠 목소리였다.

아빠는 1층 거실에서 외숙모와 사촌 동생 가오리와 함께 얘기를 나누는 중이었다. 외삼촌은 아직 돌아오지 않은 듯하다. 테이블 위에는 아빠가 선물로 들고 왔을 쇼트케이크가 놓여 있었다. 아빠는 케이크라면 그것밖에 모른다.

"아사히카와 쪽에 다녀오는 길에 우리 마리코가 폐를 끼치지나 않는지 살펴보러 들렀다."

아빠가 내 얼굴을 보자마자 말했다. 아사히카와라면 호쿠토 의과 대학일 것이다.

"폐를 끼치기는커녕 집안일까지 거들어 주고, 얼마나 도움이 되는데요. 우리 가오리도 좀 본받았으면 좋겠는데."

외숙모는 웃으면서 가오리를 슬쩍 흘겨보았다.

가오리가 쇼트케이크를 포크로 찍으면서 얼굴을 찡그린다.

"맨날 저래. 어유, 정말."

외숙모와 가오리 사이에 대화가 오가고 한바탕 웃은 후 아빠가 소파에서 일어났다.

"어디, 마리코 방 좀 구경할까."

"아, 그러시는 게 좋겠어요. 오랜만에 둘이서 실컷 얘기도 나누시고요."

외숙모의 말에 나는 하는 수 없이 일어섰다.

내 방에 들어온 아빠는 먼저 창가로 가서 바깥을 내다보았다. 이 집이 약간 높은 지대에 있어서 주변 풍경이 멀리까지

내다보인다. 이미 해가 기울어 집집마다 불이 켜져 있었다.

"전망이 좋구나. 시야를 가로막는 게 아무것도 없이."

아빠가 감탄스럽다는 듯이 말했다.

아빠의 등을 바라보던 나는 예의 사진 얘기를 꺼내 볼까 하고 문득 생각했다. 얼굴이 지워진 이 여자가 누구냐고 물으면 아빠는 어떤 표정을 지을까. 그러나 물론 나는 그런 생각을 이내 떨쳐 버렸다. 엄마의 죽음에 얽힌 진상을 말하려 하지 않는 아빠가 사실대로 대답할 리 없기 때문이다. 뿐만 아니라 아빠는 진실을 밝힐 기회마저 내게서 영원히 빼앗아 갈 것이다.

"학교생활은 어떠냐?"

멍하니 있는데 느닷없이 아빠가 물었다. 나는 퍼뜩 놀라며 고개를 들었다. 아빠가 창틀에 기댄 채 나를 바라보고 있었다.

"대학 생활이 재미있니?"

거듭 묻는다.

"응, 그렇지, 뭐."

"영문과니까 역시 영어를 공부하고 싶어 하는 학생이 많겠지?"

"그야 당연하지."

"그럼 외국에 나가고 싶어 하는 학생도 많겠구나. 가령 유학이라든지 말이야."

나는 천천히 고개를 끄덕였다.

"다들 그래."

"그럴 거야. 그래야 언어를 마스터할 뿐만 아니라 그 나라에 대해서도 알게 될 테니까."

아빠는 팔짱을 끼더니 몇 번이나 고개를 끄덕거렸다.

"마리코, 네 생각은 어떠냐. 너도 역시 가고 싶니?"

"응, 갈 수만 있으면."

대학 친구들과 몇 번이나 그런 희망에 대해 얘기했는지 모른다. 물론 친구들은 그쪽 나라에서 금발 남자를 사귄다는 스토리까지 포함해서 얘기했지만.

아빠는 또 고개를 크게 끄덕였다.

"그럼 한번 가 보겠니?"

뭐라고? 하며 아빠 얼굴을 빤히 바라보았다.

"가도 된다는 말이야. 미국에, 아니지, 영문과니까 영국이 더 좋을까."

"아니, 잠깐. 웬일이야? 왜 갑자기 그런 말을 꺼내는데?"

"갑자기가 아니야. 아빠는 마리코가 영문과에 들어갔을 때부터 언젠가는 보내야지 생각했어."

"여태 그런 말을 한 적이 없잖아."

"말하지 않았을 뿐이지. 어때, 가 볼래? 단기간으로는 의미가 없으니까 1년 정도 가서 공부하고 오면 어떻겠니? 이쪽 대학에는 휴학계를 내고 말이야."

아빠의 말투가 의아할 정도로 적극적이었다.

"말은 쉽지만 유학이란 게 어디 그리 간단한 일인가. 저쪽에서 받아 줄지 어떨지도 모르고."

"그거라면 걱정 마라. 실은 오늘 그런 쪽을 잘 아는 사람과 만나고 왔다. 유학에 관해서라면 언제든지 상담을 청하라고 하더라. 뭐, 그래서 꺼낸 말이기도 하고."

"그래? 하지만 나는 너무 갑작스러운 얘기라서……. 생각할 시간을 줘."

"알았다. 그럼 천천히 생각해 보려무나."

아빠는 일단 시선을 다른 쪽으로 돌리고 양손을 무릎 위에서 마주 비비더니 다시 나를 보았다.

"그런데 뭔가 불편한 일이라도 있니? 유학에 지장이 될 만한 일 말이다."

"그런 건 딱히 없는데."

"그럼 망설일 필요 있겠어? 내가 마리코 너라면 두말 않고 갈 것 같은데."

"하지만 대학에 들어온 지도 얼마 안 됐잖아. 조금 더 공부해서 기초 지식을 쌓은 다음에 가는 편이 좋지 않을까 싶어."

"과연 그럴까? 아빠 생각은 다른데. 이런 일은 빨리 경험할수록 얻는 게 많지 않을까 싶다."

집요하기까지 한 아빠의 권유에 나는 왠지 강한 의문이 생졌다. 벌써부터 생각했다고 하지만 지금까지 그런 기색을 털 끝만큼도 느낀 적이 없었다.

"아무튼 생각 좀 해 볼게."

나는 또 그렇게 대답했다.

"알았다. 긍정적으로 생각해 보거라."

아빠는 고개를 끄덕였다.

내가 일어섰다가 책상 앞 의자에 다시 앉았다.

"그보다 나, 동아리에 들어갈까 해."

"동아리라니, 어떤 동아리 말이지?"

아빠의 얼굴이 흐려졌다.

"아직 구체적으로 정한 건 아니야. 들어오라는 데는 여기저기 많지만."

"그래, 뭐, 동아리 활동도 나쁘지 않다만."

"아빠도 학창 시절에 동아리 활동을 했어?"

넌지시 물어보았다.

"나……?"

허를 찔렸는지 아빠가 빠르게 눈을 깜박였다.

"아니…… 그런 적 없다. 연구하느라 바빠서 그런 데 신경 쓸 여유가 없었거든."

"그랬구나."

나는 마음속 의심이 겉으로 드러나지 않게 주의하면서 맞장구를 쳤다. 왜 거짓말을 할까. 아니면 아빠가 하이킹 동호회에서 활동했다는 건 우메즈 교수의 착각일까.

조금 후 외삼촌이 집에 들어와 아빠와 함께 저녁을 먹게 되었다. 아빠는 그 자리에서도 나를 유학시키고 싶다고 말했다. 외삼촌 부부 역시 다소 의외라는 표정을 지었다.

자고 가라는 외삼촌 부부의 권유를 물리치고 아빠는 8시가 조금 넘어 돌아갔다. 내일 아침 일찍부터 일이 있어서 오늘 밤 기차로 하코다테로 돌아가야 한다고 했다.

나는 외삼촌 부부와 함께 집 앞에서 아빠를 배웅했다. 본인은 화재 당시에 입은 부상이 완전히 나았다고 하지만 뒤에서 보니 여전히 왼쪽 다리를 끌듯이 걷는 것을 알 수 있었다.

"매형이 아주 과감한 말을 꺼냈어."

집에 들어와 식탁 앞에 다시 모여 앉았을 때 외삼촌이 말했다.

"마리코를 유학시키고 싶다니, 그게 진심일까?"

"글쎄, 심경에 무슨 변화라도 있었을까요. 전에는 마리코가 도쿄에 있는 대학에 가겠다는 것도 그렇게 반대하더니 말이에요."

"맞아, 그랬지."

외삼촌이 찻잔을 손에 든 채 몇 번이나 고개를 끄덕였다.

"그때는 정말 심각했어."

"지금도 마리코가 도쿄에 놀러 간다고 하면 못마땅해하시잖아요. 그래서,"

거기까지 말한 후 외숙모가 나를 바라보았다.

"며칠 전에 마리코가 도쿄에 다녀온 일은 말하지 않았어. 안심해."

고맙습니다, 하고 나는 인사했다.

"그러고 보니까, 매형도 이삼 일 전에 도쿄에 다녀온 것 같던데."

"어, 정말요?"

외삼촌을 바라보며 물었다.

그래, 하고 외삼촌이 고개를 끄덕였다.

"우리한테는 그런 말씀 없으셨는데."

외숙모가 말했다.

"아마 틀림없을걸. 아까 매형이 손수건을 꺼낼 때 종이 쪼가리 같은 게 떨어져서 주워 보니 비행기 탑승권이더라고. 도쿄발 삿포로행이라고 되어 있고 날짜는 그저께였어. 그래서 도쿄에 다녀왔느냐고 물었더니 그렇다고 하더라."

"그래요? 우리한테는 이번 주 내내 학교에 틀어박혀 있었던 것처럼 말했는데……"

"흠, 그거 이상하네."

"그러게요."

석연치 않은 공기가 흘렀지만 "뭐, 얘기할 만한 일이 아니라고 생각했겠지." 하고 외삼촌이 떨쳐 버리듯이 대화를 마무리했다.

　다음 날인 토요일 아침, 나는 평소처럼 학교에 가는 척하며 집을 나온 뒤 삿포로에서 하코다테행 열차를 탔다. 오늘 내가 하코다테 집에 간다는 건 아빠에게 비밀로 했다. 몰래 조사해 보고 삿포로로 돌아올 작정이었다.

　하코다테로 돌아간다고는 해도 그건 편의상 하는 말일 뿐, 실제로 하코다테에는 내가 돌아갈 곳이 어디에도 없다. 태어나 자란 집은 불에 타 없어졌고, 호적상 본가인 지금의 아파트에서는 제대로 잠을 자 본 적조차 거의 없다. 굳이 돌아갈 곳을 찾는다면 그 기숙사 정도일까. 하지만 그곳도 지금은 새로운 학생들이 들어와 내가 지내던 무렵과는 전혀 다른 세상이 되었을 것이다. 친하게 지내던 친구들도, 정답던 선배들도 이제 그 기숙사에는 없다.

　목이 말라서 가방 속에서 랩으로 감싼 레몬을 꺼냈다. 칼로 반으로 갈라놓은 것이다. 그걸 껍질째 베어 먹는 걸 옛날부터 좋아했다. 그래서 엄마는 늘 농약을 치지 않은 국산 레몬을 사다 놓곤 했다.

　전철이 오샤만베를 지났다. 왼쪽으로 우치우라만이 보인다. 잔잔한 수면이 햇빛을 받아 『빨간 머리 앤』에 나오는 '빛나는 호수'처럼 반짝거렸다.

앤은 자신의 출생에 의문을 품은 적이 없었겠지. 레몬을 베어 물며 문득 그런 생각을 했다. 태어난 지 석 달 만에 엄마를, 그리고 그 나흘 후에는 아빠를 열병으로 잃은 그녀지만 얼굴도 기억하지 못하는 부모를 더없이 사랑했다. 엄마 아빠의 이름이 멋지다고 말하며, 사람들이 들려준 두 사람의 추억담을 무척 소중히 여겼다. 고아가 되고 나서는 토머스 아주머니나 하몬드 아주머니 손에 자랐고, 마지막에는 그린 게이블스의 늙은 남매 집으로 가게 되지만, 부모에 관한 얼마 안 되는 지식이 공상을 좋아하는 앤을 끊임없이 격려해 주었음은 의심의 여지가 없다.

나도 차라리 그녀처럼 고아였다면 어땠을까 하고 상상했다. 그랬다면 엄마의 불가사의한 행동과 죽음 때문에 고뇌하는 일도 없고, 내가 부모를 조금도 닮지 않았다는 사실에 속앓이를 할 필요도 없이 앤처럼 그저 공상의 나래를 펼치면 그만일 것이다. 물론 내게 고아라는 사실을 견뎌 낼 만한 인내력이 있는지 어떤지는 몹시 의심스럽지만.

12시가 되기 전에 하코다테에 도착했다. 시간이 많지 않아 택시를 탔다. 역에서 10분 정도면 아빠가 사는 아파트에 도착할 수 있다.

경관을 해치지 않으려고 3층으로 낮게 지은 건물의 맨 위층이 아빠가 세 들어 사는 집이다. 방 세 칸짜리 아파트이니 남자 혼자 살기에는 넓을 것이다. 일주일에 두 번 가사 도우미가 와서 그런지 집 안이 생각보다 깔끔하게 정돈되어 있었다. 낮인데도 실내에 등이 켜져 있는 이유는 혹시 도둑이 들까 봐서 그런지도 모른다.

현관에 들어서자마자 오른쪽에 아빠 침실이 있고, 복도를 지나서 가면 부엌과 거실이 나온다. 그 안쪽으로 방이 두 개 있는데 하나는 아빠가 서재로 사용하고 다른 하나는 내가 올 때마다 사용한다. 그 방에는 내가 기숙사에서 사용하던 가구들도 놓여 있다.

내 방에 들어가 벽장에서 연하장과 엽서 등을 모아 놓은 상자를 꺼냈다. 원래 식용유 깡통이 들어 있었던 그 상자는 지난 몇 년 동안 받은 엽서로 가득했다. 대부분이 아빠 앞으로 온 것이다. 나는 그것들을 한 장 한 장 살펴보았다.

목적은 하이킹 동호회에서 아빠와 함께 활동했던 사람을 찾는 것이었다. 아빠는 동아리 활동을 하지 않았다고 했지만 나는 우메즈 교수의 기억이 옳다는 쪽에 걸고 싶었다.

체크 포인트는 하이킹을 연상시키는 내용이 적혀 있느냐 하는 것이다. 예를 들어 '최근에 어느 산에 올랐습니까?'라거나 '옛날처럼 함께 산에 오르고 싶군요.' 하는 것 말이다.

그러나 몇백 장을 살펴봐도 그런 글귀는 없었다. 산이라는 글자도, 하이킹이라는 말도 보이지 않았다.

아빠는 역시 동아리 같은 데 들어가지 않았던 것일까. 아니, 그렇다고 단정할 수는 없다. 쉰이 넘으면 학창 시절의 우정 같은 건 풋내 나는 젊은 시절의 추억 가운데 하나로 풍화되고 마는지도 모른다.

그리고 한 가지 가능성이 더 있다.

아빠가 하이킹 동호회에서 활동했다는 사실을 숨기고 있다면, 마찬가지로 거기서 함께했던 사람들과의 관계도 의식적으로 끊었을 가능성이 있다.

아무튼 이런 상태로는 그 무엇도 판명되지 않을 터였다. 나는 엽서를 원래 자리에 돌려놓았다.

방에서 나와 이번에는 아빠 서재로 들어갔다. 조사하고 싶은 내용이 하나 더 있었다.

며칠 전에 아빠가 도쿄에 간 목적이다. 물론 아빠가 도쿄에 가는 일은 드물지 않다. 학회나 연구회 등의 일로 1년에 몇 번은 간다. 하지만 그런 일이라면 외숙모나 외삼촌에게 숨길 필요가 없지 않은가.

또 아빠는 어제 뜬금없이 내게 유학을 권했다. 그것도 이번 도쿄행과 무관하지 않을 듯하다. 어학연수를 하라는데, 너무도 갑작스럽다. 도쿄에서 무슨 일이 있었던 것이다. 그리고 그 일은 나와 관련이 있을 것이다.

서재에 들어서자 이곳으로 이사 온 지 몇 년이나 지났는데도 여전히 가구 냄새가 났다. 환기를 자주 하지 않아서일 것이다. 눈이 따끔거려 창문을 열었다. 남쪽을 향해 있는 베란다 앞쪽으로 쓰가루 해협이 보였다.

창문과 출입구를 제외하고 벽이란 벽은 모두 책장이 가리고 있었다. 그 어느 곳이나 더는 책을 꽂을 수도 없는 상태다. 책장에 미처 꽂지 못한 책들이 바닥에 잔뜩 쌓여 있었다. 여기서 어떻게 원하는 책을 찾아내는지 감탄스러울 따름이다. 서재는 가사 도우미도 건드리지 못하게 한다니 아빠 나름의 질서가 있을 것이다.

창가에는 책상이 놓여 있는데 그 위도 파일과 노트류에 점령당해 있었다. 나는 아빠가 뭘 연구하는지 자세히 모른다. 고개를 갸우뚱하고 옆에서 파일의 등 표지를 읽어 보았다.

'포유류의 핵 이식에 관한 연구 1'

'수정란에서 핵을 제거하는 방법'

'핵 이식란의 발생 분화 정지의 원인과 해결'

'성체 세포의 단계적 핵 이식에 의한 클로닝'

무슨 말인지 전혀 알 수 없었다. 다만 수정란이니 세포니 하는 말이 섞여 있어서 왠지 불안해졌다. 인간이 건드려서는 안 될 신성한 영역에 관여하는 듯한 느낌이 들어서다. 설마 아빠가 프랑켄슈타인 박사를 동경할 거라고는 생각하지 않지만.

나는 약간의 죄책감을 느끼면서 책상 서랍을 열었다. 아빠가 도쿄에 가서 뭘 했는지 짐작할 만한 물건이 발견되지 않을까 기대했다. 그러나 서랍에는 쓰다 만 리포트 용지와, 알 수 없는 숫자와 기호가 줄줄이 적힌 메모 같은 것들만 빼곡히 들어 있었다.

서랍을 닫고 실내를 다시 한 번 둘러보았다. 출입구 옆에 네모난 검정 가방이 놓여 있었다. 본 적이 있는 가방이다. 어제 아빠가 삿포로의 외삼촌 집에 왔을 때도 이 가방을 들고 있었다. 그러니까 도쿄에도 들고 갔었다는 뜻이다.

바닥에 쭈그리고 앉아 가방을 열었다. 세면도구 세트와 필기구, 역사 소설 문고본 등이 아무렇게나 들어 있었다. 그리고 접이식 우산도.

가방 안쪽에 서류를 넣는 포켓이 있었다. 지퍼를 열어 보니 하얀 종이가 접힌 채 들어 있다. 뭘까 싶어 펼쳐 보고 실망했다. 대학의 커리큘럼을 인쇄한 것이었기 때문이다. 대학교수인 아빠가 그런 걸 갖고 있다고 해서 이상할 건 없다.

그런데 그 종이를 다시 접으려다가 나는 손을 멈췄다. 종이 오른쪽 위에 도와 대학 문학부 국문학과 2학년이라고 적힌 글자가 보였기 때문이다. 도와 대학은 도쿄에 있는 유명한 사립 대학이다. 게다가 문학부 국문학과라면 아빠와는 아무 관계가 없다.

아빠가 도와 대학에 갔던 것일까. 그게 도쿄에 간 목적이었을까.

나는 서류 포켓을 조금 더 뒤져 보았다. 그러자 사진이 한 장 나왔다. 내 얼굴 사진이었다. 아마도 대학 입시 때 사용하고 남은 듯하다. 정면을 향해 있고, 지금처럼 어깨 위로 긴 머리를 늘어뜨렸다. 표정이 딱딱해서 내 마음에 들지 않았던 사진이다.

나는 생각에 잠겼다. 이 사진이 우연히 여기 들어 있었을 것 같지 않았다. 도와 대학의 커리큘럼과도 관계가 있을 것이다.

나는 책장으로 눈길을 돌렸다. 도와 대학과 관련된 뭔가가 있을지 모른다고 생각했다. 그러나 그 수많은 책 중에 그럴 만한 것은 없었다. 그리고 책상 서랍 속에 명함첩이 들어 있었던 게 떠올라 한 장 한 장 확인해 봤지만 도와 대학 관계자의 명함은 보이지 않았다.

사진과 커리큘럼을 도로 넣고 가방도 원래 위치에 가져다 놓았다. 관찰력이 뛰어난 아빠는 물건의 위치가 조금만 바뀌어도 알아채고 누군가 들어왔었다고 생각할지 모른다. 되도록 다른 곳은 건드리지 않으려고 주의했다.

남쪽으로 난 창문을 닫으려고 했을 때 베란다에 떨어져 있는 러닝셔츠가 눈에 들어왔다. 빨래 건조대에서 철사로 된 옷걸이 하나가 흔들거렸다. 외출하면서 널었는데 빨래집게로 고정하지 않아 바람에 떨어진 모양이다. 과학자면서 이런 일에는 무심하다.

서재를 나와 내 방 앞을 지나서 베란다로 나가는 유리문을 열어 보니 슬리퍼가 놓여 있지 않았다. 한숨을 내쉬며 현관으로 가서 내 신발을 들고 돌아왔다. 그리고 베란다로 나가 러닝셔츠에 묻은 흙을 떨어내고 다시 옷걸이에 걸었다. 웬만하면 다시 빨아서 널고 싶지만 그럴 여유가 없었다. 빨래집게로 집어 놓기라도 하고 싶지만 아빠가 의심하게 되면 곤란하다.

베란다 난간에 양팔을 괴고 주변 경치를 바라보았다. 여기서 이렇게 느긋하게 주위를 바라본 적이 한 번도 없었다. 하코다테도 많이 변했구나, 생각한다. 건축물의 조화로움이 사라지고 도시 전체가 거대한 부스럼 딱지 같다. 그리고 공기의 색과 냄새. 전에는 그렇게 맑았는데.

방으로 들어와 신발을 들고 베란다 유리문을 닫았을 때 찰칵, 잠금장치가 열리는 소리가 희미하게 들렸다. 소스라치게 놀라는데 현관문이 활짝 열리는 소리가 이어졌다. 아빠가 돌아온 것이다. 시곗바늘이 아직 3시 조금 전을 가리키고 있다. 오늘은 왜 이렇게 빨리 들어온 걸까.

발소리가 다가왔다. 나는 침을 꿀꺽 삼켰다. 태연하게 행동해야 한다. 아빠 왔어, 일단 그렇게 말을 할까.

아빠는 부엌에 있는 듯하다. 내가 온 것을 아직 눈치채지 못했다. 이쪽 방문이 닫혀 있는 데다 신발을 들고 왔기 때문이다.

아빠가 놀라지 않도록 자연스럽게. 속으로 말하면서 손잡이로 손을 뻗었을 때 불쑥 아빠 목소리가 들렸다.

"죽였다고?"

나는 깜짝 놀라 손을 끌어당겼다. 죽였다……고?

"아, 그래, 나야, 우지이에. 그렇게까지 하다니, 굳이 그럴 필요가……."

전화다. 아빠가 식탁 위에 있는 무선 전화기로 누군가와 통화를 하는 것이다. 그래서 일부러 들어온 것일까, 학교에서는 누군가 들을 염려가 있어서?

"허튼소리 하지 마. 그렇게 때맞춰 사고가 날 리 없잖아. 나는 이제 빠지겠어. 더는 관계하고 싶지 않아."

아빠 목소리가 분노와 슬픔을 머금은 듯이 들렸다. 나는 손잡이로 뻗었던 손을 어떻게도 하지 못하고 마네킹처럼 굳어 있었다. 겨드랑이와 목덜미와 손바닥에 땀이 흥건하게 배어나왔다.

"……나를 협박하는 건가?"

갑자기 아빠 목소리가 낮게 가라앉았다. 깊은 우물 속에서 들려오는 듯한 소리였다.

"내가 없어도 지장 없잖아. 후지무라가 비슷한 기술, 아니 그 이상의 기술을 가졌으니까. 포유류의 핵 이식 경험도 풍부하고."

포유류의 핵 이식이라고? 그 말을 서재에서 본 기억이 있었다. 파일 제목에 쓰여 있었을 것이다.

"그건 구노 선생 거의 혼자서 한 일이야. 나는 아무것도 하지 않았어. 전에도 말했잖아. 나는 지시대로 움직였을 뿐이야."

구노 선생이라면……, 구노 교수를 말하는 것일까.

아빠가 침묵했다. 상대가 말하는 모양이다. 내용은 전혀 알 수 없지만 상대가 아빠를 설득하고 있다는 것만은 확실했다. 하지만 뭘? 상대가 아빠에게 뭘 시키려는 것일까.

"그래, 다녀왔어. 도와 대학에서, 그 아이에 관한 정보를 모아 왔어. 생각했던 대로 그 아이의 몸에는 아무 이상이 없는 것 같더군."

그 아이? 도와 대학?

아빠가 고뇌가 느껴지는 무거운 말투로 계속 말했다.

"무슨 수로 협조하게 만들겠다는 건가. 무모한 짓을 해서는 안 되네. 소란이라도 피우면 골치 아파진단 말이야. 고바야시에게 형제가 있지? ……그래? 오빠가 있단 말이지. 그럼 더욱 더 안 될 일이야. 어쩔 생각인가? 설마 그 오빠까지……. 응, 반드시 그렇게 해 주게."

고바야시……. 모르는 이름이 나왔다.

"알았어. 아무튼 나는 고바야시 문제에는 관여하지 않겠어. 자네 말대로 사고였다고 생각하지. 단, 앞으로 또 비슷한 일이 생기면 나는 즉시 손을 뗄 거야. 그리고 다시 한 번 말하지만 내가 당신들 일에 관여하는 건 이번이 정말 마지막이야. 이후로는 접근하지 않도록 해. 절대로."

잠시 침묵이 흐른 뒤 다시 아빠가 말했다.

"당최 믿을 수가 있어야지, 당신들 약속을 말이야. 20년 전에도 자네 보스는 그렇게 말했어."

툭, 하고 소리가 났다. 전화기를 식탁에 내려놓는 소리 같았다.

나는 문에 몸을 기댄 채 움직이지 않았다. 아빠의 말은 아빠가 뭔가 매우 위험하고 수상한 일에 관여하고 있다는 사실을 암시했다. 나는 당장 나가서 이렇게 말하고 싶었다. 아빠, 대체 무슨 일을 꾸미는 거야. 그러나 몸이 쇠사슬에 묶이기라도 한 것처럼 꼼짝하지 않았다.

아빠가 움직이는 기척이 들렸다. 나는 눈을 감았다. 문이 열리면 들킬 거라고 각오했다. 들키는 순간 요정처럼 사라져 버리면 좋겠다고 생각했다.

그런데 문이 열리지 않았다. 다시 발소리가 나더니 그 소리가 점점 멀어졌다. 이윽고 현관문이 열렸다 닫히는 소리가 들렸다. 그리고 찰칵, 문이 잠기는 소리.

그 소리에 봉인이 풀렸는지 내 몸이 자유로워졌다. 그러나 더는 서 있기가 힘들었다. 힘없이 주저앉으면서 양손으로 바닥을 짚었다.

후타바의 장 3

스님의 독경 소리가 냉방으로 싸늘한 실내에 흘렀다. 스님이라고 하기에 민머리를 예상했는데, 제단 앞에 나타난 사람은 검게 머리를 기른 주지승이었다. 양복을 입으면 영락없이 은행원으로 보일 것 같다. 그래도 저음으로 경을 읽는 소리에는 주지다운 위엄이 있었다.

오늘은 절대 울지 않겠다고 다짐했지만 향을 피우면서 엄마 사진을 보자 또 눈물이 났다. 지난 이틀 내내 눈물샘이 마르지 않았다. 나는 어릴 적부터 어지간한 일로는 울지 않았으므로 여태 고였던 눈물이 봇물 터지듯 터진 모양이었다.

장례는 어느 건물 안에서 치러졌다. 엄마가 어떤 장례를 원했는지 몰라 장의사에서 시키는 대로 평범하게 치렀다. 요즘은 장례식장이라도 철근 콘크리트 건물이 보통이다.

그저께 밤부터의 일이 수면 부족으로 멍한 머리에 되살아난다. 너무 많은 일이 있었기에 시간 감각이 마비되고 말았다.

일주일은 지난 듯한 느낌이다.

장의사의 신속함은 놀라울 따름이었다. 부르지도 않았는데 엄마가 죽은 그날 밤 병원에 나타나 내게 갖가지 제안을 했다. 들어 보니 다니하라 병원과 오랫동안 교류가 있는 장의사라서 간호사 중 누군가가 연락을 한 듯했다. 덕분에 슬픔에 잠길 시간을 상당히 빼앗겼으니 내게는 좋은 일이라고 해야 할 것이다. 후타바, 울고 있을 시간이 있으면 한 걸음이라도 앞으로 나아가. 엄마는 자주 그렇게 말했다.

친척은 없어요? 검은 뿔테 안경을 낀 장의사가 물었을 때 연락해야 할 사람이 있다는 사실이 떠올랐다. 마치다에 사는 엄마의 오빠다. 나이는 쉰 정도. 머리가 하얘서 학자 타입으로 보이지만 실은 철공소 아저씨다. 다정하고 친절하며 웃으면 눈이 없어지고 만다. 그 외삼촌은 지금도 엄마가 태어나 자란 낡은 집에서 아내와 아들 셋과 살고 있다. 아들은 고등학생 둘, 중학생 하나. 가까이 가기만 해도 여드름이 옮을 것 같은 삼인조다.

엄마의 죽음을 알리자 외삼촌 부부는 놀라서 달려왔다. 뺑소니차에 의한 교통사고라는 말을 듣자마자 평소에는 온화하던 외삼촌이 병원 벽을 주먹으로 치면서 짐승처럼 울부짖었다. 그 분노에 찬 울음소리는 고요한 건물 전체를 울릴 정도였다. 외숙모도 눈물을 흘리며, 여동생을 잃은 남편의 등을 다독였다.

시신과의 대면이 끝나자 외삼촌 부부는 장의사와 상담하는 일을 도와주었다. 정말 큰 도움이 되었다. 관이나 제단을 얼마짜리로 할지, 그런 걸 내가 알 턱이 없지 않은가.

외삼촌 부부는 남은 일은 자신들이 알아서 할 테니 나더러 집에 돌아가서 쉬라고 했다. 호의를 받아들이기로 하고 그날 밤은 아파트로 돌아왔다. 당연히 잠이 오지 않았고, 나는 밤새 울었다. 엄마의 죽음을 알았을 때 이미 충분히 울었는데도 눈물이 마르지 않았다. 집 안에 있으려니 눈에 들어오는 것마다 엄마의 추억이 묻어 있어서 눈물을 참기 힘들었다. 울면서 엄마를 치어 죽인 인간의 이미지를 내 나름대로 그리며 마냥 증오심을 키웠다.

새벽이 되자 마침내 감각이 마비되었는지 슬픔이 바닥을 드러낸 느낌이었다. 그러자 어처구니없게도 갑자기 허기가 몰려왔다. 나는 침대에서 꾸물꾸물 일어나 남은 카레를 데워 카레라이스를 만들어 먹었다. 맛은 전혀 느껴지지 않았지만 한 그릇을 더 먹기까지 했다. 엄마와 함께 먹으려고 했던 건데, 하고 생각하자 다시 눈물이 쏟아졌다.

한숨도 자지 못해 몽롱한 상태로 침대에 누워 있는데 오전 10시쯤 현관 벨이 울렸다. 외삼촌 부부인가 싶어 도어스코프로 내다보니 제복 차림의 경찰이 서 있었다.

샤쿠지이 경찰서 교통과 경찰관 한 명과 수사 1계의 형사 둘이었다. 눈두덩이 퉁퉁 부은 얼굴로 다른 사람과 마주하고 싶지 않았지만 경찰의 정보가 궁금했다. 좁은 거실로 세 사람을 안내했다.

먼저 교통과의 젊은 경관이 사고의 개요를 설명해 주었다. 그 말에 따르면 엄마가 차에 치인 곳은 교통량이 그다지 많지 않은 주택가의 도로였다고 한다. 다니하라 병원에서 퇴근하는 길에 그곳을 지나는데 차가 뒤에서 다가오다가 들이받는 식으로 엄마를 치었다고 경찰은 보는 듯했다. 하지만 그 도로는 폭이 비교적 넓은 데다 일방통행이어서 지금까지 사고가 발생한 적이 없는 장소라고 한다.

"사건 발생 시각은 8시 5분 전후입니다. 소리를 듣고 달려온 동네 주민이 119에 신고했습니다. 구급차가 달려와 곧바로 가까운 병원으로 옮겼지만 그때는 이미 위독한 상태였습니다. 상대 차량이 속도를 상당해 냈던 것 같습니다."

두 개 측두부 내출혈에 비장과 간 손상. 마치 높은 건물에서 뛰어내린 듯하다던 의사의 말이 떠올랐다.

"엄마는 뒤에서 차가 다가오는 것을 몰랐을까요? 알았다면 길 한편으로 비키든지 했을 텐데요."

내 질문에 교통과 경관은 잠시 생각하고 나서 대답했다.

"몰랐든가, 알았지만 아직 여유가 좀 있을 것이라고 방심했

든가 둘 중 하나겠죠. 그런데 운 나쁘게 상대 운전사가 부주
의했는지도요."

부주의했다면 그만인가, 하는 말을 간신히 삼켰다.

"그러면 범인을 찾을 수 있는 단서는요?"

무엇보다 궁금한 일을 물었다.

"차종은 알아냈습니다."

이번에는 머리를 모두 뒤로 빗어 넘긴 중년 형사가 말했다.
턱이 뾰족해서 냉혹한 인상을 주었다.

"90년식 흰 라이트 에이스입니다. 현장에 떨어져 있던 페인
트 조각과 타이어 흔적으로 밝혀냈습니다. 현재 소유주를 파
악하는 중입니다. 비슷한 차량이 상당히 많기는 합니다만."

"라이트 에이스……."

밴이라니, 의외였다. 그러나 상용 밴의 거친 운전에 관해서
는 나도 들은 기억이 있다.

"목격자는 없나요?"

"문제는 그 점인데요,"

형사가 미간을 찡그렸다.

"어젯밤부터 그 일대에서 탐문 조사를 계속하고 있지만 차
를 봤다는 증언은 아직까지 나오지 않았습니다. 다만 차가 뭔
가에 부딪히는 소리를 들었다는 사람이 몇 명 있어요."

"그렇군요."

소리를 들었다는 증언이 수사에 얼마나 도움이 될지 나는 알 수 없었다. 형사의 표정을 보니 별로 기대할 만한 것은 아닌 듯했다.

"방금 타이어 흔적 얘기가 나왔습니다만,"

교통과 경찰이 나섰다.

"현장의 도로를 면밀하게 조사한 결과, 브레이크 흔적이 보통의 경우에 비해 짧았습니다. 고바야시 씨의 모습을 보고 급하게 브레이크를 밟은 흔적도 없거니와, 고바야시 씨를 친 후에 정지한 흔적도 없었죠. 따라서 저희는 속도를 늦추지 않은 채 그대로 도주한 것이 아닌가 보고 있습니다. 그래서 동네 사람이 소리를 듣고 밖으로 나왔을 때는 이미 범인이 사라지고 없었던 겁니다."

"사고 직전에 브레이크를 밟지 않은 이유를 설명할 수 없는 건 아닙니다. 한눈을 팔다가 사람을 보지 못했을 수도 있어요."

턱이 뾰족한 형사가 말했다.

"다만 사고 후에도 거의 정지하지 않은 채 도주한 점은 아무래도 마음에 걸리는군요."

"왜요?"

나도 모르게 눈썹이 치켜 올라가는 것을 느꼈다. 그러니까, 하고 형사는 생각하는 표정을 지었다.

"뺑소니의 경우라도 보통은 사고 직후에 급브레이크를 밟은 흔적이 남습니다. 사람을 치었을 때 일단은 그런 행동을 하는 게 운전하는 사람의 본능이거든요. 면허가 있다면 이해하시겠지만."

"네, 알 것 같아요."

나는 고개를 끄덕였다. 나는 작년에 면허를 땄다.

"운전자는 차에서 내려 피해자의 상태를 확인할 겁니다. 정상적인 운전자라면 피해자의 상태가 어떻든 즉시 구급차를 부르죠. 그런데 일부는 그러기 전에, 얄팍한 저울질을 합니다. 이대로 경찰에 알리면 죗값을 얼마나 치르게 될까, 이자가 죽으면 내 일생이 물거품이 되는 거 아닐까, 그러느니 차라리 도망치는 게 낫지 않을까, 다행히 목격한 사람이 아무도 없으니 도망가도 되지 않을까 하고 말입니다. 그리고 자신에게 유리한 쪽으로 계산이 나오면 즉시 차에 올라타 도주하는 겁니다."

"그런데 이번 사건의 범인은 그런 저울질을 하지 않았다는 말씀인가요?"

"흔적으로만 판단하면 그렇습니다. 고바야시 씨를 친 순간부터 아주 신속히 대응했어요."

입안에 쓴맛이 확 퍼지는 느낌이었다. 나는 쓴 침을 삼켰다.

"저……, 그럼 범인이 처음부터 엄마를 노렸을 수도 있다는 말씀인가요?"

그 질문에 형사는 고개를 저었다.

"아직 단정할 수는 없습니다. 가해자가 순간의 판단으로 도주하는 경우도 없지는 않으니까요. 다만 고의일 가능성도 충분히 있다고 보고 수사할 방침입니다."

고의, 라는 말은 살인이라는 뜻이다. 범인이 엄마를 일부러 죽였단 말인가. 그런 말도 안 되는 일이. 대체 누가 엄마를 죽이려 했단 말인가.

"그래서 한 가지 묻고 싶은 일이 있는데요, 만약 고의에 의한 사고라면 혹시 짚이는 데가 있습니까?"

"없어요. 그런 건 생각할 수도 없어요."

나는 그 즉시 고개를 저었다. 생각 끝에 나온 행동이 아니라 조건 반사였다.

"누군가 고바야시 씨 주변을 맴돌았거나 고바야시 씨가 원한을 산 적은요? 아니, 이건,"

턱이 뾰족한 형사가 황급히 자신이 뱉은 말을 수습했다.

"원한을 산 당사자가 오히려 앙갚음을 하는 경우가 있어서 묻는 말입니다."

"우리 엄마가 원한을……."

나는 필사적으로 기억을 더듬었다. 그러나 아무것도 떠오르지 않았다. 인간관계에 얽힌 문제가 과거에 몇 번 있었던 것 같긴 한데 막상 끄집어내려니 막막했다.

"모르겠어요."

나는 울음이 터질 것 같았다.

"수상한 전화가 걸려 온 적은요?"

"1년 전쯤에 전화를 받으면 아무 말도 하지 않고 끊어 버리는 경우가 종종 있었어요. 하지만 최근에는 그런 일이 없었습니다."

"그렇군요."

턱이 뾰족한 형사가 옆에서 메모하는 젊은 형사를 힐끗 보더니 다시 내 쪽으로 고개를 돌렸다.

"고바야시 시호 씨에게 요즘 들어 이상한 점을 느끼시지는 않았습니까?"

"이상한 점은……."

그렇게 말해 놓고서야 나는 거우 사고력을 되찾았다. 경찰에게 해야 할 말이 있었다.

"뭡니까? 아무리 사소한 일이라도 좋습니다. 말해 보세요."

"제가 텔레비전에 출연한 적이 있어요."

그 일을 두고 엄마와 말다툼을 벌였다는 얘기를 했다. 엄마의 반응을 좀처럼 납득할 수 없었다는 말도. 그런데 열심히 설명하는데도 형사는 시큰둥한 표정을 지었다.

"텔레비전을 싫어하는 사람도 있을 수 있죠."

그는 그렇게 일축하고 말았다. 내가 텔레비전에 출연한 이후 엄마의 기분이 침울해졌다는 얘기에 약간 관심을 기울이는 듯했지만 그럼에도 사건을 나의 텔레비전 출연과 연관시킬 생각은 없는 듯 "다른 이유는 없을까요? 어머니가 침울해한 일 말입니다."라고 물었다.

없어요, 라고 나는 분명하게 대답했다. 그러나 형사가 그 말을 얼마나 진지하게 받아들였는지는 매우 의심스럽다.

그 밖에 이상했던 점은요? 하고 형사가 또 묻기에 예의 신사 얘기를 꺼내기로 했다.

"엄마가 예전에 신세를 졌다는 대학교수가 그저께 찾아왔었어요. 저는 만나지 못했지만요."

형사가 이름을 물었지만 모른다고 대답했다. 대학에서 함께 조교 생활을 한 듯하다고만 얘기했다.

그리고 학교에서 나에 대해 묻고 다니는 남자가 있었다는 얘기도 했다. 형사는 다소 흥미가 이는지 그 남자가 말을 걸었던 친구들 이름을 내게 물었다.

경찰이 돌아간 후 나는 엄마가 살해되었을 가능성을 내 나름으로 생각해 보았다. 마음에 걸리는 부분은 내가 텔레비전에 출연하기 전에 엄마와 나눴던 대화의 일부였다.

내가 사람들 앞에 나서면 무슨 안 좋은 일이라도 생기는 거야?

그러자 엄마가 진지한 표정으로 되물었다. 그렇다면 포기할래?

설마, 하고 나는 중얼거렸다. 그건 아니지, 엄마? '무슨 안 좋은 일'이 엄마가 살해되는 것이라니, 그럴 리 없지?

현기증이 나서 침대에 누웠다.

저녁 무렵 조문이 시작되어 장례식장에서 밤을 지새우게 되었다. 제단 앞에 늘어놓은 철제 의자에 멍하니 앉아 있는데 외삼촌이 다가와 잠시 눈을 붙이는 게 좋겠다고 말했다.

"그렇긴 한데 잠이 안 와요."

"그래도 몸 생각을 해야지."

그러면서 외삼촌은 내 옆에 앉았다. 그러는 외삼촌이야말로 피곤한 기색이 역력했다.

둘이서 엄마에 관한 추억을 얘기하다가 이번 사고 얘기가 나왔다. 형사가 외삼촌에게도 찾아간 모양이었다. 시호를 죽이려 했다니, 그런 사람이 있을 리 없다고 소리쳤다고 한다.

"형사에게 말했다. 만일 고의로 내 동생을 치었다면 아마 머리가 어떻게 된 놈일 거라고. 상대가 누구냐에 상관없이 우연히 앞에 있던 시호가 당한 거다, 그뿐이다, 하고 말이야."

범인이 머리가 어떻게 된 놈일 거라는 얘기에는 무조건 찬성이었다.

나는 외삼촌에게 엄마가 죽기 전날 밤에 어떤 남자 손님이 찾아왔었다는 얘기를 했다. 대학에서 조교 생활을 했을 당시의 동료라는 말에 외삼촌은 고개를 끄덕였다.

"그래서 형사가 시호의 경력을 물었구나. 그런 일이 있었어. 아니, 그렇지만 그건 아주 오래전 얘긴데…… 후타바 네가 태어나기도 전의 일이야. 그런 사람이 어떻게 그 사고와 관련이 있을 수 있겠니. 시호는 지금은 그 대학과 아무 교류도 없을 텐데 말이다."

"대학 이름이 뭐라고 했죠?"

"호쿠토 의과 대학이다. 몰랐나?"

"중학생 땐가 들은 기억이 있지만 그때는 대학 이름 같은 건 관심이 없었거든요. 게다가 엄마는 옛날 얘기를 하고 싶어 하지 않았어요. 그랬구나, 호쿠토 의과 대학이었어…… 나름 명문 대학이잖아요. 삿포로에 있었나요?"

"아니야, 아사히카와에 있지. 의학의 길을 가겠다고 했을 때는 그렇지 않았는데, 아사히카와에 있는 대학에 가겠다고 했을 때는 어처구니가 없더구나. 그때는 네 외할아버지와 외할머니가 모두 살아 계실 때라 나랑 셋이서 네 엄마를 설득하려고 무던히 애를 썼지. 하지만 너도 네 엄마 성격 잘 알잖니. 멋대로 지원해서 가 버리더구나. 그 녀석이 떠난 후 네 외할아버지랑 외할머니가 병으로 차례차례 돌아가시자 본인도 책임을 느꼈는지 성묘하면서 서럽게 울더라."

"그런데 왜 학교를 그만두고 도쿄로 돌아왔어요?"

내 물음에 외삼촌의 늘어진 눈두덩이 희미하게 꿈틀거렸다.

"글쎄다, 그건……."

외삼촌은 고개를 약간 기울인 채 말을 얼버무렸다. 그 모습을 본 내 육감이 꿈틀거렸다.

"외삼촌."

나는 외삼촌을 향해 자세를 고쳐 앉았다.

"저도 이제 스무 살이에요. 웬만한 일에는 놀라지 않는다고요. 엄마도 돌아가셨으니 이제는 제 출생에 관해 알고 싶어요. 그러니까 사실대로 말씀해 주세요. 엄마가 도쿄로 돌아온 일과 제가 태어난 일 사이에 뭔가 관련이 있는 거죠?"

정곡을 찌른 듯했다. 외삼촌이 내 시선을 피해 반짝거리게 닦인 리놀륨 바닥을 내려다보았다. 그리고 잠시 후 자리에서 일어서더니 제단 앞으로 가 합장을 하고 돌아왔다.

"네 엄마에게 묻고 왔다. 얘기해도 되겠느냐고 말이다."

"엄마가 뭐래요?"

"어쩔 수 없지, 그렇게 대답하는 것 같더구나. 그러니 말해도 되지 않을까 싶다."

외삼촌은 희미하게 미소를 짓고 나서 다시 바닥으로 시선을 떨어뜨렸다.

"하지만 내가 아는 건 많지 않아."

"그래도 괜찮아요. 무슨 내용이든 좋아요."

그래, 하면서 외삼촌이 고개를 끄덕였다.

"정확한 날짜는 기억이 나지 않지만 아마 연말이었을 거야. 아사히카와에 있어야 할 시호가 갑자기 돌아왔지 뭐냐. 그리고 돈을 좀 빌려 달라고 하더구나. 그 자체는 그리 놀랄 일이 아니었다. 내가 당황한 이유는 네 엄마가 임신했기 때문이었어. 어떻게 된 일이냐, 상대가 누구냐, 하고 부모님을 대신해서 캐물었지만 네 엄마는 고집스럽게 아이 아버지 이름을 말하지 않더구나. 그 대신 이런 말을 했어. 아이가 태어날 때까지 자신은 친구 집에서 신세를 지겠다, 하지만 그 말을 절대 남에게 해서는 안 된다고 말이야. 이유를 물었지만 아무것도 가르쳐 주지 않았어. 그리고 본인 말대로 그 이튿날 모습을 감춰 버렸다."

"그 친구라는 사람은 누군데요?"

"여고 시절 친구였어. 나가이……, 아니지, 나가에……? 그래, 나가에라고 했어."

"그 사람이라면 저도 알아요."

해마다 연하장이 날아왔던 기억이 떠올랐다.

"사정이 궁금해서 전화를 걸면 일단 당분간은 이대로 두라는 말만 되풀이하더라. 께름칙했지만 어쩔 도리가 없어서 네 엄마가 하라는 대로 했다. 그런데 어느 날 호쿠토 의과 대학의 교수라는 사람이 나를 찾아왔어."

"교수라면…… 이름이 뭐였죠?"

"미안하지만 그건 기억이 나지 않는구나."

외삼촌이 눈썹을 여덟팔자로 늘어뜨렸다.

"그때 만난 게 처음이자 마지막이었으니 말이야. 평범한 성은 아니었던 것 같은데, 그것도 자신이 없구나. 나이가 지긋하고 깡마른 사람이었다는 기억밖에 없다."

"한 번밖에 못 만났으니 그럴 만도 하죠. 그런데 그 사람이 왜 외삼촌을 찾아왔어요?"

"시호를 만나고 싶다고 했으니 아마 그 녀석을 대학으로 데려가려고 오지 않았나 싶다. 그래서 아무래도 시호가 뭔가로부터 도망친 모양이라고 짐작했지. 그렇다면 하늘이 두 쪽 나도 시호가 있는 곳을 가르쳐 줄 수는 없지 않겠니? 나는 조개마냥 입을 꼭 다물었다. 그랬더니 그 교수가 결국은 포기하고 돌아가더구나. 그 얼마 후였지 아마, 시호가 집으로 돌아온 게. 그때 표정이 지금도 기억에 생생하구나, 얼마나 밝고 개운해 보이던지. 고민거리가 없어진 모양이구나, 하고 물었더니 그렇다고 하더라. 나중에 들어 보니 그 교수가 무슨 수를 썼는지 시호가 있는 곳을 알아냈던 모양이야. 하지만 시호가 쫓아 보냈나 보더라. 집으로 돌아온 후로는 내내 집 안에만 있다가 5월에 무사히 여자아이를 낳았지."

그 아이가 나란 말인가.

"그다음 일은 너도 알지? 시호는 간호사 자격증이 있어서 그걸로 생활비를 벌어 후타바 너를 보살폈다. 나도 좀 도우려 했지만, 이 아이는 자신의 힘으로 키운다면서 절대 받아들이지 않더라. 처음에 빌려갔던 돈도 얼마 후에 갚았고."

그건 안다. 엄마가 어떻게 해서 나를 키웠는지는 내가 누구보다 잘 안다.

"아빠가 누군지는……."

외삼촌은 고개를 저었다.

"그것만은 끝까지 가르쳐 주지 않았다. 나는 대학 관계자가 아닐까 짐작했지만 시호는 그렇지 않다고 했어."

"그 호쿠토 의대 교수일 가능성은요?"

"그 생각도 해 봤지. 그런데 시호가 웃으면서 아니라고 하더구나. 거짓말 같지는 않았어."

"흐음……."

"이건 내 생각인데, 네 아빠는 그때 이미 죽지 않았나 싶다."

"아사히카와에서요?"

응, 하고 외삼촌은 고개를 끄덕였다.

"네 엄마가 그 사람과 결혼할 약속을 했지만 결국 이루지 못한 거지. 그런데 배 속에는 이미 네가 있었고, 상대 남자의 부모가 그 아이를 달라고 했지만 시호는 너를 보낼 수 없었던 거야. 그래서 도쿄로 도망쳐 온 거지. 그 호쿠토 의대 교수는 두 사람을 이어 준 장본인이라고 본다."

"우아, 대단해요."

나는 새삼스레 외삼촌의 얼굴을 바라보았다. 그 상상력에 경의를 표할 수밖에 없었다.

"거의 드라마 수준이에요."

"그렇게 생각해야 앞뒤가 맞지 않겠니? 만일 네 아빠가 살아 있었다면 반드시 너를 만나러 왔을 테니까 말이다. 네 엄마한테는 볼일이 없어도 너라면 보고 싶을 게 아니냐. 부모와 자식이란 그런 거니까."

"그런지도 모르겠네요."

여드름투성이의 그 지저분하게 생긴 자식들을 끔찍이 사랑하는 외삼촌을 보면 그 말이 충분히 이해가 갔다.

"내가 아는 건 거기까지야."

외삼촌은 허탈한 듯이 말했다.

"진실은 네 엄마만 알아. 하지만 그걸로 족하지 않니? 네가 아빠를 궁금해하는 심정은 이해한다만, 안다고 해서 반드시 좋은 것도 아니다."

"딱히 좋은 일을 기대하지는 않아요."

나는 희미하게 미소를 지으며 말했다.

"하지만 있잖아요, 아무래도 마음에 걸리는 일이 있어요. 지난주에 제가 텔레비전에 출연한 일과 관계있는 건데요……."

나는 엄마가 텔레비전 출연에 반대했다는 얘기를 외삼촌에게 들려주었다.

외삼촌은 고개를 갸웃거렸다.

"왜 그랬을까. 굳이 반대할 이유가 없을 것 같은데. 세상과 등지고 살 것도 아니고……."

"이상하죠?"

"그러게 말이다. 부모라는 사람들은 하나같이 바보라서 후타바 너처럼 예쁘게 생기지 않았어도 자기 아이가 텔레비전에 나간다면 좋아서 어쩔 줄 모르는 법인데."

외삼촌은 진지한 표정으로 말하고 나서 의자에서 일어나 휘적휘적 제단으로 다가갔다. 그리고 엄마 사진에 대고 말했다.

"애, 시호야. 너는 죽어서도 우리를 고민하게 만들 테냐? 적당히 좀 해라, 제발."

제 말이 그 말이에요, 하고 나도 중얼거렸다.

발인, 화장, 납골 등이 순서대로 진행되고, 마지막으로 친척들과 식사를 함께하는 것으로 장례 절차가 모두 끝났다. 문상객이 얼마나 왔는지는 전혀 파악하지 못했다. 병원 관계자와 외삼촌의 지인도 많았지만 무엇보다 내 친구가 놀랄 만큼 많이 와 주었다. 밴드 동료들이 애를 쓴 덕분이다.

외삼촌 부부와 함께 아파트로 돌아와 상조 회사에서 마련해 준 간단한 불단 세트를 조립한 후 위패와 함께 유골을 안치하는데 현관 벨이 울렸다. 샤쿠지이 경찰서의 턱이 뾰족한 형사였다.

"예의 흰 라이트 에이스가 발견되었습니다."

형사가 현관에 선 채 말했다.

"현장에서 동쪽으로 1킬로미터 정도 떨어진 곳에 있는 쇼핑센터 주차장에 버려져 있었습니다. 왼쪽 헤드라이트 부근에 최근에 부딪힌 걸로 추정되는 흔적이 있었습니다."

그 말을 들었는지 외삼촌이 안에서 뛰어나왔다.

"그래서 범인은요?"

"문제는 그 점인데요."

형사의 얼굴이 흐려졌다.

"도난 신고가 들어온 차량이었습니다."

"도난 신고……."

그 말의 의미를 생각하자 이유를 할 수 없는 불쾌감이 밀려왔다.

"신고는 어제 아침에 들어왔습니다. 차량 소유주는 오기쿠보에서 도장업을 하는 사람이고요. 이 사람인데, 혹시 아십니까?"

형사가 종이 한 장을 내밀었다. 운전면허증을 복사한 것이었다. 그 얼굴도 이름도 전혀 기억에 없었다.

모르는 사람이에요, 하고 나는 대답했다. 외삼촌 부부도 마찬가지였다.

"그렇군요."

역시나 하는 표정으로 형사는 종이를 품에 도로 넣었다.

"그러니까……"

외삼촌이 뺨을 긁적거리며 말했다.

"도난 차량이라는 말은 면허증에 있는 그 사람이 운전하지 않았다는 뜻인가요?"

"네, 적어도 이 사람 본인은 아닌 것 같습니다."

형사가 이내 대답했다.

"고바야시 시호 씨가 사고를 당한 것으로 보이는 시각에 이 사람은 동업자들 모임에 참석했습니다. 술을 마시게 될 것 같아서 차를 집에 두고 갔다는군요."

알리바이가 있다는 말인 듯했다.

"꼭 본인이 운전하란 법은 없잖아요? 가족 중에 누군가, 아니 도장업을 한다니 직원이 운전했을 가능성도 있지 않겠습니까?"

"맞는 말씀입니다."

외삼촌의 의견에 형사가 고개를 끄덕였다.

"실제로 그런 경우도 있습니다. 사고를 감추려고 차를 다른 곳으로 이동한 다음 도난 신고를 하는 거죠. 이번처럼 사고 후에 도난 신고가 들어온 경우는 특히 의심스럽습니다. 다만 이 사람의 경우 직원이 없습니다. 그리고 가족 중에 운전하는 사람은 스물다섯 살 난 맏아들뿐이었고요."

그놈이다, 라는 듯이 외삼촌이 눈을 부릅떴다.

"현재 그 맏아들을 임의 동행해 조사하고 있습니다. 사고 발생 시각에 집에서 텔레비전을 보고 있었다지만 증인은 어머니뿐이고요."

"가족의 증언은 증거 능력이 없다던데요."

외삼촌이 코를 벌름거리며 말했다.

"그 사람은 어떤 사람이에요?"

내 물음에 형사가 어리둥절한 표정을 지었다.

"어떤 사람이냐니, 그게 무슨 뜻이죠?"

"운전을 험하게 하는 사람인가요?"

"아아, 그런 뜻이군요."

"그게 말이야, 후타바. 평소에는 얌전하더라도 운전대를 잡으면 사람이 변한다고들 하잖니."

외숙모가 특유의 말투로 끼어들었다. 외삼촌 역시 초조한 기색을 감추지 못하면서도 그건 그래, 하고 고개를 끄덕였다.

"언뜻 봐서는 그 맏아들도 착실한 청년입니다."

형사가 말했다.

"하지만 첫인상이라는 것이 얼마나 믿을 게 못 되는지 오랜 경험을 통해 뼈저리도록 알고 있죠."

"허허, 그렇군요."

"그 소유주라는 사람은 어쩌다가 차를 잃어버렸다고 하던가요?"

나는 질문을 바꿔 보았다.

"집 뒤쪽 길에 세워 놓았는데 어느새 없어졌다고 하더군요. 사고 당일 아침까지는 분명히 있었는데 말이죠. 업무용 차량이라 설마 누가 훔쳐 가랴 싶어 열쇠를 꽂아 놓은 채 두는 일도 많았답니다."

"흔히 하는 얘기죠."

전혀 믿을 수 없다는 듯이 외삼촌이 말했다.

"다만 말입니다."

형사가 말했다.

"발견된 차의 시트에 희미하게 헤어 제품 냄새가 남아 있었습니다. 그런데 그 도장 업소에서는 아무도 그런 걸 사용하지 않습니다. 아버지는 머리가 벗어졌고 아들은 스포츠머리를 하고 있거든요."

"헤어 제품이라면 헤어 무스 같은 걸 말하나요?"

내가 물었다.

"아니요, 헤어 토닉이나 리퀴드가 아닐까 싶습니다. 그것도 감귤류의 향이 아주 강한 제품이에요."

"감귤류라고요……."

그 후 형사는 어제오늘 사이에 별다른 일이 없었는지 물었다. 있었을지도 모르지만 장례를 치르느라 정신이 없어서 미처 깨닫지 못했다고 대답했다. 충분히 그럴 만하다는 듯이 형사가 몇 번이나 고개를 끄덕였다.

"그 사람에 대해서는 조사해 보셨나요? 사고 전날 엄마를 만난 대학교수 말이에요."

형사가 그만 돌아갈 것처럼 보여 나는 다급히 물었다.

"아, 그 사람요. 네, 알아봤죠. 하지만 아무 문제가 없었습니다."

"그래요?"

"네. 호쿠토 의과 대학의 후지무라라는 교수인데, 지난주 금요일에 일 관계로 도쿄에 왔었답니다. 모처럼 온 김에 마지막 날 고바야시 시호 씨를 만나러 갔다더군요. 그다음 날 아침 첫 비행기로 아사히카와에 도착해 오후에는 강의를 했습니다."

그 사람도 알리바이가 성립한다는 말인가. 형사가 말을 이었다.

"고바야시 씨가 사고를 당했다고 알리자 몹시 안타까워하더군요. 20년 만에 겨우 만났는데 그런 일을 당하다니, 하고 말이죠. 자신이 불운을 가져다준 것 같아 괴롭다고 했습니다.

아 참, 그리고 따님께 안부 전해 달라는 말도 했어요."

그 말에 뭐라고 반응해야 좋을지 몰라 나는 "네." 하고 애매하게 대답했다.

장례 후 사나흘은 순식간에 지나갔다. 오늘이 벌써 수요일.

초이레 제사는 장례식 날 함께 치렀으므로 일단 형식적인 절차에서는 벗어났지만, 보험금 수령을 비롯해 이런저런 귀찮은 일이 많았다. 하지만 엄마가 나를 위해 들어 둔 생명 보험이니 감사히 받아야 마땅했다. 실제로 앞으로의 생활을 생각하면 그 돈이 생명줄이 될 듯했다.

돈 문제로 말하자면 배상금이라는 또 하나의 큰 숙제가 있었는데 그건 별로 기대하지 않는 편이 좋을 듯했다. 엄마를 치어 죽인 흉기인 라이트 에이스의 소유주는 여전히 차를 도난당했다고 주장하고 있고, 경찰은 그 주장을 뒤집을 만한 증거를 찾지 못하고 있다. 의심의 대상이었던 맏아들도 알리바이가 성립할 것 같다고 한다.

샤쿠지이 경찰서 형사들의 난감한 표정을 보건대 단서라고는 털끝만큼도 찾지 못한 모양이었다. 최근 들어서는 수사를 제대로 하는지 어떤지조차 의심스럽다. 지난 며칠 동안 그들이 벌인 수사 활동 중 대표적인 것을 꼽자면 사고 현장에 목격자를 찾는다는 입간판을 세운 정도랄까. 목격자가 있었다면 벌써 나섰을 테니 이것 역시 눈가림으로밖에 여겨지지 않는다.

경찰에서는 단순 뺑소니 사고로 사건을 마무리 지으려는 것 같은데, 나로서는 도저히 납득하기 힘들었다. 내가 텔레비전에 출연했더니 엄마가 예언했듯이 정말로 안 좋은 일이 일어났다. 이걸 우연으로 치부하고 싶지 않았다. 누군가의 의지가 작용했다, 즉 엄마는 의도적으로 살해된 것이라고 확신한다.

그런 생각을 하면서 엄마의 유품을 정리했다. 옷가지와 일용품 등을 우선 종이 상자에 담았다. 그 작업에는 두 가지 의미가 있다. 당분간은 이사하지 않을 생각이라 생활공간을 혼자 살기에 적당하도록 정리하자는 의도가 그 하나이고, 또 하나는 엄마가 평소 사용하던 물건을 만져 보면서 추억에 젖는 것이다. 드라이한 면과 센티멘털한 면이 공존하므로 정신적 균형을 맞추는 데 좋지 않을까 스스로 생각한다. 실제로 옷장을 정리하면서, 이게 엄마가 좋아하는 원피스였지 하며 눈물을 글썽이는 한편으로, 좋아, 당분간 옷 걱정은 안 해도 되겠네, 라고 머리 한구석으로 생각하기도 했다.

골칫거리는 책이었다. 엄마 방에는 통신 판매로 산, 값은 싸지만 수납 능력이 뛰어난 책장이 두 개 있는데, 거기에 책이 가득 차 있다. 간호사였으니 그 일에 관련된 서적이 많은 것은 어쩔 수 없지만, 문학 서적도 상당수 있는 것이 영 마음에 안 든다. 명색이 국문학과 학생인 내 체면이 서질 않는다.

책이라는 것이 버리자니 께름칙하고, 그렇다고 읽지 않으면 쓸모없는 애물단지라 정말 난감하다. 깨끗하기라도 하면 그나마 헌책방에 팔거나 도서관에 기증할 수도 있지만, 엄마의 부지런함을 증명하듯 어느 것 하나 손때가 묻지 않은 것이 없었다.

어쩌나 하고 책장 앞에서 끙끙거리는데 현관 벨이 울렸다. 나가 보니 밴드 동료인 유타카였다. 손에 편의점 봉투가 들려 있었다.

"어떻게 지내나 궁금해서."

유타카가 앞머리를 계속 쓸어 올리며 말했다.

"굳세게 살아가고 있어."

들어오라고 하자 "그럼 실례." 하면서 유타카는 스니커를 벗었다. 이래서 귀여운 친구다.

"청소하고 있었어?"

태풍이 휩쓸고 지나간 듯한 실내를 둘러보며 그가 말했다.

"응. 이런 일은 빨리 해치워야지, 안 그러면 언제까지고 정리가 안 되니까. 그건 그렇고, 차라도 마실래?"

"응…… 에클레어 사 왔어."

유타카가 편의점 봉투를 내밀었다.

"와, 땡큐. 그럼 커피가 좋겠네."

커피라고 해야 인스턴트뿐이었다. 분주한 아침에 번거로운 일은 할 수 없다며 엄마는 인스턴트를 고집했다. 이거 다 마시면 그때는 원두커피를 사다 놓을까, 하고 문득 생각했다.

"간타가 우리 밴드는 어떻게 되는 거냐고 걱정하더라."

커피를 한 모금 마시고 나서 유타카가 말을 꺼냈다.

"후타바 너는 당분간 활동하기 힘들 테니까."

"그래, 당분간은 어렵겠지."

솔직히 지금은 밴드를 걱정할 때가 아니라는 생각이다.

"그래도 그만두겠다는 말은 하지 마."

유타카의 눈빛이 진지했다.

"우린 얼마든지 기다릴 수 있으니까."

"그런 일 없어. 상황이 일단락되면 합류할게."

"알았어. 그 말을 들으니 안심되네."

유타카가 하얀 이를 드러내며 웃고는 에클레어를 베어 물었다. 그러고서 또 커피를 한 모금 마신 뒤 멈칫거리며 내 얼굴을 보았다.

"앞으로는 혼자 살아가야겠지? 큰일이다."

어색할 정도로 정색하고 말한다.

"할 수 없지. 각오하고 있어."

"그래. 강하니까 괜찮을 거야, 후타바는."

유타카가 희미하게 미소를 지었지만, 어딘가 모르게 얼굴이 굳어 있었다. 왜 그러지, 생각하는데 "저 말이지." 하고 그가 입을 열었다.

"무슨 일이든 내게 의논해 줘. 후타바에게 힘이 되고 싶어. 네가 날 의지하면 정말 기쁠 것 같아. 너를 위해서라면 무슨 일이든 할 수 있어. 진심이야."

느닷없는 말에 당황했지만, 흥분한 것처럼 얼굴이 상기된 유타카를 보고 그것이 사랑 고백이라는 걸 깨달았다. 그렇구나, 그 말을 하러 찾아왔구나.

"후타바, 나 말이지, 오래전부터……."

그가 결정적인 한마디를 입에 담으려 했다.

"잠깐."

나는 그의 입을 막으려는 것처럼 얼른 오른손을 내밀었다.

"유타카, 이건 아니야. 공정하지 않아."

그가 어리둥절한 표정을 지었다.

"왜?"

"그렇잖아. 지금 나는 말이지, 솔직히 말해서 비틀거리고 있어. 너무 지치고 앞날이 불안해서 간신히 서 있어. 그런 사람에게 의자를 팔려는 행위는, 네가 장사꾼이라면 모를까, 이 경우에는 공정하지 않아. 이쪽은 일단 앉고 싶어서 그 의자가 어떤 물건인지 제대로 살펴볼 여유조차 없거든."

"이 의자는…… 확실한 물건이라고 보장할 수 있는데."

유타카가 입안에서 중얼거리듯이 말했다.

나는 고개를 저었다.

"만일 자신이 있다면 내가 기운을 회복했을 때 다시 한 번 그 의자를 팔러 와.

그는 선생님에게 꾸중을 들은 유치원생처럼 풀이 죽어 고개를 숙이고 있더니 이윽고 고개를 들고 부끄러운 듯이 웃었다.

"알았어. 그렇게 할게. 미안해."

"사과할 필요는 없어."

그리고 나는 고맙다고 말했다. 솔직한 심정이었다.

자신이 도울 일이 없느냐고 하기에 나는 그를 엄마 책장 앞으로 데려갔다. 그 엄청난 책들에 그도 놀라는 듯했다.

"와, 이렇게 공부를 많이 하는 어른이 내 주위에는 없는데."

나도 고개를 끄덕이며 동의했다.

전문 서적은 우리 대학 도서관에서 받아 줄 거라는 유타카의 말에 우리는 함께 책을 종이 상자에 꾸리기 시작했다. 이렇게 해 두었다가 나중에 간타 차로 옮기면 될 것이다.

유타카는 내게 등을 보인 채 묵묵히 작업을 계속했다. 그 뒷모습이 어째 좀 작아 보였다. 아까 내가 한 말에 상처를 받았는지도 모른다. 사랑 고백을 의자 판매에 비유했으니 아무리 착한 유타카라도 달갑지는 않았을 것이다. 조금 더 그럴듯하게 비유할 걸 그랬나 보다.

실은 그의 마음을 전부터 눈치채고 있었다. 그래서 고백 자체는 그다지 의외가 아니었다. 다만 그에게는 미안하지만 별로 마음이 설레지 않았다. 그건 고백한 사람이 간타나 도모히로였어도 마찬가지였을 것이다. 왠지 나는 밴드 동료들이 남동생처럼 느껴진다. 동시대를 살아간다는 감각이 전혀 없다.

하지만 앞으로는 여러 면에서 조금은 주의해야겠다고 생각했다. 우리가 한창때의 남녀라는 점만큼은 사실이니까.

"어!"

내가 잠시 일손을 놓고 멍하니 있는데 앞에서 유타카가 중얼거렸다.

"뭐지, 이거?"

"왜, 뭐 이상한 거라도 있어?"

"응, 이거 말이야."

그가 이쪽으로 돌아서서 내민 물건은 검은 표지의 스크랩북이었다. 한 번도 본 적 없는 것이다.

받아서 펼쳐 보니 신문과 주간지에서 오려 낸 기사들이 붙어 있었다. 엄마가 하던 일과 관련된 내용인가 싶어 살펴보니 그게 아니었다. 그 기사들의 내용은 전혀 뜻밖이었다.

"뭐지, 이게?"

나도 모르게 그런 말이 나왔다.

"왜 이런 기사를 스크랩했을까?"

"그러게. 좀 이상하지?"

유타카도 다시 고개를 갸웃거린다.

스크랩된 기사는 모두 이하라 슌사쿠에 관한 것이었다. 이하라 슌사쿠는 보수당의 실력자로, 몇 년 전에 수상을 지내기도 한 인물이다. 지금은 표면적으로 나서지 않지만, 정계의 실권을 쥐고 있다는 것은 온 국민이 아는 사실이다.

"어머니가 정치에 관심이 있으셨어?"

"관심이 전혀 없는 건 아니었지만 이렇게 기사를 스크랩할 정도는 아니었던 것 같은데……. 게다가 이 기사들 말이야, 뭔가 이상하지 않아? 이하라 슌사쿠의 사생활에 관한 것들뿐이야."

"정말 그러네."

유타카도 옆에서 들여다보며 고개를 끄덕였다.

"더구나 자세히 보니까 자식 얘기가 많아."

"아, 그런 것 같아."

스크랩북 앞쪽 페이지는 이하라 슌사쿠에게 자식이 생겼다는 화제가 중심이었다. 쉰세 살에 대망의 후계자 탄생, 그것도 사내아이, 라는 식이다. 신문에서는 조그맣게 다뤘지만 잡지에서는 꽤 지면을 할애해 자세하게 다루었다. 이하라 슌사쿠가 갓난아기를 안고 있는 사진도 실려 있었다. 아직 보수당의 수장으로 불리기 전이라 눈빛은 맹금류가 연상될 정도로

날카롭지만 얼굴에 젊음이 넘쳤다. 날짜를 보니 지금으로부
터 17년 전이다.

아이를 낳은 이하라 슌사쿠의 세 번째 아내에 관한 기사도
있었다. 당시 그녀의 나이 서른. 기사에는 아이를 가지려고
고생한 일화가 소개되어 있었다.

스크랩북을 죽 넘기자 그 아이가 조금 성장했을 무렵의 기
사들이 등장했다. 월간지 기사인 듯하다. 이하라 슌사쿠의 됨
됨이를 알리는 기삿거리로 히토시라는 이름의 아들과 지내는
모습이 소개되어 있다.

"우아, 부자가 정말 많이 닮았네."

유타카가 중얼거렸다.

"이 정도로 닮다니, 우스울 정도야."

그가 말한 것처럼 사진 속의 부자는 닮아도 너무 닮았다. 세
번째 아내가 바람을 피워 낳은 아이가 아니라는 것만은 확실
했다.

그건 그런데, 엄마는 왜 이런 기사를 스크랩했을까. 간호사
가 보기에 조금이라도 참고할 부분이 있었던 걸까. 하지만 스
크랩까지 할 만큼 가치가 있어 보이지는 않았다. 개중에는 이
하라 슌사쿠가 아들의 입학식에 참석했을 때 표정 등의 하찮
은 주간지 가십 기사도 있었다.

그런데 스크랩북 뒤쪽으로 넘어가면서 나는 점점 눈이 동그

래졌다. 지금까지의 평화로운 내용과는 전혀 다른 제목이 줄지어 있었기 때문이다.

이하라 슌사쿠의 아들 히토시가 입원했다는 내용이 그 서막이었다. 이 시점에서는 아직 병명이 밝혀지지 않았다. 그 후로 기사 내용이 점차 어둡게 변했다. 선천성 면역 부전이라는 말이 기사에 등장한다.

"아, 기억난다!"

유타카가 손뼉을 짝 쳤다.

"이하라 슌사쿠의 아들은 죽었어. 아마 7, 8년 전이었지."

"나는 기억이 안 나는데."

스크랩북을 계속 넘겼다. 이하라 히토시가 무균실 안 침대에 누워 있는 사진이 나왔다. 기사에 따르면 히토시가 초등학교에 들어갈 무렵에 면역 기능에 장애가 나타나기 시작했다고 한다. 그런데 그 원인을 알 수 없어서 담당 의사도 현재로서는 치료법이 없다는 절망적인 소견을 보였다. 한편 아버지인 슌사쿠는 전 세계의 의료 기술을 총동원해서라도 아들의 건강을 회복시키겠다고 큰소리친다.

"면역 부전이라면 에이즈 같은 건가?"

유타카에게 물었다.

"아마 그럴 거야."

엄마의 스크랩북은 이하라 히토시의 죽음을 보도하는 기사로 끝을 맺었다. 유타카의 기억이 맞다면 그것은 지금으로부터 7년 5개월 전의 일일 것이다. 장례식 광경을 찍은 사진도 있었는데, 아홉 살 난 아이의 장례로 여겨지지 않을 만큼 그 규모가 크고 화려했다. 상주인 이하라 슌사쿠는 아들이 태어났을 때에 비해 삼십 년은 늙어 보였다.

"이하라 가문은 대대로 정치가 집안이야."

유타카가 말했다.

"센다이가 기반이고, 슌사쿠는 아마 삼 대째일걸. 그 지역 사람들은 이하라 가문에 후계가 있는 한 자신들의 생활은 태평할 거라고 믿어. 그래서 히토시가 죽었을 때는 센다이를 중심으로 도호쿠 지방 전체가 공황 상태에 빠진 것 같았다니까."

"흥."

나는 콧방귀를 뀌었다. 그런 얘기를 들어 봐야 나로서는 콧방귀밖에 나오지 않는다.

"그런데 왜 우리 엄마가 이런 기사를 스크랩까지 해 놓았을까?"

"그건 모르지, 나야."

유타카가 고개를 갸웃한다.

"혹시 이 병에 관심이 있으셨던 거 아닐까? 병원에 똑같은 증상을 보이는 아이가 있었다거나."

"그건 아니지. 이하라 히토시가 병을 앓기 전의 기사도 많았잖아."

"아, 그런가."

팔짱을 끼고 끙끙거리던 유타카가 이내 포기했는지 팔짱을 풀었다.

"안 되겠다. 전혀 모르겠어. 짐작도 안 가."

"엄마가 센다이에 있었다는 얘기도 들은 적이 없는데."

나는 한동안 스크랩북의 검은 표지를 바라보다가 그만 싫증이 나서 내던져 버렸다.

"없는 지혜를 쥐어짜 봐야 시간 낭비야. 나중에 외삼촌에게 물어볼게."

"단순히 이하라 슌사쿠의 팬이셨던 거 아닐까?"

"설마. 우리 엄마는 잘생긴 사람을 좋아했단 말이야."

유타카가 이상한 걸 찾아내는 바람에 괜히 작업만 늦어지고 말았다. 그 후로는 왠지 의욕이 생기지 않았다. 어두워질 때까지 유타카를 붙들고 있기도 미안해서 오늘은 이쯤에서 끝내기로 했다.

"또 와도 될까?"

현관에서 신발을 신은 다음 유타카가 내게 고개를 돌리고 물었다. 그 눈빛이 아까 고백을 할 때와 똑같아서 나는 잠시 망설였다.

"그래, 좋아. 다음에는 간타랑 도모히로도 데려와."

견제의 의미가 있다는 걸 알았을 것이다. 그러지 뭐, 하고 대답하는 그의 표정이 약간 서운해하는 것처럼 보였다.

장을 보러 나가지 못했으므로 아스파라거스 캔을 따서 샐러드를 만들고 냉동실 안에서 돌처럼 딱딱해진 밥을 꺼내 전자레인지에 데웠다. 거기에 즉석 카레를 얹어 저녁을 먹기로 했다. 즉석식품이나 인스턴트식품을 엄마도 나도 싫어하지는 않았다. 그래서 식사 당번일 때면 우리 둘 다 그런 식품으로 대충 때우려고 했다. 일주일 내내 그런 음식만 먹은 적도 있다. 피차 고집을 부렸던 것이다. 엄마는 간호사이면서도 영양의 균형에는 거의 무심했다.

즉석 카레를 먹으면서, 그러고 보니 엄마가 죽던 날 저녁에도 카레를 만들었다는 생각을 하는데 그때처럼 또 무선 전화기가 울렸다. 나는 하마터면 아스파라거스를 입에서 뿜어낼 뻔했다.

"여보세요, 고바야시 씨 댁인가요?"

차분한 남자 목소리였다. 샤쿠지이 경찰서의 형사들처럼 흥분한 목소리가 아니다. 그런데요, 라고 대답하자 상대 남자가 잠시 틈을 두었다. 묘한 침묵이었다.

"고바야시 시호 씨의 따님입니까?"

그가 다시 물었다.

"네. 실례지만 누구세요?"

"아, 이거 죄송합니다. 저는 후지무라라는 사람입니다."

어디선가 들어 본 이름인데, 하고 생각하자마자 떠올랐다.

"아, 호쿠토 의대의……."

"네, 맞습니다."

반색하듯이 말하고 나서 후지무라는 다시 가라앉은 목소리로 돌아갔다.

"어머니 일은 경찰에게 들었습니다. 안타까운 마음을 어떻게 전해야 좋을지 모르겠군요. 좀 더 일찍 연락이 왔다면 장례식에 참석했을 텐데 말입니다."

경찰이 그에게 연락한 이유는 내 말을 듣고 알리바이를 확인하려고 했기 때문일 것이다. 그런 사실을 아는지 모르는지, 그의 말투로는 짐작하기 힘들었다.

"장례는 친척들끼리 조촐하게 치렀어요."

나는 최대한 교양 있는 목소리로 말했다.

"경찰에게 들으셨겠지만, 사고 전날 그 댁을 찾아갔었어요. 일 관계로 도쿄에 갔다가 잠시 들렀죠. 고바야시 시호 씨는 과거에 우리 대학에서 일한 적이 있었고 그 무렵에는 친분이 두터웠거든요."

"네, 들었어요."

"20년 만에 만났는데 거의 변함이 없어서 참으로 반가웠습니다. 앞으로도 도쿄에 가게 되면 종종 들르려고 했어요. 그런데 그런 사고를 당하다니, 큰 충격이었습니다. 마치 제가 불행의 씨앗을 심고 온 것만 같아 어쩔 줄을 모르겠군요."

"아니요, 그렇지 않습니다."

대답은 그렇게 했지만 속으로는 그에게 의심을 품고 있었다. 후지무라가 방문한 후로 엄마의 태도가 이상했던 게 사실이다.

"혹시라도 제가 할 수 있는 일이 있다면 힘을 보태고 싶은데요."

"아닙니다. 마음만으로 충분합니다."

"그렇군요. 오랜만에 만나서 기뻤는데 이렇게 되다니, 이거 정말 뭐라고 해야 할지……."

전화기 저편에서 안절부절못하는 모습이 떠오르는 말투였다.

나는 엄마의 과거를 물어볼까 말까 망설였다. 분명 이 남자가 뭔가를 알고 있을 거라고 생각되었기 때문이다. 하지만 말을 어떻게 꺼내야 할지 알 수 없었다.

그러자 마치 그런 내 마음을 꿰뚫어 보기라도 한 것처럼 후지무라가 말했다.

"그런데 어머니가 이쪽에 계실 무렵의 얘기를 한 적이 있나요?"

"아니요, 엄마는 옛날 일을 얘기한 적이 거의 없어요. 왜 대학을 그만두고 도쿄로 돌아왔는지, 그런 얘기도요."

"그렇군요……."

후지무라가 생각에 잠기는 듯했다.

"저, 후지무라 교수님."

나는 용기를 내어 말을 꺼냈다.

"우리 엄마에 관해 얘기를 좀 들려주실 수 있을까요? 지금 상태로는 아무래도 마음이 개운치 않아서요."

신음 소리만 낸 채 잠시 말이 없던 후지무라가 이윽고 그렇겠죠, 하고 중얼거리듯 대답했다.

"심정을 알 것 같습니다. 그럼 이쪽으로 한번 오시면 어떨까요?"

"그쪽이라면, 아사히카와 말씀인가요?"

"네. 저 역시 따님을 한번 만나 보고 싶었습니다. 다만 당분간은 도쿄에 갈 예정도 시간적 여유도 없어서요. 하지만 따님이 이쪽으로 오신다면 당시 일을 얘기할 정도의 시간은 있습니다. 게다가 이쪽에는 어머니가 조교로 일할 때의 기록이나 보고서 같은 것이 남아 있거든요. 하기야 그런 걸 본들 무슨 보탬이 되겠습니까마는, 추억을 얘기할 재료는 되지 않을까요. 물론 항공권과 숙소는 제가 준비하겠습니다."

"아니에요, 그러실 필요는……. 그건 괜찮아요. 제가 알아서 하겠습니다."

나는 형식적으로 일단 사양했다.

"사양하지 마세요. 어떻게든 도움이 되고 싶습니다. 그리고 솔직히 말하자면 제 주머니에서 나가는 게 아니라 연구비로 충당할 수 있습니다."

"그런가요……. 그럼 그런 줄 알고 있겠습니다."

생각지 못한 기회였다. 그리고 언젠가는 가 봐야 할 곳이다.

"그럼 언제가 좋을까요? 지금 대학에 다니고 있죠?"

"네. 하지만 이제 곧 여름 방학이라 강의도 별로 없어요."

안 그래도 요즘 들어 학교에 잘 가지 않았다.

"저는 언제든지 좋습니다."

"제 사정을 말씀드리자면 이번 주와 다음 주가 비어 있고 그 다음 주부터는 한동안 일정이 꽉 차 있어서……, 하지만 이번 주나 다음 주는 너무 급하겠지요?"

"아니요, 전 괜찮습니다. 오히려 빠른 편이 좋아요."

"그럼 이번 일요일쯤으로 할까요?"

"좋습니다."

"준비가 끝나는 대로 다시 연락하겠습니다. 혹시라도 변경 사항이 있으면 전화를 주세요. 이쪽 전화번호는……."

그가 연구실 전화번호를 말했다. 밤에도 아마 그곳에 있을 것이라고 한다. 후지무라는 부지런한 교수인 모양이다.

"중요한 걸 깜박했군요. 따님 이름을 묻지 않았어요. 어머니께도 들은 적이 없어서요."

"후타바입니다. 한자로는 쌍둥이라고 할 때 쌍 자에 잎사귀 엽 자를 써요."

엄마는 쉽게 후타바야마(일본의 유명한 스모 선수—옮긴이)의 후타바라고 설명하곤 했지만, 나는 그 방법이 너무나 싫었다.

"고바야시 후타바 씨군요. 아하, 좋은 이름입니다. 그럼 후 타바 씨, 다시 연락드리겠습니다."

그러고서 후지무라는 전화를 끊었다.

수화기를 내려놓고 나서 나는 크게 숨을 내쉬었다. 이렇게 해서 엄마의 비밀이 조금은 풀릴지도 모른다. 다만 왠지 일이 너무 매끄럽게 진행된다는 점이 마음에 걸렸다. 후지무라에 게는 엄마가 죽던 날 밤의 알리바이가 있다지만, 그렇다고 완 전히 믿어도 된다는 보장은 없다.

그래도 아사히카와에 가는 일에는 망설임이 없었다. 지금 이대로는 아무것도 해결되지 않기 때문이다. 바람이 멈춘 뒤 에 돛을 올려 봐야 배는 앞으로 나아가지 않는다.

마리코의 장 4

수요일, 내가 학교에서 돌아오는 것과 거의 동시에 전화벨이 울리기 시작했다. 금세 벨 소리가 그친 것을 보니 부엌에 있는 외숙모가 받은 모양이었다. 거실로 들어서자 수화기를 손에 쥔 외숙모가 "아, 잠깐만 기다리세요. 방금 들어왔으니까요."라고 나를 보며 말했다. 그리고 내게 무선 전화기를 내민다.

"도쿄의 시모조 씨라는데."

"아⋯⋯."

나는 가방을 소파에 내던지고 달려들듯이 수화기를 받아 쥐었다. 외숙모는 살짝 놀란 표정이다.

"네, 전화 바꿨습니다. 우지이에예요."

그만 목소리가 드높아졌다.

"시모조야. 지난번에는 많이 힘들었지?"

익숙한 목소리였다. 만난 지 얼마 되지도 않았는데 굉장히 반가웠다.

"아니에요, 저야말로 폐를 많이 끼쳤어요."

외숙모가 미소를 지으며 부엌 쪽으로 가는 모습을 곁눈으로 좇으며 소파에 앉았다.

"지난번 건 있잖아, 그 하이킹 동호회 건."

"네."

몸이 굳어졌다.

"도서관에서 찾았어. 가사하라 교수가 말했던 데이토 대학 체육부 활동 기록 말이야. 아무도 찾아보지 않았는지 먼지투성이더라."

"거기에 아빠가 활동했던 동아리가……?"

"있었어."

시모조 씨가 분명하게 대답했다.

"하이킹 동호회가 몇 개 있었는데, 그중에 산보회라는 것이 있었어. 산을 걷는다는 뜻의 산보회(山步會). 거기서 만든 책자가 철해져 있었어."

"산보회……."

역시 우메즈 교수의 기억이 틀리지 않았던 것이다. 그런데 왜 아빠는 동아리 활동을 한 적이 없다고 거짓말을 했을까.

"그 책자라는 게 명부 같은 건가요?"

"글쎄, 명부라고 해야 할지……. 각 기수별 부원 이름은 기록되어 있어. 연락처는 회장과 부회장 것만 있었지만 말이야. 그리고, 그해에 어떤 활동을 했는지 간단히 쓰여 있고. 지금 나한테 복사본이 있는데, 예를 들면 이런 식이야. '9월 19일, 다카오산 당일 하이킹. 날씨는 맑은 후 한때 비. 참가자 6명. 식물 촬영과 들새 관찰을 함.' 말 그대로 하이킹이더라. 가사하라 교수가 말한 것과는 약간 달라."

"그 부원 이름들 중에 아빠가 있었군요."

"응. 마리코 아버지는 11기 부회장이라고 되어 있어. 그래 봐야 그때 부원 수는 전 학년을 통틀어 겨우 아홉 명뿐이지만."

"혹시 부원 중에 여자도 있어요?"

"여자 부원? 아니, 없어. 죄다 남자야."

"아빠 선배나 후배 중에도 없어요?"

"잠깐 기다려 봐."

페이지를 넘기는 소리가 전화기를 통해 들려왔다. 전화를 오래 붙들고 있기가 미안했지만 이렇게 해서라도 확실히 해 두고 싶은 내용이었다.

"역시 없어."

"그래요……."

"왜, 여자가 없으면 안 되는 일이라도 있어?"

"그런 건 아니지만……."

대답은 그랬지만 가슴에 실망감이 번지는 것을 스스로도 느졌다. 예의 사진에서 얼굴이 지워진 여자가 같은 동아리 회원이 아니라면 이제 어떤 가능성을 생각할 수 있을까.

"어째 기대한 결과가 아닌가 보네."

"아니, 그런 건 아닌데……."

"하지만 실망한 눈치인걸."

"죄송해요. 애써 조사해 주셨는데."

"그런 건 신경 쓰지 않아도 돼. 별로 애쓴 것도 없지만, 뭔가를 조사할 때 한두 번쯤 헛수고를 하게 되는 건 당연하니까. 자, 그럼 어떡할까, 이 복사본은 이제 필요 없나?"

"아니요, 한번 보고 싶어요. 아빠에 관한 일은 뭐든 알고 싶어요."

"그럼 보내 줄게. 그쪽에 혹시 팩스 있니?"

"네, 있어요. 외삼촌이 일 때문에 사용하시는 팩스예요. 번호는……."

번호를 들은 시모조 씨가 "그 외에 더 조사하고 싶은 게 있니?" 하고 물었다.

"이제 충분해요. 폐를 더 끼칠 수는 없어요."

"사양할 거 없어. 이왕 시작된 일이니 나도 끝까지 함께 가고 싶어. 네가 대체 무슨 일로 아버지에 관해 그렇게 조사하는지 궁금하기도 하고. 구경꾼 근성이지만 말이야."

전화기 저쪽에서 쿡, 웃는 것 같았다.

그 말을 들은 나는 언젠가는 이 사람에게 사실대로 얘기해 줘야 한다고 생각했다. 도움만 받고 시치미를 뗄 수는 없지 않은가.

"생각나는 거 없어? 뭐든 괜찮아. 도쿄에 있는 사람이 아니면 조사하기 어려운 것도 있잖아."

시모조 씨가 친절하게 말했다.

그러자 문득 떠오르는 것이 있었다. 나는 스스로 뻔뻔하다고 느끼면서도 말했다.

"저, 혹시 도와 대학이라고 아세요?"

"도와? 알지."

당연하다는 말투다.

"도와 대학은 왜?"

"혹시 그 대학에 아는 분이 있으세요?"

"응, 몇 명 있어."

"문학부에도요?"

"불문과에 한 명 있는데."

"국문과에는 없나 보군요."

"국문과에는 없지만, 친구의 친구 중에 찾아보면 한두 사람 있을 거야. 도와 대학 국문과에 볼일이 있어?"

"다음에 제가 도쿄에 갈 때 소개해 줄 수 있을까 해서요."

"난 또 무슨 어려운 일이라고. 걱정 마. 그 정도는 일도 아니니까. 그런데 왜 갑자기 도와가 나오지, 그것도 국문과가?"

"아직 확실한 건 아니에요. 어쩌면 완전히 잘못 짚었을지도
모르고요."

"흠, 아무튼 알았어. 접수! 적당한 사람을 찾아볼게."

"죄송해요. 그리고 고맙습니다."

"인사는 그쯤 해 둬. 그럼 팩스 보낸다."

전화를 끊고 외숙모에게 팩스를 사용하겠다고 양해를 구한
뒤 2층으로 올라갔다. 팩스는 계단을 올라가면 바로 복도에
있다. 외삼촌이 일 때문에 사용한다는 건 명목상일 뿐, 실제
로 제일 많이 이용하는 사람은 가오리다. 특히 시험 전에는
이 기계가 맹활약을 하는 듯했다.

나는 우두커니 선 채 팩스를 기다리면서 며칠 전 하코다테
에 갔을 때의 일을 돌이켜 보았다. 아빠의 통화 내용이 지금
도 귀에 선명히 남아 있다.

'죽였다고?'

통화 상대에게 아빠는 분명히 그렇게 말했다. 그날 나는 돌
아오는 전철 안에서도 그 말을 생각하고 또 생각했다. 혹시 내
가 '죽이다'와 비슷한 말을 잘못 들은 건 아닐까. '찍었다'라거
나 '죽겠다'라는 말이 아니었을까. 그러나 그다음에 아빠가 한
말을 떠올려 보건대 '죽이다'가 아니면 맥락이 이어지지 않았
다. 아빠는 '그렇게 때맞춰 사고가 날 리 없잖아.'라고 했다.

누군가 사고를 가장해 누군가를 죽이기라도 한 걸까. 그리고 아빠와 통화한 상대가 그 가해자였던 걸까. 설마 싶지만 그때 아빠 목소리는 그런 불길한 가설을 뒷받침할 만큼 어두웠다.

아빠가 대체 무슨 일을 꾸민 걸까. 무슨 일에 관련되었을까.

도와 대학, 고바야시, 구노 선생, 그리고 '그 아이'……. 이런 키워드들이 세탁기 속의 빨래처럼 머릿속을 빙빙 돌았다.

팩스에서 벨이 울리는 바람에 정신을 차렸다.

삐익, 소리와 함께 인쇄된 종이가 나왔다. 나는 그것을 눈으로 훑었다. 그러나 여자 부원이 없다면 기대할 것은 없었다.

그런데 활동 기록을 읽어 갈수록 종이를 쥔 내 손에 점점 힘이 들어갔다. 간간이 이런 기록이 있어서다.

'5월 6일, 다마 호수 사이클링. 날씨 맑음. 데이토 여대에서 두 명 참가.'

안타깝게도 데이토 여대생의 이름은 없지만, 때로 이렇게 여대생이 참가했다. 동호회 회원이 아니어도 같이 활동한 적은 있었던 것이다.

아빠가 부회장을 지낼 무렵의 기록이 나왔다. 나는 눈에 불을 켜고 그 기록을 읽었다. 역시 여대에서 참여한 사람이 있다. 그러나 이름은 적혀 있지 않았다.

부원을 소개하는 글도 있었다. 아빠는 '의학부 4학년 제9연구실'이라고만 되어 있다. 당시 하숙하던 시부야 집 주소와 도마코마이에 있는 본가 주소가 적혀 있는 이유는 부회장이라서인 듯하다.

다른 부원들의 프로필도 일단 살펴보았다. 그러다 화들짝 눈을 떴다.

내 눈길이 멈춘 곳은 시미즈 히로히사라는 회장에 관해 기록한 부분이었다. '공학부 금속 공학과 4학년'이라고 적혀 있는 아래에 다음과 같이 주소가 나와 있었다.

세타가야구 소시가야 1번지

다음 날인 목요일, 평소보다 조금 늦게 아침을 먹는데 아빠한테서 전화가 걸려 왔다. 오늘 낮에 삿포로역 근처에서 만날 수 있느냐는 것이었다. 지금은 아사히카와에 있고, 이제부터 하코다테로 돌아갈 예정인데 도중에 삿포로역에서 내릴 모양이었다.

"2시까지는 괜찮아."

"그럼 됐어. 점심이라도 같이 먹자. 어디 조용한 음식점이 있을까?"

"역 바로 옆에 센트리 로열 호텔이 있어."

"알았다. 거기가 좋겠구나. 호텔 로비에서 만나자. 몇 시로 할까?"

"12시 반."

"12시 반? 알았다."

수화기를 내려놓으면서 대체 무슨 용건일까, 하고 생각했다. 만난 지 며칠 되지도 않았는데 근황을 들으려고 굳이 도중에 기차를 내릴 턱이 없다.

하긴 나도 아빠에게 묻고 싶은 것이 있었다. 시미즈 히로히사라는 인물에 관해서다. 엄마의 유품인 도쿄 지도에 표시되어 있던 '세타가야구 소시가야 1번지'에 살았던 사람이다. 지금도 같은 곳에 사는지는 알 수 없지만, 엄마가 이 시미즈 씨를 만나러 도쿄에 갔으리라는 게 내 추리였다.

다만 아빠에게 어떻게 말을 꺼내면 좋을까, 그게 문제였다. 시미즈 씨가 아빠에게 어떤 존재였든, 내가 느닷없이 옛날에 알던 사람의 이름을 들먹이면 아빠가 수상하게 여길 게 뻔했다. 게다가 아빠는 동아리 활동을 했다는 사실 자체를 내게 숨기지 않았는가.

좋은 방법을 생각해 내지 못한 채 나는 집을 나섰고, 학교에 가서 건성으로 강의를 들었다. 그리고 점심때가 되자 학교에서 나와 역으로 향했다.

호텔에 도착하니 먼저 와 있던 아빠가 나를 보고 손을 살짝 들었다. 며칠 전보다 약간 야위어 보였는데 그건 내 기분 탓인지도 모른다.

호텔 안에 있는 레스토랑에서 점심을 먹기로 했다. 오후 강의도 있고 해서 가볍게 파스타를 주문했다.

"유학 말인데,"

음식을 기다리는 동안 아빠가 말을 꺼냈다.

"생각 좀 해 봤니?"

나는 물을 한 모금 마시고 나서 고개를 저었다.

"별로 안 했어."

"왜?"

아빠는 몹시 불만스러운 표정이었다.

"이런저런 일로 바쁘기도 했고……, 뭘 어떻게 생각해야 좋을지도 모르겠어."

"불안하다는 건 알아. 넌 아직 외국에 가 본 적이 없으니까. 좋아, 그럼 다음번에 홈스테이나 유학에 관해 자세히 아는 사람을 만나게 해 주마. 그 사람에게 얘기를 듣고 나면 불안이 해소될 거야. 아니 잠깐, 그 사람이라면 이번 주에라도 만나줄지 모르겠다."

그러면서 아빠는 양복 안주머니에 손을 넣어 조그만 수첩을 꺼냈다. 주소 페이지를 펼친 아빠는 당장이라도 전화를 할 기세였다.

"나를 외국으로 내쫓으려고 그러는 거야?"

나도 모르게 나온 말에 아빠의 뺨이 파르르 떨렸다.

"별소리를 다 하는구나."

그리고 부자연스러운 미소를 지어 보였다. 당황한 기색이 역력했다.

"네게 도움이 될 것 같아서 권하는 거야. 내쫓다니, 그럴 리 없잖아."

"하지만 그렇게 보이는걸. 나를 어딘가 멀리 보내려고 하는 것 같아."

"그런 게 아니야."

아빠는 수첩을 천천히 도로 주머니에 넣었다.

"오늘도 그 얘기 하려고 만나자고 한 거야?"

"아니, 그런 거 아니다. 잠깐 얼굴이라도 보려는 것뿐이었어. 정말이야."

아빠가 이번에는 물을 마셨다.

"다만, 아는 사람이 그러는데 이왕 유학을 보내려면 일찍 보내는 게 좋다더라. 그래서 그만 나도 모르게 서두르고 말았어. 알았다. 이 건은 좀 더 시간을 두고 생각해 보자꾸나."

거기까지 얘기를 나누었을 때 주문한 음식이 나왔다. 아빠는 별다를 것도 없는 해물 파스타를 보고 "오호, 이거 맛있겠는걸." 하고 짐짓 감탄사를 내뱉었다.

우리는 한동안 묵묵히 식사를 했다. 아빠는 얼버무리고 말았지만, 오늘 굳이 나를 불러낸 이유는 유학을 권하려 했던 것이 틀림없었다. 아빠가 왜 나를 멀리 보내고 싶어 하는지 생각해 보았다. 그러니 아무리 상상의 나래를 펼쳐도 그럴듯한 가설에 이르지 못했다. 나라는 존재가 얼마나 별 볼일 없는지는 누구보다도 내가 잘 안다. 그런 별 볼일 없는 존재가 있든 없든 그다지 큰 문제는 아닐 것이다.

"아빠,"

파스타를 다 먹고 나서 말을 꺼냈다.

"얼마 전에 도쿄에 갔다 왔다면서?"

아빠는 허를 찔린 표정이었다.

"누가 그래?"

"외삼촌이. 도쿄에서 돌아오는 비행기 탑승권을 봤대."

"아아……."

아빠 얼굴에 살짝 그늘이 드리웠다.

"일 때문에, 잠깐."

"도쿄 어디 갔었는데?"

"특별한 데는 아니야. 말해도 넌 모른다."

"혹시 세타가야?"

"뭐라고?"

아빠가 눈을 부릅떴다.

"왜 세타가야지?"

"아니, 그냥 아는 지명을 말한 거야. 세타가야는 유명한 곳이잖아."

"거긴 가지 않았다."

아빠가 고개를 저었다. 그 동작이 자연스러워서 거짓말은
아니겠다고 생각했다.

"데이토 대학에는 안 가? 아빠 모교잖아."

"최근에는 가지 못했어."

"옛날 동창생들 안 만나?"

"그럴 기회가 없었다."

커피가 나왔다. 나는 크림을 넣고 스푼으로 저으며 아빠를
봤다.

"전부터 한번 물어보고 싶었는데, 아빠는 왜 도쿄에 있는 대
학에 갔어?"

아빠의 눈썹 언저리가 꿈틀했다.

"왜 그런 걸 묻지?"

"아빠는 내가 도쿄에 가는 걸 반대했잖아."

"아아."

내 대답이 납득이 되었는지 아빠의 목소리가 차분해졌다.

"나는 데이토 대학에 가고 싶었다. 교수진이나 시설 같은 것
때문이지. 그런데 그 데이토 대학이 도쿄에 있었던 거야. 그
게 전부다."

"대학 생활은 어땠어, 재미있었어?"

"글쎄, 어땠더라······. 즐거울 때도 있고 힘들 때도 있고, 그렇지 않았을까. 하도 오래된 일이라 기어이 잘 나지 않는구나."

어쩐지 데이토 대학 시절의 얘기를 피하는 눈치였다.

도와 대학 얘기도 꺼내 볼까 생각했지만 그럴듯한 질문이 생각나지 않았다. 자칫 그 대학을 들먹였다가 아빠가 꼬치꼬치 캐물으면 곤란하다.

"그럼 천천히 나갈까."

손목시계를 보며 아빠가 말했다. 나는 고개를 끄덕이고 남은 커피를 홀짝 마셨다.

석연치 않은 기분으로 학교에 돌아가 4교시째 강의를 듣고 집에 왔다. 아빠를 만날 거라는 얘기는 집에서 나갈 때 외숙모에게 했었다. 내 얼굴을 본 외숙모는 먼저 뭘 먹었느냐고 물었다. 나는 파스타를 먹었다고 대답했다.

"에계, 모처럼 아빠를 만났는데 좀 더 좋은 걸 사 달라고 하지 그랬어. 풀코스 같은 거 말이야."

외숙모는 자신의 일처럼 아쉬워했다.

계단을 올라가는데 밑에서 전화벨이 울렸다. 곧이어 외숙모가 나를 불렀다.

"마리코, 전화야. 시모조 씨라는데."

"네. 2층에서 받을게요."

또 뭔가 수확이 있는 걸까. 나는 좋은 소식을 기대하면서 팩스와 나란히 놓인 전화기를 들었다.

"네, 전화 바꿨습니다."

"나야."

시모조 씨 목소리가 들려왔다.

"지난번에는 정말 고마웠습니다. 참고가 많이 되었어요."

"그래? 그렇다면 다행이고."

괜히 그렇게 생각해서인지 목소리에 예전 같은 활기가 없었다.

"저, 무슨 일이 있나요?"

"어⋯⋯."

잠시 침묵이 흘렀다. 뭔가 주저하는 기색이다.

"도와 대학 말이야."

"도와 대학에서 무슨 일이 있었어요?"

공연히 가슴이 두근거리기 시작했다.

"무슨 일이 있었다고 해야 할지, 발견했다고 해야 할지."

"발견했다니요?"

"네가 부탁했잖아, 도와 대학 국문과 사람을 연결해 달라고. 그래서 오늘 도와 대학에 다녀왔거든. 그런데 문학부 쪽을 돌아다니다가⋯⋯."

거기서 또 시모조 씨가 말을 멈췄다. 이 사람이 이런 식으로 머뭇거리기는 처음이었다.

"돌아다니다가요?"

"응, 그쪽 게시판에 대학 뉴스처럼 학내에서 벌어진 일을 써 놓은 기사 같은 게 붙어 있더라고. 그런데 거기에……."

시모조 씨가 또 말을 끊었다.

"거기에 뭐가 있었어요?"

"있잖아, 너, 기억하니? 우리 학교 도서관에 갔을 때 담당 직원이 이상한 말을 했잖아."

"네? 아아, 누굴 닮았다는 말요?"

"그래. 텔레비전에 나온 아마추어 밴드의 보컬을 닮았다고 했잖아."

"그 말이 왜요?"

"기사에 바로 그 밴드 사진이 있었어. 보컬이 도와 대학에 다니는 여학생이더라."

"그런데요?"

"그 사진을 봤는데,"

시모조 씨가 다시 입을 다물었다. 들리는 것이라고는 거친 숨소리뿐이었다. 불길한 예감에 수화기를 쥔 내 손에도 땀이 배어 나왔다.

"그 보컬이 말이야,"

이윽고 결심한 듯이 그녀가 말했다.

"너랑 판박이야. 사진이 몇 장 있었는데, 전부 너랑 똑같이 생겼더라. 아니, 똑같은 정도가 아니라, 그 보컬은 너였어."

후타바의 장 4

금요일 오후에 후지무라 씨로부터 속달이 도착했다. 봉투 속에는 도쿄-삿포로 왕복 항공권과 삿포로에서 아사히카와로 가는 열차 승차권, 그리고 편지지가 두 장 들어 있었다. 편지에는 도쿄-아사히카와 비행기 편이 많지 않아 삿포로행으로 할 수밖에 없었다는 사과의 말과 함께 아사히카와에 도착한 후에 어떻게 하라는 지시가 적혀 있었다. 지시라고 해서 복잡한 내용은 아니었다. 요컨대 예약해 놓은 호텔에 체크인을 하고 방에서 기다리라는 것이다. 그날 저녁에 내게 전화를 할 모양이었다.

일정대로라면 나는 모레 오후 1시에는 아사히카와역에 도착하게 된다. 꽤나 멀리 간다고 여겼는데, 그래 봐야 국내라는 사실을 새삼 깨달았다.

여행 준비를 웬만큼 마친 다음 부족한 것들을 사려고 이케부쿠로에 갔다. 백화점 여행용품 매장은 젊은 사람들로 북적거렸다. 그들의 대화를 가만히 들어 보니 대부분 해외여행을 가는 듯했다. 그러고 보니 친구 구리코도 캘리포니아에 간다면서 들떠 있었다.

소소한 물건들과 포켓 시간표, 홋카이도 가이드북을 산 뒤 공중전화로 유타카네 집에 전화를 걸었다. 다행히 그는 집에 있었다. 시간이 괜찮으면 나올 수 있느냐고 물었더니 곧바로 나오겠다고 했다. 백화점 앞에 있는 카페에서 만나기로 했다.

나는 먼저 카페에 들어가 커피 젤리를 먹으면서 가이드북을 펼쳐 놓고 계획을 세웠다. 홋카이도는 처음이라 아무래도 가슴이 설렌다.

20분쯤 지났을 때 유타카가 숨을 헐떡이며 나타났다.

"급행이 안 와서 그만……."

숨을 몰아쉬며 자리에 앉자마자 그는 테이블 위에 놓인 시간표와 가이드북으로 눈길을 주었다.

"홋카이도에 가니?"

"응. 하지만 관광은 아니야."

나는 홋카이도에 가게 된 사정을 간단히 설명했다. 심각한 표정으로 듣고 있던 그가 종업원에게 아이스커피를 주문했다. 내 얘기가 다 끝난 뒤에도 그의 표정은 풀리지 않았다.

"너희 어머니가 그렇게 수수께끼가 많은 분인 줄은 전혀 몰랐다."

빨대로 아이스커피를 휘저으면서 그가 툭 내뱉었다.

"후타바 아버지는 후타바가 어렸을 때 사고나 병으로 돌아가셨을 거라고 생각했어. 그래서 화제 삼지 않으려고 여태 피해 왔는데."

"그래, 알아. 다른 친구들도 모두 마찬가지야."

"그런데 왠지 걱정되네. 그 뺑소니 사고도 고의일 가능성이 있잖아. 호쿠토 의대 교수라는 그 사람, 믿어도 괜찮을까?"

"방심하지는 않아."

그 말에도 유타카는 떨떠름한 표정으로 아이스커피를 바라볼 뿐이었다. 정말로 걱정스러운 것이다.

"부탁이 있어."

나는 가방에서 열쇠를 하나 꺼냈다. 우리 집 보조 키다.

"내가 없는 동안 가끔 들여다봐 줄래? 이웃집 아줌마에게 부탁해도 되지만, 상황이 이렇다 보니까 무슨 일이 생길지 모르니 사정을 아는 사람이 좋을 것 같아서 말이지."

"그건 괜찮아. 하지만,"

유타카가 눈을 치켜떴다.

"내가 가 봐도 되겠어?"

나는 피식 웃고 말았다.

"간타나 도모히로한테 열쇠를 맡겼다가는 집 안이 온통 쓰레기장이 되고 말걸."

구리코라면 러브호텔로 사용할 우려가 있다.

"오케이, 접수."

유타카가 열쇠를 받아 쥐었다.

"가능한 한 집에 가 있을게."

"잘 부탁해."

"모레 공항에 바래다줄게. 괜찮지?"

물론, 하고 나는 대답했다.

유타카와 헤어져 아파트로 돌아오니 남자 하나가 계단에 걸터앉아 책을 읽고 있었다. 청바지에 지저분한 티셔츠 차림으로, 팔 근육이 눈에 띄게 우람해서 마치 작은 슈워제네거 같은 인상이다. 얼굴도 왠지 느끼하다. 어깨에는 커다란 숄더백을 멨고, 그 숄더백에 노란색 바람막이 점퍼 같은 것을 걸쳐놓았다.

무시하고 지나가려 했지만 남자가 계단을 거의 차지하다시피 해서 그럴 수도 없었다. 나는 남자 앞에 서서 말했다.

"벤치는 샤쿠지이 공원에 얼마든지 있는데."

"어, 실례."

작은 슈워제네거가 얼른 일어서려고 했다. 그러다가 내 얼굴을 보더니 엉거주춤 동작을 멈췄다. 입도 아, 하고 벌린 채 움직임을 멈췄다.

"왜 그렇게 보는 거죠?"

남자를 노려보았다.

"고바야시…… 후다바 씨?"

나는 한 걸음 뒤로 물러섰다.

"그런데요."

남자가 여전히 핥듯이 나를 바라보았다. 그리고 차츰 표정
이 누그러졌다. 그런 상태가 3초만 더 계속되었어도 나는 소
리를 질렀을 것이다. 그런데 그러기 전에 그가 입을 열었다.

"다행이야. 벌써 1시간이나 기다렸어."

몇 시간을 기다리든 내가 알 비 아니다.

"누구세요?"

"이런 사람이야."

그러고서 그가 내민 명함은 왜 그런지 땀에 젖어 있었다.
The Day After 편집부, 와키자카 고스케. *The Day After*는
소메이샤라는 출판사에서 발행하는 월간 비즈니스 잡지다.

"잡지 기자가 무슨 일로……?"

"편집자라고 불러 주면 좋겠지만 뭐, 상관없어. 실은 고바야
시 양 어머니 일로 묻고 싶은 게 있어서 왔어. 사고와 관련해
서 말이야."

그렇게 말하면 무시하지 못할 거라는 자신감이 그의 눈에
어려 있었다.

"잠깐 시간 좀 내 줄 수 있을까?"

"취재라면 거절이에요. 바쁘거든요."

"취재가 아니야."

남자가 예상외로 진지한 표정을 지었다.

"개인적으로 궁금해서 그래. 전에 고바야시 양 어머니께 신세를 지기도 했고."

"흐음."

엄마에게서 와키자카 고스케라는 이름을 들어 본 적이 없다.

"그럼 저 앞에 있는 '앤'이라는 카페에서 기다리세요. 짐만두고 금방 나갈 테니까요."

"알았어. 앤이란 말이지."

그러고서 걸음을 옮기려던 와키자카 고스케가 뒤를 돌아봤다.

"그런데 여행이라도 가나 보지?"

"네?"

나는 놀라서 하마터면 계단을 헛디딜 뻔했다.

"어떻게 알았어요?"

"그거 일회용 카메라잖아."

그가 내 짐을 가리켰다. 종이봉투 밖으로 카메라 녹색 포장박스가 드러나 있었다. 나는 그걸 얼른 속으로 밀어 넣었다.

"그럼 기다릴게."

와키자카가 굵은 팔을 가볍게 들며 걸어갔다. 그 등을 바라보며, 안심할 수 없는 상대라고 마음을 다잡았다.

카페에 마주 앉았을 때에야 나는 그가 의외로 젊다는 사실을 알아차렸다. 스물대여섯쯤 됐을까. 허물없는 말투를 쓰는 이유는 같은 세대라는 의식이 있어서인지도 모른다. 하긴 말투에 관한 한 그러는 쪽이 마음 편하다. 나도 높임말을 쓰지 않기로 마음먹었다.

"회사 명함을 내밀었으니 나를 경계해도 어쩔 수 없지만, 내가 오늘 온 이유는 일 때문이 아니야."

빨대를 사용하지 않고 아이스커피를 한 모금 꿀꺽 마시고 나서 그가 말했다. 그 한 모금에 아이스커피가 절반 이하로 줄어들었다. 빨대로 쪽쪽 빨아 먹는 유타카의 입매가 떠올랐다.

"우리 엄마한테 신세 진 일이 있다고 했지?"

"그래. 1년쯤 전에 취재하다가 다쳐서 다니하라 병원에 입원한 적이 있는데 그때 어머니께 신세를 졌어. 입원 기간은 불과 열흘 정도였지만, 정말 여러모로 잘 보살펴 주셨지. 그렇게 자상하고 친절하고, 게다가 신뢰할 수 있는 간호사는 만나기 힘들 거야. 내가 학생 때부터 골절이다 뭐다 해서 수시로 병원을 들락거려서 잘 알거든."

"그래?"

신뢰할 수 있다는 점을 빼고는 거의 뜻밖의 얘기였다.

"그쪽은 어디를 다쳤었는데?"

"여기."

그가 이마를 가리켰다. 3센티미터 정도의 흉터가 희미하게 남아 있었다.

"태풍을 취재하던 중에 날아온 기왓장에 맞았어. 정신을 잃고 쓰러졌는데, 피를 너무 많이 흘려서 주위에 있던 사람들은 내가 틀림없이 죽었을 거라고 생각했대."

그러고서 그는 남은 커피를 쭉 들이켰다.

"심하게 다치지 않아서 다행이네."

"그건 그래."

그가 고개를 끄덕였다.

"그런 일로 죽고 싶지는 않으니까. 그런데 특히 감격스러웠던 일은 퇴원 후에도 고바야시 씨가 가끔 전화를 해 준 거야. 머리가 아프거나 속이 울렁거리지 않느냐면서. 요컨대 후유증을 걱정한 거지. 그렇게 누가 나를 부모처럼 걱정해 준 적이 그때까지 한 번도 없었어. 내가 그 말을 했더니 간혹 가다 까닭 없이 마음이 쓰이는 환자가 있다고 하더라. 이유는 잘 모르겠대. 어때, 혹시 어머니가 내 얘기를 집에서 하신 적 있어?"

나는 고개를 저었다.

"아니, 전혀."

"그렇구나."

와키자카는 조금 서운한 듯이 눈을 내리깔았다.

"그래서, 우리 엄마에 관해 뭐가 궁금한데?"

그러자 와키자카는 주위를 둘러보며 가까이에 다른 손님이 없다는 걸 확인하고는 목소리를 살짝 낮췄다.

"그만큼 신세를 진 분인데, 신문에서 고바야시 씨 사고 기사를 읽고 충격이 컸어. 믿기지 않았지."

엄마를 아는 사람이라면 누구나 그럴 거라고 생각하며 나는 고개를 끄덕였다.

"실은 장례식에도 참석하고 싶었어. 병원에 문의해서 장소랑 시간도 알아 놨거든. 그런데 하필 그날 도저히 빠져나갈 수 없는 일이 생겼어. 그 일을 끝내고 부랴부랴 빈소로 달려갔지만, 이미 철수하고 아무도 없더라고."

"5시에 모든 게 끝났어. 그런 곳은, 다음 사람들이 기다리니까."

"결혼식장이랑 똑같군."

"그런 셈이지."

"그래서 집으로 찾아갈까 하다가 이왕이면 뺑소니 사건에 관해 정보를 좀 더 모은 다음에 가자고 생각을 바꿨어. 범인의 윤곽이 잡혔다는 정보가 있다면 더욱 이상적이겠지."

"그야 그렇지."

그를 보는 내 눈빛이 달라졌다는 사실을 스스로 깨달았다.

"그럼 오늘 왔다는 건 뭔가 성과가 있었다는 뜻이네."

그러자 그의 표정이 한순간에 흐려졌다.

"뭐, 나름대로 정보를 수집했는데……."

"그런데?"

와키자카는 다시 주위를 살핀 후에 몸을 약간 앞으로 내밀었다.

"그 전에 물어볼 게 있는데, 경찰에서는 어떻게 설명했어?"

"어떻게랄 것도 없어."

나는 고개를 저으며 손을 들어 올렸다.

"차가 도난 차량이고, 그 소유주가 거짓말을 하는 것 같지 않다, 그게 전부야. 그것 말고는 아무 얘기도 없었어."

"흥, 역시 그랬군."

그가 불룩 솟은 가슴 근육 앞으로 팔짱을 끼었다.

"역시, 라니?"

"실은 경찰청에 아는 사람이 있어서 알아봐 달라고 부탁했거든. 그런데 좀 이상한 얘기가 들려서 말이지. 아무래도 수사가 중단될 모양이야."

"단서를 찾을 수 없어서?"

"아니, 그게 아닌 것 같아. 사건 담당자들은 단순 뺑소니 사고가 아니라 고의적인 살인으로 가닥을 잡고 수사를 진행하려던 참이었어. 그러니 단서가 없어서 포기할 단계는 아니었던 거지."

"그런데 왜 중단해?"

"이런 경우에 생각할 수 있는 이유는 한 가지뿐이야. 경찰 상층부에서 압력이 가해진 거지."

"압력이라니, 그건 또 무슨 소리야?"

"나도 잘 모르겠어. 아무튼 압력이 큰 것 같아."

"죽은 사람은 우리 엄마야. 평범하고 눈에 잘 띄지도 않는 소시민이었단 말이야. 물론 내게는 소중한 사람이었지만 그렇게 큰 힘과 관계가 있을 리 없잖아."

"그건 네 생각인지도 몰라."

"믿을 수가 없어."

나는 고개를 저었다. 가슴을 짓누르는 듯한 불쾌함이 느껴졌다. 내가 모르는 곳에서 내가 모르는 사람들이 엄마의 죽음을 점토마냥 제멋대로 주물러 대는 것 같은 생각이 들었다.

"뭐, 이건 내 추측일 뿐이니까 믿고 싶지 않으면 믿지 않아도 괜찮아."

와키자카는 잔에 담긴 물을 한 모금 마시고 나서 얼음 한 조각을 입에 넣고 우두둑우두둑 깨물었다.

"하지만 나는 이 추리에 자신이 있어. 그래서 묻는 건데, 지금 내 얘기를 듣고 생각나는 거 혹시 있어? 그 큰 힘을 암시할 만한 뭔가가 네 어머니 주변에 있었을 텐데."

"없어."

나는 딱 잘라 말했다.

"정말이야? 좀 더 깊이 생각해 봐. 어떤 조직이라든지 정부 관계자의 그림자를 느꼈던 적 없었어?"

"없다니까. 끈질기기도 하네."

단호하게 말하고 난 순간 뇌리에 떠오르는 것이 있었다. 예의 스크랩북이다. 이하라 슌사쿠라면 '큰 힘'이라고 불러도 무리가 없을 것이다. 나는 그 얘기를 와키자카에게 할까 말까 잠시 망설이다가 결국 하지 않기로 했다. 아직 그럴 만큼 그를 믿을 이유가 없었다. 어쨌거나 오늘 처음 만난 사람이 아닌가.

그가 한숨을 내쉬었다.

"생각나는 게 없다면 어쩔 수 없지. 그래도 뭔가 떠오르면 연락해 줬으면 좋겠어. 아까 그 명함에 적힌 번호로 전화하면 돼."

"그 큰 힘의 정체를 알게 되면 어떻게 할 건데?"

"글쎄, 그건 나도 아직 모르겠어. 하지만 그게 뭐가 됐든, 행동을 할 생각이야."

"흐음……. 할 얘기는 그게 전부야?"

"일단은. 고마워. 또 뭔가 알게 되면 연락할게."

종업원이 잔에 물을 따라 주러 왔지만 와키자카는 거절했다.

"그런데 여행은 어디로 갈 예정이지?"

그가 테이블 위에 놓인 계산서를 집어 들고 일어서면서 물었다.

"홋카이도."

그러자 그는 갑자기 매서운 눈초리로 나를 봤다.

"홋카이도 어디?"

"아사히카와."

"아사히카와에……, 뭐 하러?"

나는 양손을 허리에 얹고 그를 노려보았다.

"내가 왜 그런 것까지 그쪽한테 말해야 하지?"

"아니…… 그저 호기심일 뿐이야."

그는 숄더백을 어깨에 메고 계산을 하러 카운터로 갔다. 영수증, 이라는 말이 들려왔다. 그를 기다릴 이유가 없었던 나는 먼저 가게를 나가려고 했다. 그때 뒤에서 그가 말을 걸었다.

"언제 갈 거지?"

나는 한껏 지겹다는 표정을 지으며 뒤를 돌아보았다.

"모레."

"모레?"

그가 눈을 부릅떴다.

뭔가 하고 싶은 말이 더 있는 것 같아 나는 얼른 카페를 빠

져나왔다. 잠시 후 뒤에서 가게 문이 거칠게 열리는 소리가
났다. 쫓아오면 귀찮겠다고 생각했지만 그런 기척은 없었다.
돌아보니 그는 손목시계를 보면서 반대 방향으로 걸어가고
있었다.

마리코의 장 5

토요일 점심때가 조금 지나 하네다 공항에 도착했다. 짐을 찾아 로비로 나가자 시모조 씨의 얼굴이 보였다. 도쿄에 간다고 전화로 알리자 그녀는 마중을 나오겠다고 했다.

시모조 씨는 나를 보며 웃는 얼굴로 손을 흔들었지만, 그 표정에서 뭔지 모를 복잡한 심경이 엿보였다.

"어서 와. 피곤하지? 짐은 내가 들어 줄게."

시모조 씨가 손을 내밀었다.

"아니에요, 괜찮아요. 여기까지 나와 주셔서 정말 고맙습니다."

나는 살짝 고개를 숙였다.

"자, 그럼……."

그녀가 허리에 손을 얹었다.

"일단 우리 집으로 갈까? 그러면 느긋하게 얘기하기 좋을 것 같은데."

"저, 정말 그래도 돼요?"

전화했을 때 시모조 씨가 이번에는 자기 집에서 묵는 것이 좋겠다고 말했다.

"물론이지. 단, 별로 넓지는 않으니까 그런 줄 알고."

그러고는 웃으며 한쪽 눈을 찡긋했다.

우리는 하네다에서 모노레일을 탔다. 2주 전에 이걸 탔을 때는 설마 이렇게 빨리 다시 오게 될 줄 몰랐다. 외숙모도 수상하다 싶었는지 "도쿄에 무슨 일이 있니?"라고 물었다.

"있긴 뭐가 있겠어요. 지난번에는 느긋하게 구경할 시간이 없었거든요. 이번에는 조금 더 시간을 들여서 보고 싶어요."

내 설명이 별로 설득력이 없었는지 외숙모는 뭔가 석연치 않다는 표정을 지었다. 하는 수 없었다.

모노레일을 타고서도 시모조 씨는 한동안 말이 없었다. 다만 바깥 경치를 구경하는 나를 힐끔힐끔 바라보는 기색이 느껴졌다. 그러길 몇 번 되풀이했을 때 나는 일부러 그녀 쪽으로 고개를 돌렸다. 시선이 마주쳤다.

"그렇게 비슷해요?"

시모조 씨가 자못 심각한 표정으로 고개를 끄덕였다.

"도저히 다른 사람이라고 볼 수 없어."

"하지만 저는 아니에요."

"그건 나도 알지."

"그 사람 사진 있어요?"

"응. 사진이 실린 대학 신문을 받아 왔어. 하지만 지금은 없어. 집에 두고 왔거든."

"네에……"

나는 눈길을 아래로 향했다.

시모조 씨가 사진을 가져오지 않은 이유를 알 것 같았다. 사람들이 보는 앞에서 내가 혼란스러워할 것을 염려한 것이다. 그만큼 사진이 충격적이라는 뜻이었다.

지금까지도 나와 꼭 닮은 사람을 봤다는 얘기는 더러 들은 적이 있었다. 그러나 그런 경우 '닮았다'라는 표현에는 다분히 주관적인 판단이 섞여 있었다. 그러니까 평소 같았으면 시모조 씨가 아무리 '너랑 똑같아'라며 흥분하더라도 반신반의했을 것이다.

그러나 그 인물이 도와 대학 국문과 2학년 학생이라면 문제가 다르다. 게다가 이름이 고바야시 후타바라고 한다. 고바야시라면 전에 본의 아니게 아빠의 통화를 엿들었을 때 아빠 입에서 나온 성이다.

아빠가 지난번에 도쿄에 올라온 이유가 그 고바야시 후타바라는 여자와 관련이 있다는 사실은 일단 의심의 여지가 없다. 그리고 내게 집요하게 유학을 권한 것도 아마 관련이 있을 것이다.

그 여자는 아빠와 대체 무슨 관계일까. 아니, 나와 어떤 관계일까.

도무지 가만있을 수 없어 급히 도쿄행을 결정한 것이다.

시모조 씨가 사는 아파트는 데이토 대학과 한 정거장 떨어진 역에서 도보로 몇 분 정도 걸리는 곳에 있었다. 크림색 벽이 깔끔해 보이는 5층짜리 새 건물이다. 도쿄에 있는 대학으로 진학했다면 나도 이런 곳에 방을 빌렸을 텐데 하고 잠깐 생각했다.

시모조 씨 집은 4층이었다. 조그만 부엌이 딸린 거실과 다다미방이 하나 있는 구조다. 다다미방을 공부방으로 사용하는지 책상과 책장이 있고 책장에는 책이 한가득 꽂혀 있다.

시모조 씨의 권유로 아담한 좌식 소파에 앉았다. 그녀가 냉장고에서 우롱차를 꺼내 유리잔 두 개에 따른 뒤 쟁반에 담아 왔다. 고맙다고 말하고 한 모금 마셨다.

"도쿄가 덥지?"

시모조 씨가 옆에 앉으면서 말했다.

"그러네요. 비행기에서 내리는 순간 살짝 놀랐어요. 지난번에는 그렇게 느껴지지 않았는데."

"그때는 아마 장마철이라 그랬을 거야."

그리고 시모조 씨는 몸을 비틀어 옆에 있는 오디오로 손을 뻗었다. 접힌 종이가 거기 놓여 있었다. 그녀는 의미심장한 표정을 지으며 그 종이를 내게 내밀었다.

"이게 그거야."

"네."

나는 침을 삼키며 종이를 받아 들었다. 그리고 조급한 마음을 억누르면서 의식적으로 천천히 펼쳤다.

'도와 대학 뉴스'라는 이름의 신문이다. 아마추어 밴드가 텔레비전에 출연했다는 기사 제목 옆에 사진이 석 장 실려 있었다. 밴드 전체 사진 한 장, 여자 보컬 혼자 찍힌 사진 두 장. 그중 한 장은 얼굴이 크게 클로즈업되어 있었다.

나는 숨이 턱 막혔다.

거기 찍힌 얼굴은 영락없이 나였다. 그저 닮았다고 할 수준이 아니다. 얼굴에서 체형까지 나 그 자체였다.

"내가 말한 대로지?"

시모조 씨가 물었다.

"닮았다고 하면 보통은 헤어스타일이 비슷한 경우가 많잖아. 그러면 인상이 비슷해지니까. 반대로 헤어스타일이 다르면 전혀 다르게 보이기도 하고."

"이 사람은 저랑 헤어스타일이 다르네요."

"그래. 그런데도 닮았어. 아니 아니,"

시모조 씨가 고개를 저었다.

"헤어스타일이 다른데도 너로밖에 보이지 않아."

"제가 아니에요."

나는 신문을 내팽개치고 손바닥에 얼굴을 묻었다. 두통이 몰려왔다. 뭐가 어떻게 된 건지 도무지 알 수 없었다. 이 여자는 대체 누구일까.

"묻고 싶은 게 하나 있는데,"

시모조 씨가 다정하게 말했다.

"도와 대학에 관해 조사하려고 했던 이유가 뭐지? 이런 사람이 있다는 사실을 전혀 몰랐잖아."

"몰랐죠."

나는 고개를 들고 대답했다.

"진상을 알고 싶었어요. 그래서 이것저것 조사하다가 도와 대학이 나온 거예요."

"진상이라니?"

"엄마 일이에요. 엄마의 죽음에 관해 진상을 알고 싶었어요."

나는 지금까지의 그 길고 긴 경위를 처음부터 순서대로 이야기했다. 엄마가 나를 싫어하는 게 아닐까 고민했던 일, 엄마의 이해할 수 없는 죽음, 그리고 최근에 알게 된 여러 가지 일, 그러니까 엄마가 죽기 전에 도쿄에 왔었던 것 같고, 얼굴이 지워진 여자 사진을 발견했다는 얘기 등을 했다.

자초지종을 듣고 난 시모조 씨는 한동안 아무 말도 하지 않았다. 팔짱을 낀 채 입술을 깨물며 그녀 나름대로 생각에 잠긴 듯했다.

"그런 일이 있었구나."

2, 3분이 지나 그녀가 마침내 입을 열었다.

"그래서 아버지의 과거를……. 그랬구나, 이제야 납득이 가네."

"하지만 설마 이런 일이 있을 줄은……."

나는 무릎에 놓인 손을 꽉 쥐었다.

시모조 씨가 내 어깨에 손을 얹었다.

"이 여자 보컬과 관련해서 딱 하나 생각할 수 있는 가능성이 있어."

내 눈을 보면서 그녀가 말을 이었다.

"쌍둥이가 아닐까?"

"나랑 이 여자가요?"

시모조 씨가 고개를 끄덕였다.

"그게 제일 타당한 대답 아니겠어? 너희 둘은 쌍둥이였는데 뭔가 이유가 있어서 떨어져 자란 거야."

"하지만 어렸을 때 호적 등본을 떼어 본 적이 있어요. 저한테 쌍둥이 자매가 있다는 말은 그 어디에도 씌어 있지 않았는걸요."

"호적이야 어떻게든 손을 쓸 수 있지 않았겠어? 가령 의사가 도왔다든지……."

"하지만 엄마가 나를 낳을 때 친척이 여러 명 모여 있었다고 들었어요. 그 사람들은 어떻게 하고요? 그 사람들도 진상을 숨기고 있는 걸까요?"

"거기까지는 나도 모르겠어."

시모조 씨도 그다지 자신이 있는 것 같지는 않았다.

나는 다시 신문에 눈길을 주었다. 고바야시 후타바라는 사람을 소개한 기사가 눈에 들어왔다.

"이 사람, 국문과 2학년이죠? 그럼 나보다 한 살 위예요."

"출산 사실이나 호적을 조작했다면 그 정도 차이는 생길 수 있지 않을까?"

시모조 씨가 단박에 반문했다. 그녀도 두 사람의 나이 차이를 생각해 보지 않았을 리 없다.

나는 다시 사진을 보았다. 나와 꼭 닮은 내가 아닌 여자. 이 사람은 내 쌍둥이 자매일까. 아빠가 도와 대학에 간 이유는 또 다른 딸을 만나려는 것이었을까.

"만나 보고 싶어요. 이 사람을 만나면 모든 게 분명해질지도 몰라요."

"그럴 것 같아서 이 고바야시 후타바라는 사람의 주소와 연락처를 알아보고 있어."

시모조 씨가 말했다.

"하지만 도와 대학도 여름 방학에 들어가서 친구들과 연락이 잘 안 돼. 그래도 내일쯤은 뭐라도 알 수 있을 거야."

"고맙습니다."

"만약 만나게 되면 어쩔 셈이야?"

"그건 아직 생각해 보지 않았어요. 일단은 출생에 관해 물어보고 싶어요."

"그래야겠지. 어쩌면 그녀도 자신의 출생에 의문을 품었을지 몰라."

그러고서 시모조 씨는 테이블에 양 팔꿈치를 괴었다.

"그럼 이제 어떻게 할래? 고바야시 후타바의 연락처를 알게 될 때까지 여기서 기다릴래?"

"아니요. 하나 더 조사하고 싶은 게 있어요. 내일은 소시가야 1번지에 가 볼 생각이에요."

"소시가야? 아아, 맞다! 어머니의 지도에 표시되어 있는 장소 말이지?"

"엄마가 이 사람을 만나려고 도쿄에 오지 않았나 싶어요."

나는 며칠 전 팩스로 받은 산보회 명부를 꺼내 시미즈 히로히사라는 이름을 가리켰다.

"하이킹 동호회를 조사한 일도 헛수고는 아니었네."

시모조 씨가 만족스러운 듯이 고개를 끄덕였다.

"그럼 내일 이 시미즈라는 사람도 만날 계획이야?"

"가능하면요."

"만날 약속을 했어?"

"아니요……."

"그렇겠지."

시모조 씨는 오디오 옆에 놓여 있던 무선 전화기를 집어 들고 통신사의 전화번호 안내로 전화를 걸었다. 다행히 시미즈 히로히사 씨의 집 전화번호가 번호부에 등록되어 있는 듯했다. 시모조 씨가 볼펜으로 메모지에 전화번호를 적었다.

"자, 여기로 걸어 봐."

그녀가 메모지와 무선 전화기를 내 앞에 놓았다.

"만나려는 이유를 내게 말했던 것처럼 얘기하면 되지 않을까? 아빠의 반생기를 쓰고 싶다고 말이야."

"아…… 네."

시모조 씨가 하도 능수능란해서 나는 넋을 잃을 지경이었다. 그러나 이만큼 적극적으로 움직이지 않으면 진상에 다가설 수 없을 것이다.

조심스럽게 메모에 적힌 번호를 눌렀다. 벨이 세 번 울리고 나서 전화가 연결되었다.

"네, 시미즈입니다."

나이 든 여자의 차분한 목소리였다.

"아, 여보세요. 저는 우지이에라고 합니다. 시미즈 씨, 댁에 계신가요?"

긴장한 나머지 목소리 톤이 높아지고 말았다.

"시미즈 씨요?"

시미즈 씨의 부인인 듯한 여자가 의아하다는 듯이 되물었다.

"남편은 3년 전에 세상을 떴습니다만, 저, 어디 사시는 우지이에 씨인가요?"

다음 날 점심 전에 시모조 씨의 집을 나섰다. 비가 내릴 듯 말 듯 해서 몹시 후덥지근했다. 이런 곳에서 한여름을 보내면 살이 쭉쭉 빠지겠다고 생각했다.

세타가야구라고 하기에 대단한 호화 주택가를 상상했는데 시미즈 히로히사 씨 집 주변에는 그저 평범한 집들이 들어서 있었다. 실례일지 모르지만 시미즈 씨 집 역시 고급 주택이라고는 할 수 없는 고풍스러운 2층짜리 목조 주택이었다.

시미즈 씨가 돌아가셨다는 말은 충격이었다. 이렇게 해서 낡은 바이올린의 현처럼 과거와 현재의 연결 고리가 하나하나 끊기는구나 싶었다. 그러니 좀 더 서둘러야 했다. 이제 와서 후회해 본들 소용없는 일이지만.

문기둥에 붙어 있는 인터폰을 누르자 현관문이 열렸다. 사십 대 후반쯤으로 보이는, 얼굴이 갸름한 부인이 나타났다. 시미즈 히로히사 씨의 부인인 듯하다. 어제 전화 드린 우지이에입니다, 하고 내가 인사했다.

"아아."

시미즈 부인은 미소를 지으며 고개를 끄덕였다.

"어서 들어와요."

"그럼 실례하겠습니다."

현관으로 들어서며 꾸벅 고개를 숙였다.

"갑자기 찾아와서 죄송합니다. 이거, 별거 아니지만……."

시모조 씨의 아파트 근처에서 사 들고 온 과자 꾸러미를 내밀었다.

시미즈 부인이 난처한 표정을 지었다.

"이런 건 들고 오지 않아도 되는데 그랬어요. 나는 별로 바쁜 처지도 아닌데 말이에요."

아무튼 들어오라고 해서 나는 신발을 벗었다. 그녀가 안내한 곳은 마당이 내다보이는 응접실이었다. 유리 테이블과 등나무 의자가 놓여 있었다. 바닥에는 마루가 깔려 있고, 옆방으로 통하는 문은 장지문인 데다 벽에 일본 전통 양식의 책꽂이가 세워져 있어 살짝 과거 시대로 거슬러 올라간 듯한 느낌을 주었다. 에어컨도 없고, 마당으로 통하는 문을 열어 놓았을 뿐인데 바람이 잘 통해서인지 제법 시원했다. 어디선가 향냄새가 희미하게 풍겼다.

등나무 의자에 앉아 기다리고 있으려니 시미즈 부인이 시원한 보리차를 들고 왔다.

"혼자 사시나 봐요?"

내 물음에 부인이 빙그레 웃었다.

"아들이 있어요. 오늘은 친구와 골프를 치러 가고 없지만."

그렇다면 그 아들의 수입으로 모자 둘이서 생활하는 걸까. 부인이 직장에 다니는 것 같지는 않았다.

"아버지는 건강하세요?"

부인이 물었다.

"네, 건강하세요. 혹시 저희 아빠를 만나신 적이 있으세요?"

"남편 장례식에 왔었어요. 그때까지 20년 정도는 만나지 못했죠, 아마. 장례식 때는 느긋하게 얘기 나눌 여유가 없어서 아쉬웠어요."

"선생님이 3년 전에 돌아가셨다고 하셨죠?"

"그래요. 직장암이었어요."

부인이 또렷하게 말했다.

"기계 회사에 다녔는데, 역시 지나치게 신경을 쓴 것이 간접적인 원인이 아니겠느냐는 말을 나중에 의사에게 들었어요."

마치 그때가 그리운 듯한 말투였다. 하지만 이렇게 담담하게 말하기까지는 시간이 상당히 필요했을 것이다.

"저희 아빠가 선생님이 돌아가신 줄을 어떻게 알았을까요?"

"데이토 대학 동창 분이 남편의 주소록에 실린 대학 관계자 모두에게 연락을 드렸어요. 그래서 우지이에 씨도 홋카이도에서 여기까지 와 주셨고요."

"그랬군요."

대답하면서 나는 보리차 잔으로 손을 뻗었다. 3년 전에 아빠가 친구의 장례식에 갔다는 사실은 전혀 몰랐다.

"어제 전화로 듣기로는 아버지의 반생기를 쓰기 위해 학창 시절 얘기를 듣고 싶다고 한 것 같은데, 맞나요?"

부인이 물었다.

"네, 맞습니다."

"훌륭하네요. 하지만 내가 할 만한 얘기가 있을지 모르겠군요."

부인은 불안한 듯한 표정을 지었다.

나는 등을 쫙 펴고 부인을 바라보았다.

"혹시 선생님께 산보회라는 하이킹 동호회 얘기를 들으신 적이 있나요? 아빠가 시미즈 선생님과 그 동호회에서 함께 활동했던 것 같아서요."

시미즈 부인의 반응이 의외로 빨랐다. 그녀는 환한 표정을 지으며 말했다.

"물론 잘 알죠. 그 시절이 제일 즐거웠는지, 남편이 그때 추억을 자주 얘기했거든요."

"그럼 그 모임에 여자가 참가했다는 얘기도 들으신 적이 있으세요?"

"여자요?"

시미즈 부인이 의아한 듯이 나를 보았다. 아빠에 관해 들으러 왔다는 사람이 느닷없이 그런 말을 꺼냈으니 이상하게 여기는 것도 당연했다. 어떻게 수습해야 할지 몰라 급히 생각을 정리하는데 부인이 "아아, 알겠네요." 하고 크게 고개를 끄덕였다.

"그걸 조사하려는 거군요. 하긴 반생기라면 그런 부분도 써야 할지 모르겠네요."

부인이 뭘 알겠다는 건지 알 수 없어 당황스러웠다.

"저……, 그거라니요?"

"우지이에 씨가 좋아했던 사람이 산보회에 참가한 적이 있느냐는 얘기죠? 남편에게 들은 적이 있어요."

귓속에서 조그만 파열음이 들리는 듯한 충격을 느꼈다.

"어떤 여성이었는지 들려주실 수 있을까요?"

"자세한 얘기는 듣지 못했지만 아주 멋진 분이었나 봐요."

부인이 눈을 가늘게 떴다.

"듣자 하니 우지이에 씨가 줄곧 그분을 사모했던 모양이에요. 대학을 졸업하면 청혼할 결심까지 했다고 하더군요."

"그 정도로 진지하게……."

아빠에게 그런 연애 경험이 있다니, 나로서는 뜻밖이었다.

"그럼 그 상대 여성은 저희 아빠를 어떻게 생각했대요?"

"글쎄요, 어땠으려나. 아마 거기까지는 우리 남편도 잘 모르지 않았을까요. 다만 한 가지, 산보회 내에 우지이에 씨의 경쟁자가 있었던 것 같아요."

"경쟁자라니요?"

"연적이라고 해야 하나."

시미즈 부인이 재미있어하는 표정으로 말했다.

"그러니까 그 여성을 좋아하는 남자가 한 명 더 있었다는 거죠. 이름까지는 모르겠지만요."

"그럼 그 여성은 결국 그 남자와……?"

"확실히 듣지는 못했지만 우리 남편이 하는 말로 봐서는 그런 것 같아요."

"그래요……."

혼란스러웠던 일들이 내 안에서 서서히 형태를 갖추기 시작했다. 예의 사진에서 얼굴이 지워진 그 여성이야말로 아빠가 줄곧 마음에 품었던 사람이 틀림없었다. 그런데 왜 얼굴이 지워져 있을까. 그리고 왜 그 사진을 엄마가 갖고 있었을까.

"아, 맞아. 그게 있었지. 잠깐 기다려요."

무엇이 떠올랐는지 부인이 안쪽에 있는 방으로 갔다. 나는 보리차를 마시며 살짝 흐트러진 듯한 호흡을 가다듬었다.

2, 3분이 지나 시미즈 부인이 돌아왔다. 손에 갈색 스크랩북 같은 것을 들고 있었다. 원래부터 갈색이 아니라 색이 그렇게

변한 듯했다.

"이게 있다는 건 까맣게 잇고 있었지 뭐예요."

소중한 보물이라도 다루듯 부인은 조심스러운 손길로 그 낡은 스크랩북을 테이블 위에 내려놓았다. 표지에 잉크로 '산보회 기록'이라고 쓰인 것을 간신히 알아볼 수 있었다.

"이게 그 시절의……."

"그래요."

부인이 고개를 끄덕였다.

"앨범이에요. 남편이 간혹 가다 펼쳐 보곤 했어요."

"잠깐 봐도 될까요?"

"그럼요. 그러라고 가져온 거예요."

나는 앨범의 표지에 손을 대고 첫 페이지를 넘기려다 부인의 얼굴을 바라보았다.

"사모님은 이 안에 든 사진을 보신 적이 있나요?"

부인이 무릎에 양손을 얹은 채 고개를 저었다.

"아뇨. 실은 나도 제대로 본 적이 없어요. 대부분 모르는 사람일 테니까요."

"그럼 아빠가 좋아했다는 여성의 얼굴도……."

"아쉽지만, 몰라요."

부인이 미소를 띠고 말했다.

"하지만 여자가 몇 명 없었다고 했으니까 사진을 보면 알 수 있을지도 몰라요. 이름까지는 몰라도 말이죠."

"그렇군요……."

첫 페이지에는 흑백 사진 세 장이 붙어 있었다. 자세히 보니 그 세 장에 모두 젊은 시절의 아빠 모습이 있었다. 배낭을 메고 산길을 걷는 아빠, 친구들과 어깨동무를 한 아빠……. 사진 밑에는 '후지산 중턱에서. 시미즈, 우지이에, 하타무라, 다카시로'라는 설명이 적혀 있다.

"이 사람이 우리 남편이에요. 아, 여기에도 있네. 아유, 젊다."

부인이 가리킨 사람은 아빠보다 훨씬 키가 작은 동안의 젊은이였다. 털모자가 꽤 잘 어울린다.

나는 맥박이 점점 빨라지는 것을 느끼며 페이지를 넘겼다. 중간쯤까지는 사진에 전부 젊은 남자들만 나와 있었다. 이상하다는 생각이 들 무렵 그 페이지를 펼쳤다.

"어라?"

부인이 옆에서 말했다.

"어떻게 된 거지, 이 페이지는?"

그 페이지에는 사진이 한 장도 붙어 있지 않았다. 다만 사진이 붙어 있었던 증거로 네 귀퉁이에 사진을 고정하는 삼각형 스티커가 남아 있었다. 그리고 그 밑에도 설명이 적혀 있었다. 그 내용은 '데이토 여자 대학의 아베 아키코 씨, 다무라 히로에 씨가 참가. 성황을 이루다'였다.

그렇다면 여기에 두 여성이 찍힌 사진이 붙어 있었다는 얘기다. 아베 아키코, 다무라 히로에……. 얼굴이 지워진 여자는 둘 중 어느 쪽일까.

페이지를 더 넘겼다. 그러자 군데군데 사진을 떼어 낸 곳이 보였다. 나는 주의 깊게 사진 설명을 읽어 나갔다. 그리고 마침내 없어진 사진들에 공통점이 있다는 사실을 깨달았다. 사진 설명에 모두 아베 아키코라는 이름이 들어 있다는 것이었다.

페이지를 여기저기 들추며 살펴보았다. 아베 아키코라는 사람이 찍힌 사진은 모두 사라지고 없었다.

반면에 다무라 히로에라는 여성의 사진은 남아 있었다. 그 중에는 남자 넷에 둘러싸인 사진도 있다. 사진 설명은 '히로에 씨를 둘러싼 네 명의 기사'라고 적혀 있었다. 넷 중에 아빠의 모습은 보이지 않고, 시미즈 씨는 잔뜩 힘을 준 자세로 서 있었다. 한가운데에 선 다무라 히로에라는 사람은 동그란 얼굴에 눈이 인형처럼 초롱초롱하고 체구가 상당히 작았다. 예의 얼굴이 지워진 여자와는 체형이 완전히 다르다.

마침내 결정적인 메모가 발견되었다. 사진은 없어졌지만 그 밑에 다음과 같이 적혀 있었다.

'오쿠치치부에서 아베 아키코 씨와 우지이에. 그의 오랜 꿈이 이루어질 것인가?'

그의 오랜 꿈…….

나는 앨범에서 얼굴을 들었다.

"아빠가 좋아했다는 여성이 아베 아키코라는 분인가 봐요."

"그런 것 같네요."

옆에서 앨범을 들여다보고 있던 부인도 동의하며 고개를 끄덕였다.

"하지만 이상하네. 왜 이렇게 군데군데 사진이 없는지 모르겠어요. 다른 사람한테 준 건가…….'

"이 앨범을 누군가에게 보여 주신 적이 있나요?"

"글쎄, 잘 모르겠어요. 산보회 사람 중에 계속 교류가 있었던 사람은 우지이에 씨뿐인데."

"그럼 저희 아빠에게 보이신 적은요?"

"그런 적은 있을지도 모르죠. 하지만 아까도 말했듯이 남편이 세상을 뜨기 전까지 20년 가까이 만나지 않았는데……. 아니면 혹시 그 무렵에 우지이에 씨에게 사진을 주었나, 옛날에 좋아했던 여성이었다고……."

턱에 손을 대고 있던 부인이 갑자기 그 손으로 테이블을 탁 내리쳤다.

"아, 그래!"

"뭐가요?"

"남편이 이 앨범을 들고 나간 적이 한 번 있어요. 그다지 오래된 일은 아닌 것 같아요."

"앨범을 왜요?"

"남편 말로는 도쿄에서 귀한 손님이 왔는데 산보회에 관해 물어볼 게 있다고 해서 앨범을 가져간다고 했어요."

귀한 손님, 도쿄에서……, 가슴이 두근거리기 시작했다.

"그 사람이 누구인지는 모르시죠?"

"네. 나중에 남편에게 물어봤지만 제대로 대답해 주지 않았어요. 나갈 때는 꽤 즐거운 표정이더니 돌아와서는 왠지 심각한 모습이었던 기억이 나네요. 산보회 얘기를 묻고 싶다고 한 걸 보면 그 모임의 회원은 아니었을 테고요."

"그게 언제 일이죠?"

"어디 보자, 남편이 죽기 얼마 전이니까……."

입술에 집게손가락을 대고 생각에 잠겼던 부인이 잠시 후 고개를 끄덕했다.

"6년쯤 전이에요. 더 정확하게는 5년 반 전 겨울이에요."

"겨울…… 12월경이었나요?"

"그래요, 연말이었을지도 몰라요. 이래저래 정신없이 보낸 기억이 있거든요."

엄마가 틀림없다고 나는 생각했다. 역시 엄마는 시미즈 히로히사 씨를 만나러 왔던 것이다.

그러면 아베 아키코의 사진이 없어진 이유도 설명이 된다. 엄마가 시미즈 히로히사 씨에게 부탁해서 사진을 전부 가져간 것 아닐까. 빌려 달라고 하면 시미즈 씨로서는 거절할 이유가 없었을 것이다.

문제는 왜 엄마가 갑자기 아빠가 옛날에 사랑했던 여자를 조사하기 시작했느냐 하는 것이다. 그리고 사진의 얼굴이 지워진 이유도 아직은 설명이 되지 않는다.

이 여성을 만나면 뭔가 알게 될지도 모르겠다는 생각이 들었다.

"산보회의 다른 멤버들 중에 연락처를 아시는 분이 혹시 있나요?"

그러나 기대와 달리 시미즈 부인은 생각에 잠겼다.

"아쉽게도 연락을 주고받았던 사람이 우지이에 씨 정도였어요. 다른 사람들과는 졸업한 이후로 별로 만나지 않았던 것 같아요. 지방에서 온 사람은 대개 고향으로 돌아갔다고 하더군요. 장례식 때도 산보회와 관련이 있는 사람은 결국 우지이에 씨 한 분밖에 오지 않았고요."

"명부 같은 게 남아 있지 않을까요?"

"글쎄요, 어떨지……. 가서 한번 찾아볼게요."

부인이 자리에서 일어섰다.

"성가시게 해서 죄송합니다."

나는 테이블에 놓인 앨범을 다시 내려다보았다. 어떤 사진에서나 아빠는 생기가 넘치는 모습이다. 지금과 정반대였다.

마치 청춘의 모든 것을 이 시절에 두고 온 듯하다.

아빠.

대체 내게 뭘 숨기고 있는 거야. 그리고 엄마는 아빠의 무엇을 알려고 했던 거야.

잠시 후 시미즈 부인이 돌아왔다.

"여기저기 뒤져 봤지만 이런 것밖에 못 찾겠네."

부인이 테이블 위에 내려놓은 물건은 얇은 책자였다. 표지에 '산보회'라고 적혀 있었다. 그러나 그걸 펼쳐 본 나는 이내 실망하고 말았다. 며칠 전에 시모조 씨가 팩스로 보내 주었던 것이다. 여기에는 회장과 부회장, 그러니까 아빠와 시미즈 씨의 연락처만 실려 있다. 그 말을 하자 시미즈 부인은 아쉬운 듯이 두 눈꼬리를 축 늘어뜨렸다.

"그렇군요……. 그럼 남편 친구들의 연락처가 적혀 있는 것은 이제 이런 것밖에 없는데……."

그녀가 내놓은 것은 손바닥에 들어올 만한 크기의 짙은 갈색 수첩이었다. 부인이 수첩 뒤쪽에 있는 주소록을 펼쳐 테이블에 올려놓았다.

"너무 낡아서 읽기 힘들겠지만, 알아볼 수는 있지 않을까요."

정말 오래된 수첩이었다. 연필로 쓴 글자는 대부분 지워져 읽을 수 없었다. 펜으로 쓴 부분도 번지거나 변색되어 있다.

금방이라도 찢어질 듯한 종이를 조심조심 넘기던 중 이름

하나가 눈에 들어왔다.

다카시로 야스유키라는 이름이었다. 나는 앨범의 사진 설명들과 비교해 보았다. '후지산 중턱에서. 시미즈, 우지이에, 하타무라, 다카시로'라는 내용이 있었다. 그것 말고도 다카시로라는 인물이 찍힌 사진을 몇 장 더 발견했다. 음영이 뚜렷한 서구적인 생김새가 특징이다.

"다카시로 씨, 라고 읽나요? 선생님께 이 이름을 들어 본 적이 있으세요?"

주소록 일부를 가리키며 내가 물었다.

"다카시로 씨……? 들은 적이 있는 것 같아요."

부인이 고개를 살짝 기울이고 손가락 끝으로 관자놀이를 눌렀다. 찡그러졌던 그녀의 얼굴이 잠시 후 활짝 펴졌다.

"생각났어요. 그 사람이네!"

"누구요?"

"그게 말이죠, 우리 남편이랑 마찬가지예요."

"마찬가지라니요?"

예감이 좋지 않았다.

"돌아가셨어요. 10년도 더 되지 않았나……."

"아아……."

온몸에서 힘이 모두 빠져나가는 느낌이었다.

"병으로요?"

"그랬죠, 아마."

니는 할 말을 잃었다.

"그러고 보니 다카시로 씨가 죽었다는 소식을 들었을 때 우리 남편이 좀 묘한 말을 했어요."

"묘한 말이라니, 어떤 말인데요?"

"역시 죽었군, 그런 말이 아니었나 싶네요."

"투병 생활을 오래 하셨나 보죠?"

"아뇨, 그런 느낌이 아니었어요."

시미즈 부인이 고개를 갸우뚱하고 말했다.

"운명은 거스를 수 없다나……."

"운명이라고요? 죽을 운명이었다는 말인가요?"

"그런 뜻 아니겠어요. 남편도 그 이상 자세한 말은 하지 않았어요."

"그렇군요."

다카시로라는 인물이 어떤 운명을 짊어지고 있었는지 나로서는 상상도 할 수 없었다. 다만 한 가지 분명한 것은 바이올린의 현이 또 하나 끊어졌다는 사실이었다.

후타바의 장 5

도쿄 하늘에는 구름이 끼어 있었는데 홋카이도는 쾌청했다. 습도가 낮아 땀으로 살갗이 끈적거리지도 않는다. 이 시기에는 여기서 살면 좋겠다는 태평한 생각을 했다.

신치토세 공항에서 아사히카와까지는 전철을 타게 되어 있었다. '라일락'이라는 이름의 열차를 타고 얼마간 달리다 보니 역마다 도쿄 사람들과는 분위기가 조금씩 다른 사람들이 속속 올라타, 북쪽 지방에 와 있다는 실감이 났다. 그렇다고 그들이 촌스럽거나 그렇다는 것은 아니다. 뭐가 다를까 하고 바라보니 표정에서 미묘한 차이가 느껴졌다. 하네다 공항으로 가는 길에 본 사람들은 대부분 이제 막 하루가 시작된 참인데도 지친 나그네 같은 표정이었지만, 이곳 사람들은 아침의 상쾌함을 만끽하는 것처럼 보인다. 그건 이 지역이 한창 성장해 가는 중이기 때문인지도 모른다. 아니, 어쩌면 7월인데도 상쾌하다는 단순한 이유일 수도 있다.

그런저런 생각을 하는 동안 특급 열차가 삿포로에 도착했다. 니는 잠시 망설이다가 한번 내려 보기로 했다. 엄마가 옛날에는 삿포로에서 놀았으리라 생각하자 구경이라도 하자는 마음이 들었던 것이다.

옛 도청사를 구경했고, 시계탑의 빈약함에는 실망했다. 그리고 오도리 공원 벤치에 앉아 아이스크림을 먹었다. 일요일이라선지 사람이 많았다. 특히 가족 나들이가 눈에 많이 띄었는데 아빠들이 지친 기색인 점은 도쿄와 비슷했다.

오가는 사람들의 흐름을 망연히 바라보며 나는 와키자카 고스케에게 들었던 얘기를 머릿속으로 되새겨 보았다. 그의 말대로 엄마는 뭔지 모를 거대한 힘에 살해되었을까. 그 힘이라는 것이 이하라 슌사쿠와 관계가 있을까. 만약 그게 사실이라면 이유가 뭘까.

한심하지만 나는 무엇 하나 떠올릴 수 없었다. 그토록 오랫동안 엄마와 단둘이 살았으면서도 엄마에 관해 제대로 아는게 하나도 없었다. 엄마가 어떤 사람이었는지, 엄마는 어쩌다가 내 엄마가 되었는지조차 모른다. 그렇게 아무것도 모르면서 지금까지 잘도 살아왔구나 싶다.

나는 처음부터 한번 정리해 보기로 했다. 우선, 발단은 텔레비전이다. 엄마는 내가 텔레비전에 출연하는 일을 극구 반대했다. 그리고 나는 그걸 무시하고 텔레비전에 출연했다. 그 후 이상한 일이 이어졌다.

예전에 엄마가 근무했던 아사히카와의 호쿠토 의과 대학에서 후지무라라는 교수가 찾아왔다. 엄마는 그 교수의 방문을 심각하게 받아들이는 눈치였다.

나를 조사하고 다니는 중년 남자가 학교에 나타났다. 그는 내 친구 세 명에게 정보를 수집했다. 그 직후 엄마가 뺑소니 사고를 당해 세상을 떴다. 차는 도난 차량이었다.

엄마의 유품에서 이하라 슌사쿠의 아들과 관련된 스크랩북이 나왔다. 그날 후지무라 교수가 전화로 내게 아사히카와에 오지 않겠느냐고 말했다.

그리고 그저께 와키자카라는 낯선 남자가 찾아와 뜻밖의 얘기를 했다.

나는 머리가 점점 아파 왔다. 마치 2천 조각짜리 직소 퍼즐이 눈앞에 있는 듯한 기분이다. 게다가 이건 참고할 만한 밑그림조차 없다. 각각의 조각이 제멋대로 존재한다. 가로로도 세로로도 연결되지 않고 어떤 식으로 늘어놓아도 형태가 맞춰지지 않아 도무지 진전이 없다.

갑자기 시야가 어두워졌다. 눈앞에 사람이 있었다. 고개를 들어 보니 후지야의 과자 포장지 같은 셔츠를 입은 젊은 남자가 살가운 미소를 지으며 서 있다.

"저, 나랑 만난 적 있지?"

젊은 남자가 오랑우탄처럼 팔을 흔들거리며 물었다.

나는 아이스크림을 손에 쥔 채 그를 힐끔 쳐다보았다.

"너, 누군데?"

그 말에 남자는 살짝 기가 꺾이는 듯했지만 그대로 물러서지는 않았다.

"기억 안 나? 올 4월에 너희 학교 입학식이 끝난 후에 우리 동아리에 들어오라고 권유하러 갔었잖아. 그때 카페에도 같이 갔었는데."

"무슨 터무니없는 소리를 하는 거야, 나는 작년에 입학했는데."

"뭐라고? 저 앞에 있는 여대 다니지 않아?"

어벙한 남자가 가냘픈 팔로 서쪽을 가리켰다.

"나는 도쿄에서 방금 왔어. 너, 머리가 어떻게 된 거 아니야? 수작을 부릴 거면 좀 더 그럴듯한 소리를 해야지."

"아니, 그런 게 아니야. 정말 나 몰라?"

"모른다니까. 거참, 끈질기네."

"이상하다……."

남자가 웅얼거리고는 머리를 긁적거리며 돌아섰다. 그리고 걸음을 옮기다가 몇 번이나 이쪽을 돌아보며 고개를 갸웃거렸다.

나랑 만난 적 있지? 흥, 뻔한 수법이다. 쇼난 해변 같은 데서는 한 시간에 다섯 번쯤 그런 말을 듣는다. 어떤 곳이든 도시화하면 인간의 개성은 사라지는 듯하다.

아이스크림을 다 먹은 나는 짐을 들고 일어섰다.

아사히카와역에 도착한 시각은 오후 3시였다. 삿포로가 큰 도시인 것은 분명하지만 아사히카와도 결코 작은 도시는 아니었다. 역을 나오자 눈앞에 빌딩이 즐비하다. 바둑판처럼 잘 정비된 도로에 차들이 빈틈없이 줄지어 선 광경은 도쿄와 별로 다를 바가 없었다. 다만 도로를 건널 때 길 한가운데에서 멀리 바라보면 아름다운 능선이 보이곤 했다. 도쿄에서는 기대할 수 없는 광경이다.

역 앞에서 북동쪽으로 뻗은 길 중에 보행자 전용 도로가 하나 있었다. 길 양쪽에는 패션 상가와 세련된 카페와 레스토랑이 줄지어 있다. 안내 책자를 보니 헤이와 거리 쇼핑 공원인 듯하다. 보행자 천국의 시작 지점이다. 길 한가운데에 화단과 분수가 있고, 잠깐 쉬어 갈 수 있는 벤치도 놓여 있다. 이곳 역시 오도리 공원만큼이나 사람이 많았다. 벤치에 피곤해서 녹초가 된 아빠들만 죽 앉아 있는 모습도 비슷하다.

호텔은 역에서 도보로 5분 정도 떨어진 곳에 있었다. 도로 건너편에도 호텔이 있는데, 그쪽보다는 새것으로 보였다. 아마 최근에 지은 모양이다. 역에서 호텔까지 오는 사이에도 빌딩을 짓는 곳이 있었는데, 이 도시는 사람으로 말하자면 한창 성장기인지도 모르겠다.

방은 내 이름으로 예약되어 있었다. 오늘과 내일 이틀 밤이다. 요금은 내가 지불하지 않아도 되는 듯하다.

호텔 보이가 703호실 열쇠를 건네면서 방의 위치를 설명한 후, 누가 메시지를 전해 달라고 했다면서 봉투를 건넸다. 나는 그 봉투를 받아 든 후 고맙다고 말하고 엘리베이터로 향했다.

703호실은 싱글 룸으로, 당연히 별로 넓지는 않지만, 깔끔하고 세련된 방이었다. 담배 냄새가 배어 있지 않은 것만도 다행이다.

짐을 내려놓고 화장실에서 볼일을 본 다음 봉투에 든 메시지를 읽었다. 6시쯤 데리러 올 테니 식사를 하지 말고 방에서 기다리라는 말이 쓰여 있었다. 오늘 저녁도 밥값이 굳을 것 같아 살짝 기뻤다.

샤워 후에 옷을 입는데 창가에 놓인 전화기가 울렸다. 겨우 5시가 조금 지난 시각이었다. 너무 이른 거 아닌가 생각하며 수화기를 들었다.

교환원의 목소리가 들렸다.

"고바야시 씨 맞으시죠? 스즈키라는 분에게서 전화가 왔습니다. 지금 바로 연결해 드리겠습니다."

"스즈키 씨라고요?"

대체 어느 스즈키일까.

전화가 연결되는 듯했다.

"여보세요, 고바야시 씨?"

웅얼거리는 듯한 남자 목소리가 들려왔다.

"그런데요."

내 대답에 상대가 "어?" 하고 반응했다.

"저, 고바야시 이치로 씨 아니십니까?"

고바야시 이치로라니, 뭐라는 거야, 이 사람이.

"아닌데요. 저는 여기 혼자 묵고 있어요. 고바야시 이치로라
는 분은 모릅니다."

아니, 하고 상대 남자가 말했다.

"아, 그렇군요. 교환원이 잘못 연결한 모양입니다. 이거, 실
례했습니다."

그리고 일방적으로 전화가 끊겼다.

나는 영문을 알 수 없어 멍하니 수화기를 들고 있었다.

뭐였지, 방금?

수화기를 노려보다가 내려놓았다. 호텔에 묵으면서 잘못 걸
려 온 전화를 받았다는 얘기는 들은 적이 없었다. 전화를 건 남
자나 교환원 둘 중 누군가가 몹시 허둥대는 사람인 모양이다.

하지만…… 다소 마음에 걸리는 점이 있었다. 아니, 이건
귀에 걸렸다고 해야 할지도 모르겠다. 방금 그 남자의 목소리
가 왠지 귀에 익은 느낌이었다. 목소리라기보다 억양이 그렇

달까. 목소리는 매우 낮고 웅얼거린다고 할 수 있었다.

잠시 생각해 보았지만 떠오르지 않아 포기하기로 했다. 느긋하게 그런 생각이나 하고 있을 여유가 없다. 나가기 전에 화장도 고쳐야 한다.

화장을 하고 있자니 또 전화벨이 울렸다. 이번에도 교환원의 목소리가 들렸다. 아까 일을 물어볼까 하다가 귀찮아서 그만두었다.

이번에 전화를 건 사람은 후지무라 씨였다. 그는 먼저 "피곤하죠?" 하고 물었다.

"아뇨, 별로요. 생각보다 도쿄에서 가깝던데요."

"그렇게 느껴지는 건 젊다는 증거죠. 자, 지금 출발할까 하는데, 괜찮겠어요?"

"네, 괜찮습니다."

"그럼 그 호텔 로비로 가겠습니다. 아마 6시 정각쯤 도착할 거예요."

"알겠습니다. 기다릴게요."

전화를 끊고 서둘러 화장을 마친 다음 1층으로 내려가 프런트 앞에 놓인 소파에 앉아서 기다렸다. 6시 2분 전에 호텔 정면 현관의 자동문이 열리더니 회색 양복을 입은 자그마한 신사가 들어왔다. 어딘지 모르게 눈에 익은 모습이었다. 엄마가 뺑소니 사고를 당하기 전날 아파트에 찾아왔던 사람이 분명했다.

그가 프런트 앞에서 걸음을 멈추고 이쪽으로 고개를 돌렸다. 나 말고 로비의 소파에 앉아 있는 사람은 한 명밖에 없었고, 그 사람은 중년 아줌마였다.

그가 부드럽게 미소를 지으며 천천히 내게 다가왔다. 나는 자리에서 일어섰다.

"고바야시 후타바 씨죠?"

전화에서 들었던 목소리였다.

"후지무라입니다."

나는 두 손을 앞에 모으고 공손히 머리를 숙였다.

"여러모로 감사드립니다. 항공권이며 호텔까지 준비해 주시고……."

후지무라 씨가 손을 살랑살랑 흔들었다.

"형식적인 인사는 생략합시다. 식욕이 사라지겠어요. 한데,"

그는 눈을 깜박거리면서 내 얼굴과 온몸을 훑어보았다.

"훌륭하군요. 정말 훌륭해요. 이 정도로……."

그 강렬한 시선에 나도 모르게 살짝 뒷걸음질 치자 "아, 미안해요."라고 그가 사과했다.

"고바야시 시호 씨, 그러니까 어머님이 이렇게까지 따님을 훌륭히 키우다니 감탄스러워서요. 기분이 나빴다면 용서해요."

"아니요, 그러실 것까지는……."

나는 웃으면서 고개를 저었다. 그러나 실제로는 약간 기분이 나빴다.

괜찮은 음식점이 있다면서 후지무라 씨가 안내한 곳은 호텔에서 차로 10분 정도 거리에 있는 일식집이었다. 쇼핑 공원 주변의 번잡함과는 대조적으로 주위가 한산한 주택가였다.

후지무라 씨가 이름을 대자 감색 기모노를 입은 종업원이 우리를 아담한 방으로 안내했다. 조그만 도코노마(일본식 방의 상좌에 바닥을 한 층 높게 만들어 벽에는 족자를 걸고, 바닥에는 꽃이나 장식물로 꾸며 놓은 곳—옮긴이)까지 갖춰져 있어 정치가가 뇌물을 받는다면 이런 곳에서 받지 않을까 하는 생각이 들었다.

오는 도중에 꺼리는 음식이 없다고 밝힌 덕분에 후지무라 씨가 알아서 음식을 주문했다. 마실 것은 뭐가 좋겠냐고 묻기에 나는 녹차로 하겠다고 대답했다.

"그럼 나도 녹차로 해야겠군. 어차피 운전을 해야 하니까."

후지무라 씨가 말했다.

종업원이 나가자 그는 나를 보며 자세를 바로 하듯이 등을 쭉 폈다.

"이 먼 곳까지 오느라고 정말 수고가 많았어요. 맛있는 음식을 먹고 기운을 내도록 해요."

"감사합니다."

나는 머리를 숙였다.

"그런데, 어머니 일은 정말 안타깝게 생각해요. 내가 도울 일이 있다면 사양하지 말고 말해 줘요. 가능한 일이라면 뭐든 할 테니까요."

"네…… 감사합니다."

나는 또 머리를 숙였다.

그 후로도 후지무라 씨의 말에 내가 머리를 숙이는 일이 세 번 정도 있었다. 그리고 네 번째로 머리를 숙이려는 참에 장지문이 열리면서 요리가 들어왔다.

요리는 모두 조그만 그릇에 조금씩 담겨 있었다. 어패류를 중심으로 재료를 여러 방법으로 조리한 것들이었다. 그런데 우물우물 먹으면서 아, 이게 전복인가 보구나, 라든지 게 내장인가 보네, 하고 깨달았을 때는 이미 그릇이 비어 있었다. 이래 가지고서야 어느 세월에 배가 부를까 싶어 조금 불안해졌다.

"저, 엄마는 호쿠토 의대에서 무슨 일을 했나요?"

다음 요리가 나오기를 기다리는 틈을 타 나는 본론으로 들어갔다.

"한마디로 말하자면 연구 조교였어요."

후지무라 씨가 젓가락을 내려놓았다.

"의과 대학에서는 학생들에게 기존의 의료 기술을 가르칠 뿐만 아니라 미래를 내다보며 여러 가지 연구를 하지요. 그러니 당연히 조교가 필요하고요."

"어떤 연구였나요?"

들어도 모를 테지만 일단 물어보았다.

잠시 생각에 잠겼던 후지무라 씨가 대답했다.

"체외 수정을 중심으로 한 불임 치료 연구였어요."

"네에."

그런 거라면 모를 것도 없다.

"시험관 아기를 연구하는 거군요."

"그렇죠. 물론 그게 전부는 아니지만……."

그때 종업원이 들어와 새로운 요리를 늘어놓았다.

"저는 도쿄에서 태어나 자란 엄마가 왜 이렇게 먼 곳까지 왔
는지, 그게 늘 궁금했어요. 혹시 후지무라 씨는 아세요?"

질문 내용을 바꿔 보았다.

"그 점에 관해서는 들은 얘기가 있어요."

종업원이 나간 후 후지무라 씨가 얘기를 꺼냈다.

"고바야시 씨는 고등학교 때부터 그런 분야에 관심이 있어
서, 발표된 논문 등을 검토한 끝에 호쿠토 의과 대학을 선택
했다고 했어요."

"그렇군요……."

엄마가 평소에 공부하던 모습을 떠올리면 납득이 가는 일이
긴 했다. 내가 지금 다니는 대학을 선택한 이유와는 사뭇 달

랐다.

"그런데 체외 수정 연구에 왜 그렇게 관심이 많았을까요?"

"그걸 설명하려면, 고바야시 씨가 당시에 어떤 주장을 했는지 언급할 필요가 있겠군요. 고바야시 씨는 여성의 사회적 지위와 생물학적 역할의 관계에 불만이 상당히 많았어요."

"사회적 지위와…… 그게 무슨 말이죠?"

갑자기 얘기가 어려워졌다.

"요컨대 여성이 뜻대로 사회에 진출할 수 없는 이유는 임신이라는 역할 때문이라는 얘기죠. 가령 맞벌이 부부의 경우 똑같이 일하고 똑같이 집안일을 분담하고 똑같은 수입이 있다 해도 아내는 임신하면 퇴직하거나 당분간은 직장을 떠날 수밖에 없잖아요. 그러면 그때부터 집안일은 아내가, 바깥일은 남편이 한다는 식으로 실질적인 역할 분담이 생기고 말아요. 일단 그렇게 되어 버리면 원래 상태로 돌아가는 부부가 많지 않고요. 또 기업을 비롯해 사회 전체가 여성은 결혼하고 임신하면 직장을 그만둘 거라면서 애초부터 중요한 인력으로 꼽지 않지요. 이래서는 여성이 남성과 평등한 사회적 지위를 얻을 수 없다, 대충 이런 내용이 고바야시 씨의 주장이었어요. 나 역시 그 말이 진리라고 생각합니다."

"저도 그렇게 생각해요."

나는 오징어 소면을 한 입 먹고 나서 말했다.

"물론 요즘은 여성의 사회 진출이 꽤 활발해졌지만요."

"그 대신 임신하는 여성이 줄었어요. 출생률이 그 같은 사실을 확실히 보여 줍니다. 고바야시 씨의 주장을 뒷받침하는 일이죠."

"제 주변에도 일에 방해가 되니 아이를 낳지 않겠다고 선언한 친구가 있어요."

"그렇겠죠. 여성의 생물학적 역할을 버리고 사회적 지위를 선택한 거예요. 그렇다고 그 선택을 비난할 수는 없죠. 책임은 여성이 그 둘을 양립할 수 있도록 방법을 모색하지 않는 남성 중심의 사회에 있습니다."

"맞는 말씀이에요."

나는 주먹을 쥐고 무릎을 탁 쳤다.

"물론 나도 지금은 이렇게 말하지만 이삼십 년 전에는 달랐어요. 그뿐만 아니라 젊은 여성 중에도 여자는 아이를 낳아 키우고 남편 뒷바라지를 하면 그만이라고 생각하는 사람이 많았죠. 그런 만큼 고바야시 씨의 딜레마가 상당히 컸을 거라고 짐작됩니다."

"그래서 저희 엄마는 뭘 하려고 했죠?"

"뭐라고 구체적으로 말할 만한 게 있었는지 어떤지는 확실치 않지만, 일단은 출산 시스템의 근본적인 변혁을 꾀하려 했던 것 같아요. 조금 전에 후타바 씨가, 일에 방해가 되니 아이를 낳지 않겠다는 친구가 있다고 했는데, 정확히는 그게 아닐 거예요. 실제로 일하는 여성 중에는 남편이 육아에 적극적이라면 아이를 낳아도 괜찮다고 말하는 사람이 많아요. 즉, 일에 방해되는 존재는 아이가 아니라 임신과 육아인 거죠. 고바야시 씨 생각도 그랬어요. 그런데 육아는 남편을 비롯한 누군가가 대신해 줄 수 있지만, 문제는 임신이에요. 회사에서 중요한 일을 맡아 이제부터 승승장구하려는 때에 임신하면 주위에도 폐를 끼칠뿐더러 본인도 안타깝잖아요. 고바야시 씨는 일하는 여성이 자신의 육체를 사용하지 않고 아이를 얻을 방법을 개발하면 된다고 생각했어요."

"그러니까 대리모 말이군요."

나는 신문에서 본 적이 있는 단어를 꺼냈다.

"그래요, 대리모도 그 방법의 하나죠."

후지무라 씨가 고개를 끄덕였다.

"체외 수정은 불임을 치료하자는 것이 원래의 목적인데, 고바야시 씨는 그 밖에도 유익한 점이 있다고 인식한 것 같아요. 실은 여기 오기 전에 옛날 리포트를 조사해 봤는데, 고바야시 씨가 쓴 것도 있었어요. 제목은 '대용 모체의 필요성에 관하여'였죠. 내용 중에 임신하지 못하는, 또는 임신할 상황이 아닌 여성이 다른 여성에게 자기네 부부의 수정란을 제공하는 구상도 있더군요. 그야말로 대리모예요. 그런데 고바야시 씨의 주장은 그 수준에 머물지 않았어요. 최종적으로는 여성의 육체에 고통을 주지 않으면서 임신과 출산을 할 수 있도록 하는 시스템, 즉 인공 자궁으로 아이를 얻는 방법을 개발해야 한다고 했어요."

"인공 자궁⋯⋯."

나는 열변을 토하는 후지무라 씨의 입을 그저 멍하니 바라보았다. 지금 그가 말하는 내용이 내가 아는 엄마에 관한 것이라고는 도저히 믿기지 않았다. 마치 고바야시 시호라는 동명이인에 관한 얘기를 듣고 있는 기분이었다.

"설명이 좀 길어졌는데, 요컨대 고바야시 씨는 여성이 활발히 사회에 진출하려면 체외 수정 등을 연구할 필요가 있다고 보고 굳이 이 먼 곳까지 공부하러 왔다는 말입니다. 그 리포트를 읽어 보고 싶다면 언제든지 얘기해요. 마이크로필름에 들어 있으니 간단히 복사할 수 있어요."

그러고서 후지무라 씨는 중요한 일을 끝냈다는 듯이 맛있게 차를 마셨다.

"후지무라 씨도 그런 내용을 연구하셨나요?"

"당시에는 그랬죠. 지금은 취미처럼 연구하지만요."

그가 자조하듯이 웃었다.

"그런데 엄마는 왜 연구를 계속하지 않았을까요?"

내 질문에, 후지무라 씨의 얼굴에서 웃음기가 사라졌다.

"그건 역시 그녀에게 아이가 생겨서 그러지 않았을까요."

"그 아이가 저라는 말씀인가요?"

"그렇지요."

"엄마가 대학을 떠날 때 사람들에게 뭐라고 설명했나요?"

"그게 말이죠, 사후 승낙 같은 식이었어요. 어느 날 갑자기 도쿄로 가더니 그대로 퇴직하고 말았죠. 임신 얘기를 본인에게는 듣지 못했어요. 다만 우리도 어렴풋이 감을 잡았기 때문에 아마 그게 이유일 거라고 짐작했을 뿐이죠. 임신이 여성에게서 일을 빼앗아 가니 무슨 수를 써야 한다고 주장했던 그녀가 그렇게 되다니, 참 아이러니한 일이에요."

"그럼 그 임신의 상대가 누구인지도 모르시겠네요."

"네에, 뭐……."

후지무라 씨가 왜 그런지 말을 얼버무리더니 정색한 표정으로 나를 보았다.

"실은 이번에 이렇게 와 달라고 한 이유도 그 일과 관련해서 확인하고 싶은 점이 있어서예요. 후타바 씨는 어머니의 상대, 즉 아버지에 관해 뭐라고 들었나요?"

"결혼하기 전에 헤어졌다는 얘기뿐이었어요. 어디 사는 누구인지, 죽었는지 살았는지조차 얘기해 주지 않았어요."

"그렇군요, 역시……."

"저, 뭔가 알고 계시는군요?"

내가 몸을 살짝 들썩였을 때 다시 장지문이 열렸다. 나는 방석 위에서 자세를 고쳐 앉고 치켜뜬 눈으로 후지무라 씨의 표정을 살폈다. 그의 눈은 종업원이 늘어놓는 요리를 향해 있었지만, 초점은 그 요리들을 벗어나 있는 것처럼 보였다.

"안다고 할 수는 없어요."

종업원이 나가자 그가 입을 열었다.

"그저 상상할 뿐이죠."

"어떤 식으로 말인가요?"

"그러니까,"

후지무라 씨가 혀로 입술을 축였다.

"후타바 씨의 아버지는 그 사람이 아닐까…… 하고요."

이제 요리 따위는 안중에 없었다. 나는 젓가락을 내려놓고 다그쳤다.

"누구죠, 그 사람이?"

후지무라 씨는 일단 고개를 돌리고 빈 공간을 바라보다가 마침내 결심했다는 듯이 내 쪽으로 고개를 돌렸다. 침을 삼키는지 목울대가 꿈틀했다.

"구노 교수가 아닐까, 나는 그렇게 생각합니다."

"구노 교수요?"

"나와 고바야시 씨 위에 있던 분이에요."

"왜 그 사람이라고 생각하시죠?"

"무엇보다, 날마다 같이 일했던 사람의 직감입니다. 고바야시 씨는 교수를 존경하고 신뢰했고, 게다가 사모했어요. 그녀가 누군가에게 몸을 맡겼다면 구노 교수 외에는 생각할 수 없습니다. 거기에 물리적인 문제도 있어요. 당시에는 그녀도 연구에 여념이 없었던 터라 학교 밖에 있는 사람과 교제할 여유가 전혀 없었을 겁니다. 그리고 구노 교수는 독신으로 지내고 있었으니 연애를 했다 해도 이상할 게 없어요."

"그분 외에 연구실에는 또 어떤 분들이 계셨나요?"

"나와 고바야시 씨 외에 우지이에라는 조교수가 있었어요. 다른 연구실과 교류가 없었던 건 아니지만 대개는 넷이서 연구를 계속했습니다."

"그분들은 지금 뭘 하고 계시죠?"

"나는 알다시피 대학에 남아 있고, 우지이에 조교수는 현재 하코다테 이과 대학에서 학생들을 가르치고 있습니다."

"구노 교수님은요?"

"교수님은……."

후지무라 씨는 입을 연 채 눈을 깜박거리다가 말했다.

"구노 교수는 15년 전에 돌아가셨어요."

나는 헉 숨을 삼켰다. 그리고 어깨의 힘을 빼면서 천천히 숨을 내쉬었다.

"병으로요?"

"아니요, 사고였어요. 눈보라가 몰아치는 밤에 교통사고를 당했죠. 가드레일을 들이받았어요."

역시 교통사고란 말인가. 엄마와 마찬가지다. 왠지 불길했다.

"하지만 지금까지 들은 얘기로는 그 구노 교수라는 분이 우리 엄마의 상대였다고 단정 짓기 어려울 것 같은데요."

"맞아요."

후지무라 씨가 턱을 살짝 당겼다.

"그런데 실은 내가 구노 교수를 고바야시 씨의 상대로 생각하는 근거가 하나 더 있어요. 그건 말이죠, 구노 교수가 자신의 입으로 그와 비슷한 얘기를 했다는 거예요."

"본인이 그렇게 말했다는 건가요?"

"아니에요, 그렇게 말했다고 하기는 힘들어요. 다만, 이런 말을 한 적이 있어요. 자신이 결혼은 하지 않았지만 딸이 하나 있다, 몇 년이나 만나지 못했다, 이제 와서 아버지 행세를 할 생각은 없지만 최소한 인정은 하고 싶다, 그러는 것이 그 아이의 앞날을 위해서도 좋을 듯하다. 대체로 그런 내용이었어요. 그 말을 들었을 때 내 머릿속을 스치는 생각이 있었어요. 고바야시 씨의 아이를 말하는 게 아닐까 하는 거였죠. 하지만 왜 지금 와서 저런 말을 하는지 의아하더군요."

그리고 후지무라 씨는 내 눈을 바라본 후 나지막이 말을 이었다.

"그 며칠 후 교수님이 돌아가셨어요."

쿵, 하고 갑자기 무언가가 등에 떨어진 것 같은 느낌이 들었다. 한동안 말이 나오지 않았다. 후지무라 씨도 눈을 내리깐채 침묵했다.

"자살이었나요?"

잠시 후 내가 물었다.

"모릅니다. 경찰 기록에는 사고로 되어 있어요."

후지무라 씨가 팔짱을 끼었다.

"하지만 사고 직전에 그런 얘기를 했다는 게 단순한 우연 같지 않아요. 게다가 교수님은 숨기고 있었지만 암이 진행 중이었던 것 같고요."

"암이……."

"그래요. 정신력이 강한 분이었지만 아무래도 죽음의 공포를 이기기 힘들지 않았을까 싶어요."

후지무라 씨는 그제야 겨우 요리에 손을 대더니 이내 다시젓가락을 내려놓았다.

"나는 교수가 했던 말이 내내 마음에 걸렸어요. 그래서 그후 고바야시 씨에게 교수에게서 편지를 받은 적이 있느냐고물었죠. 만일 교수가 자살했다면 그러기 전에 반드시 유언장을 썼을 것이고, 그걸 고바야시 씨에게 보냈을 거라고 생각한거죠. 유언으로 친자를 밝히는 일은 법률로도 인정하니까요."

"그랬더니 엄마가 뭐라고 답했어요?"

짐작은 갔지만 나는 확인하고 싶었다.

후지무라 씨는 떨떠름한 얼굴로 고개를 저었다.

"아무것도 받지 못했다더군요. 그래서 실례를 무릅쓰고 다시 물었죠. 당신의 딸이 구노 교수와의 사이에서 태어난 아이가 아니냐고요. 그녀는 펄펄 뛰며 부정했어요. 그리고 이런 전화는 두 번 다시 하지 말라더군요."

당연히 그랬겠지, 하고 나는 생각했다.

"그러고서 후지무라 씨는 어떻게 하셨어요?"

"어쩔 도리가 없었어요."

후지무라 씨가 한숨을 쉬었다.

"고바야시 씨가 부정하니 나로서는 방법이 없었죠. 달리 구노 교수가 교제했을 법한 여성도 짐작이 가지 않았고요. 나는 아무래도 고바야시 씨의 아이가 구노 교수가 말한 아이임에 틀림없다고 생각했어요. 그런 상태로 십수 년이 흘렀죠. 그리고 지난번에 고바야시 씨와 재회한 겁니다."

"그럼 그때도 구노 교수님 얘기가 나왔겠네요."

"그래요. 내가 꺼냈어요. 사실을 가르쳐 달라, 만일 구노 교수의 아이라면 옛 동료와 대학 관계자들이 앞으로 당신 모녀를 여러 면으로 지원할 것이다, 그러는 편이 아이를 위해서도 좋지 않겠느냐, 그런 얘기를 했죠."

"그런데도 엄마는 인정하지 않았군요."

후지무라 씨가 고개를 끄덕였다.

"두 번 다시 이 문제를 언급하지 말라고 했어요."

나는 후지무라 씨가 아파트로 찾아왔을 때 들었던 엄마와의 대화를 떠올렸다.

'생각이 바뀌면 연락해 주시겠습니까?'

'바뀌지 않을 겁니다. 그러니까 제발…….'

그 대화가 그런 의미였던가.

"아이러니하게도, 그 직후에 고바야시 씨가 사망했어요. 그 소식을 듣고 내내 생각했죠. 따님에게 아버지가 누군지 가르쳐 주는 편이 좋지 않을까, 그래야 하는 것 아닌가, 하고 말이죠."

그리고 후지무라 씨는 나를 똑바로 바라보았다.

"내가 후타바 씨를 이곳으로 부른 가장 큰 목적은 바로 그겁니다."

"하지만, 전부 추측에 불과하잖아요. 엄마도 구노 교수라는 분도 모두 돌아가신 이상 진실을 확인할 방법이 없지 않을까요?"

내 말에 후지무라 씨는 잠시 틈을 두었다가 천천히 입을 열었다.

"만약 확인할 방법이 있다면 어떻게 하겠어요? 그 방법을 시도해 볼 의사가 있습니까?"

"그런 방법이 있어요?"

"있습니다."

후지무라 씨가 딱 잘라 말했다.

"혈액 검사를 하는 겁니다."

"하지만 구노 교수님은 혈액이……."

"남아 있어요. 예전에는 실험용 샘플을 스스로 마련해야 했으니까요. 소량이지만 냉동 보존된 혈액이 남아 있어요."

"아……."

체외 수정 연구에 왜 혈액이 필요할까 하는 의문이 들었지만 신경 쓰지 않기로 했다.

"혈액형만으로 백 퍼센트 알 수는 없지 않을까요?"

"DNA 감별법을 사용합니다. DNA 지문이라고도 불리는, 정확도가 아주 높은 감별법이죠. 오차율이 백억분의 일이라고 합니다."

"백억……."

"어때요?"

후지무라 씨가 내 얼굴을 빤히 들여다보았다.

"강요하지는 않겠어요. 하지만 만일 그럴 마음이 있다면 한 번 해 보면 어떨까요? 후타바 씨로서도 그러는 편이 좋을 것 같은데."

나는 입을 다문 채 잠시 생각했다. 구노라는 사람이 내 아빠

인지 아닌지 확인하는 일이 과연 나를 위한 일인가는 분명치
않았다. 앞으로의 내 인생과 별 관계가 없지 않을까 하는 생
각도 들었다. 여태 무관하게 살아왔으니 앞으로도 별로 중요
하지 않을 것 같았다.

문제는 엄마다. 엄마에 관한 그 수많은 궁금증을 하나씩이
라도 풀려면 아빠가 누구인가 하는 것이 중요한 열쇠로 작용
할 듯했다. 그건 엄마가 살해당한 이유를 밝히는 데에도 마찬
가지였다.

"검사를 하는 데 시간이 얼마나 걸리죠?"

"글쎄요, 하루 이틀이면 충분하지 않을까 싶은데…… 검사
를 희망하는 건가요?"

"네, 하고 싶어요."

후지무라 씨가 숨을 길게 내쉬었다.

"잘 생각했어요. 최대한 빨리 검사받을 수 있도록 손을 써
보죠. 내일은 일정이 어떤가요?"

"특별한 일은 없어요."

"그럼 제가 호텔로 연락할게요. 후, 이제야 어깨가 조금 가
벼워지는 것 같군요."

식욕을 되찾았는지 후지무라 씨가 다시 젓가락을 움직였다.

"구노 교수님은 어떤 분이셨어요?"

"한마디로 말하자면 천재였어요."

그 말에 설득력을 더하기라도 하려는 듯이 후지무라 씨가 고개를 크게 주억거렸다.

"보통 학자들을 한참 앞서가는 분이었죠. 착실하고 끈기 있게 일을 해 나가는가 하면, 아무도 생각하지 못할 만큼 대담한 가설을 내놓기도 했어요. 우리는 교수님을 좇아가기에도 벅찰 지경이었어요."

"대단한 분이었나 보군요. 제게 그런 분의 피가 흐르다니, 도저히 믿기지 않아요."

"아니죠. 어쩌면 후타바 씨에게도 어마어마한 재능이 잠재되어 있을지 몰라요. 스스로 깨닫지 못했을 뿐이죠. 게다가 구노 교수는 학자로서뿐만 아니라 한 인간으로서도 훌륭한 분이셨어요. 예를 들어……"

"저, 잠깐만요."

나는 오른손을 내밀어 그의 얘기를 제지했다.

"그만 듣고 싶어요. 아직 그분이 제 아빠로 확인된 것도 아니니까요."

후지무라 씨가 허를 찔린 듯한 표정을 지었다. 그리고 얼버무리듯이 "그렇군요. 맞는 얘기예요."라며 몇 번이나 고개를 끄덕였다.

"다만 이 말만은 들어 둬요. 고바야시 씨가 대학을 그만두고 도쿄로 돌아갔을 때, 어떻게든 다시 데려오려고 도쿄로 찾아갔던 분이 구노 교수님이에요, 다른 사람이 아니라."

"엄마를 데려가려고 도쿄까지 오셨단 말씀인가요?"

"그래요. 간신히 있는 곳을 알아냈다고 했어요. 고바야시 씨의 오빠, 즉 후타바 씨의 외삼촌도 고바야시 씨가 사는 곳을 가르쳐 주지 않았던 모양이에요."

외삼촌이 했던 말이 떠올랐다. 엄마가 임신해서 도쿄로 돌아온 직후에 외삼촌을 찾아온 교수가 있었다고 했다.

"아무튼 검사를 해 보면 모두 밝혀지겠지요. 후타바 씨 말대로요."

그러나 후지무라 씨는 검사 결과를 전혀 걱정하지 않는 듯이 보였다.

식사를 마치고 음식점을 나서는데 종업원이 후지무라 씨에게 조그만 꾸러미 하나를 건넸다. 뭔가 궁금했는데, 차에 올라타고 나서 "이건 선물이에요." 하며 후지무라 씨가 그걸 내게 건넸다.

"음식이 부족했을 텐데, 가져가서 밤참이라도 해요. 지라시스시예요."

"아, 감사합니다."

나는 미안해하면서도 그걸 받아 들었다. 솔직히 말하자면 식사를 했다는 느낌이 전혀 없었다.

후지무라 씨는 나를 호텔 앞까지 데려다주었다.

"그럼 내일 오전 중에 전화할게요."

내가 내릴 때 그가 말했다.

"네, 기다리겠습니다."

그러고서 나는 차에서 내렸다.

후지무라 씨가 탄 세르지오가 멀어지는 것을 확인한 다음, 나는 호텔로 들어가지 않고 방금 왔던 길을 천천히 되돌아갔다. 이제 겨우 9시가 조금 지났을 뿐이었다. 모처럼 이런 곳까지 왔는데 이대로 방에 틀어박히기는 아쉬웠다. 그리고 한잔하고 싶기도 했다.

후지무라 씨에게 받은 밤참을 한 손에 들고 10분 정도 어슬렁어슬렁 걸으니 통나무집을 본뜬 2층짜리 건물이 나왔다. 그 2층 출입구에서 여자 둘이 나오는 참이었다. 안에서 발라드 음악이 흘러나왔다. 여자 둘은 난간이 통나무로 된 바깥 계단을 내려왔다. 가게 이름은 '밤'. 약간 촌스러운 느낌이었지만, 방금 나온 두 여자가 비교적 세련된 차림이라 들어가 보기로 했다.

내부에는 거대한 통나무를 잘라 만든 듯한 테이블이 가득하고, 그 테이블마다 설탕에 몰려든 개미들처럼 젊은이들이 둘러앉아 있었다.

카운터 자리에 앉아 버번 소다를 마시는데 남자 녀석들이

번갈아 교대하는 느낌으로 말을 걸어왔다. "누굴 기다리는 거야?"라는 질문이 가장 많고 그다음이 "여기 살아?"였다. 여자가 혼자 술을 마시고 있으면 그런 질문을 하고 싶어지는 모양이다. 따분한 김에 그들과 잠시 얘기를 나눠 봤지만, 오히려 더 따분해질 뿐이었다. 그들의 마지막 질문은 하나같이 "우리, 다른 데 가지 않을래?"였다. 그러면 나는 후지무라 씨가 준 도시락 꾸러미를 들어 보이며 "미안하지만 이걸 아빠한테 갖다 드려야 하거든." 하고 대답했다. 남자 녀석들은 모두 아빠의 의미를 어떻게 받아들이는지 순순히 물러났다.

남자들이 다가오지 않을 때 나는 아빠에 대해 생각했다. 구노 교수라는 사람이 정말 내 아빠일까. 후지무라 씨의 추리는 설득력이 있었고, 그 외의 가능성은 존재하지 않을 것 같기도 하다. 하지만 왠지 딱 와닿지 않았다. 그렇다면 왜 엄마는 그 사람과 결혼하지 않았을까. 왜 도쿄로 돌아와야 했을까.

그리고 마음에 걸리는 것이 또 하나 있었다. 후지무라 씨는 엄마를 데리러 도쿄에 왔던 사람이 구노 교수 본인이라고 하지만, 외삼촌 말로는 그 교수가 애 아버지냐고 엄마에게 물었을 때 엄마가 아니라며 웃었다고 했다. 그 말이 거짓말 같지는 않았다고 외삼촌은 말했다. 나는 외삼촌의 느낌이 빗나갔을 것으로 생각되지 않는다.

그런 생각을 하면서 두 시간 가까이 머무르다가 술집을 나왔다.

호텔로 돌아오면서 길을 좀 멀리 돌아 쇼핑 공원에 들렀다. 밤이라 역시 인기척이 적었다. 나는 벤치에 앉아 잠시 쉬기로 했다.

구노라는 사람이 내 아빠라면, 그 사실이 엄마의 죽음과는 무슨 관련이 있을까. 후지무라 씨는 자신이 엄마와 재회한 직후 엄마가 당한 뺑소니 사고를 우연이라는 듯이 말하던데, 정말 그럴까.

"모르겠어. 어떻게 된 일일까."

나도 모르게 중얼거렸다.

그때 발치에 그림자가 드리웠다. 눈앞에 남자 셋이 서 있었다.

"누님, 외로운가 봐."

염색한 머리를 빳빳하게 세운 남자가 내 옆에 앉았다. 알코올과 담배 냄새가 섞인 입김이 얼굴에 훅 끼쳤다. 나는 일어나려고 했다.

"도망갈 것까지는 없잖아?"

머리를 빡빡 민 남자가 내 어깨를 짓누르면서 맞은편에 앉았다. 남은 한 명은 바로 내 앞에 쪼그리고 앉았다. 얼굴이 도마뱀처럼 생겼다.

나는 주위를 둘러보았다. 운 나쁘게도 아무도 없었다. 어쩌면 이 남자들의 모습을 보고 멀리로 물러났는지도 모른다.

"미안하지만 나는 약속이 있어."

그러고서 얼른 벤치에서 일어섰다. 그러자 이번에는 어깨를 누르지는 않았지만, 염색 머리와 빡빡머리가 양쪽에 나를 끼듯이 섰다.

"글쎄, 우리가 데려다준다니까 그러네."

빡빡머리가 말했다. 이에 침이 끈끈하게 달라붙는 듯한 말투였다. 언젠가 이런 남자가 신주쿠 가부키초에서 치근거린 기억이 있다.

"어디 가는데? 어디든지 데려다줄게. 사양할 필요 없어."

도마뱀 사내가 얼굴을 들이대며 말한다. 공연히 큰 소리를 지르면 무슨 일을 당할지 몰라 나는 도망칠 기회가 생길 때까지 잠자코 있기로 했다. 도망치면 잡히지 않을 자신은 있었다.

"자, 그럼 가 볼까."

도마뱀 사내가 좀 더 다가왔다. 온몸에 소름이 돋았다. 빡빡머리와 염색 머리 둘 중 누군가가 내 엉덩이를 건드렸다.

그 순간 도마뱀 사내가 갑자기 눈앞에서 사라졌다.

대신 다른 남자가 나타났다. 도마뱀 사내는 옆에 있는 화단에 머리를 부딪쳐 끙끙 신음하고 있었다.

빡빡머리가 새로 나타난 남자에게 달려들었다. 그런데 상대 남자가 뭘 한 것도 아닌데 빡빡머리가 한 바퀴 빙그르르 돌더니 뒤에 있는 가게 셔터에 등을 세게 부딪쳤다. 엄청난 소리가 났다.

니는 이때다 하고 냅다 뛰기 시작했다. 지금까지 어디 있었던 건지 그제야 슬금슬금 나타난 사람들이 뛰는 데 거치적거렸다. 속도를 조금 늦추자 발소리가 쫓아왔다. 다시 속도를 올리려고 하는데 뒤에서 부르는 소리가 들렸다.

"기다려, 후타바!"

나는 멈춰 서서 뒤를 돌아보았다. 티셔츠에 청바지 차림의 남자가 헉헉거리며 다가오고 있었다.

"아니!"

상대를 본 나는 그대로 굳어지고 말았다.

"돌아다니지 말고 빨리 호텔로 돌아가!"

어깨 근육을 실룩거리며 그가 외쳤다.

작은 슈워제네거, 와키자카 고스케였다.

와키자카 고스케는 나를 호텔까지 데려다주는 동안 내내 말이 없었다. 내가 뭘 물어도 "어." 라든가 "음." 하고 대꾸할 뿐 제대로 된 대답을 전혀 하지 않았다. 마침내 말다운 말을 한 것은 엘리베이터 앞에 다다랐을 때였다.

"비디오 같은 거 보지 말고 일찍 자."

내가 뚫어져라 노려보는데 엘리베이터 문이 열렸다. 그는 그 문을 손으로 잡고 어서 타라고 재촉했다.

"아무 설명도 없이 갈 거야?"

내가 물었다.

"나중에 얘기할게. 오늘은 너무 늦었어."

그는 내 쪽을 보지 않은 채 대답했다.

나는 엘리베이터에 올라탔다. 그러나 내가 가야 할 층의 버튼을 누르는 대신 '열림' 버튼을 꾹 누른 채, 엘리베이터 안에 붙어 있는 레스토랑과 바를 소개하는 사진을 쳐다봤다.

"10층에 바가 있네."

나는 그를 올려다보며 싱긋 웃었다.

"새벽 1시까지 영업한다는데."

요트 파카를 어깨에 걸친 그는 잠시 생각하는 듯하더니 나를 쏘아보듯이 보며 엘리베이터에 올라탔다. 나는 10층 버튼을 눌렀다.

바의 카운터 자리에 나란히 앉자 그는 다이어트 콜라를 주문했다.

"술, 안 마셔?"

"술로 몸을 망치는 일은 멍청한 짓이라고 엄마한테 배웠거든."

"약 중의 으뜸은 술이라는 말도 있잖아."

그러고서 나는 마티니를 주문했다.

"너는 너무 많이 마셔."

그는 지난번처럼 빨대를 사용하지 않은 채 콜라를 꿀꺽 마셨다.

"'밤'에서도 두 시간이나 마셨고, 그러기 전에도 호쿠토 의대의 후지무라 씨와 마셨을 텐데."

나는 하마터면 입으로 술을 뿜을 뻔했다.

"나를 미행했어?"

"몇 시간이나."

그가 진절머리가 난다는 표정으로 말했다.

"후지무라 씨가 바래다줬을 때 그대로 호텔로 들어갔으면 좋았잖아."

"아니, 잠깐. 듣자 하니 화가 나네. 내가 순서대로 물을게."

나는 마티니를 한 모금 들이켰다.

"우선, 그쪽이 왜 여기 있는 거지?"

"네가 여기 있으니까."

"제대로 대답해. 나는 그쪽을 그저께 처음 만났고, 그때 홋카이도에 간다는 말은 했지만 구체적인 장소는 말하지 않았어."

"아니야, 말했어. 아사히카와라고."

"그것만으로는 알 수 없었을 텐데?"

"뭐, 그렇긴 하지. 그래서 고생 좀 했어. 전화 카드도 많이 썼고."

"전화 카드라니?"

"네가 홋카이도에 간다고 했을 때 느낌이 딱 왔어. 고바야시 시호 씨가 살해된 사건과 분명히 관련이 있을 거라고 말이야. 그게 아니라면 엄마가 죽자마자 여행을 떠나는 딸이 이 세상에 어디 있겠어? 그래서 네 행동을 지켜보기로 한 거야."

"그럼 내가 집을 나설 때부터 내내 미행했다는 거야?"

"그러고 싶었지만 물리적으로 불가능할 게 뻔하잖아. 이런 시기에 홋카이도행 비행기에 빈자리가 있을 리 없으니 하네다에서 너를 배웅하는 꼴만 되겠지. 누군가 좌석을 취소하기를 마냥 기다릴 수도 없고."

그렇겠지, 하고 생각했다.

"그럼 어떻게 왔어, 기차로?"

"그 방법도 생각해 봤지만, 앉을 자리도 없이 홋카이도까지 간다는 건 생각만 해도 끔찍했어. 거기다 열차를 타면 자유롭게 움직이기도 힘들잖아. 남은 방법은 하나였지."

"설마…… 자동차로?"

"정답."

나는 몸을 뒤로 휙 젖혔다.

"도쿄에서 여기까지?"

"응. 어제 출발했어."

"얼마나 걸렸어?"

"생각하기 싫을 정도로. 그리고 오늘 아침 일찍 아오모리에서 페리를 탔어. 배 안에서는 정신없이 곯아떨어졌지. 밤새도록 달렸으니 말이야."

상상하기 힘든 행동에 나는 할 말을 잃었다.

"그런데 내가 있는 곳을 어떻게 알아냈지?"

"운전하다가 쉴 때마다 호텔에 일일이 전화를 걸었어. 거기 고바야시 후타바라는 사람이 묵고 있을 텐데요, 하고 물었지. 도오 고속도로 서비스 센터에서 전화했을 때 네가 묵고 있는 호텔이 걸려들었어. 그때는 농담이 아니라 진짜로 눈물이 날 것 같더라. 그대로 끊으려고 했는데 교환원이 눈치 없이 네 방으로 연결하는 바람에 솔직히 좀 당황했어."

아아, 하는 소리가 내 입에서 흘러나왔다.

"그게 그쪽 전화였구나! 아까 저녁 무렵에 스즈키인가 하는 이름을 대면서 전화를 잘못 걸었다고 한 남자 말이야."

"급한 대로 얼른 수화기를 손수건으로 덮었는데, 제대로 속아 넘어가더군."

와키자카 고스케는 콧잔등을 긁적거렸다.

"속인 이유가 뭐야?"

"너한테 들키지 않고 몰래 지켜보려고 했으니까. 뻔한 일 아니야? 전화를 끊고 나서 다시 차를 몰아 이 호텔 앞에 도착한 시각이 6시쯤이었어. 네가 방에 있는지 확인하려고 하는데 그 신사가 안에서 나오는 거야. 그래서 곧바로 미행하게 된 거지."

"아, 기분 나빠."

나는 진 라임을 주문했다.

"그럼 내내 지켜본 거야?"

"그렇지, 뭐. 더구나 상대가 호쿠토 의대 교수라는데 그냥 지나칠 수야 없지. 고바야시 시호 씨의 경력쯤은 나도 다 조사해봤거든. 호쿠토 의과 대학이라면 고바야시 씨의 모교잖아."

"후지무라 씨가 누구인지도 알고 있었어?"

"아니. 하지만 알아냈어."

"어떻게?"

"그 음식점 종업원에게 캐물었지. 돈과 수고를 아끼지 않으면 웬만한 건 알아낼 수 있어."

와키자카가 그런 건 일도 아니라는 듯이 말했다.

"그 후로도 계속 따라붙었구나? 금붕어 똥처럼 말이야."

진 라임을 한 모금 마신 후 나는 일부러 경멸스러운 듯이 말했다.

"그래도 그 덕분에 아까 그놈들에게서 너를 구할 수 있었잖아."

그가 의기양양하게 말했다.

"여자가 곤란에 빠졌을 때는 어떤 상황에서든 돕는다, 이 또한 우리 엄마의 가르침이야. 그래서 격투기도 배웠고. 그러고 보니 아직 고맙다는 말도 못 들었네."

"굳이 구해 줄 필요는 없었는데."

"그래? 내가 그 머리 염색한 녀석을 내동댕이치지 않았다면 넌 지금쯤 어디선가 가엾은 새끼 양 같은 운명에 놓여 있었을 텐데."

"아니, 표범처럼 날쌔게 도망쳤을 거야. 그리고 그쪽이 내동댕이친 녀석은 염색 머리가 아니라 빡빡머리였어. 명색이 잡지 기자라면서 관찰력이 영 별로네."

"어, 그랬어? 틀림없이 염색한 놈이었는데……."

그는 우람한 팔로 팔짱을 끼고 고개를 비스듬히 기울였다. 그 몸짓이 의외로 귀여웠다.

"뭐, 어쨌든 구해 준 건 사실이니까 일단 고맙다는 말은 해야겠지."

나는 건배할 때처럼 그를 향해 잔을 높이 들어 올렸다.

"고마워."

"기분 좋은데."

그가 싱긋 웃었다.

"선물까지는 바라지 않을게."

당연하지, 라고 말하려다가 "아, 참!" 하고 나는 카운터 테이블을 쾅 두드렸다.

"도시락을 그 벤치에 놓고 왔어. 일부러 챙겨 주신 건데."

"거참, 아쉽게 됐네. 그런데 도시락까지 챙겨 주다니, 굉장히 친절하네. 그 후지무라라는 사람, 고바야시 시호 씨와 무슨 관계가 있는 거야?"

"한 연구실에 있었다나 봐. 20년이나 지난 일이지만 말이야. 아아, 그 도시락, 밤참으로 먹으려던 건데."

"포기해, 그건. 그런데 넌 이번 뺑소니 사건의 수수께끼를 풀어 줄 열쇠가 20년 전 일에 있다고 보는 거야?"

그가 흥미롭다는 듯이 물었다.

"거기까지 생각한 건 아니고, 일단 엄마의 과거를 아는 사람을 만나 보고 싶었어."

"아무리 그래도 20년 전이라는 건……."

"엄마가 죽기 전날 그 사람이 우리 집에 찾아왔었어."

"아니, 정말이야?"

"이제 와서 뭐하러 거짓말을 하겠어."

나는 후지무라 씨가 왔을 때 일을 간단히 설명했다.

"냄새가 나는데……. 아주 수상해."

그가 신음 비슷한 소리를 냈다.

"그래서, 이번에는 네가 그 사람을 만나러 온 거야?"

"그게 아니라 후지무라 씨가 초대한 거야. 한번 이쪽에 와 보지 않겠느냐고 말이지. 안 그래도 언젠가 와 볼 참이었거든."

"그래? 그쪽에서 먼저 너를 불렀단 말이지. 점점 더 수상한데."

그는 왼손으로 오른쪽 주먹을 감싸더니 우두둑, 우두둑, 손가락 관절을 꺾었다.

"그래서, 그 사람이랑 무슨 얘기를 했지?"

"여러 가지. 엄마가 여기 있을 때 무슨 일을 했는지 등등."

"그거 재미있겠는걸."

그가 눈을 반짝였다.

"괜찮다면 내게도 얘기해 줄 수 있을까?"

"별로 재미는 없어. 한마디로 말하자면 체외 수정을 중심으로 한 불임 치료 연구, 뭐, 그런 거야."

나는 책을 읽듯이, 후지무라 씨에게 들은 얘기를 되풀이했다.

"흐음, 체외 수정이라……."

그는 그다지 놀랍지 않다는 표정으로 몇 번이나 고개를 끄덕였다.

"그래, 호쿠토 의과 대학이 체외 수정으로 유명한가 보더라. 실제로 체외 수정을 했을 때의 얘기 같은 건 듣지 못했어?"

"응. 별로 듣고 싶지도 않았고."

"그래……."

그는 약간 아쉬워하는 눈치였다.

"다른 얘기는?"

"다른 얘기?"

"후지무라 씨가 그거 말고 다른 얘기는 안 했어?"

"여러 가지 얘기를 했다니까."

"예를 들어 어떤 얘기? 굳이 널 여기까지 오라고 했을 때는 그 사람 나름대로 용건이 있었을 거 아냐."

그가 정곡을 찔렀다. 그러나 우리 아빠가 누구냐 하는 얘기까지 그에게 털어놓을 마음은 없었다.

나는 잔을 카운터에 내려놓았다.

"그야 뭐, 복잡한 얘기도 있었지. 하지만 그게 우리 엄마의 죽음과 관련이 있는지 어떤지는 몰라. 게다가 이제 겨우 두 번째 만나는 남자한테 사적인 얘기까지 미주알고주알 늘어놓고 싶지도 않고."

그가 몸을 살짝 뒤로 젖히고 검은 눈동자를 좌우로 움직이더니 새삼스럽게 나를 바라보았다.

"내 자랑 같지만, 내가 이래 봬도 꽤 도움이 되는 남자야. 고바야시 씨가 살해된 이유를 조사하기 위해서라면 약간의 위험을 무릅쓸 각오가 되어 있어. 여러 방면으로 인맥도 있고, 출판사 데이터베이스를 사용하면 정보도 손쉽게 수집할 수 있고. 사실 그 뺑소니 사고에 배후가 있다는 사실을 네게 가르쳐 준 사람도 나잖아. 이런 남자를 이용하지 않아서야 되겠어?"

"그럼 이용은 할게. 그렇다고 모든 걸 그쪽한테 털어놓아야 한다는 법은 없잖아."

"그래도 어느 정도는 얘기해 줘야 도울 방법이 있지."

"힘을 빌리고 싶을 때는 그렇게 할게. 그러기 전에는……"

나는 그를 향해 가슴 앞에서 손을 X자로 겹쳤다.

"나를 가만히 내버려 둬."

와키자카 고스케가 고개를 저었다.

"너 혼자서는 무리야."

"나 혼자서 무리라면 그쪽 힘을 빌려 본들 별다를 게 없을 거야."

그리고 나는 카운터 테이블 위에 팔꿈치를 괴었다. 그러자 그가 내 어깨를 잡았다.

"그렇지 않아. 내가 반드시 네게 힘이 될 거야."

"멋대로 건드리지 마."

나는 그를 노려보았다.

"아, 미안."

그가 당황해하며 손을 움츠렸다.

"그쪽이 무슨 속셈인지 나는 알아. 우리 엄마의 죽음에 관련된 진상을 파헤쳐서 기사화하려는 거잖아."

"기사는 나중 문제야. 지난번에도 말했을 텐데."

"그런 말을 내가 믿을 것 같아?"

"허, 이거 참."

그가 짧게 자른 머리를 벅벅 긁었다.

"그럼 한 가지만 가르쳐 줘. 후지무라 씨는 이제 만나지 않을 생각이야?"

나는 속으로 좀 뜨끔했다.

"왜 그런 걸 묻지?"

그의 눈이 일순 날카롭게 빛난 것처럼 보였다.

"역시 다시 만날 생각이군."

"내 질문에 아직 대답하지 않았잖아. 왜 그런 걸 묻는 거지?"

"그 사람이랑 나눈 대화의 중요성을 가늠하려는 거야. 네가 다시 만날 생각이라면 분명 오늘 만남에서 상당히 의미 있는 대화가 오갔다는 뜻이니까."

내 눈썹이 치켜 올라가는 것처럼 느껴졌다.

"또 따라붙으려고, 금붕어 똥처럼?"

"네가 얘기를 해 주지 않으니까 다른 방법이 없잖아."

"미행해 봤자 아무것도 알 수 없을 텐데?"

"적어도,"

와키자카 고스케가 카운터 테이블에 양쪽 팔꿈치를 얹었다.

"너의 안부는 알 수 있지."

그 말에 나는 깜짝 놀랐다. 지금까지 생각해 본 적도 없는 일이었다.

"그게 무슨 뜻이야, 내가 위험해지기라도 한다는 거야?"

"그야 알 수 없지. 하지만 오늘 나눈 얘기로 미루어 볼 때 그 후지무라라는 학자에게 마음을 놓아서는 안 될 것 같은데."

그는 진지한 눈빛으로 말을 이었다.

"꼭 만나야겠어? 왠지 예감이 안 좋아서 그래."

"무슨 바보 같은 소리야. 도저히 상대를 못 하겠네."

그리고 나는 의자에서 일어서려 했다.

"잠깐만."

그가 내 오른손을 잡았다.

"건드리지 말라고 했잖아."

나는 그를 뿌리쳤다. 목소리가 너무 컸는지 몇몇 손님이 이쪽으로 고개를 돌렸다. 서둘러 바에서 나가려고 하는데 그가 말했다.

"그 녀석에게는 건드리게 할 건가?"

그 말에 이번에는 가게 안에 있는 손님 모두의 시선이 이쪽으로 향했다. 나는 성큼성큼 그에게 다가가 오른손으로 그의 뺨을 힘껏 후려쳤다.

찰싹, 하는 소리와 함께 오른 손바닥에 충격이 느껴졌다. 허어, 하는 소리가 주위에서 흘러나왔다. 그는 카운터에 한쪽 팔꿈치를 괸 채 밀랍 인형처럼 꼼짝하지 않았다. 다른 손님들도 시간이 멈춘 것처럼 정지해 있었다.

나는 돌아서서 빠른 걸음으로 출구로 향했다. 엘리베이터에 올라타자 손바닥이 저려 왔다.

다음 날, 전화벨 소리에 잠을 깼다. 나는 헤엄치듯이 침대 위를 이동해 수화기를 들었다.

"여보세요."

내가 생각하기에도 어벙한 목소리였다.

"후지무라라는 분이 전화하셨습니다."

교환원의 산뜻한 목소리가 들렸다.

일찍도 걸었네, 하고 생각하면서 머리맡에 있는 디지털 시계를 봤다. '10:25'라고 표시되어 있었다. 눈을 비비고 다시 한 번 봤다. '10:26'으로 바뀌어 있었다. 나는 수화기를 쥔 채 침대에서 벌떡 일어났다.

"아, 여보세요."

후지무라 씨의 목소리가 들렸다.

"네, 안녕하세요. 어제는 덕분에 잘 먹었습니다."

"뭘요. 그보다 밤중에 배고프지 않았어요? 양이 별로 많지 않아서 말이죠."

"아니요. 그렇지는…… 않았어요."

사실은 잠자기 전에 냉장고 안에 있는 주전부리를 모두 먹어 치웠다.

"그런데 도시락은 드셨습니까?"

"네. 저, 아주 맛있었어요."

쇼핑 공원 벤치에 놓고 왔다는 말은 할 수 없었다.

"그래요……. 다행입니다."

전화기 저편에서 후지무라 씨가 살짝 헛기침을 했다.

"그런데…… 오늘 검사 말이에요, 일단 이쪽으로 와 줬으면 하는데요."

"네. 몇 시쯤이 좋을까요?"

"아, 그럼 1시로 하죠."

"1시라고요. 알겠습니다."

"장소는 알아요?"

"네. 지도가 있어요."

택시를 타지 않고 버스를 탄 다음 걸어갈 생각이었다. 엄마가 오갔던 거리를 온몸으로 느끼고 싶었다.

"병원 말고 대학 쪽으로 직접 와요. 정문 왼쪽에 경비실이 있어요. 경비에게 말하면 이쪽으로 연락해 줄 겁니다. 그럼 바로 조교에게 마중 나가라고 할게요."

알겠습니다, 하고 전화를 끊었다. 그와 동시에 나는 잠옷을 벗어 던졌다. 어떻게 이런 날에도 늦잠을 잘 수 있을까.

간단히 몸단장을 하고 호텔 1층에 있는 카페로 가서 따뜻한 샌드위치와 커피를 주문했다. 카페 안에는 손님이 양복 차림의 남자 둘과 젊은 커플밖에 없었다. 커플이 내 얼굴을 보더니 쿡쿡 웃었다. 아마도 어젯밤 바에 함께 있었던 사람들일 것이다. 와키자카 고스케 덕분에 이런 데서까지 거북함을 느껴야 하다니.

다만 따귀를 때리게 만든 그의 말은 다소 신경이 쓰였다.

'그 녀석에게는 건드리게 할 건가?'

그때는 모욕당했다는 느낌뿐이었는데, 정말 그럴까. 순수하게 말의 의미만 생각하면 그것은 적확한 질문이기도 했다. 오늘 나는 후지무라 씨에게 가서 검사를 받을 예정이다. 그걸 다른 말로 바꾸면 '내 몸을 건드리게 한다'라고도 할 수 있다.

그러나 나와 후지무라 씨 사이에 오간 대화의 내용을 모르는 그가 검사를 암시했다고 보기는 힘들었다.

내 생각은 어젯밤부터 이 부근을 맴돌고 있다.

아침을 먹고 나서 방으로 돌아와 집에 전화를 걸어 보았다. 부재 수신 기능으로 전환되어 있고, 들어온 메시지는 없었다. 다음으로 유타카 집에 전화했다. 이내 그가 받았다.

"특별히 이상한 일은 없었어. 그쪽은 어때? 후지무라 교수라는 사람은 만났어?"

"어제, 만났어."

"그래서, 뭐 좀 알아냈어?"

"응, 그럭저럭. 돌아가서 얘기할게."

"알았어……."

당장 얘기해 주지 않아 서운한지 유타카가 잠시 말을 끊었다.

"그래서, 대체 언제까지 거기 있을 거야?"

"모르겠어."

보이지도 않는 상대를 향해 고개를 저었다.

"어쩌면 오늘 밤에라도 돌아갈지 몰라."

"그랬으면 좋겠다."

"또 전화할게."

"나, 지금 너희 집에 가 보려고 해. 어제는 일요일이라 우편물도 오지 않았을 테지만."

"알았어. 부탁해."

전화를 끊고 나서 참 좋은 녀석이라는 생각을 했다. 진심으로 나를 걱정하는 것이다.

정오가 지나서 호텔을 나섰다. 아사히카와역에서 버스를 타고 동쪽으로 향했다. 몇 킬로미터쯤 가다가 내린 후 거기서부터는 북쪽을 향해 걸었다. 한동안 평범한 주택가가 이어지는가 싶더니 아파트가 나타났다. 도쿄 네리마구의 히가리가오카 단지만큼은 아니어도 아파트가 꽤 많이 들어서 있다. 홋카이도라고 해서 다들 단독 주택에만 사는 것은 아닌 모양이다.

오른쪽으로 아파트 단지를 바라보면서 북쪽으로 계속 가자 정면에 7층짜리 옅은 갈색 건물이 보였다. 호쿠토 의과 대학 병원이다. 나는 문 앞에서 왼쪽으로 꺾어 콘크리트 담을 따라 걸었다. 병원 서쪽에 또 다른 문이 있고, 거기에는 '호쿠토 의과 대학'이라고 쓰인 팻말이 걸려 있었다. 안에 사람은 보이지 않고 넓은 주차장에 차들만 즐비하게 서 있다.

후지무라 씨가 말한 대로 왼쪽에 경비실이 있고, 안경 낀 아저씨가 무료한 표정으로 앉아 있었다. 다가가서 후지무라 교수를 만나러 왔다고 말하자 아저씨는 내 이름을 물은 후 전화기를 끌어당겼다.

조교가 데리러 나오기를 기다리는 동안 주위를 살펴보았다. 구내가 널찍하고, 건물과 건물 사이에는 골프장처럼 잔디가 깔려 있었다. 길도 잘 포장되어 있고, 디즈니랜드처럼 쓰레기 하나 떨어져 있지 않았다.

나를 데리러 온 조교는 해골처럼 깡마른 남자였다. 안색도 나쁘고, 머리도 치렁치렁하게 길다. 병원에 이런 의사가 있으면 신뢰성에 해를 끼치지 않을까 싶은 생각마저 들었다. 그는 가슴에 '오자키'라고 쓰인 이름표를 달고 있다.

인사다운 인사도 나누지 않은 채 우리는 걸음을 옮겼다. 해골남은 푸르른 잔디를 배경으로, 똑바로 난 길을 걸어갔다. 너저분한 흰 가운이 바람에 펄럭인다. 그 뒷모습을 보고 있자니 왠지 엉뚱한 곳에 오고 만 듯한 기분이 들었다.

하얗고 나지막한 건물로 들어가 약품 냄새가 희미하게 풍기는 복도를 잠시 걸으니 후지무라라는 팻말이 붙은 방이 나왔다. 조교가 문을 노크했다.

금방 대답이 들리고, 문이 안쪽으로 열렸다. 후지무라 씨가 모습을 드러냈다.

"모셔 왔습니다."

조교가 억양 없는 목소리로 말했다.

"수고했어. 준비를 부탁하네."

후지무라 씨가 말하자 조교는 방금 걸어왔던 복도를 유령처럼 휘청휘청 되돌아갔다.

"시간을 딱 맞춰 왔군요."

환하게 웃어 보이며 후지무라 씨가 나를 안으로 들였다.

실내는 여섯 평 정도 돼 보이는 길쭉한 공간으로, 안쪽 창가에 커다란 책상이 하나 놓여 있었다. 책상 바로 옆에는 옆방으로 통하는 것으로 보이는 문이 있다.

후지무라 씨가 방 한가운데에 놓인, 그리 고급스러워 보이지 않는 인조 가죽 소파에 앉으라고 권했다.

"의학부 교수실에 들어와 보기는 처음이에요."

"그렇겠죠. 그런데 후타바 씨는 전공이……?"

"국문학이에요."

전공에 관해 또 뭔가 물을까 봐 나는 실내를 둘러보았다.

"의외로 평범한 방이네요. 진찰실과 비슷할 줄 알았는데……."

후지무라 씨가 쓴웃음을 지었다.

"내가 의사가 아니라 연구하는 사람이거든요."

274

고개를 끄덕이던 내 눈에 벽에 붙은 사진 한 장이 들어왔다. 이상하게 생긴 동물 사진이었다. 언뜻 보기에는 양 같은데, 자세히 보니 털이 짧고 그 빛깔이 염소에 가까웠다.

"아, 우리 실험실에서 만든 키메라 동물이에요."

내 시선을 알아챘는지 후지무라 씨가 설명했다.

"키메라요?"

"합성 생물을 말하죠. 저건 염소와 양의 세포를 합성해서 만들었어요."

"그럼 잡종이란 말씀인가요?"

"아니요, 잡종은 아닙니다. 잡종은 하나의 세포 안에 염소와 양의 염색체가 모두 포함되어 있고, 그런 세포가 모여서 이루어진 동물을 말해요. 즉 세포 자체가 이미 혼혈이죠. 그에 반해 키메라는 세포 하나하나는 염소이거나 양이에요. 그런 세포들이 섞여 하나의 개체를 이룹니다."

"패치워크처럼 말이죠?"

"그래요, 맞습니다."

후지무라 씨가 몇 번이나 고개를 끄덕였다.

"빨간색과 하얀색 천을 이어서 만드는 패치워크는 키메라, 분홍색 천으로만 만드는 건 잡종이라고 할 수 있어요."

"신기한 동물이네요."

나는 다시 한 번 사진을 보았다. 키메라 자신은 스스로의 특수성을 인식하지 못하는지, 눈빛이 더할 나위 없이 여유로웠다.

"후지무라 씨는 이제 체외 수정을 연구하지 않으시나 봐요?"

"지금은 인간의 체외 수정 분야에는 전혀 관여하지 않습니다. 그 연구는 다른 연구실에서 계속하고 있어요. 현재 내가 주로 연구하는 분야는 발생 공학입니다."

"발생 공학요?"

"말하자면 저런 동물을 만들면서 논다고 할까요. 취미 활동 수준의 연구라고들 말하곤 하죠. 하지만 이 연구가 제대로 이루어지면 우량한 가축을 대량 생산할 수 있을 뿐 아니라 멸종 위기에 놓인 종을 부활시킬 수도 있어요. 의과 대학에서 이런 연구가 허용되는 이유도 여기가 홋카이도라는 점과 무관하지 않지요."

나는 고개를 끄덕였다. 여기로 오는 열차 안에서도 창밖으로 목장이 여러 개 보였다. 산업을 발전시키는 일도 이 지역의 귀중한 자연을 지키는 일도 과학자들의 임무일 것이다.

"자, 그건 그렇고……."

후지무라 씨가 손목시계를 내려다보았다. 이제 검사를 시작할 모양이라고 생각했다. 그런데 그가 "왜 이렇게 늦지……." 하고 중얼거렸다.

나는 그의 얼굴을 쳐다보았다.

"누가 오시기로 했나요?"

"네. 후타바 씨와 만나게 해 주고 싶은 사람이 있어서요."

"그게 누군데요?"

"우지이에라는 사람입니다. 어제 잠깐 얘기를 비친 것 같은 데요."

후지무라 씨가 소파에서 일어났다.

"일단 병원 쪽으로 가죠. 조교가 준비하고 있을 겁니다."

나도 자리에서 일어났다. 그때 책상 위에 있는 전화기의 벨이 울렸다. 후지무라 씨가 재빨리 수화기를 들었다.

"그래, 나야. 우지이에 씨는? ……도쿄? 왜 지금 도쿄를……."

거기까지 말하고서야 그가 내 시선을 알아차린 듯했다.

"잠깐 기다려. 다른 전화로 받을 테니까."

그는 전화기에 달린 버튼을 누른 다음 나를 돌아보았다.

"미안해요. 잠시만 기다려 줘요."

나는 네, 하고 대답했다. 그가 책상 옆에 있는 문을 열고 옆방으로 사라졌다.

통화를 계속하는 듯한데 목소리는 들리지 않는다.

우지이에라는 이름을 들은 기억이 있었다. 어젯밤에 후지무라 씨가, 옛날에 같은 연구실에 있었던 동료 중 한 명이라며 말한 이름이다. 그 사람도 여기 오기로 되어 있었던 걸까.

염소와 양의 키메라 사진을 보며 고개를 갸웃거리는데 어디선가 톡톡 두드리는 소리가 났다. 소리가 나는 쪽으로 고개를 돌려 보니 창문 아래쪽에 와키자카 고스케의 얼굴이 있었다. 그가 손가락 끝으로 유리창을 두드린 것이다.

나는 옆방에 신경을 쓰면서 창문을 살며시 열었다.

"아니, 무슨 짓이야. 왜 여기까지 따라온 거야?"

"그건 내가 할 말이야."

목소리를 죽이고 와키자카 고스케가 말했다.

"이런 데 있으면 큰일 난단 말이야. 빨리 나와."

"나오라고, 왜?"

"이유를 설명할 시간이 없어. 아무튼 내 말대로 해."

"영문도 모르면서 시키는 대로 할 수는 없어."

"어쩔 수 없군. 그럼 잠깐 귀를 빌려줘."

그가 창문을 활짝 열고 손짓했다.

나는 머리카락을 귀 뒤로 넘기고 창문 밖으로 몸을 내밀었다. 그 순간 그의 커다란 손바닥이 내 입을 막았다. 그 엄청난 힘에 나는 비명조차 지를 수 없었다. 그리고 그대로 창밖으로 끌려 나갔다.

손으로 내 머리와 입을 누른 채 한 손으로 창문을 닫은 그는 나를 훌쩍 안아 올렸다. 내가 아무리 버둥거려도 그의 그 우람한 팔뚝은 움쩍도 하지 않았다.

건물 모퉁이를 돌았을 때에야 그가 나를 내려놓았다. 하지만 입은 여전히 막은 채였다.

"소리 지르지 않겠다고 약속하면 손을 뗄게."

그가 내 얼굴을 들여다보면서 말했다.

나는 응, 응, 하며 고개를 끄덕거렸다. 그가 손을 뗐다.

"살려⋯⋯."

소리가 채 나오기도 전에 그가 다시 내 입을 막았다. 그리고 내 얼굴 앞에서 집게손가락을 좌우로 흔들었다.

"거짓말은 도둑질의 시작이라고 했어."

나는 눈웃음을 지어 보였다.

"어젯밤에 네게 집적대던 놈들이 오늘 아침 일찍 병원에 실려 갔어. 식중독이라더라. 네가 흘리고 간 도시락을 먹었나 봐."

나는 눈이 번쩍 뜨였다. 내가 더는 시끄럽게 굴지 않을 거라고 판단했는지 그가 내게서 손을 뗐다.

"그게 정말이야?"

"틀림없어. 이 대학에 관한 정보를 수집하려고 병원에 갔다가 간호사들이 하는 얘기를 우연히 들었어. 무슨 말인지 알아 듣겠어? 원래 식중독을 일으켰어야 하는 사람은 바로 너란 뜻이야. 이걸 우연이라고 여기든 말든 그건 네 자유야. 우연이 아니라고 생각되면 나를 따라와."

와키자카 고스케의 눈빛이 필사적이었다.

오늘 아침에 후지무라 씨가 전화했을 때, 이상하리만치 도시락에 대해 캐묻던 일이 떠올랐다. 내가 식중독을 일으키지 않아서 의아했던 걸까.

나는 침을 꿀꺽 삼키고서 물었다.

"차, 가져왔어?"

"병원 주차장에 세워 놓았어."

그 말이 떨어지기 무섭게 나는 벌떡 일어섰다.

우리는 게릴라처럼 몸을 낮춘 채 이동했다. 병원 주차장은 70퍼센트 정도 차 있었다. 와키자카 고스케가 커다란 마가목 아래 세워져 있는 땅딸막한 남색 자동차로 다가갔다. 그 모습을 본 나는 살짝 실망했다. NSX 같은 고급 스포츠카를 기대했기 때문이다.

"이 차로 도쿄에서 여기까지 왔어?"

"MPV는 장거리 주행용 자동차야. 불평은 타고 나서 해."

그가 자랑할 만큼 MPV인가 하는 차는 내부가 넓고 승차감도 나쁘지 않을 것 같았다. 뒷좌석이 눕혀져 있고, 거기에 땀내 나는 담요와 옷가지들이 널려 있는 건 달갑지 않았지만.

"출발한다."

"좋아."

그리고 이내 나는 외쳤다.

"아아, 잠깐만."

"왜 그래?"

브레이크를 밟고서 와키자카 고스케가 물었다.

"저거."

나는 마가목 아래를 가리켰다. 거기에는 '이하라 슌사쿠 기증'이라고 쓰인 팻말이 꽂혀 있었다.

"이하라 슌사쿠라는 이름이 왜 여기서 나오지……."

"그 이름이 나오면 안 되는 거야?"

나는 입을 다물었다. 그가 브레이크 페달에서 발을 뗐다.

"뭔가 사정이 있는 모양이군. 나중에 천천히 들을게. 꾸물거리다가 들키겠어."

주차장을 나서는데 정문 근처에서 허둥대고 있는 해골남의 모습이 보였다. 후지무라 씨에게서 연락을 받고 나를 찾고 있는 게 분명했다.

"조심해. 저 사람, 후지무라의 조교야."

"뒷자리로 가서 담요를 뒤집어쓰고 숨어."

그의 지시를 받는 건 못마땅했지만 시키는 대로 했다. 잠시 후 차가 멈춰 서는 것이 느껴졌다.

"뭐죠?"

거친 말투로 와키자카 고스케가 물었다.

"면회 오셨습니까?"

해골남의 목소리가 들렸다.

"친구가 식중독으로 실려 왔다고 해서요. 그 멍청한 놈들이 주운 음식을 먹었대요."

"아아, 그 사람들……. 스무 살 성도 되는 여자, 혹시 보셨습니까? 청바지 차림에 머리가 길어요."

"미인이에요?"

"글쎄요……."

글쎄요가 뭐야, 하고 나는 속으로 중얼거렸다.

"미인은 보지 못했고, 못생긴 여자는 관심이 없고."

그러고서 와키자카 고스케는 다시 액셀을 밟았다.

차는 한참을 달렸다. 그는 말이 없었다. 나도 소리를 내지 않았다.

이윽고 차가 멈추는 느낌이 들더니 시동이 꺼졌다.

"이제 됐어."

나는 담요를 휙 젖혔다.

"가끔은 좀 빨지 그래. 남자는 청결해야 한다는 건 엄마한테 배운 적이 없나 봐."

"네가 사실대로 말해 주면 나도 캐시미어 담요를 준비해 놓을게."

좌석 등받이 너머로 천천히 뒤돌아보며 그가 말했다.

"자, 이제 얘기해 볼까. 우선 어젯밤 후지무라와 무슨 얘기를 했는지부터. 하마터면 식중독에 걸릴 뻔했던 처지에 이러쿵저러쿵할 수는 없을 텐데. 그리고 한 가지 더, 이하라 슌사쿠에 대해서도."

　나는 한숨을 푹 쉬고 차창 밖을 내다보았다. 차는 어딘가의
제방에 세워져 있는 듯했다. 커다란 강이 유유히 흐르고 있다.

　나는 대체 이런 곳에서 뭘 하고 있는 것일까?

마리코의 장 6

"어떻게 할래?"

아침을 먹을 때 시모조 씨가 물었다.

"하루 더 생각해 볼래?"

나는 찻잔으로 뻗으려던 손을 거두고 잠시 고개를 숙였다가 다시 시모조 씨를 보았다.

"아니요, 갈래요. 오늘 가 볼 거예요. 내일로 미룬다고 뾰족한 수가 생기는 것도 아니니까요."

"내 생각도 그래."

그녀가 고개를 끄덕였다.

"그럼 아침 먹고 나서 준비하자."

나는 네, 하고 대답했다.

새로운 주로 들어섰다. 오늘이 벌써 월요일.

어제 내가 돌아와 보니 시모조 씨는 이미 들어와 있었다. 그녀는 약간 퉁명스러운 말투로 "고바야시 후타바의 주소를 알아냈어."라고 말했다.

나는 무슨 말을 해야 할지 몰라 입을 다물었다.

고바야시 후타바. 나와 똑같이 생긴 또 한 여자.

"전화번호는 알아내지 못했어. 그러니까 만나고 싶으면 이 주소로 직접 가 보는 수밖에 없어."

시모조 씨가 메모지 한 장을 테이블에 놓았다.

"내일 간다면 나도 같이 가 줄 수 있는데."

네리마구 샤쿠지이마치, 라는 지명이 그 메모지에 적혀 있었다. 그 위치가 어디인지 짐작이 가지 않는다.

"생각을 좀 해 볼게요."

"그래. 결론이 나면 말해 줘."

시모조 씨가 메모지를 접었다.

이런 대화가 오가기는 했지만, 실은 생각할 필요도 없었다. 지금 내게는 고바야시 후타바라는 여자를 만나는 것 외에 진상을 알 수 있는 실마리가 없기 때문이다. 다만 나와 얼굴이 똑같이 생긴 사람을 만나기가 두려워서 그 결론을 미룬 것뿐이다.

어젯밤 잠자리에 들 때 내 마음은 이미 정해져 있었다. 그리고 생각했다. 내일 또 하나의 나를 만나는구나, 라고.

그 순간을 떠올리자 도저히 잠을 이룰 수 없었다.

점심때가 되기 전에 우리는 집을 나섰다. 일단 시부야로 가서 야마노테선을 타고 이케부쿠로까지 가서 세이부선으로 갈아탈 거라고 시모조 씨가 가르쳐 주었다.

야마노테선 전철 안에서 어제 시미즈 부인을 만났을 때의 상황을 얘기했다. 산보회 앨범에서 아베 아키코라는 여자의 사진만 깡그리 없어졌다는 얘기에는 시모조 씨도 큰 관심을 보였다. 만약 그 사진을 떼어 간 사람이 우리 엄마라면, 예의 얼굴이 지워진 여성도 아베 아키코임이 틀림없을 거라고 그녀는 말했다.

"산보회의 다른 멤버를 찾아봤으면 싶네."

손잡이를 다른 손으로 바꿔 잡으면서 시모조 씨가 말했다.

"그 소책자에 부원들 이름은 적혀 있었으니까, 졸업생 명부를 뒤져 보면 뭔가 알 수 있을지도 몰라."

"하지만 또 폐를 끼치게 되니까……."

"그런 건 신경 쓰지 말라니까. 나도 왠지 궁금하단 말이야."

시모조 씨가 싱긋 웃었을 때 전철이 이케부쿠로로 도착했다.

세이부선으로 갈아탄 후 목적지가 가까워 오자 내 마음은 점점 평정을 잃어 갔다. 고바야시 후타바라는 여자가 내 얼굴을 보고 어떤 반응을 나타낼까. 또한 나는 그녀를 만나면 어떻게 될까. 꼴사납게 굴면 안 된다고 생각하면서도 그 순간을 상상하면 소름이 끼치도록 두렵기도 했다. 왜 이렇게 두려울까. 시인 셸리는 호수에서 자신의 분신과 마주한 다음 날 죽고 말았다지만, 그런 일이 정말로 일어날 리 없잖은가.

"마음을 편히 가져."

내 속마음을 읽기라도 한 것처럼 시모조 씨가 말을 건넸다.

"하긴 쉽지 않을 거야."

"괜찮아요."

말은 그렇게 했지만 그 목소리는 내가 생각하기에도 한심할 정도로 떨렸다.

샤쿠지이 공원역에서 내린 후 시모조 씨를 따라 걸었다. 좁은 길 양쪽으로 가게들이 늘어서 있었다. 고바야시 후타바 씨도 여기서 쇼핑을 할까, 하는 생각을 문득 했다.

상점가를 빠져나가자 조용한 주택가가 나오고 행인도 적어졌다. 지도를 보면서 걷던 시모조 씨가 걸음을 멈췄다. 2층짜리 아파트 앞이다.

"여기 같은데."

그녀의 말에 나는 숨을 삼키고 그 아파트를 올려다보았다. 평범한 사람들이 지극히 평범하게 살아갈 듯한 건물이었다. 여기에 내 운명과 관련 있는 인물이 산다니, 도무지 믿기지 않았다.

"들어가자."

시모조 씨가 말했다.

"네……"

대답하는데 입술이 마르고, 이상하게 쉰 목소리가 나왔다.

고바야시 후타마의 집은 2층에 있었다. 고바야시라는 문패가 붙어 있다. 만나면 우선 무슨 말을 해야 하나. 안녕, 하면서 웃어 볼까. 하지만 얼굴에 경련이 일어 웃는 얼굴이 만들어지지 않을지도 모른다.

시모조 씨가 벨을 눌렀다. 실내에서 벨이 울리는 소리가 들린다. 나는 눈을 감고 심호흡을 했다. 심장의 고동 소리가 들리는 것만 같았다.

그러나 현관문은 열리지 않았다. 안에서 사람이 움직이는 기척도 없다. 시모조 씨가 다시 한 번 벨을 눌렀지만 마찬가지였다.

"아무도 없나 봐."

그녀가 입가에 미소를 머금으며 말했다.

나도 따라 웃었지만, 그 표정이 시모조 씨에게는 기괴하게 비쳤을지 모른다. 나 자신의 분신과 마주하지 않게 되어 안도한 것은 사실이다. 그러나 한편으로는 무척 아쉬웠다.

시모조 씨가 손목시계를 들여다봤다.

"어디 가서 차라도 마시면서 1시간쯤 있다가 다시 올까? 잠깐 외출했을지도 모르잖아."

"그럴까요."

나도 동의했다. 이대로 돌아가고 싶다는 생각과, 언젠가 만

288

날 거라면 빨리 만나 버리고 싶다는 두 가지 마음이 오락가락
했다.

아파트를 나와 잠시 걷자 '앤'이라는 이름의 카페가 보였다.
'빨간 머리 앤'이 연상되었지만, 외관으로 봐서는 소설과 관
계가 없을 듯했다.

시모조 씨와 카페로 들어서려는데 자동문이 열리고 안에서
젊은 남자가 나왔다. 스무 살 정도로 보이는 깡마른 사람으
로, 청바지에 티셔츠 차림이었다. 양손에 편의점의 하얀 비닐
봉지를 들고 있었다. 그가 내 얼굴을 보더니 깜짝 놀란 듯이
눈을 화들짝 떴다. 동시에 입까지 크게 벌린다. 영문을 알 수
없는 나는 어리둥절한 채 서 있었다. 문을 사이에 두고 서로
마주 보는 꼴이 되었다.

"후타바……?"

청년이 말했다. 그리고 내 얼굴을 바라보며 천천히 다가왔다.

"후타바 맞지? 벌써 돌아왔어?"

나는 두세 걸음 뒤로 물러났다.

"어떻게 된 거야?"

그가 얼떨떨한 표정을 지었다.

"어떻게 이렇게 빨리……. 조금 전까지 홋카이도에 있었잖
아."

그 말에 그가 고바야시 후타바와 아는 사이라는 걸 깨달았다.

나는 고개를 저었다.

"저는 고바야시 후타바 씨가 아니에요."

"뭐라고?"

그가 뒤통수라도 얻어맞은 듯한 얼굴을 했다.

"뭐라는 거야. 너, 후타바 아니야?"

"아닌데요."

나는 또 고개를 저었다.

나의 단호한 말투에 압도된 듯, 그가 약간 뒤로 물러나더니 꼼꼼히 확인하듯 나를 머리끝에서 발끝까지 쭉 훑었다.

"장난치는 거지?"

"그런 거 아니에요."

"저, 얘기 좀 할 수 있을까요?"

시모조 씨가 우리 사이에 끼어들었다.

"그쪽은 고바야시 후타바 씨와 아는 사이인가요?"

그녀가 청년에게 물었다.

"네. 집을 좀 봐 달라고 해서요."

"그럼 고바야시 후타바 씨가 여행 중이란 말인가요?"

"네, 뭐, 그렇다고 할 수 있죠."

그리고 그는 다시 내 얼굴을 바라보았다.

"정말 후타바가 아니야?"

나는 고개를 끄덕였다.

"우리도 그 일로 고바야시 씨를 만나러 왔어요. 왜 두 사람의 얼굴이 똑같은지 알고 싶어서요."

시모조 씨가 말했다.

청년이 몇 번이나 눈을 껌벅이더니 입술을 핥고 나서 말했다.

"와, 진짜 놀랍다……. 그러고 보니까 느낌이 약간 달라. 후타바는 좀 더 다부지고 피부색도 검지. 그리고 더 어른스럽고. 머리 스타일도 달라. 무엇보다 후타바와는 오늘 아침에 통화했잖아."

혼잣말처럼 중얼거리던 그가 "아니야, 하지만 아무리 봐도 후타바야." 하며 눈을 부릅떴다.

"다른 사람이라니, 도저히 믿기지 않아."

"그렇게 닮았나요?"

시모조 씨가 물었다.

"닮았다고 할 정도가 아니야. 대체 어떻게 된 일이지. 그쪽은 이름이……?"

"마리코예요. 우지이에 마리코라고 해요."

"우지이에 마리코? 후타바에게 들은 적이 없는 이름인데."

"고바야시 씨는 어디 갔어요?"

"홋카이도예요."

청년이 시모조 씨에게 대답했다.

"하지만 여행은 아니고요."

"여행이 아니면요?"

"설명하자면 긴데, 자기 엄마 일로 잠시……. 아사히카와에 있는 대학에 갔어요. 대학교수를 만나러요."

"아사히카와라고요?"

나는 소스라치게 놀랐다.

"혹시 그 대학이……"

"호쿠토 의과 대학이에요."

고바야시 후타바가 그녀의 어머니와 살았다는 집은 하코다테에 있는 아빠의 집보다도 작았다. 후타바 씨의 방에는 침대와 오디오 세트, 어마어마한 양의 CD와 테이프가 꽂혀 있는 수납장이 놓여 있었다. 침대 옆에는 외국인 아티스트로 보이는 인물의 포스터가 붙어 있었는데, 그게 누구인지 나는 알수 없었다.

집을 봐 주고 있다는 청년은 모치즈키 유타카라고 자신의 이름을 밝혔다. 그는 나와 시모조 씨를 식탁으로 안내하고 차를 내주었다. 이 사람에게 집을 봐 달라고 부탁한 후타바 씨의 심정을 이해할 것 같았다.

냉장고 위에 놓인 레몬 두 개가 눈에 들어왔다. 후타바 씨는 저걸 평소에 어떻게 먹을까, 불쑥 그런 생각이 들었다.

유타카 씨가 우리에게 후타바 씨가 호쿠토 의과 대학에 가게 된 경위를 설명했다. 뺑소니 사건에 관해 들었을 때는 정체 모를 불길함이 느껴졌다. 아빠가 통화하면서 '죽였다고?'라고 말했던 일이 떠올랐다. 그것과 관계가 있을까.

나도 이번에 도쿄에 오게 된 경위를 설명했다. 유타카 씨가 이해가 안 간다는 표정으로 말했다.

"지금 그 얘기를 듣고 생각난 게 하나 있어."

내 얘기를 다 듣고 난 그가 말했다.

"그쪽도 엄마와 얼굴이 전혀 닮지 않았다고 했는데, 그 점은 후타바도 마찬가지였어."

"후타바 씨도?"

"응. 그것 때문에 놀린 적도 있지. 어디선가 너를 주워 온 거 아니냐고 말이야. 후타바는 그런 말에는 신경도 쓰지 않았지만. 그리고 그렇게 못생긴 엄마를 닮지 않아서 천만다행이라고 늘 말했어."

"그래도 자기 엄마의 딸이라는 사실은 의심하지 않나 보네."

시모조 씨가 말했다.

"그 점은 확실한 것 같아요. 자기 엄마가 배가 불러서 홋카이도에서 돌아왔다고 했으니까요. 그래서 후타바를 낳았다고요."

"하지만 아버지가 누군지는 모르고?"

"네. 그래서 이번에 홋카이도에 간 거예요."

"흐음."

시모조 씨가 팔짱을 끼고 나를 보았다. 나는 그녀가 무슨 생각을 하는지 알 것 같았다.

"우리 아빠일까요?"

내가 조심스럽게 입을 열었다.

"아빠가 후타바 씨의 아빠이기도 한 걸까요?"

"하지만 너는 아빠도 닮지 않았다고 했잖아?"

"그렇기는 한데……."

"그럼 말이 안 되지. 너는 부모님 중 어느 쪽도 닮지 않았으니 후타바 씨 역시 부모를 닮지 않았다는 말인데."

"하지만 달리 생각할 수 있는 가능성이 있을까요?"

시모조 씨는 그 질문에 대답하지 않은 채 유타카 씨를 보았다.

"후타바 씨에게 언제 또 연락이 올까?"

그가 고개를 갸웃했다.

"글쎄요, 오늘 아침에 통화했으니까 내일까지는 연락이 없을지도 몰라요."

"이쪽에서 연락할 방법은 없고?"

"묵고 있는 호텔은 알아요."

"그럼 전화해 줄 수 있겠어? 일단 후타바 씨에게도 사정을 알려야 할 것 같아. 그리고 두 사람이 되도록 빨리 만나야 해."

"만나서 뭘 어떻게……."

내 말에 시모조 씨가 시선을 내게로 옮겼다.

"가장 확실하게 진상을 알 수 있는 방법은 둘이서 너희 아빠에게 물어보는 거라고 생각해. 둘이 함께 있으면 천하의 우지이에 씨라도 얘기할 수밖에 없을 거야."

"내 생각도 그래. 그게 가장 빠른 방법일 것 같아."

유타카 씨가 청바지 주머니에서 지갑을 빼더니 그 속에서 접힌 종이쪽지를 꺼냈다. 거기에 전화번호 같은 것이 적혀 있었다. 아마도 호텔 전화번호인 듯하다. 그가 무선 전화기를 집어 들었다. 나는 또 심장이 두근거리는 것을 느꼈다.

그러나 그는 두세 마디 얘기를 나눈 후 전화를 끊었다.

"외출한 모양이야."

"거기까지 갔는데 호텔 방에 가만히 있을 수야 없겠지."

시모조 씨가 피식 웃으며 말했다.

"연락이 닿으면 내게도 알려 주겠어?"

"그러죠. 후타바 그 녀석도 아마 깜짝 놀랄 거예요."

유타카 씨가 웃으며 나를 보다가 입술을 꾹 다물고 고개를 저었다.

"그런데 아직도 믿기지 않아. 마치 꿈을 꾸고 있는 것 같아. 그쪽이 후타바가 아니라니."

시모조 씨 집으로 돌아온 시각은 4시가 지나서였다. 나는 옷도 갈아입지 못한 채 주저앉아 버렸다. 몹시 피곤하고 머릿속이 혼란스러웠다.

시모조 씨도 옆에 앉았다. 그녀의 행동이 나는 마음에 걸렸다. 돌아오는 전철 안에서 그녀는 내내 말이 없었다. 내가 뭐라고 말을 걸어도 "집에 가서 천천히 얘기하자."라고 할 뿐이었다.

"시모조 씨."

마음을 다잡고 물었다.

"시모조 씨는 뭔가 눈치챈 거 아닌가요? 나와 후타바 씨의 관계에 대해서요."

그녀는 눈만 움직여 나를 힐끔 보았다. 그리고 이내 시선을 바닥으로 떨어뜨렸다. 하지만 내 말을 부정하지는 않았다.

"가르쳐 주세요. 얘기해 주세요. 나, 괜찮아요. 무슨 말을 해도 놀라지 않을게요."

그리고 시모조 씨의 왼손에 내 손을 겹쳤다.

그 손을 한동안 내려다보던 그녀가 마침내 입을 열었다.

"우지이에 씨의 전공이 발생학이었지?"

"우리 아빠 전공 말이에요? 네, 그럴 거예요."

"너, 발생학이라는 게 뭔지 알아?"

"아니요, 그런 건 전혀……."

느닷없이 왜 그런 화제를 꺼내는지 몰라 당황스러워하면서 대답했다. 하지만 시모조 씨가 이런 마당에 엉뚱한 얘기를 할

리 없었다.

"한마디로 설명하기는 어렵지만,"

그녀가 얼굴을 찡그리며 머리를 긁적거렸다.

"생물이 세포로 이루어진 건 알지?"

네, 하고 대답했다. 나도 그 정도는 알고 있었다.

"그럼 말이지, 여기에 세포가 하나 있다고 치자. 개구리 세
포가 말이야."

시모조 씨가 오른 주먹을 얼굴 앞으로 내밀었다.

"이걸 배양해서 세포 분열을 시키면 어떻게 될 거 같아?"

"올챙이가 되는 거 아닌가요?"

"그럴까? 분열한 세포는 원래 세포와 같은 거야. 거기에서
분열된 것도 똑같고. 그렇다면 아무리 분열해도 세포의 수만
늘어나는 거 아닐까?"

"글쎄요······."

나는 조금 혼란스러워하며 시모조 씨의 오른 주먹을 바라보
았다.

그녀가 희미하게 웃고 나서 손을 내렸다.

"성체 세포의 경우에는 그래. 그런데 알에서 시작하면 각 세
포에 특징이 생겨나서 무사히 올챙이가 될 수 있지. 같은 세포
에서 출발했는데 어느 것은 눈이 되고 어느 것은 꼬리가 된단

말이야. 왜 그런 일이 일어나는지, 그 메커니즘을 연구하는 학문이 발생학이야. 간단하게 말하자면 그래. 이해하셨니?"

어느 정도는요, 하고 나는 대답했다.

"나는 우지이에 씨가 호쿠토 의과 대학 대학원으로 진학했다는 말을 들었을 때부터 생각했어. 우지이에 씨가 혹시 체외 수정을 연구하지 않았을까 하고. 발생학과 체외 수정은 밀접한 관계가 있고, 현재 호쿠토 의과 대학은 그 방면에 실적이 있으니까."

"체외 수정……."

불길한 예감이 드는 말이었다. 본능적으로 거부하고 싶어지는 느낌이 있었다. 나는 침을 삼켰다.

"그래서요?"

시모조 씨는 나를 보지 않은 채 말했다.

"틀림없이 그 엄마가 낳은 아이인데 자식이 엄마를 전혀 닮지 않는 경우는 한 가지밖에 생각할 수 없어."

"체외 수정을 한 경우라는 말인가요?"

"대리모라는 말 알아? 부부 사이의 수정란을 엄마가 아닌 여성의 자궁에서 키우는 걸 말해. 그렇게 해서 태어난 아이는 당연히 엄마를 닮지 않았겠지."

그녀는 담담한 말투로 얘기를 이어 갔다.

"그럼 엄마…… 우리 엄마가 대리모였다는 말인가요? 나는 체외 수정으로 태어난 아이고요?"

피가 거꾸로 흐르는 것 같았다. 귓가에서 쿵 쿵, 맥박 뛰는 소리가 들렸다. 온몸에서 땀이 솟는데도 한기가 느껴졌다.

"그렇게 생각하면 앞뒤가 맞아떨어져."

"그럼 그 사람은요? 그 고바야시 후타바라는 사람은 왜 나랑 똑같이 생긴 거죠?"

나는 연거푸 물어 댔다.

"한마디로 말해서 너희 둘은 쌍둥이일 거야."

"쌍둥이요? 하지만 우리 둘은 따로따로 태어났어요."

"체외 수정이니까 가능한 일이야. 일란성 쌍생아는 수정란이 두 개의 세포로 분열된 상태에서 분리되어 따로따로 성장한 경우를 말하거든. 그러니까 수정란이 두 개로 분리된 후 서로 다른 여성의 자궁으로 들어가면……."

"다른 엄마에게서 태어나게 된다, 이 말인가요?"

"그렇지."

그제야 그녀가 내 쪽을 향했다.

"그런데 아마 그 작업이 동시에 이루어지지 않았을 거야. 한쪽은 냉동 보존되지 않았을까 싶어. 그래서 나이 차이가 나는 거지."

"내 쪽이 냉동되었다는 말이군요."

나는 고개를 떨궜다. 몸이 떨리는 것을 어찌할 수 없었다.

"아직 확실한 건 아니야."

시모조 씨가 나지막이 말했다.

"게다가 이해가 안 가는 점도 있고."

"뭐가요?"

"왜 그 시점에 발표하지 않았느냐는 거야. 체외 수정만으로도 아마 세계 최초의 성공 사례였을 텐데 말이지."

성공 사례……. 내가 과학 실험으로 태어났다는 것을 인식하게 해 주는 말이었다.

"만약 내가 체외 수정으로 태어났고 후타바 씨와 쌍둥이라면, 대체 부모는 누구일까요? 우리 엄마 아빠도 아니고 후타바 씨의 엄마도 아니라면요."

내 질문에 시모조 씨는 눈을 내리떴다. 나와 똑같은 생각을 하는 듯했다.

"아베 아키코라는 여자가 엄마일까요?"

내가 물었다.

"그럴지도 모르지."

시모조 씨가 대답했다.

후타바의 장 6

조수석에서 몸을 웅크린 채 주위를 살피면서 호텔 입구를 바라보았다. 내가 묵고 있는 호텔이다. 와키자카 고스케가 안으로 들어간 지 약 10분이 되었다.

엄마가 만든 이하라 슌사쿠에 관한 스크랩북 얘기를 하자 그는 이상하리만치 흥분했다. 그게 어디 있느냐고 묻기에 호텔에 두고 나왔다고 대답했더니 갑자기 차를 몰아 이곳에 온 것이다. 신속하게 행동하지 않으면 놈들이 쫓아올 거라고 그는 주장했다. 방 열쇠를 프런트에 맡기지 않고 내가 갖고 있었던 건 행운이다. 그가 그 열쇠를 들고 호텔로 들어갔다.

잠시 후 와키자카가 내 가방을 들고 호텔에서 나왔다.

"다행이야. 혹시 방문 앞에서 지키고 있으면 어쩌나 걱정했거든."

차 문을 열고 뒷좌석에 가방을 던져 넣은 와키자카 고스케는 차에 올라타자마자 시동을 걸었다.

"아직 놈들이 여기까지는 손을 뻗치지 않았단 말이야?"

"그야 모르지. 로비에서 지켜보고 있을지도 모르고."

그의 말에 나는 고개를 절레절레 저었다.

"대체 왜 그러는 걸까. 왜 나를 쫓아다니지?"

"그건 이제부터 알아봐야지."

"있잖아, 지나친 생각은 아닐까?"

"지나친 생각이라니, 뭐가?"

"건달들이 식중독을 일으킨 일 말이야. 우연히 도시락에 든 초밥이 상했던 거 아닐까?"

"그런 일이 우연히 일어날 수 있다고 생각해? 만약 그랬다면 피해자가 여러 명 병원으로 실려 왔어야 해. 어젯밤 그 음식점 초밥을 먹은 사람이 그 건달들뿐이겠어?"

"그건 그런데······."

나는 반박하지 못한 채 입을 다물었다.

어느새 깔끔한 주택이 늘어선 품격 있는 거리를 달리고 있었다. 그가 도로변에 있는 주차장 가운데 한 곳으로 들어갔다.

"여기가 어디지?"

"벌써 잊어버렸어? 네가 어젯밤에 후지무라를 만난 가게잖아."

그가 집게손가락으로 비스듬히 왼쪽을 가리켰다.

그곳에는 일본 전통 건물의 음식점이 있었다. 어제는 주위가 어두울 때 와서 외관이 어땠는지 전혀 기억나지 않는다.

그가 자동차 시동을 껐다.

"일단 점심부터 먹을까?"

"여기서?"

"싫으면 차에서 기다려. 나 혼자서 조사하고 올 테니까."

와키자카 고스케가 차 문을 열었다.

"조사한다고?"

반문하고 나서 나는 그를 노려보며 문손잡이를 잡았다.

"그럼 그렇다고 미리 얘기해 주면 좋잖아."

우리는 안쪽 좌식 테이블로 가지 않고 입구 쪽에 있는 입식 테이블에 앉았다.

"후지무라에게 도시락을 건넨 종업원이 있으면 내게 가르쳐 줘."

적당한 가격의 음식을 주문하고 나자 와키자카 고스케가 속삭였다.

가게 안을 둘러봤지만 종업원은 둘뿐으로, 양쪽 다 처음 보는 얼굴이었다. 만약 시간제 근무자라면 밤낮으로 얼굴이 바뀌지 않을까 싶은 생각이 들었다. 내가 그 말을 하자 와키자카 고스케도 살짝 고개를 끄덕였다.

"그럴 가능성도 있겠네. 아무튼, 밑져야 본전이니까."

"그런데 말이지, 일부러 식중독을 일으키는 방법도 있어?"

내가 한층 목소리를 낮추어 물었다. 그는 팔짱을 낀 채 고개를 끄덕였다.

"방법이야 얼마든지 있지. 도시락에 초밥이 있었다고 했지? 그럼 어패류가 날것으로 들어 있었을 거야. 그런 식품에 붙어서 증식하는 대표적인 세균으로 장염 비브리오라는 게 있는데, 그 균을 숨겨 가지고 와서 네가 먹을 초밥에 슬쩍 묻혀 놓으면 손쉽게 식중독을 일으킬 수 있어."

"그렇구나……."

후지무라는 의사니까 그 정도 일은 식은 죽 먹기일 것이다.

그런 생각을 하는데 음식이 나왔다. 그걸 가져온 종업원의 얼굴을 보고서 나도 모르게 아니, 하고 소리를 냈다. 어제 후지무라에게 도시락을 건넨 바로 그 종업원이었다. 그녀는 내 얼굴이 기억에 없는지 의아한 표정을 지었다.

맞은편에 앉은 와키자카 고스케가 이 사람이냐고 묻는 듯이 눈짓을 했다. 그렇다고 나도 눈으로 대답했다.

"저, 물어볼 말이 있는데요."

살가운 미소를 지으며 그가 종업원에게 말을 건넸다.

"여기 이 친구가 어제도 이 집에 왔다는데, 기억합니까?"

종업원이 음식을 늘어놓으며 내 얼굴을 멀뚱멀뚱 바라보았다. 기억해 낼 듯한 눈치는 아니었다.

"돌아가는 길에 초밥 도시락을 받았는데요."

내가 슬쩍 말해 보았다.

아아, 하고 입을 벌리며 종업원이 고개를 끄덕였다.

"몰라봐서 죄송해요. 도시락은 어떠셨어요?"

"아주 맛있었어요."

내가 대답했다.

"그 초밥 말인데요,"

와키자카 고스케가 말을 꺼냈다.

"미리 예약해야 하는 건가요?"

"아니에요. 그럴 필요는 없어요. 그 자리에서 말씀해 주시면
됩니다."

"그래요. 거참, 이상하네……."

그가 고개를 갸웃거리는 시늉을 했다.

"이 친구 말이, 같이 온 남자 분이 주문하는 걸 못 봤다고 하
더라고요."

"글쎄요……."

잠시 생각에 잠겼던 중년의 종업원이 이윽고 고개를 크게
끄덕였다.

"아, 생각났어요. 그건, 다른 손님이 주문하신 도시락이었어
요."

"다른 손님이라고요?"

나는 미간을 찡그렸다.

"네. 다른 방에서 식사하던 남자 분이에요. 초밥 도시락을 두 개 포장해 달라고 주문하셔서 방으로 갖다 드렸어요. 그런데 나가시면서 '창포의 방' 손님이 지인이라면서 가실 때 전해 드리라고 한 개를 맡기셨어요."

나는 깜짝 놀라 와키자카 고스케를 보았다. '창포의 방'이라면 어젯밤 내가 후지무라와 식사했던 방이다.

"그래서 그 도시락을 이 친구와 함께 온 남자 분께 드렸군요?"

그가 신중한 말투로 확인했다.

"맞습니다. 포장지에 명함을 끼워 두었으니 실수 없이 전해 달라고 하셨어요."

"그랬군요. 잘 알겠습니다."

그가 조금도 동요하는 기색 없이 싱긋 웃으며 말했다.

"그분이 약간 뚱뚱한 중년 남자죠?"

"아닌데요."

종업원이 고개를 저었다.

"상당히 야윈 분이었어요. 머리가 아주 길고요."

"아, 맞다, 맞아."

와키자카 고스케가 손뼉을 짝 쳤다.

"그 사람이 요즘 들어 살이 많이 빠졌어. 잊고 있었군. 이거, 바쁘실 텐데 실례했습니다. 고맙습니다."

"아닙니다, 별말씀을요." 하고 종업원이 물러갔다.

나는 와키자카 고스케 쪽으로 몸을 쑥 들이밀었다.

"그 야위었다는 남자가 후지무라의 조교야. 다른 방에서 도시락을 식중독균으로 오염시킨 다음 맡겼나 봐."

"뻔하지."

와키자카 고스케는 고르고 13(유명 만화의 주인공―옮긴이)처럼 미간에 주름을 잡고 나무젓가락을 갈랐다.

"도대체 모르겠어."

늦은 점심을 다 먹고 차로 돌아온 후, 내가 말했다.

"왜 내게 식중독을 일으키려고 했을까?"

"두 가지를 생각할 수 있어."

키를 차에 꽂아 넣고 시동은 걸지 않은 채 와키자카 고스케가 대답했다.

"하나는 너를 죽이려고 했다. 식중독으로 죽을 수도 있으니까."

내용의 심각성에 비해 말투가 너무 무심했다.

나는 침을 꿀꺽 삼켰다.

"나를 죽이려는 이유가 뭔데?"

"그건 모르지. 아마, 네 어머니가 살해된 이유와 마찬가지가 아닐까?"

"엄마와……."

온몸에서 땀이 솟았다. 그런데도 손발은 얼음처럼 차갑다.

"엄마도 후지무라가 죽였단 말이야?"

"단언할 수는 없지만, 적어도 놈들이 고바야시 시호 씨의 죽음과 무관하지는 않다고 봐. 이하라 슌사쿠가 관련되었다고 들었을 때 확신했어. 그리고 이하라라면 경찰에 압력을 넣는 일쯤 어렵지 않아."

"이하라와 호쿠토 의과 대학은 무슨 관계가 있지?"

나는 마가목을 떠올리며 물었다.

"내 기억에, 이하라의 증조부가 아마 홋카이도 개척사(19세기 후반, 북방 개척을 목적으로 홋카이도에 설립한 관청—옮긴이) 소속이었을 거야. 특히 가미카와 지역을 담당했지. 그 후로 이하라 집안과 아사히카와시는 밀접한 관계에 있었어. 호쿠토 의과 대학이 창립되었을 때는 스폰서를 연결해 주는가 하면 우수한 인재를 스카우트하는 데도 그놈이 한몫했지."

그놈, 이라는 표현으로 와키사카 고스케가 이하라에게 호의적이지 않다는 사실을 알았다.

"그럼 이게 힌트가 될까?"

나는 엄마의 스크랩북을 펄럭거리며 펼쳤다.

"이 스크랩북이 살해 동기와 관련이 있는 거야?"

"그렇게 생각하는 게 타당하다고 봐. 고바야시 시호 씨는 이하라 슌사쿠의 어떤 비밀을 알았기 때문에 살해당했는지도 몰

라. 물론 고바야시 씨가 그 비밀을 알게 된 건 호쿠토 의과 대학에 있던 무렵일 거야. 다만 하나 의문스러운 점은 왜 이제 와서 살해당했느냐는 거야. 고바야시 씨가 행방을 감추었던 것도 아닌데 말이야. 놈들이 마음만 먹었다면 언제든지 찾아낼 수 있었을 거야."

"엄마가 그 비밀을 눈치챘다는 사실을 여태 몰랐던 것 아닐까?"

"내 생각도 그래. 하지만 무엇을 계기로 그걸 알게 되었는지……."

"계기라……."

거기까지 말하고서 나는 숨을 멈췄다. 가능성은 한 가지밖에 없었다. 내가 텔레비전에 출연한 일이다. 그 일이 이 모든 사건의 발단이 아닐까. 이렇게 될 줄 알고서 엄마가 그토록 반대한 것 아닐까.

와키자카 고스케에게 그런 내 생각을 털어놓았다.

"아마 그럴 거야. 네 말대로 그 일이 발단이었을 거야."

"하지만 방송국에 가서 노래를 한 곡 불렀을 뿐이야. 그만한 일로 그놈들이 그렇게 자극을 받았단 말이야?"

"이상한 일인 건 분명해. 그러니까 어쩌면 놈들에게는 네 존재 자체가 큰 의미를 지녔는지도 모르지. 그래서 텔레비전에서 너를 보고 동요한……."

"아니, 잠깐만."

나는 와키자카 고스케의 말을 가로막았다.

"나는 그 프로그램에서 내 이름조차 밝히지 않았어. 그런데 내가 고바야시 시호의 딸이라는 사실을 그들이 어떻게 알았다는 거야?"

"그건……."

와키자카 고스케는 뭔가를 말하려다 입을 다물었다. 동시에 그의 눈동자가 살짝 흔들렸다.

"그래, 그 점은 아무래도 이상해. 다만 이것 하나만은 확실해. 살해당한 사람은 네 어머니지만, 놈들에게 중요한 사람은 너야. 네가 모든 열쇠를 쥐었어."

"내가? 아무것도 모르는 내가 말이야?"

"식중독 얘기로 돌아가 보자. 아까 내가 놈들이 네게 식중독을 일으키려고 했던 이유로 두 가지를 꼽았잖아. 그중 하나가 너를 죽이려고 했다는 거였어. 하지만 나는 그랬을 가능성은 작다고 봐. 죽일 생각이었다면 굳이 여기로 부를 필요가 없었겠지. 너희 어머니와 마찬가지로 쥐도 새도 모르게 죽였을 거야."

"죽일 생각이 아니었다면……."

"그 답을 얻으려면 이렇게 가정해 보면 돼. 만일 네가 놈들이 노린 것처럼 식중독을 일으켰다면 어떻게 되었을까?"

"그야 물론 병원에 실려 갔겠지."

"그렇지? 그리고 그 병원은 호쿠토 의과 대학 병원이었을 거야. 경우에 따라서는 며칠 입원해야 했을지도 몰라. 나는 놈들의 목적이 바로 거기에 있다고 생각해. 즉, 네 몸을 구속하고 싶었던 거지."

"무엇 때문에?"

"의학자인 후지무라가 사람의 신체를 구속하고 싶어 하는 이유는 한 가지밖에 없다고 봐. 요컨대 네 몸의 뭔가를 조사하려고 했던 거야. 그렇지 않을까?"

"후지무라가 내가 구노 교수의 딸인지 아닌지 조사해 보고 싶다고 하기는 했는데……."

"아니, 그렇지 않을 거야."

와키자카 고스케가 딱 잘라 말했다.

"그 검사는 네가 이미 승낙했으니 놈들로서도 그 검사 때문에 너를 굳이 식중독에 걸리게 할 필요는 없었을 거야."

"그런가……."

"아마도."

그가 조심스럽게 말했다.

"친자 관계 확인 검사를 하겠다는 말은 어디까지나 구실에 지나지 않았을 거야."

"구실이라고?"

"네 몸을 마음대로 주무를 구실이지. 만일 식중독으로 병원에 실려 갔는데 거기서 식중독을 치료하지 않고 알 수 없는 검사를 받으면 아무리 상대가 의사라도 수상하게 여길 거 아니야. 하지만 네 아버지가 구노 교수인지 아닌지 확인하는 검사라고 하면 수긍하지 않겠어?"

"아……."

나는 입술을 깨물며 앞 유리창 너머로 시선을 향했다.

그렇구나, 하고 깨달았다. 과연 그럴듯한 구실이다. 아빠가 누군지 알 수 있다고 하면 후지무라가 시키는 대로 했을지도 모른다.

나는 다시 와키자카 고스케를 향해 고개를 돌렸다.

"그럼 전부 지어낸 얘기였단 말이야? 구노 교수가 자기에게 딸이 있다는 말을 남기고 자살했다는 얘기도?"

와키자카 고스케가 운전대에 팔꿈치를 올려놓고 턱을 괴었다.

"후지무라는 너를 속여서 식중독을 일으키려고 했어. 그런 남자 말을 믿을 수 있겠어?"

나는 말문이 막히고 말았다. 동시에 화가 치밀었다.

나 같은 처지에 있는 사람이 자신의 아빠가 누군지 알고 싶어 하는 것은 당연하다. 그런 마음을 이용해서 속이려 하다니, 절대 용서할 수 없었다.

"나쁜 자식."

내가 신음하듯 내뱉었다.

"자, 자, 흥분하지 마."

와키자카 고스케가 달래듯이 손바닥을 팔랑팔랑 흔들었다.

"아직은 추리 단계에 지나지 않으니까 말이야."

"하지만 그 추리에 자신이 있잖아."

"그야, 뭐……."

그가 코를 긁적거렸다.

"내 생각에도 그 추리가 맞는 것 같아. 그렇게 생각하면 앞
뒤가 들어맞거든. 그리고 그것 말고 짚이는 게 또 있어."

"뭐지?"

"내가 텔레비전에 출연한 직후에 학교에서 내 친구들한테
나에 대해 시시콜콜 캐묻고 다닌 남자가 있어. 특히 내 건강
상태라든가 몸에 대해 많이 물었나 봐. 방송국 사람이라고 했
다는데, 아무래도 수상하더라고."

"그런 일이 있었구나."

와키자카 고스케가 고개를 끄덕거렸다.

"그 사람도 놈들과 한패겠지. 게다가 그 남자가 방송국 사람
이라고 밝힌 점이 주목되는군. 역시 네 텔레비전 출연을 계기
로 놈들이 움직이기 시작했다고 보는 게 맞는 것 같아."

"후우."

"문제는, 그렇게까지 하면서 네 몸에서 무엇을 조사하려고 했느냐는 거야."

"내 몸……. 내 몸이 아니면 안 되는 일이었을까?"

나는 나도 모르게 두 손을 내려다보았다.

"그럴 거야. 놈들에게는 다른 누구도 아닌 네 몸이 필요했을 거야. 그러니까 아까도 말했잖아, 그들에게는 네 존재 자체가 중요하다고. 네가 모든 열쇠를 쥐었어."

와키자카 고스케가 그 커다란 주먹을 얼굴 앞에서 흔들었다.

나는 왠지 기분이 나빠졌다.

"지금까지 내 몸이 남들과 다르다고 생각해 본 적이 없어. 누군가에게 그렇게 말한 적도 없고."

"몸 어딘가에 반점 같은 건 없어? 아니면 문신이라든가."

"반점이나 문신? 없어, 그런 거. 그건 왜 물어?"

"혹시 보물 지도라도 숨겨 놓은 거 아닌가 해서."

나는 하마터면 좌석에서 굴러 떨어질 뻔했다.

"지금 농담할 때야?"

"표면상 특징이 없다면 신체 그 자체에 비밀이 있다는 건가……."

그러면서 그가 내 몸을 힐끔힐끔 봤다.

"그렇게 이상한 눈으로 보지 마."

"지금까지 병에 걸리거나 다쳤던 적은 없어?"

"감기 정도라면 몰라도 크게 앓은 적은 없어. 크게 다친 적도 없고. 멍이 들거나 삔 정도랄까."

그나마 배구를 하던 시절 얘기다.

"의사에게 몸에 관해 얘기를 들은 적은?"

"성대가 좋다는 말을 중학교 3학년 때 들었어. 그래서 자랑스러웠지."

"좋았겠네."

조건 반사처럼 그가 말했다.

"하지만 이번 일과는 무관해 보이는데."

"그것 말고는 생각나는 일이 없어."

음, 하면서 와키자카 고스케가 신음을 흘렸다. 그리고 잠시 눈을 감고 생각에 잠겼던 그가 갑자기 나를 바라보았다.

"생각을 좀 정리해 봤는데,"

그가 집게손가락을 쳐들었다.

"고바야시 시호 씨, 즉 너희 어머니는 이하라 슌사쿠의 비밀을 알았고, 그것 때문에 살해당했다고 추리할 수 있어. 한편 놈들은 지금 무슨 수를 써서라도 네 몸을 조사하려고 바짝 독이 올랐고. 이상의 사실에서 느껴지는 바가 없어?"

나는 팔짱을 끼었다. 그가 하고 싶은 말이 무엇인지 알 것 같았다.

"엄마가 눈치챈 이하라의 비밀이 내 몸에 숨겨져 있다고?"

와키자카 고스케가 손가락을 튕겼다.

"훌륭한 추리야."

"지금 날 놀리는 거야?"

"진심이야. 나도 같은 생각이거든. 그렇게 추리하면 앞뒤가
딱 맞아떨어져."

"그럴지는 모르겠지만, 도무지 와닿지 않아. 내 몸에서 뭘
조사하면 이하라 슌사쿠의 비밀이 드러난다는 거지?"

그 말을 하는 도중에 문득 머릿속에 떠오르는 것이 있었다.
나는 와키자카 고스케의 옆얼굴을 바라보면서 내 생각을 말
했다.

"혹시 내가 이하라의 숨겨 놓은 자식일지도 모른다는 생각
에 놈들이 나를 조사하려는 건 아니겠지?"

"뭐야?"

그의 몸이 5센티미터쯤 공중으로 치솟았다.

"그런가. 그렇게 생각할 수도 있나? 상상도 못한 일이야. 하
지만 그건 아닐 거야."

"어떻게 알아?"

"친자 관계를 조사하려는 거라면 네가 식중독을 일으키도록
할 필요는 없지 않겠어? 너는 어차피 구노 교수와 친자 관계
를 조사할 작정이었으니까."

"그런가……?"

"그리고 그 일이 고바야시 시호 씨를 죽이면서까지 지켜야 할 비밀은 아닐 거야. 정치가라는 작자들은 호적상의 자식보다 숨겨 둔 자식이 더 많은 경우도 비일비재하니까."

"헉! 미쳤다."

"요즘 세상에서는 놀랄 만한 일도 아니야. 하여간 일이 그렇게 단순하지 않아."

와키자카 고스케가 차의 시동을 걸었다.

"장소를 옮기자. 이 근처에서 얼쩡거리고 싶지 않아."

"아무리 생각해도 모르겠어. 내 몸에 무슨 별다를 게 있다는 건지."

나는 안전띠를 매면서 말했다.

"후지무라 일당이 보면 뭔가 알 수 있을까?"

"놈들이 인간 신체의 비밀을 읽는 연구 같은 걸 하고 있을지도 몰라."

그는 기어를 당기고 천천히 차를 움직였다.

"체외 수정 연구만 하면 좋을 텐데."

내 말에 그가 느닷없이 급브레이크를 밟았다. 나는 앞으로 푹 고꾸라지고 말았다.

"왜 이래, 갑자기."

"설마,"

그가 입을 열었다.

"그건 아니겠지……."

"뭐가?"

"체외 수정."

찌릿, 하고 머리에 전기가 통하는 느낌이었다. 나는 몸이 굳어졌다. 와키자카 고스케가 차의 시동을 끄고 내 얼굴을 보며 고개를 끄덕끄덕했다.

"내, 내가……."

나는 침을 꿀꺽 삼켰다.

"시험관 아기였단 말이야?"

그는 부정하지 않았다. 그리고 몇 번인가 눈을 깜박거렸다.

"그들이 하는 연구 내용과 무관하다고 생각하는 게 오히려 부자연스럽지 않아? 너희 어머니도 체외 수정을 연구했다면서."

"그, 그럴 리가…… 절대 아니야."

입으로는 부정하면서도 머릿속으로는 어제 후지무라를 만났을 때의 일을 떠올렸다. 그는 내 몸을 핥듯이 바라보며 정말 훌륭하게 자랐다고 자신의 감상을 말했다. 그 말도 내가 그들의 연구 재료였다고 생각하면 이해가 된다.

나는 다시 내 손을 내려다보았다. 왠지 조금 전과는 달라 보였다.

"그럼 우리 엄마가 체외 수정으로 나를 임신했단 말이야?"

"내 상상이 맞다면 그렇겠지."

"믿을 수 없어."

나는 머리를 숙인 채 고개를 저었다. 현기증이 일려고 했다.

차 안에 한동안 어색한 침묵이 흘렀다. 이윽고 와키자카 고스케가 후, 숨을 토해 내고 나서 말했다.

"하지만 그것만으로는 설명이 안 돼."

"그것만이라니?"

"네가 시험관 아기라는 것 말이야. 생각해 봐, 요즘은 체외 수정이 그다지 대단한 일도 아니잖아. 그런 방법으로 태어난 아기가 세상에는 얼마든지 있어. 호쿠토 의과 대학에서도 성공 사례를 여러 차례 발표했고. 그러니까 이제 와서 놈들이 너를 조사하려고 혈안이 될 이유가 없단 말이지."

"그런가……?"

갈피를 잡을 수 없는 묘한 심정이었다. 나는 어떤 태도를 보여야 좋을지 몰라 멍하니 창밖을 바라보았다.

"하지만,"

1분 정도 지나 와키자카 고스케가 입을 열었다.

"만일 놈들의 연구가 체외 수정에 국한된 게 아니라면?"

나는 천천히 그에게 고개를 돌렸다.

"그게 무슨 말이지?"

"나도 그 분야에 지식이 별로 없어서 자세히 얘기할 수는 없지만, 체외 수정 관련 연구에는 여러 항목이 있다고 들었어.

예를 들어 남녀 선택 임신이라든가, 우수한 정자와 난자를 골라서 수정하는 일 따위 말이야. 그런 식의 특수한 시도로 네가 태어난 것 아닐까? 그리고 그 연구가 지금도 계속되고 있어서 놈들이 네 몸에서 데이터를 구하고 싶어 한단 말이지."

"특수한 시도……."

후지무라에게 들었던 말들이 떠올랐다.

"하지만 후지무라는 지금은 인간의 체외 수정 연구에 관여하지 않는다고 말했어. 동물을 이용한 실험만 한다고 하던걸."

"동물 실험이라고?"

와키자카 고스케가 턱을 문질렀다.

"실험 대상이 정말로 동물뿐일까?"

"그건……."

후지무라의 방에서 본 키메라 동물의 사진이 뇌리를 스쳤다. 그런 것들과 관계가 있다고 생각하고 싶지는 않았다. 나는 두 손으로 양쪽 팔뚝을 문질렀다. 어쩐지 으스스해지는 느낌이었다.

"나는 평범한 인간이야."

"그건 나도 알아."

와키자카 고스케가 눈을 똑바로 뜨고 대답했다.

"네가 개량 인간이라느니 하는 말이 아니야."

"하지만 넌 내가 놈들의 실험으로 태어났다고 생각하잖아."

"다시 한 번 말하지만, 어디까지나 추리일 뿐이야. 게다가."

그가 혀로 입술을 축였다.

"만약 그게 사실이라고 해도 상관없지 않아? 너는 어느 모로 보나 건강한 여성이고, 더구나…… 상당히 미인이야."

"고마워."

대놓고 생김새를 칭찬받기는 오랜만이다.

"하지만, 그래도 나는 믿고 싶지 않아."

그 말에 와키자카 고스케가 입을 다물고 시선을 아래로 향했다. 그는 한 손을 운전대에 걸친 채 한동안 그대로 있었다.

"그렇겠지."

이윽고 그가 말을 툭 내뱉었다.

"별로 기분 좋은 상상은 아니지. 더구나 이렇다 할 근거도 없이……."

그리고 운전대를 탁 쳤다.

"좋아, 이 건은 잠시 보류하기로 하자. 실마리를 찾으면 그때 다시 생각하기로 하고."

"……응."

나는 고개를 끄덕이고 나서 새삼 그의 얼굴을 보았다.

"그쪽 말이지, 좋은 사람 같아."

"뭐라고?"

그가 눈을 동그랗게 뜨고는 치뜬 눈으로 나를 봤다.

"무슨 소리야, 뜬금없이?"

"그냥 그런 생각이 들었어."

나는 다시 앞쪽을 향했다.

"있잖아, 만일 아까 그쪽이 나를 학교에서 데리고 나오지 않았다면 지금쯤 어떻게 되었을까?"

"글쎄."

와키자카 고스케가 등받이에 몸을 기대며 조그맣게 한숨을 지었다.

"후지무라가 말한 대로 혈액 검사만 하고 끝났을지도 모르지. 하지만 어쩌면 마취 주사를 맞고 잠들었을지도 몰라."

"아아, 끔찍해."

"아무튼 너는 지금 아주 위험한 상황에 놓여 있어. 그것만은 잘 기억해 둬."

"그래, 알았어."

"고분고분해서 좋네."

그가 싱긋 웃고 나서 다시 시동을 걸었다.

"자, 그럼 출발!"

"어디로 갈 건데?"

"삿포로."

그가 당연하다는 듯이 대답했다.

"숨으려면 사람이 많은 곳에 가야지. 아사히카와에 있는 건 좋지 않아."

"숨어서 어쩌려고?"

"상대방이 어떻게 나오는지 보면서 정보를 수집하자. 일단은 이하라 슌사쿠에 관해 조사해 볼까?"

"어떻게 조사할 건데?"

"내 직업이 뭔지 잊었어? 정보를 수집하는 게 기자의 일이 잖아."

변속기를 주행 상태로 놓고 와키자카 고스케는 천천히 차를 출발시켰다.

마리코의 장 7

눈을 떠 보니, 커튼 틈새로 햇살이 비쳐 들었다. 나는 이불 속에서 몸을 비틀어 자명종을 보았다. 디지털 패널이 10시 20분을 나타내고 있다. 나는 놀라서 벌떡 일어났다.

시모조 씨의 모습은 보이지 않고, 식탁에 랩을 씌운 접시가 놓여 있었다. 담겨 있는 음식은 햄에그와 샐러드. 빵도 준비되어 있고, 컵 속에는 티백이 들어 있다. 그리고 그 옆에 메모지가 있었다.

'알아보고 싶은 게 있어서 대학에 다녀올게. 저녁때까지는 돌아올 거야. 비디오라도 보면서 오늘은 느긋하게 쉬는 게 어떨까? 냉장고의 달걀은 오른쪽부터 사용할 것.'

시모조 씨가 나가는 걸 전혀 눈치채지 못했다. 어젯밤에는 비교적 일찍 잠자리에 들었지만 갖가지 생각이 머릿속을 떠다니는 바람에 새벽까지 뒤척이기만 했다. 그래서 이렇게 늦잠을 자고 말았다.

세면실에 가서 거울을 보니 얼굴이 초췌했다. 안색이 좋지
않고 피부에 탄력이 없는 데다 눈도 탁하다. 마치 환자 같다.

차가운 물을 한 잔 마시고 나서 다시 거울을 보았다. 거울
속의 나도 이쪽을 본다.

이 얼굴, 이 몸······.

이것들은 대체 누구에게 물려받았을까. 아빠와 엄마가 주었
을까. 그렇다면 아빠는 누구일까? 엄마는? 6년 전에 죽은, 내
가 엄마라고 믿었던 여자는 내게 무엇이었을까.

예전에 기숙사에서 호소노 수녀에게 들었던 말이 떠올랐다.
아버지가 누구이며 어머니가 누구인지는 그리 중요한 문제가
아니에요. 인간은 모두 신의 자녀입니다. 신의 의지를 거스르
며 태어난 사람은 이 세상에 존재하지 않습니다······.

정말 그럴까. 내 얼굴은, 내 몸은 신의 의지를 거스르고 생
겨나지 않았을까.

어젯밤 늦게 삿포로 외삼촌 집에 전화를 걸었다. 전화를 받
은 사람은 외숙모였다. 외숙모는 내가 잘 있다는 얘기를 듣고
안심하는 눈치였다. 들뜬 목소리로 오늘은 어디를 다녀왔느
냐고 물었다. 밝은 목소리로 대답할 만한 상태가 아니라서,
대답도 하는 둥 마는 둥 하고 외삼촌을 바꿔 달라고 부탁했
다. 그러자 외숙모도 의아했는지 왜 그러느냐, 무슨 일이 있
느냐고 끈질기게 캐물었다.

"일단 좀 바꿔 주세요."

이런 식으로 말한 적이 없는데, 나도 모르게 그런 말이 튀어나왔다. 외숙모는 말문이 막힌 듯했다.

몇 초 후에 외삼촌 목소리가 들렸다.

"무슨 일이냐?"

나는 침을 삼키고 나서 말했다.

"외삼촌, 묻고 싶은 게 있어요. 아주 중요한 일이니까 솔직하게 대답해 주세요."

외삼촌이 숨을 들이쉬는 기척이 느껴졌다. 느닷없이 이런 말을 들으면 누구나 긴장할 것이다.

"무슨 일인데 그래? 내가 대답할 만한 일이라면 물론 솔직히 대답하지."

외삼촌의 말투가 사뭇 진지해졌다.

"엄마의 임신에 관련된 얘기예요."

나는 눈 딱 감고 말을 꺼냈다.

"엄마가 체외 수정으로 임신했어요?"

잠시 침묵이 흘렀다. 그리고 후, 하고 숨을 토하는 소리가 들렸다.

"마리코, 너 대체 거기서 뭘 하고 있는 거냐?"

"제 질문에 먼저 대답해 주세요. 맞아요? 엄마가 체외 수정을 했어요?"

목소리가 점차 커지는 것을 스스로도 느낄 수 있었다.

다시 잠시 틈을 두었다가 외삼촌이 말했다.

"지금 어디 있지? 그쪽 전화번호를 가르쳐 다오. 내가 다시 하마."

"지금 대답하세요. 혹시 얘기할 수 없어서 그래요?"

"아니, 잠깐. 왜 네가 갑자기 그런 얘기를 하는지 모르겠구 나. 아무튼, 네 아빠한테 연락해서……."

"아빠한테는 말씀하지 마세요."

나는 목소리를 높였다.

"마리코……."

"죄송해요, 큰 소리를 내서."

나는 눈을 감고 심호흡을 했다.

"아빠에게 연락하는 건 통화가 끝난 다음에요. 부탁이에요, 가르쳐 주세요. 엄마가 체외 수정을 한 거, 맞죠?"

외삼촌이 포기한 듯이 한숨을 쉬었다. 그것이 마치 뭔가의 봉인을 해제하는 기적이라도 되는 것처럼 느껴졌다.

"나는 그 일에 관해 확실히는 모른다."

그 일에 관해……

그 한마디로 나는 내 추리가 적중했다는 걸 깨달았다. 우지 이에 집안 사람들에게 체외 수정은 전혀 무관한 일이 아닌 것 이다. '그 일'이라고 부를 정도의 관련은 있다.

나는 소리라도 지르고 싶은 심정이었지만 꾹 참고 다시 물었다.

"그래도 사정을 대충은 알고 있죠?"

"그래, 정말로 대충이야."

대답하고 나서 외삼촌은 가볍게 헛기침을 했다.

"네 엄마가 체외 수정을 시도할지 모른다는 얘기가 있었던 건 사실이다. 네 외할머니가 내게 의논을 청하기도 했고."

"외할머니가요?"

"응. 그 무렵에 네 엄마는 좀처럼 아이가 생기지 않아서 노이로제에 걸릴 지경이었어. 주변에서 어찌나 이러쿵저러쿵 말이 많았는지 몰라. 자식을 낳게 해 달라고 기도하는 곳엘 데려가지 않나, 비과학적인 주문을 외라고 하질 않나……. 그러던 차에 매형, 그러니까 네 아빠가 근무하는 대학에서 체외 수정을 연구한다는 얘기가 들렸어."

"역시……."

"당시는 아직 체외 수정의 성공 사례가 보고되지 않았을 때였지만, 연구에는 상당한 진전이 있어서 성공할 가능성이 높다고 했어. 그래서 대학에서도 실험에 협조할 사람을 찾고 있었고. 그 얘기를 들은 네 외할머니가 네 엄마에게 그걸 시켜 볼까 생각했고 네 엄마도 그럴 마음이 생긴 거지."

"그래서 체외 수정을 했군요."

"아니야, 그러지 않았을 거다."

외삼촌이 자신 없이 말했다.

"네 아빠가 반대했거든. 기술이 좀 더 확립될 때까지 기다렸으면 좋겠다면서 말이지."

"하지만 외삼촌이 알지 못할 뿐, 사실은 은밀하게 체외 수정을 해서 임신했을지도 모르잖아요. 그렇게 해서 내가 생겼는지도……."

내 말에 외삼촌은 입을 다물었다. 긍정을 의미하는 침묵이었다.

"설사 그렇다고 한들 상관없지 않겠니?"

잠시 뒤 외삼촌이 말했다.

"마리코 너는 보통 아이들과 전혀 다름이 없어. 네가 엄마 아빠의 딸이라는 사실도 달라질 게 없고."

이번에는 내가 입을 다물었다. 아빠 엄마의 딸이라고? 아빠가 누군데? 엄마는 또 누구고?

"여보세요. 마리코, 듣고 있니?"

"네……, 듣고 있어요."

"이번에는 내가 묻고 싶구나. 너 거기서 대체 뭘 하는 거냐? 왜 갑자기 이런 얘기를 하지?"

"죄송해요. 지금은 아무것도 묻지 마세요."

그러고서 나는 일방적으로 전화를 끊었다.

외삼촌은 그러고 나서 어떻게 했을까? 아빠에게 연락했을 지도 모른다. 그래도 상관없다고 생각했다. 어차피 이제는 아 빠와 예전 같은 관계를 유지하지 못할 테니까.

세면실에서 세수를 하고 거실로 돌아왔지만, 식욕이 나지 않았다. 나는 싸늘하게 식은 햄에그를 멀거니 바라보았다.

엄마가 체외 수정을 했다는 점에는 이제 의심의 여지가 없 었다. 그래서 엄마는 딸이 자신과 닮지 않았다는 사실이 그토 록 마음에 걸렸던 것이다. 자신이 배가 아파서 낳았다고는 해 도 여느 엄마처럼 그 아이가 자기 자식이라는 절대적인 확신 이 생기지 않았던 것이다.

그리고 엄마의 그런 의혹은 옳았을 것이다. 엄마와 아무 관 계가 없는 수정란이 엄마의 자궁에 착상되었음에 틀림없다. 하지만 어떻게 그런 일이 생겼을까.

"너희 엄마의 수정란에 뭔가 결함이 있었을지도 모르지. 그 런데도 어떻게든 아이를 갖고 싶어서 다른 사람의 수정란을 사용했을 수도 있어."

시모조 씨의 추리는 그랬다. 하지만 나는 아무리 그렇다 해 도 아빠가 한 짓을 용서할 수 없다고 생각했다. 엄마나 내가 한 치의 의혹도 없이 일생을 평온하게 살아갈 것이라고 여겼 단 말인가.

의문은 또 있다. 설령 엄마가 대리모 노릇을 하게 되었다 해도 왜 쌍둥이의 한쪽이었을까. 이 점에 대해서는 시모조 씨도 이렇다 할 답을 내놓지 못했다.

겨우 뭘 좀 먹을 마음이 생겨 햄에그 접시를 전자레인지에 넣었을 때 전화벨이 울렸다. 어제 만났던 모치즈키 유타카 씨의 전화였다. 지금은 고바야시 씨의 아파트가 아니라 자기 집에 있다고 했다.

"후타바 씨에게서 연락이 왔나요?"

내가 물었다.

"아니, 그게, 연락이 잘 안돼. 아무래도 그 호텔을 나온 모양이야."

"그렇다면 도쿄로 돌아올까요?"

"글쎄, 그건 잘 모르겠어. 돌아오게 되면 연락을 할 텐데 말이지. 그런데 아무래도 좀 이상해."

유타카 씨가 목소리를 낮췄다.

"어제 그 후로 7시 정도까지 그 아파트에 있었는데, 이상한 형사가 찾아왔어."

"이상한 형사라니요?"

"인상이 좋지 않은 남자였어. 급히 연락할 일이 있다면서 다짜고짜 후타바가 있는 곳을 가르쳐 달라는 거야. 그래서 어쩔 수 없이 그 아사히카와의 호텔을 가르쳐 줬어. 그러자 그 남자가 호텔 이름은 메모도 하지 않고 엉뚱한 소리를 하는 거야. 거기 말고 달리 갈 만한 곳을 아느냐고 말이야."

"달리 갈 만한 곳……."

"이상하지? 후타바가 그 호텔에 묵고 있다는 사실을 아는 사람이 없거든. 그런데 그 형사가 말하는 투로 보면 그 호텔에 후타바가 없어서 나를 찾아온 듯한 느낌이었어."

"정말 이상하네요."

"후타바가 어디 있는지 모른다고 했더니 연락이 닿으면 알려 달라면서 돌아갔지만 아무래도 마음에 걸려. 그래서 문득 떠오른 건데,"

그가 목소리를 더 낮췄다.

"그 작자, 진짜 형사가 아닌 것 같아. 경찰수첩도 꺼내지 않았거든. 후타바가 있는 곳을 알아내려고 거짓말을 했을지도 몰라."

"형사가 아니면 누구일까요?"

"그걸 모르겠어. 아무튼 후타바에게 이로운 상대 같지는 않아."

"왜 후타바 씨가 있는 곳을 알려는 걸까요. 아사히카와에서 무슨 일이 있는 거 아니에요?"

"나도 그런 생각이 들어."

말투에서 유타카 씨의 걱정스러운 마음이 고스란히 드러났다.

"아무튼 그런 상황이라는 걸 일단 알려 줘야겠다 싶었어. 또 뭔가 알게 되면 전화할게."

"고마워요."

전화가 끊긴 것을 확인하고 수화기를 내려놓았다.

대체 무슨 일이 벌어지고 있는 걸까. 후타바 씨도 자신의 출생에 관해 조사하는 듯한데, 거기에 아무래도 위험이 따르는 모양이다. 실제로 그녀의 어머니는 수수께끼의 죽임을 당했다.

가슴의 두근거림이 가라앉지 않았다. 그녀에게 닥친 위험이 언젠가 내게도 찾아올지 모른다.

오후 3시가 조금 지나 시모조 씨가 돌아왔다. 내가 유타카 씨와 통화한 내용을 전하자 그녀도 표정이 굳어졌다.

"어쩌면 고바야시 후타바 씨는 뭔가로부터 도망치는 중인지도 몰라."

시모조 씨가 눈썹을 찌푸리며 말했다.

"무엇으로부터요?"

"그건 나도 모르겠지만, 어떤 커다란 힘이 관련되어 있다는 생각이 들어."

"경찰에 신고하면 안 될까요?"

"소용없을 거야. 아직 무슨 사건이 일어난 것도 아니고, 뺑소니 사고는 이미 마무리가 되었다니까."

시모조 씨가 한숨을 후, 내쉬었다.

"하지만 정말 이상한 일이야. 네가 자신의 출생에 관해 조사를 시작한 것과 거의 동시에 후타바 씨 쪽도 움직이기 시작했거든. 역시 서로 통하는 뭔가가 있나……."

가벼운 말투였지만 그녀의 말이 내 가슴을 콕 찔렀다. 나는 고개를 떨어뜨렸다.

"아아, 미안. 주책없이 그만……."

그녀가 즉시 사과했다.

"아니에요……."

"변명하자는 건 아닌데, 쌍둥이라는 사실에 거부감을 가질 필요는 없을 것 같아. 혈육이 한 명 늘어난다고 생각하면 어떨까?"

그러나 나는 대꾸하지 않았다. 머리로는 이해하지만, 생리적으로는 아무래도 거부감이 들었다.

"뭐, 그 얘기는 차차 하기로 하고,"

시모조 씨가 분위기를 전환하듯 말하고는 테이블에 수첩을 올려놓았다.

"산보회 책자에 실려 있는 부원들의 이름을 졸업생 명부에서 찾아봤어. 그래 봐야 당시의 주소밖에 알 수 없었지만."

나는 눈을 번쩍 떴다.

"같이 갔으면 제가 했을 텐데요……."

"괜찮아. 별로 수고로운 일도 아니었어. 어깨가 좀 뻐근하기는 하지만."

시모조 씨가 오른손으로 자신의 왼쪽 어깨를 툭툭 두드리고 나서 수첩을 펼쳤다.

"솔직히 말해서 별 소득은 없었어. 주소를 확실하게 알 수 있는 사람이 두 명뿐이더라. 게다가 그중 한 명은 이미 세상을 떠났고. 시미즈 부인이 얘기했다는 다카시로 야스유키 씨 말이야. 이제 남은 사람은 이 사람뿐이야."

수첩에는 하타무라 게이치라는 이름이 적혀 있었다. 하타무라라는 성은 본 기억이 있었다. 시미즈 부인이 보여 준 앨범에 메모되어 있었다. 그 얘기를 하자, 시모조 씨가 고개를 끄덕였다.

"그럼 내일 당장 찾아가 보자. 고가네이시 미도리초라……. 전철로 가면 별로 멀지 않을 거야."

시모조 씨는 왠지 평소보다 활기가 있어 보였다. 예전부터 느꼈지만 그녀가 내 일에 왜 이토록 열심인지 나는 좀 의아했다.

"이분이 아베 아키코라는 사람을 기억할까요? 벌써 몇십 년도 더 된 일이라서요……."

"그건 그때 가서 생각하면 되고, 일단은 만나 봐야지."

"그렇겠죠."

나는 기어 들어가는 목소리로 대답했다. 그리고 계속 마음에 걸렸던 얘기를 꺼냈다.

"저, 만약 아베 아키코라는 사람이 우리 엄마라면, 어떻게 그런 일이 일어났을까요?"

질문의 의미를 파악하지 못한 듯, 시모조 씨는 대답 대신에 고개를 살짝 갸우뚱했다.

"아빠가 왜 그 여성의 수정란을 사용했을까요?"

"아아……."

그녀가 표정을 흐리며 내 눈길을 피했다.

"글쎄, 왜 그랬을까……."

"제 생각은 이래요. 아빠는 그때도 여전히 아베 아키코라는 사람을 사랑하지 않았을까, 그래서 그 사람의 아이를 원하지 않았을까."

시모조 씨는 대답하지 않았다. 둘 사이에 어색한 침묵이 흘렀다.

후타바의 장 7

　방에 있는 전화가 맥없이 울렸다. 나는 침대에 누운 채 평소처럼 레몬을 베어 먹으며 텔레비전을 보고 있었다. 저녁 시간에 하는 어린이 만화 영화다.

　팔을 뻗어 수화기를 집어 들었다.

　"여보세요."

　"나야."

　와키자카 고스케의 목소리다.

　"조금 이르지만, 저녁 먹으러 갈래? 드디어 정보도 들어왔고 하니까."

　"좋아, 알았어."

　침대에서 나와 청바지에 발을 꿰었다. 오늘은 룸서비스로 브런치를 먹고 나서 거의 내내 침대에서 뒹굴었다. 그래서 충분히 쉬었음에도 오히려 몸이 나른해진 느낌이다.

　삿포로역에서 도보로 10분 정도 거리에 있는 조그만 비즈니스호텔에 묵고 있었다. 건물이 낡고 어두우며, 찌든 얼굴의 중년 남자가 종업원으로 일하는, 불경기를 적나라하게 보여주는 듯한 호텔이다. 나는 조금 더 나은 호텔로 가자고 했지만, 와키자카 고스케는 들은 척도 하지 않았다.

"앞으로 얼마나 더 묵게 될지 모르는 마당에 사치는 금물이야. 게다가 여름 방학이 시작돼서 관광객이 들 만한 호텔은 어디나 꽉 찼단 말이야."

준비를 마치고 방에서 나와 대각선 방향으로 건너편에 있는 방문을 노크했다. 대답하는 소리가 들리더니 와키자카 고스케가 나왔다. 손에 팩스 용지가 들려 있었다. 회사에서 보내주었다고 그가 말했다.

호텔 바로 앞에 있는 게 요리 전문점이 어젯밤부터 계속 궁금했지만, 와키자카 고스케는 딱 잘라 거절했다.

"홋카이도에 왔답시고 굳이 냉동 게를 먹을 필요는 없잖아. 그보다는 느긋하게 얘기를 나눌 만한 곳을 찾아보자."

결국 우리가 들어간 곳은 '시계탑'이라는 촌스러운 이름의 카레 집이었다. 테이블이 빽빽이 들어차 있고, 그중 절반 이상을 손님이 메우고 있었다. 적당히 웅성거리는 것이, 아닌 게 아니라 대화를 나누기에는 더없이 좋았다.

"이하라 슌사쿠 말인데,"

닭고기 카레 곱빼기를 시원스럽게 먹다가 그가 얘기를 꺼냈다.

"신문사 사회부에 아는 사람이 있어서 이하라의 근황을 알아봐 달라고 부탁했더니 상당히 흥미로운 정보를 보내 왔어. 지난 한두 달 동안 정치부 기자들 사이에서 이하라가 병에 걸렸다는 소문이 떠돈다는 거야."

"병에 걸렸다고? 정말이야?"

"그러고 보니 요즘 들어 몸 상태가 좋지 않다느니 어쩌느니 하면서 외부 활동에 거의 모습을 보이지 않았어."

"이미 노인네잖아."

그러면서 나는 새우 카레를 입에 넣었다.

"이하라 순사쿠뿐 아니라 정치가라는 사람은 다들 어딘가 좀 이상해. 칠팔십이 돼도 씽씽하면 그게 더 이상한 거지."

"가벼운 병이야 누구나 다 앓는 거지만, 이번에는 잠깐 자리에 누운 정도가 아니라 심각한 병인가 봐."

나는 숟가락질을 멈추고 그를 보았다.

"암 같은 병인가?"

"그럴지도 모르지."

금세 카레를 먹어 치운 와키자카 고스케가 컵에 든 물을 마셨다. 그리고 주위를 둘러보더니 목소리를 낮췄다.

"만약 목숨이 위태로운 병이라면 보통 큰일이 아니야. 권력 구조가 싹 바뀔 수도 있거든. 소위 이하라파라고 불리는, 그를 둘러싼 무리가 주인을 잃고 공중분해될 수도 있어."

"이 나라에는 좋은 일 아니야? 한 개인이 정치를 쥐락펴락한다는 건 바람직하지 않잖아."

"그래 봐야 이하라파가 사라지고 반이하라파가 활개를 치게될 텐데, 뭐. 국민에게는 별 차이 없을 수도 있어. 물론 전환점이 될 수는 있겠지."

"이하라 슌사쿠가 중병에 걸렸다는 말이 사실이라면, 이번일은 다른 사람이 뒤에서 조종하는 건가?"

나는 고개를 갸우뚱했다.

"그 점에 대해서도 흥미로운 정보가 있어. 이하라가에는 대대로 집사 역할을 해 온 오미치라는 사람이 있는데, 지금은 아마 삼 대째일걸. 직함이 제1비서인 그가 정치 자금을 모금하거나 사람을 모으는 일을 도맡아 한다고 해도 과언이 아니야. 그런데 요즘 그 오미치의 모습이 이하라의 집에서 보이지 않는다는 거야. 평소에는 절대 주인 곁을 떠나지 않는 사람인데 말이야. 이상한 일이지."

"그럼 그 오미치라는 사람이 이번 일의 주모자라는 말이야?"

"내 생각엔 그래. 그리고 그렇게 움직이는 이유는 이하라 슌사쿠의 병과 관계가 있지 않을까 싶어. 그래서 호쿠토 의과대학이 연관된 거지."

"그런 일에 왜 내가 말려들어야 하지?"

"그걸 모르겠어. 놈들이 왜 너를, 아니지 네 몸을 필요로 하는 걸까?"

굵은 팔로 팔짱을 낀 채 웅얼거리던 와키자카 고스케가 지나가는 웨이터에게 커피를 두 잔 주문했다.

우리는 커피를 마신 후 카레 집을 나왔다. 조금 있으면 8월인데도 공기가 상쾌했다. 역시 홋카이도구나, 하고 생각했다.

호텔 방으로 돌아온 나는 샤쿠지이의 집으로 전화를 걸어 보았다. 아무도 받지 않자 이번에는 유타카네 집으로 전화했다. 벨이 두 번 반 울리는 순간 그의 목소리가 들렸다.

"네, 모치즈키입니다."

"여보세요, 나야."

"후타바! 후타바 맞지?"

유타카가 흥분한 말투로 물었다.

"너, 지금 어디 있어?"

귀가 따가울 정도로 목소리가 컸다.

"지금은 삿포로."

"삿포로? 왜, 왜 멋대로 사라진 거야?"

"이런저런 사정이 있었어. 돌아가서 다 얘기해 줄게. 그쪽은 어때? 별일 없어?"

"없기는 왜 없어. 말도 마."

유타카가 목소리 톤을 한층 높였다.

"보통 일이 아니야. 후타바랑 똑같이 생긴 여자가 있어. 아파트로 어제 찾아왔더라고. 게다가 그 여자도 자신의 출생에 관해 조사하는 중이고, 너랑 공통점이 한두 가지가……"

"뭐라고? 스톱, 스톱!"

나는 다급히 그의 말을 끊었다.

"차분하게 말해 봐. 누가 찾아왔다고?"

"그러니까, 너랑 똑같은 여자."

"나랑 똑같아?"

"그래. 그냥 닮은 정도가 아니라 영락없이 후타바 너야. 나는 그 여자가 후타바 네가 아니라 다른 사람이라는 사실이 지금도 믿기지 않아."

그가 호소하듯이 말했다.

"……장난치는 거지?"

"장난 아니야!

그의 말투가 거칠어졌다.

"거짓말이 아니라니까. 있잖아, 너, 쌍둥이 동생이 있다는 말 들은 적 있어?"

"없어, 그런 적."

수화기를 든 나는 아연해지고 말았다. 나와 똑같은 사람이라니, 그게 대체 누구야. 그런 사람이 있을 리 없잖아.

"이름이 우지이에 마리코래. 그 사람 아버지도 호쿠토 의과
대학에 있었나 봐."

"우지이에……."

심장이 쿵쿵 뛰었다. 후지무라의 얘기에도 등장했던 이름이
다. 그 딸이 왜 나랑 똑같이 생겼단 말인가. 머릿속에서 갖가
지 생각이 소용돌이쳤다. 그 생각은 꼬리에 꼬리를 물고 점점
더 혼란스러워졌다.

"그 여자도 자기 출생에 관해 조사하고 있단 말이지?"

"응. 그러다가 네 존재를 알고 만나러 왔던 모양이야. 어쨌
든 후타바 너랑 연락이 닿으면 알려 주기로 했어. 아니면 네
가 직접 전화해 볼래?"

"아, 아니야. 그건 싫어."

"그럼 그 여자한테 네가 있는 곳으로 전화하라고 할 테니까
내게 번호를 가르쳐 줘."

"그래. 어디 보자, 011……."

옆에 놓인 메모지에 인쇄된 번호를 읽어 주었다.

"이게 정말 어떻게 된 일일까?"

전화번호를 듣고 나서 유타카가 물었다.

"몰라. 뭐가 뭔지 하나도 모르겠어. 어떻게 나랑 닮은 여자
가 있는지……."

"닮은 게 아니라니까!"

유타카가 강한 어조로 말했다.

"그 정도가 아니야. 그 여자는 후타바 그 자체야. 후타바의 분신이란 말이야."

나의 분신이라고?

현실감이 없는 말이었다. 텅 빈 우물에 돌을 던진 것처럼, 마음에 아무런 울림이 없었다.

"그리고 신경 쓰이는 일이 하나 더 있어."

유타카 말에 따르면, 어젯밤 아파트에 형사라는 남자가 찾아와서 내 행방을 물었다고 한다. 가짜 형사일지도 모른다는데, 아닌 게 아니라 내가 아사히카와의 호텔에서 나온 사실을 도쿄의 형사가 알고 있다니 보통 수상한 게 아니다.

"후타바, 일단 돌아오면 안 되겠어? 상황이 어쩐지 위험하다는 생각이 들어. 너랑 똑같은 그 사람도 만나 봐야 하니까 도쿄로 돌아오는 것이 좋겠어."

"걱정해 줘서 고맙지만 그럴 수는 없어. 모든 일의 발단은 홋카이도에 있어."

"하지만……, 너무 걱정돼서 그래."

"일단 알았어. 웬만큼 가닥이 잡히면 돌아갈게."

"꼭 그렇게 해."

"응. 그럼 또 연락할게."

"그래."

"아! 잠깐만."

전화가 끊어지는 참에 그를 다시 불렀다.

"정말로 나랑 똑같이 생겼다는 거지?"

"복사한 것처럼."

전화를 끊고 나서도 혼란스러움은 가시지 않았다. 내가 모르는 곳에서 뭔가 엄청난 일이 벌어지고 있다, 그 순간 내게 떠오른 생각은 고작 그 정도가 전부였다.

일단 와키자카 고스케에게 알려야겠다 싶어서 그의 방으로 전화를 걸었다. 그런데 벨이 아무리 울려도 전화를 받지 않았다. 샤워라도 하나 싶어 수화기를 내려놓자 이번에는 도리어 전화벨이 울렸다.

"네."

"프런트입니다."

남자 목소리였다.

"일행 분이 메시지를 전해 달라고 부탁하셨습니다. 지금 방으로 갖다 드려도 될까요?"

"일행이요?"

와키자카 고스케가 왜 내게 보내는 메시지를 프런트에 맡겼을까.

와도 괜찮다고 하자 그럼 지금 가져가겠다고 하고 상대는 전화를 끊었다.

"무슨 일이야, 대체."

나도 모르게 내뱉고 나서 다시 한 번 와키자카 고스케의 방으로 전화를 걸었다. 역시 받지 않는다. 외출이라도 한 건가.

그때 노크 소리가 들렸다. 네, 하고 대답하자 "메시지를 가져왔습니다." 하는 소리가 들렸다. 나는 잠금장치를 풀고 문손잡이를 살짝 앞으로 잡아당겼다.

그 순간 문이 세차게 열렸다. 그 바람에 하마터면 내 몸이 문과 벽 사이에 끼일 뻔했다. 방으로 들어온 사람은 호텔 종업원이 아니라 위아래로 검은 양복을 입은 남자였다. 문득 감귤류의 화장품 향기가 코끝을 스쳤다. 그리고, 그의 뒤에 비슷한 남자가 한 명 더 있었다.

얼굴을 보려고 했을 때 뭔가가 내 입을 막았다. 소리를 지르려고 숨을 들이쉬는 순간 온몸에서 힘이 빠져나가면서 머릿속의 스위치가 툭, 꺼졌다.

반짝반짝, 빛의 파편들이 춤춘다. 이명, 오한, 그리고 현기증.

매우 강한 냄새에 몸이 반응했다. 하지만 눈꺼풀이 무겁다. 천천히 눈을 뜬다. 코끝을 자극하는 냄새. 뺨이 경련을 일으킨다. 고개를 저었다.

서서히 세계가 열리고 있다. 어두컴컴하다. 나는 누워 있다. 아니, 다리는 쭉 뻗었지만 윗몸을 뭔가에 기대고 있다.

"이제 정신이 좀 들어?"

목소리가 들렸다. 눈앞에 부연 그림자가 있다. 점차 초점이
맞으면서 남자 얼굴이 되었다. 와키자카 고스케다.

말을 하려고 하자 엄청난 두통이 밀려왔다. 동시에 토할 것
같은 느낌. 나는 신음했다.

"괜찮아?"

걱정스럽게 그가 물었다.

"으……음."

맥이 뛸 때마다 머릿속이 욱신거린다. 잠시 눈두덩을 누른
뒤 다시 눈을 떴다. 와키자카 고스케의 차 안이다. 차종이 뭐
라더라…….

냄새가 또 코를 찌른다. 나도 모르게 손바닥으로 코를 막
았다.

"암모니아야. 약국에서 사 왔어."

조그만 병을 보여 주며 와키자카 고스케가 말했다.

"이것 좀 마셔."

그가 캔 커피를 따서 이쪽으로 내밀었다.

커피를 한 모금 마시고 두통이 가시기를 기다렸다. 불쾌감
은 사라질 기색이 없다.

"나, 어떻게 된 거야?"

"납치될 뻔했어."

"납치? 아, 그래. 뭔가 이상한 거로 입을 막는 바람에……."

"클로로포름일 거야."

"그래서…… 정신을 잃었나?"

"그런 것 같아. 위험했어. 내가 조금만 더 늦게 돌아왔어도 지금쯤 놈들에게 끌려갔을걸."

"그쪽은 어디 있었는데?"

"호텔 주차장. 프런트에서 전화를 해서 누가 차에 장난을 친 것 같다고 와서 보라는 거야. 그래서 나가 보니 아무도 없고 차에도 문제가 없었어. 수상쩍어서 프런트에 물어봤더니 그런 전화를 한 적이 없다잖아. 아차 싶어서 네 방으로 전화를 했는데 받지 않길래 그길로 곧장 호텔 뒤편으로 달려갔어. 내 예감이 맞았어. 남자 둘이서 너를 둘러메고 차에 싣는 참이더라."

"그리고 나를 구출했다는 거야?"

내 물음에 그가 쑥스러운 듯이 히죽 웃었다.

"제임스 본드 같은 활약을 떠올린다면 지나친 상상이야. 놈들이 두려워한 이유는 내 팔뚝 때문이 아니라 내 목소리가 너무 컸기 때문이겠지. 사람들이 모여들면 아무리 나쁜 놈들이라도 무모한 행동을 할 수 없지 않겠어?"

말은 그랬지만 약간의 몸싸움을 했는지 그의 이마에 상처가 남아 있었다.

"나한테도 프런트라면서 전화가 왔어. 미심쩍다고 생각은 했는데……."

납치에 이른 과정을 그에게 설명했다. 와키자카 고스케는 고개를 끄덕였다.

"그 전화도 가짜였던 거지."

"하지만 우리가 여기 있는 줄 어떻게 알았을까?"

"나도 그 점이 좀 의아해. 그래도 작정하고 찾으려 들면 별로 어려울 것도 없을 거야. 호텔을 일일이 훑는다든지 하면 말이야."

"내 이름을 사용하지 않았는데도?"

"요즘은 예약 없이 불쑥 찾아오는 손님이 거의 없으니까. 젊은 여자 손님이라면서 물으면 가능하지 않을까? 앞으로는 섣불리 호텔에 묵는 것도 안 되겠어."

나는 남은 커피를 마저 마셨다. 두통은 약간 가라앉았지만, 아직도 몸이 붕 떠 있는 느낌이다. 정신을 잃기는 태어나서 처음이었다.

내 입을 막았던 남자의 팔이 뇌리에 되살아났다. 그리고 강한 향.

"맞다!"

"뭐가?"

"헤어 토닉이야. 내게 클로로포름 냄새를 맡게 한 남자 말이야. 헤어 토닉을 발랐을 거야. 감귤류의 향이 있는 거. 그리고, 그리고, 엄마를 치고 달아난 차에도 그 냄새가 남아 있었다고 했어. 그놈이야! 그놈이 우리 엄마를 죽였어."

나는 안절부절못하며 몸을 비틀어 댔다.

"아아, 빌어먹을! 어떻게든 했어야 하는데. 절호의 기회였는데……."

"진정해."

와키자카 고스케가 내 어깨를 흔들었다.

"헤어 토닉을 바른 남자가 어디 한둘이겠어. 설사 그놈이 범인이라고 해도 지시를 내린 사람은 따로 있을 거야. 거기까지 알아내지 않으면 아무 의미가 없어."

"그건 알지만……."

"그놈은 다시 만나게 될 거야. 그쪽에서 분명 또 찾아올 테니까."

나는 어금니를 악물고 커피 캔을 꽉 움켜쥐었다. 그리고 그 남자를 잡아서 누가 시킨 짓인지 자백을 받을 수는 없을까 하고 현실과 동떨어진 공상에 잠겼다.

문득 주위를 둘러보니 차가 숲속에 세워져 있는 것 같았다.

"어디야, 여기가?"

내가 물었다.

"마루야마 공원 옆이야. 호텔로 가는 건 위험할 것 같아서 체크아웃했어. 오늘 밤은 여기서 지낼 거야."

너저분한 담요를 집어 들며 그가 말했다.

"있잖아, 경찰에 신고하면 안 될까? 납치당할 뻔했으니 엄연한 범죄잖아."

"네가 그러고 싶다면 반대하지는 않겠지만, 별로 권하고 싶지도 않아."

"어째서?"

"아무것도 해결되지 않을 테니까. 너를 납치하려던 남자들이 호쿠토 의과 대학이나 이하라 슌사쿠와 관련되었다는 증거가 아무것도 없잖아. 오히려 우리 행동만 제약을 받게 될 거야."

"그것도 그렇겠네⋯⋯."

경찰이 도움이 되지 않는다는 사실을 나는 엄마 사건으로 절감했다.

"문제는 앞으로 어떻게 하느냐야. 우리 쪽에는 너라는 결정적인 카드가 있을 뿐, 다른 카드는 아무것도 없으니까."

평평하게 뒤로 젖힌 시트 위에 양반다리를 하고 앉은 와키자카 고스케가 중얼거리듯 말했다.

"아차, 중요한 일을 잊고 있었네."

"뭔데?"

"복사 인간. 내 복사판 인간이 있나 봐."

마리코의 장 8

도라노몬에 있는 사무기기 회사의 본사를 나온 시각이 오후 3시 조금 넘어서였다. 나는 시모조 씨의 뒤에 달라붙다시피 하며 지하철 입구를 향해 터벅터벅 걸었다.

시모조 씨가 조사해서 알려 준 산보회 멤버 하타무라 게이치 씨를 만나고 오는 길이었다.

오전에 하타무라 씨의 자택을 찾아가, 부인에게 회사로 연락해 달라고 부탁했다. 내가 우지이에 기요시의 딸이며 아버지의 반생기를 쓰고 있다는 말을 부인은 의심하지 않는 눈치였다. 또한 하타무라 씨도 나와 만나는 것을 흔쾌히 허락한 듯했다. 2시에 회사로 오라는 말을 들었을 때는 시모조 씨와 둘이 기뻐했다. 드디어 산보회 시절의 아빠에 관해 얘기해 줄 사람을 찾았다고 생각했다.

그런데 하타무라 씨한테서는 별 소득이 없었다. 하타무라 씨는 산보회의 일을 자세히 기억하고 있었고, 우지이에라는 이름에도 반가움을 나타냈지만, 아베 아키코라는 여성은 기억에 없는 듯했다.

"여학생들이 간혹 참가한 기억은 있지만 이름이나 얼굴까지는……. 워낙 오래된 일이니까요."

혈색 좋은 얼굴로 활짝 웃으며 그가 말했다.

"아빠가 그중 한 여학생을 두고 다른 부원과 라이벌이었다는 얘기를 들었어요."

"음, 그런 일도 있었을지 모르지. 여학생과 사귀고 싶어서 하이킹 동호회에 들어왔다는 얌체 같은 녀석도 꽤 있었으니까. 그 무렵에 하이킹 동호회가 몇 개 있었는데, 참가할 여학생을 놓고 쟁탈전을 벌이곤 했어요. 여학생 하나가 여기저기 얼굴을 내미는 일이 보통이었지. 생각해 보면 요즘의 남녀 관계와 다를 게 없어. 물론 나는 그런 일과는 별 인연이 없었지만 말이에요. 아둔했다고 할까, 늦되었다고 할까. 그때까지는 남자 친구들과 술을 마시며 떠들썩하게 노는 일을 더 좋아했으니까."

그러고서 그는 또 입을 크게 벌리고 웃었다. 그런 몸짓만 봐도 어떤 학생이었을지 상상이 갔다.

"그 무렵의 사진이 남아 있나요?"

일말의 희망을 걸고 물어보았다. 그러나 하타무라 씨의 대답은 실망스러웠다.

"한두 장은 남아 있겠지만, 내가 원래 정리를 제대로 하는 사람이 아니라서 말이지. 한 번 보고는 어디다 쑤셔 넣었을 거예요."

요컨대 잃어버렸을 거란 말이었다.

"지금도 교류하는 분이 있으세요, 산보회에 같이 계셨던 분 중에?"

"아쉽게도 없어요. 졸업 직후에는 간간이 만나기도 했지만, 어느새 소원해져 버렸지. 모두 각자의 생활에 빠져서 예전 일을 돌아볼 여유가 없었던 거예요. 생각해 보면 아쉽기 짝이 없는 일이야. 기껏 친해져서 좋은 추억을 많이 쌓은 동료들인데 말이지."

하타무라 씨가 그리운 듯이 말했다. 그 순간 그는 사무기기 메이커의 중역이 아니라 대학 시절 하이킹 동호회의 일원으로 돌아간 듯한 표정이었다.

"말하자면,"

하타무라 씨와 헤어져 회사에서 나온 뒤 시모조 씨가 입을 열었다.

"30년은 너무 긴 세월이라는 얘기지."

나는 잠자코 고개를 끄덕였다.

지하철을 타고 시부야로 나와 전차로 갈아탔다. 역 하나를 지나는 참에 시모조 씨가 학교에 잠깐 들렀으면 좋겠다고 말했다. 물론 그러자고 대답했다.

"그런데 이제 좀 막막하네."

씁쓸하게 웃으며 그녀가 말했다.

"그러게요."

나도 웃으려 했지만 웃음이 제대로 나오지 않았다.

"다카시로라는 사람 집에 찾아가 볼까?"

"하지만 본인이 돌아가셨다는데……."

"그러네……."

시모조 씨도 착잡한 목소리로 말했다.

역시 아빠에게 직접 물어보는 편이 제일 좋을지도 모른다고 생각했다. 그러려면 고바야시 후타바라는 사람을 만나 볼 필요가 있다. 그리고 시모조 씨 말대로 그녀와 함께 아빠 앞에 모습을 드러내는 거다.

문제는 고바야시 후타바 씨가 현재 어떤 상황에 놓여 있는지 알 길이 없어졌다는 것이다. 어젯밤에 모치즈키 유타카 씨가 전화해서 삿포로의 한 호텔에 있다고 알려 주었지만, 그 호텔에 전화를 걸어 보니 이미 체크아웃을 마친 후였다. 유타카 씨에게 다시 물어보니, 그에게도 아무런 연락이 없어 영문을 모르겠다는 것이었다.

대체 홋카이도에서 무슨 일이 벌어지고 있는 것일까. 나와 아빠에 관계된 일일까. 상황을 파악할 수 없으니 점점 불안해졌다.

여름 방학에 들어섰는데도 데이토 대학 캠퍼스에는 학생으로 보이는 젊은이들이 빈번히 오갔다. 세미나가 있는 학생도 있고 동아리 활동을 하러 오는 학생도 있다고 시모조 씨가 가르쳐 주었다. 삿포로에 있는 우리 대학도 그럴까. 나는 1학년이라서 학생들이 여름 방학을 어떻게 보내는지 전혀 짐작이 가지 않는다.

테니스코트 옆을 지나가는데, 지난번 도쿄에 왔을 때 소개해 준 교수가 오늘도 코트를 이리저리 뛰어다니고 있었다. 경제학부 교수라고 했었다.

"가사하라 교수님은 교단에 서 있는 시간보다 공을 쫓아다니는 시간이 더 많아."

내 생각을 읽기라도 한 것처럼 시모조 씨가 말했다.

우리의 시선을 느꼈는지 가사하라 교수가 게임을 중단하고 이쪽으로 걸어왔다. 턱에서 땀이 뚝뚝 떨어졌다.

"이거, 오늘도 둘이 함께군."

"교수님, 연습을 너무 많이 하시는 거 아니에요?"

"자네도 좀 하는 게 좋을걸. 그렇게 손 놓고 있다가는 내 서브 앤드 발리를 못 쫓아올 거야."

"당분간은 문제없어요."

그러고 나서 시모조 씨가 문득 진지한 표정을 지었다.

"교수님도 학창 시절에 하이킹 동호회에서 활동했다고 하셨죠?"

"응. 하지만 자네들이 말한 동호회는 아니었지."

"동호회 회원이 전부 남학생이었죠?"

"그야 당연하지. 당시에는 학교에 여학생이 없었으니까."

"그래도 다른 대학 여학생을 하이킹에 초대한 적은 있지 않나요?"

시모조 씨의 말에 가사하라 교수가 허를 찔린 듯한 표정을 짓더니 금세 다시 웃는 얼굴로 돌아왔다.

"마치 지켜본 것처럼 말하는군. 누구한테 들었지? 그래, 맞아. 자주 여학생을 모집하러 다니곤 했어. 다른 대학에 몰래 들어가서 플래카드를 걸기도 하고. 젊은 혈기 탓이지."

하타무라 씨에게 들은 얘기 그대로였다.

"어떤 여학생들을 초대했는지도 기억하세요?"

"응? 아니. 그런 건 기억이 안 나는걸. 그게 언제 적 일인데."

"가사하라 교수님 같은 플레이보이라면 기억하실 줄 알았지요."

"날 오해하나 본데, 나는 착실한 학생이었어. 그런데 왜 그런 걸 묻지? 그게 왜?"

"아니, 조사할 일이 좀 있어서요."

시모조 씨가 나를 힐끔 바라보았다.

"그 시절에 이 대학 하이킹 동호회에 참가했던 여성을 찾고 있어요."

"흠."

가사하라 교수는 여전히 석연치 않다는 표정을 지었지만 더는 이유를 묻지 않았다.

"그런 일이라면 앨범을 보면 알 수도 있지 않을까."

"앨범이 있어요?"

시모조 씨가 묻자, 가사하라 교수가 가슴을 살짝 뒤로 젖혔다.

"자네는 나를 테니스만 아는 인간으로 여기나 본데, 이래 봬도 한때는 사진이 취미였어. 하이킹 동호회에 들어간 이유도 애초에는 자연을 카메라에 담고 싶어서였고."

"그럼 함께 간 여학생을 사진으로 찍으신 적도 있겠네요."

"내가 동행한 여성을 안 찍을 리 없지."

"에이, 플레이보이 맞잖아요. 그러다 전화번호도 알아내고요?"

"글쎄, 어쨌더라."

가사하라 교수는 수염이 텁수룩한 뺨을 손끝으로 긁었다.

"전화번호는 몰라도 이름 정도는 앨범에 메모했을 수도 있지. 자네들이 찾고 있는 여성은 이름이 뭐지?"

"아베 아키코라는 분이에요."

"아베 아키코 씨라……."

그 이름을 몇 번 되뇌고 나서 교수는 문득 뭔가가 떠오른 듯한 표정으로 나를 보았다. 그러나 이내 원래의 장난기 가득한 표정으로 돌아와 "알았어. 이따가 집에 가서 찾아보겠어." 하고 말했다.

"부탁드립니다." 하고 나는 고개를 숙였다.

교수와 헤어져 의학부 쪽으로 걸어가던 도중에 시모조 씨가 말했다.

"기대할 수는 없지만, 일단 할 수 있는 일은 다 해 봐야지."

"감사합니다."

시모조 씨가 볼일을 마칠 때까지 기다렸다가 우리는 학교를 나와 전에 갔던 레스토랑에서 저녁을 먹었다. 커피를 마시면서 앞으로 어떻게 하면 좋을지 의논해 봤지만 묘안이 떠오르지 않았다. 게다가 나는 시모조 씨에게 너무 폐를 끼친다는 생각에 적극적으로 의견을 낼 용기마저 잃었다. 그런 나의 속내를 헤아렸는지 시모조 씨가 "내 걱정은 하지 마." 하고 말했다. 그녀가 왜 이렇게까지 마음을 써 주는지 의아했다.

집에 돌아와 보니 전화기의 부재중 메시지 수신 버튼이 깜박였다. 재생 버튼을 누르니 모치즈키 유타카 씨의 목소리가 흘러나왔다. 즉시 연락을 달라는 내용이었다. 시모조 씨가 전화를 걸었다.

"여보세요, 시모조야. 안녕. ……응? ……아아, 그래. 다행이네. 그래서? ……응 ……알았어."

통화를 하던 그녀가 송화구를 손바닥으로 막은 채 나를 봤다.

"고바야시 씨한테 연락이 왔는데, 지금 하코다테에 있대."

"하코다테에요?"

"자세한 사정은 모르겠지만, 여러 가지로 문제가 있나 봐. 지금은 호텔에도 묵을 수 없어서 차 안에서 지낸대. 그리고 그녀 쪽에서도 너를 한번 만나고 싶다나 봐. 네가 언제 홋카이도로 돌아오는지 알고 싶대."

나는 침을 꿀꺽 삼켰다.

"고바야시 후타바 씨가…… 말이죠?"

"어떻게 할래? 너, 일단 홋카이도로 돌아갈래?"

나는 고개를 숙이고 잠시 생각에 잠겼다. 하지만 망설이는 것은 아니었다. 내 분신을 만날 각오는 되어 있었다.

"갈게요."

시모조 씨를 올려다보며 대답했다.

"가서 고바야시 후타바 씨를 만나겠어요."

그러는 게 좋겠다는 듯이 고개를 끄덕이고 나서 그녀는 송화구에서 손바닥을 떼었다.

"여보세요, 마리코가 돌아가겠대. ……응, 그래. 하지만 비행기 표를 구할 수 있을지 어떨지 알 수 없으니……, 그래, 알겠어. 그럼 비행기 편이 정해지는 대로 알려 줄게."

전화를 끊고 나서 그녀는 나를 보고 한 번 더 고개를 크게 끄덕였다.

"내일 항공사에 일일이 전화해 보자. 여름 방학이라 빈자리가 쉽게 나지는 않겠지만."

"죄송해요, 수고를 끼쳐 드려서."

"그건 괜찮은데, 나도 부탁이 하나 있어."

시모조 씨가 약간 겸연쩍어하면서 낮은 소파에 앉았다. 그녀가 그런 표정을 보이는 건 흔치 않은 일이다.

"뭔데요?"

"나도 홋카이도에 같이 가면 안 될까?"

나는 놀라서 눈을 깜박거렸다.

"시모조 씨도요?"

"어차피 지금까지 관여했으니 나도 한번 만나 보고 싶어서 그래. 또 하나의 너를 말이야. 안 될까?"

그녀가 진지한 눈빛으로 나를 바라보았다.

나는 빙그레 웃으며 고개를 저었다.

"안 될 이유가 없죠. 시모조 씨가 같이 가면 저도 마음이 든든해요. 하지만 학교는 어떡하고요?"

"그건 어떻게든 될 거야. 걱정하지 마."

"네."

대답하는 목소리에 힘이 들어갔다. 나 혼자 고바야시 후타바 씨와 대면할 일을 생각하면 솔직히 두려웠다. 게다가 홋카이도까지의 먼 길을 고민에 휩싸인 채 가기는 싫었다.

"그녀를 만나는 것도 중요하지만, 자유 시간도 가져야겠어. 나, 홋카이도는 처음이거든."

시모조 씨가 장난스럽게 말했다.

그때 전화벨이 울렸다. 시모조 씨가 얼른 수화기를 들었다.

"아아, 교수님. 아까는 고마웠습니다."

밝은 목소리로 응대했다. 가사하라 교수인 듯하다.

"네? ……아니, 정말요? ……아, 그건 괜찮은데, 지금 말인가요? ……알겠습니다. 그럼 역 앞 카페에서. 네."

그녀 목소리가 조금씩 가라앉는 듯한 느낌이 들었다. 전화를 끊은 그녀가 석연치 않은 표정으로 나를 보았다.

"가사하라 교수님인데, 앨범을 찾았대. 그래서 꼭 보여 주고 싶은 게 있으니 지금 바로 만나자는데?"

"아베 아키코라는 사람의 사진이 있다는 건가요?"

"그런 것 같기는 한데, 확실히 말해 주지는 않았어. 일단 가보자."

나도 시모조 씨를 따라 일어섰다.

역 앞 카페에 들어가 안쪽 테이블에서 둘이 나란히 앉아 기다리고 있자, 몇 분 후 가사하라 교수가 나타났다. 수수한 색깔의 폴로셔츠 차림이어서 테니스복을 입었을 때보다 열 살은 늙어 보였다.

"많이 기다렸나?"

"아니요. 별로요."

시모조 씨가 대답했다.

음료를 주문한 후 종업원이 멀어진 것을 확인하고 나서 교수는 옆구리에 끼고 있던 앨범을 테이블에 올려놓았다.

"이걸 보여 주기 전에 묻고 싶은 게 있어."

"뭔데요?"

"자네가 찾고 있는 여성이 이 학생과 관계있는 사람이지?"

교수가 나를 바라보며 시모조 씨에게 물었다.

"그건 왜 물으세요?"

"질문한 사람은 나야."

교수가 입가에 미소를 머금었다. 그러자 곰 인형처럼 푸근한 얼굴이 되었다.

"맞아?"

"관계가 있는지 어떤지는 아직 잘 몰라요."

시모조 씨도 내 쪽을 힐끔 봤다.

"그래서 조사하고 있고요."

"역시 그렇군, 역시. 내가 이런 말을 하는 이유는 이걸 보면 알 거야."

가사하라 교수가 앨범을 펼쳐 우리 쪽으로 돌려놓았다.

"이 여학생이 아베 아키코 씨야."

그가 사진 한 장을 가리켰다.

그 사진을 보는 순간 나는 온몸이 오싹했다.

사진에는 젊은이 넷이 찍혀 있었다. 남자 두 명이 여자 둘을 사이에 두고 서 있었다. 어딘가 야트막한 산이라도 올랐는지 네 명 모두 바지에 바람막이 점퍼를 입은 가벼운 옷차림이었다.

두 여학생 중 내 눈길이 꽂힌 사람은 오른쪽이었다. 가사하라 교수와 시모조 씨도 그 여학생을 보고 있을 게 분명했다.

나이는 스무 살쯤일까. 길지 않은 머리가 어깨 부근에서 둥글게 말려 있었다.

그리고 얼굴은.

이쪽을 향해 웃고 있는 얼굴은 틀림없는 내 얼굴이었다. 30년도 더 된 사진 속에 내가 있었다.

시모조 씨 집으로 돌아왔을 때는 시곗바늘이 10시 근처를 가리키고 있었다. 우리는 말없이 거실 소파에 앉았다. 시모조 씨가 에어컨을 켠 다음 사진을 테이블에 올려놓았다. 가사하라 교수에게 받아 온 것이다.

둘이서 잠시 그 사진을 들여다보았다.

거기에 찍혀 있는 사람은 나였다.

생김새며 체형이며 모두, 그리고 입술 오른쪽 끝이 살짝 올라간 것까지 나와 똑같았다. 닮았다는 표현도 적당치 않다. 예전에 봤던 타임머신 영화가 떠올랐다. 주인공 소년이 타임머신을 발명한 노인과 함께 과거와 미래를 오가는 영화다. 주인공 소년은 과거에서 사진을 찍은 후 현재로 돌아온다. 그리고 당연히 옛날 사진 속에서 자신의 모습을 발견한다. 그 영화를 봤을 때는 박장대소했는데, 이 사진을 보고 있자니 그렇게 설명하는 것이 가장 설득력이 있을 듯하다.

"내가 학생을 처음 봤을 때, 어디선가 만난 적이 있는 것 같다고 했지? 생각해 보니 이 여학생을 어렴풋이 기억하고 있었나 봐. 실은 아베 아키코라는 이름을 들었을 때도 뭔가 느낌이 있었어. 아니, 아무리 그래도 그렇지, 정말 똑 닮았어. 완전 판박이야."

가사하라 교수도 그렇게 말했다.

하지만 물론 이 여학생은 내가 아니다.

그렇다면 누굴까.

"이제야 알겠어요."

침묵을 깨고 내가 입을 열었다. 시모조 씨가 내 쪽으로 천천히 고개를 돌렸다.

나는 핸드백을 열고 삿포로에서 가져온 사진을 꺼냈다. 예의 얼굴이 지워진 여자 사진이다.

"여기에도 나랑 똑같은 얼굴의 여자가 찍혀 있었겠죠. 엄마가 아빠의 옛날 앨범 같은 데서 이 사진을 발견했을 거예요. 엄마는 소스라치게 놀랐겠죠. 당신 딸이 당신은 전혀 닮지 않았는데 아빠의 옛 지인과 똑같이 생겼으니까. 아마도 체외 수정으로 자신의 몸에 착상한 수정란이 자신의 난자가 아니라 이 여자의 난자를 사용했다는 사실을 그 즉시 알아차렸을 거예요. 당연히 엄마는 이 여자가 누군지 알고 싶었겠죠."

"그래서 어머니가 도쿄에 와서……."

시모조 씨의 말에 나는 고개를 끄덕였다.

"그랬을 거예요."

"왜 아버지에게 묻지 않았을까?"

"그러고 싶지 않았을 거예요. 엄마는 자존심이 강했으니까. 그리고."

나는 심호흡을 한 번 한 후 말을 이었다.

"두려웠을 거예요."

"그랬을 수도 있겠다."

시모조 씨가 시선을 아래로 떨어뜨렸다.

"이게 아빠의 산보회 시절 사진이라고 생각한 엄마는 곧장 시미즈 히로히사 씨에게 연락했겠죠. 그래서 앨범을 보고는 문제 여성의 이름이 아베 아키코이며, 아빠가 옛날에 사랑했던 사람이라는 사실을 알았을 거예요. 아울러 아빠가 엄마에게 무슨 짓을 했는지도 깨달았겠죠. 아빠는 자신이 사랑하는 사람 대신 그 사람의 아이라도 얻고 싶었던 거예요. 거기에 엄마를 이용했고요."

억누르기 힘든 격한 감정이 나의 내면을 뒤흔들었다. 몸이 떨리고 눈물이 흘렀다.

"엄마가 시미즈 씨의 앨범에서 아베 아키코라는 사람의 사진을 빼낸 이유는 그런 사실을 그대로 두고 싶지 않아서였을 거예요. 그런 어이없는 사실을⋯⋯. 시모조 씨, 나는 엄마가 다른 방법을 놔두고 모든 걸 태워 버리는 방식으로 자살한 이유를 알 것 같아요. 엄마는 모든 게 거짓이라는 사실을 깨달았던 거예요. 행복한 가정도, 다정한 남편도, 자신이 낳은 딸조차 가짜였다는 사실을요. 아아, 아아, 가엾은 엄마⋯⋯. 내 얼굴을 보고 얼마나 화가 났을까요. 얼마나 고통스러웠을까요."

엄마의 슬픔을 절감하는 말들이 내 입에서 새어 나왔다. 나 자신조차 그것이 말인지 울부짖음인지 구별할 수 없었다. 그러나 끝내는 테이블에 엎드려 울고 말았다.

흥분이 가라앉자 허탈감이 찾아왔다. 그러기를 기다렸다는 듯이 시모조 씨가 내 등에 손을 얹었다.

"네게는 잘못이 없어. 너는 그저 태어났을 뿐이야."

"나는 아빠가 원망스러워요. 평생 증오할 거예요."

"마리코……."

시모조 씨의 손이 내 머리로 옮겨 갔다.

나는 얼굴을 들고 테이블에 놓인 사진을 봤다. 유전학상 내 엄마로 여겨지는 사람의 사진을.

"시모조 씨."

"응?"

그녀가 내 머리를 쓰다듬던 손길을 멈췄다.

나는 사진을 손에 쥐고 말했다.

"아무리 친엄마라고 해도 이렇게까지 닮을 수가 있나요? 이 사람은 영락없이 나예요."

잠시 침묵하던 시모조 씨가 "아무튼 내일 다카시로 야스유키 씨 집에 가 보자."라고 말했다.

나는 사진을 뒤집었다. 거기에는 가사하라 교수가 약 30년 전에 쓴 메모가 있었다.

'왼쪽부터 가사하라, 우에다 도시요(데이토 여자 단기대), 아베 아키코(데이토 여대), 다카시로(경제)'

아빠와 함께 산보회 활동을 했을 다카시로 야스유키 씨가 그 사진에도 있었다.

후타바의 장 8

카스테레오의 디지털 시계가 9시 정각을 가리켰다. 와키자
카 고스케는 운전석에서 지도를 노려보고 있었다. 오늘 몇 번
이나 이런 모습을 봤는지 모른다.

미술관인지 자료관인지 모르겠지만, 아무튼 그런 건물 주차
장이다. 바로 옆에는 고료카쿠(하코다테에 있는, 에도 시대의 서양
식 성곽 유적—옮긴이)가 있다. 정확하게 말하면 고료카쿠라고
쓰인 간판이 있다. 내부는 컴컴해서 잘 보이지 않는다. 밖에
서 봤을 때는 그저 정원 같은 느낌일 뿐이다.

오늘 저녁 무렵 하코다테에 도착했다. 삿포로에서 무려 7시
간 가까이 걸렸다. 산 넘고 물 건너온 것도 아니고, 커브조차
거의 없는 포장도로를 일정한 속도로 달렸는데도 말이다.

우지이에 기요시 씨를 만나는 것이 하코다테에 온 목적이었
다. 이름으로 미루어, 유타카가 만났다는 우지이에 마리코라
는 여성은 아마도 우지이에 기요시 씨의 딸일 것이다. 우지이

에 씨의 주소는 불분명했지만, 하코다테 이과 대학에서 교수로 근무하고 있다는 말을 후지무라에게 들은 기억이 있었다. 다만 내가 호쿠토 의과 대학 후지무라의 방에 갔을 때, 후지무라가 누군가와 통화하면서 우지이에가 왜 도쿄에 갔느냐고 했다. 어쩌면 아직 돌아오지 않았을지도 모른다.

그런데 왜 우지이에 씨의 딸이 나를 빼닮았단 말인가.

나는 상상 끝에 가장 타당해 보이는 쪽으로 결론을 내렸다. 나도 우지이에 씨의 딸이 아닐까, 하는 것이다.

게다가 평범한 딸이 아닐지도 모른다. 나는 시험관 아기이자 쌍둥이 중 한쪽이고, 다른 한쪽은 우지이에 씨 부인의 배 속에 착상한 뒤 우지이에 마리코로 태어나지 않았을까. 체외 수정의 경우, 쌍둥이를 따로따로 낳을 수 있다는 얘기를 신문 같은 데서 읽은 적이 있다. 그리고 그렇게 생각하면 모든 것이 그럴듯하게 맞아떨어진다.

"그럴지도 모르지."

내 의견에 와키자카 고스케도 동의했다.

"그럴 경우 엄마는 누굴까?"

"우리 엄마는 아닐 거야. 내가 엄마랑 하나도 안 닮았거든. 역시 우지이에 마리코의 엄마가 친엄마인지도 몰라."

그 의견에 와키자카 고스케는 아무 반응도 보이지 않았다.

하코다테로 오는 차 안에서 생각을 정리해 보았다. 엄마가 살해당한 일에는 이하라 슌사쿠가 얽혀 있다. 그리고 이하라 슌사쿠는 현재 병을 앓고 있다. 그, 또는 그의 부하가 내 몸을 노리고 있다. 나는 시험관 아기일지도 모르며, 나와 똑같이 생긴 여자가 있다. 그녀는 호쿠토 의과 대학에서 엄마와 함께 일했던 우지이에 씨의 딸인 듯하다.

생각하면 할수록, 답이 있는지 의심스러웠다. 답도 없는데, 영문을 알 수 없는 카오스 속에서 헤매고 있는 게 아닐까. 하지만 이런 카오스가 내 주위에만 생겨나지는 않았을 테니 역시 어딘가에는 답이 존재할 것이다.

이런저런 궁리 끝에 나는 마리코를 만나 보기로 했다. 나와 그녀가 만나면, 퍼즐이 맞춰지듯이 새로운 무언가가 드러날 듯한 기분이 들었다.

하코다테에 도착한 다음 유타카에게 전화해 내 의견을 전했다. 그리고 마리코가 언제 홋카이도에 돌아오는지 물어봐 달라고 부탁했다. 내가 직접 그녀에게 전화를 하기가 아무래도 망설여졌다.

내가 통화하는 사이 와키자카 고스케도 자기 회사에 전화를 걸어 우지이에 기요시 씨의 주소를 알아냈다.

"잘도 알아낸다."

감탄스러워서 내가 말했다.

"하코다테 이과 대학의 교수라는 사실을 아니까. 인터넷의 위력이지, 뭐."

별일 아니라는 듯이 그가 대답했다. 그런가, 하고 나는 무심히 납득했다.

지도를 보면서 그 주소의 위치를 찾았지만 좀처럼 찾아지지 않아, 차를 달리다 말고 길가에 세우는 일이 반복됐다.

"아, 알았어. 방향이 잘못됐어."

지도를 무릎에 펼쳐 놓은 채 와키자카 고스케가 다시 자동차 시동을 걸었다.

"이번에는 틀림없겠지?"

"그럼. 여기서 별로 멀지 않아."

그가 차를 출발시켰다.

하코다테의 거리는 밤이라 그렇게 보이는 건지 생각처럼 멋지지는 않았다. 어디에나 있을 법한 조그만 거리에 불과했다. 텔레비전 여행 프로그램에서 보았던, 이국적 정취로 가득한 지역은 어디에 있는 것일까.

와키자카 고스케가 마침내 차를 세운 곳은 아파트로 보이는 3층짜리 건물 앞이었다. 주위는 지극히 평범한 주택가로, 집들이 빽빽하게 들어차 있는 모습이 도쿄와 다르지 않다.

"이 건물 3층이야."

엄지손가락으로 위를 가리키며 와키자카 고스케가 말했다.

계단을 올라 우지이에 씨의 집 바로 앞까지 왔을 때 눈앞에 있는 문이 벌컥 열리더니 퉁퉁한 중년 아줌마가 나왔다. 우리를 보고 움찔하던 그녀가 어쩐 일인지 환하게 웃었다.

"아유, 깜짝이야. 돌아왔나 보네?"

아주 친숙하게 말을 걸어온다.

나는 당황스러웠지만 "아, 네." 하고 애매하게 대꾸했다.

"그래……."

그녀가 와키자카 고스케를 힐끔거리면서 우리 옆을 지나 계단 쪽으로 걸어갔다.

나는 뒤돌아서서 그에게 물었다.

"방금 그거, 뭐였다고 생각해?"

"착각한 거지, 우지이에 마리코로."

그가 대답했다. 나는 팔짱을 끼고 침을 삼켰다.

"전혀 의심하지 않는 표정이었어."

"그래."

나는 눈을 딱 감고 우지이에 씨 집의 벨을 눌렀다. 그러나 아무 반응이 없었다.

"역시 도쿄에서 아직 돌아오지 않았나……."

"그럴지도 모르겠다. 나중에 다시 올까?"

"응."

1층으로 내려와 정면 현관을 나서려는데 와키자카 고스케가 걸음을 멈췄다. 그의 시선이 우편함을 향해 있다. 305호 우편함에 우지이에라 적힌 이름표가 붙어 있었다. 우편물이 많이 쌓여서 미처 들어가지 못하고 우편함 입구로 비어져 나온 것도 있었다.

그가 봉투 하나를 쓱 뽑더니 앞뒤를 살펴보고 내게 건넸다. 흰 봉투였다. 보낸 사람 난에는 가톨릭 계통일 것 같은 여학교의 기숙사 이름이 인쇄되어 있다. 그리고 받는 사람은 우지이에 마리코로 되어 있었다.

"그녀가 기숙사에 있었던 모양이군."

와키자카 고스케가 말했다.

"그런가 봐. 좋은 집안 따님들만 다니는 학교 같은 느낌이야."

"아버지가 대학교수라니까 교육에 신경을 썼겠지."

"나랑은 완전 다르네."

"그런 학교에 다닌다고 행복한 건 아니야."

"그야 그렇지만."

나는 다시 한 번 우지이에 마리코라는 글자를 보았다. 참 좋은 이름이네, 하고 생각했다.

아파트를 나와서 다시 유타카에게 전화를 걸었다. 그는 우지이에 마리코가 내일이라도 홋카이도로 돌아올 생각이라고 했다. 내일 내가 다시 전화해서 확실한 일정을 듣기로 했다.

오늘 밤은 부두 근처의 창고 뒤에 차를 세우고 밤을 보내기로 했다. 설마 하코다테까지 이하라의 감시망이 뻗치지는 않겠지 생각하면서도 호텔에 묵는 일은 일단 피하기로 했다. 어젯밤에 이어 또다시 차에서 자는 신세가 되었지만, 냄새나는 담요를 뒤집어쓰는 일에는 이제 익숙해졌다. 와키자카 고스케는 어젯밤에 그랬던 것처럼 침낭을 들고 잠자리를 찾아 나갔다. 안됐지만, 이렇게 좁은 곳에서 함께 잠을 잘 만큼 나는 관대하지 않다. 뭐, 아무리 홋카이도라 해도 여름이니까 감기는 걸리지 않겠지.

선루프를 열고 밤하늘을 바라보면서 잠을 청했다. 별은 보이지 않았다.

다음 날 아침, 근처 공원에서 세수를 하고 카페에서 모닝 세트를 먹은 다음 곧장 우지이에 씨의 아파트로 향했다.

"아, 수염 깎고 싶다."

오른손으로 운전대를 잡은 채 왼손으로 턱을 문지르며 와키자카 고스케가 말했다.

"머리도 가렵고 온몸이 끈끈해."

"참아. 나도 이틀씩이나 머리를 못 감기는 오랜만이야."

"그래도 어디서 팬티라도 샀으면 좋겠는데."

그가 중얼거린다. 나는 얼굴을 찡그리며 그에게서 조금이라도 떨어지려고 엉덩이를 들썩거렸다.

아파트 앞길에 차를 세우고 우지이에 씨가 나타나기를 기다렸다. 하지만 우리는 그의 얼굴을 모른다. 비슷한 남자가 아파트로 들어가면 와키자카 고스케가 얼른 뒤쫓아 가서 어느 집으로 들어가는지 확인하는 방법을 쓰기로 했다. 약 한 시간을 지켜보는 동안 남자 둘이 들어갔지만, 어느 쪽도 우지이에 씨는 아닌 듯했다.

"도쿄에서 곧장 호쿠토 의과 대학으로 갔을 수도 있지 않을까?"

"그건 그렇지."

와키자카 고스케도 동의했다.

"하코다테 이과 대학에 가 보면 뭔가 알 수 있을지도 몰라. 가 볼래?"

"글쎄……."

나는 흰 봉투를 집어 들었다. 어제, 우지이에 씨의 우편함에서 꺼내 온 것이다.

"아니, 그거, 돌려놓지 않았어? 범죄야."

"꺼낸 사람은 그쪽이잖아."

그리고 나는 봉투를 팔락팔락 흔들었다.

"있잖아, 우리 여기 가 볼까?"

봉투를 팔락거리면서 내가 물었다.

"뭐야?"

그가 멀뚱멀뚱 내 눈을 바라본다.

"진심이야?"

"진심이지. 이 아이에 관해 알고 싶어. 어떤 아이였고 어떻게 생활했는지. 기숙사에서 지냈다면 거기 가서 물어보는 게 가장 좋지 않겠어?"

와키자카 고스케가 운전대를 탁탁 쳤다. 그리고 봉투에 인쇄된 학교 주소를 확인한 다음 말없이 지도를 펼쳤다.

"산속에 있네. 드라이브하기에는 안성맞춤이겠다."

"그럼 가는 거지?"

안전띠를 잡아당기며 물었다.

"응. 단,"

그가 진지한 눈으로 나를 바라봤다.

"네가 우지이에 마리코와 똑같이 생겼다는 사실을 잊지 마."

"알았어."

나는 찰칵, 안전띠를 잠갔다.

하코다테만을 한 바퀴 빙 돌듯이 해안 도로를 달리다가 오른쪽으로 꺾어 좁은 길로 들어섰다. 조그만 건널목을 지나 잠깐 더 가니 길이 갑자기 오르막으로 변했다. 집들이 점차 보이지 않더니 잠시 후에는 사방이 숲으로 둘러싸였다. 조금 전까지 바다 냄새가 났는데, 지금은 싱그러운 나무 냄새가 난다.

이윽고 차는 자로 그은 것처럼 곧게 난 길로 들어섰다. 포장은 되어 있지 않고, 선명한 바퀴 자국 두 줄기가 저 멀리까지 쭉 뻗어 있었다. 길 양쪽으로는 키 큰 나무가 일정한 간격으로 서 있고, 그 나무들 사이로 드넓은 초원이 보였다. 한참을 달려도 그런 풍경은 달라지지 않았다.

어쩌면 이 길은 끝나지 않을지도 몰라, 그런 생각으로 불안해지기 시작할 무렵 저 앞에 갈색 건물이 나타났다.

"휴, 다행이다."

운전석에서 와키자카 고스케가 중얼거렸다.

"곧은 길처럼 보이지만 실은 같은 자리를 맴돌고 있는 게 아닌가 하는 생각이 들던 참이야."

갈색 건물이라고 여긴 곳은 벽돌로 지어진 오래된 교회였다. 그 바로 앞에 역시 벽돌로 쌓은 담이 있고 거기에 검은 철문이 달려 있었다. 와키자카 고스케는 그 문 앞에 차를 세웠다.

밖으로 나서고 보니 공기가 차가웠다. 팔을 문지르고 있자니 "자." 하면서 와키자카 고스케가 요트 파카를 휙 던져 준다. 그 자신은 두꺼운 트레이너를 입고 있었다.

헐렁헐렁한 요트 파카를 걸치면서 나는 담장 안쪽을 기웃거렸다. 그러나 보이는 것은 교회뿐이고 더 안쪽은 보이지 않는다. 주위에는 안개가 자욱하게 덮여 있었다. 귀에 이상이 있는 게 아닐까 싶을 정도로 사방이 고요하다.

철문 바로 옆에 조그만 출입구가 있고, 그 옆에 역시 벽돌로 지은 아주 조그맣고 예쁜 건물이 붙어 있었다. 창문이 있긴 하지만 지금은 꼭 닫혀 있고, 안으로 하얀 커튼이 드리워 있다. 다가가 보니 창문 밑에 '학교에 용건이 있으신 분은 버튼을 눌러 주세요.'라고 적힌 팻말이 붙어 있고 그 옆에 작은 버튼이 있다. 나는 망설이지 않고 버튼을 눌렀다.

잠시 후 하얀 커튼이 찰랑거리며 열리고 여자 얼굴이 보였다. 중년이라기에는 조금 더 나이가 들어 보이지만, 얼굴 주름에서 기품이 느껴지는 사람이었다. 그녀가 환하게 미소를 지으며 창문을 연다.

"기숙사에 갔으면 하는데요."

"기숙사는 저 안쪽이에요."

여자는 미소를 지으면서도 경계하는 눈치다.

"무슨 용건인가요?"

"그게, 저……."

"졸업생에 관해 알아볼 게 있어서요."

언제 왔는지, 뒤에 있던 와키자카 고스케가 말했다.

"수상한 사람은 아닙니다."

그가 명함을 내밀었다.

그녀는 명함을 잠시 들여다보더니 그에게 돌려주었다.

"힘들게 오셨는데, 관계자가 아닌 사람이 출입하려면 소개장이 있어야 해요. 소중한 자녀들을 맡고 있으니까요."

부드러운 말투지만 단호함이 느껴졌다.

"그럼 기숙사 책임자를 만날 수는 없을까요?"

그가 다시 물었다.

"그게······."

여자가 난감한 표정을 지었다.

그때 자갈 밟는 소리가 들렸다. 소리가 나는 쪽으로 고개를 돌려 보니, 검은 옷 위에 하얀 에이프런을 두른 여자가 육중한 걸음걸이로 다가오는 참이었다. 보기 좋게 둥글둥글한 그녀는 '바람과 함께 사라지다'에 나오는 흑인 가정부를 연상시켰다.

"파이를 좀 구웠어요."

둥글둥글한 여자가 창문 안쪽 여자에게 미소를 지어 보였다. 손에는 흰 천을 덮은 쟁반을 들고 있다. 그런데 그녀의 얼굴이 우리 쪽을 향한 순간 그 미소가 사라지고 말았다.

"어머나, 수녀님, 늘 감사해요."

쟁반을 받아 든 창문 안쪽 여자가 생글거리며 웃는다.

"그런데, 실은 이분들이 기숙사를······."

"아니!"

창문 안쪽 여자가 말을 채 끝내기도 전에 둥글둥글한 여자가 입을 쩍 벌렸다.

"마리코 아니니? 이런, 이런, 몰라보겠네. 그러니까, 그게,"

그녀가 내 모습을 다시 한 번 훑어보고 나서 말했다.

"굉장히, 굉장히 활발해 보이는구나. 전에는 바지 한번 안 입더니 말이야."

"저, 수녀님. 이분을 아세요?"

"졸업생이야. 마리코, 우지이에 마리코. 오랜만이네."

수녀님이라고 불린 여자가 만면에 미소를 머금었다.

"잘 지냈지?"

"네."

나도 모르게 대답하고는 허둥지둥 손을 내저었다.

"아, 아니에요."

"뭐가?"

"저는 우지이에 마리코 씨가 아닙니다."

둥글둥글한 여자가 일순 멍한 표정을 짓더니, 왜 그러는지 와키자카 고스케 쪽을 보고는 눈을 동그랗게 떴다.

"우지이에가 아니라면…… 너, 결혼한 거야?"

나는 화들짝 놀라 "아니요, 제 이름은 고바야시 후타바예요. 우지이에 마리코 씨와 다른 사람입니다."라고 대답했다.

"뭐라고……?"

둥글둥글한 여자의 뺨이 파르르 떨렸다.

"지금 장난치는 거지?"

"정말이에요."

"하지만 너는……."

그녀가 동그랗게 뜬 눈을 깜박거렸다.

"아무리 봐도 우지이에 마리코인걸."

"아니요, 그게 실은……."

그때 와키자카 고스케가 나섰다.

"여기 있는 고바야시 씨는 마리코 씨와 쌍둥이 자매입니다. 그런데 사정이 있어서 친부모님과 떨어져 자랐습니다. 이번에 홋카이도에 온 참에 동생이 생활했던 기숙사를 구경하고 싶다고 해서요."

대담한 거짓말에 나는 얼굴이 굳어졌다. 그러나 수녀는 와키자카 고스케의 터무니없는 말을 믿는 듯했다.

"어머나, 그랬군요."

이제야 납득이 간다는 표정으로 그녀는 고개를 끄덕거렸다.

"그래서 이렇게 똑 닮았구나. 아아, 그래요. 아니, 마리코는 어쩜 그런 얘기를 한 번도 하지 않았을까……."

"아마 부모님께서 마리코에게 그런 말을 입 밖에 내지 말라고 하셨을 거예요."

어쩔 수 없이 나도 거짓말에 동참하기로 했다. 조금 전에 내가 '마리코 씨'라고 존칭을 붙였는데도 둥글둥글한 수녀는 성격도 대범한지 신경을 쓰는 것 같지 않았다. 그리고 내게 기숙사를 안내해 주겠다고 말했다.

"고맙습니다."

내가 인사하자 와키자카 고스케도 옆에서 고개를 숙였다.

"하지만,"

수녀가 집게손가락을 세웠다.

"남자 분은 곤란해요. 남자가 들어올 수 있는 곳은 이 교회까지예요."

"네에?"

메모지를 한 손에 들고 걸어가던 그가 그 자리에 멈춰 섰다.

"규칙이 그래요."

수녀가 내 어깨에 손을 얹었다.

"그럼 갈까요."

나는 와키자카 고스케를 돌아보며 "이따 봐." 하고 말했다.

기숙사는 고적이라는 표현이 어울릴 만큼 오래된 목조 건물이었다. 눈앞에 목장이 펼쳐져 있고, 소가 한가롭게 거닐거나 쭈그리고 앉아 있다. 전혀 일본 같지 않은 풍경이다.

건물에 들어서자 신발장이 죽 늘어서 있었다. 그곳에서 슬리퍼로 갈아 신은 뒤 안으로 걸음을 옮겼다. 외관에 비해 내부는 새로 단장한 느낌이다. 복도에는 카펫이 깔려 있었다. 학생들이 등교해서 이렇게 조용하다고 수녀가 일러 주었다. 이곳의 중고등부는 여름 방학이 늦게 시작되는 모양이다.

나는 담화실이라는 곳으로 안내되었다. 커다란 텔레비전

이 있고, 둥그런 테이블이 몇 개 놓여 있었다. 각 테이블에는 의자가 네 개씩 배치되어 있다. 우리는 그중 한 테이블에 앉았다.

수녀님이라고 불린 둥글둥글한 여자는 호소노라고 자신을 소개했다. 오랫동안 이 기숙사 사감으로 지내 왔다고 한다. 그녀가 나를 두고 어딘가로 사라지더니, 잠시 후 사과 주스 두 잔을 들고 돌아왔다.

호소노 수녀는 내게 우지이에 마리코에 관해 여러 가지 얘기를 들려주었다. 그녀의 솔직함이나 근면함, 성실함 등을 구체적인 예를 들어 설명했다. 나를 우지이에 마리코와 쌍둥이로 믿고 있으니 나쁜 말은 하지 않는 것이 당연하겠지만, 호소노 수녀의 얘기는 신빙성 있게 들렸다. 그녀가 우지이에 마리코를 하도 칭찬하는 바람에 나는 살짝 마음이 상했다. 왜 그런지는 나도 알 수 없었다.

"정말이지 늘 밝고 좋은 아이였어요. 그런데 역시 그 화재 사건이 있고 나서는 침울해하는 일이 많았죠."

호소노 수녀의 표정이 흐려졌다.

"화재 사건이라니요?"

내가 되묻자 호소노 수녀는 잠시 어리둥절해했다. 잠자코 있을 걸 그랬다고 나는 후회했다.

"그…… 마리코네 집에 불이 난 사건 말이에요."

호소노 수녀가 의아하다는 듯이 말했다.

"그 일로 어머니가 돌아가셨는데……."

심장이 오그라드는 느낌이었다. 우지이에 마리코가 그렇게 해서 엄마를 잃었단 말인가.

"몰랐어요?"

설마 하는 표정으로 호소노 수녀가 물었다.

"네, 저, 얼핏 듣기는 했지만, 자세한 내용은……."

그럴싸한 거짓말이 떠오르지 않아 당황스러웠다. 그런데 호소노 수녀는 그런 내 모습을 보고는 나름대로 해석한 듯했다.

"역시, 자세한 얘기를 하면 안 된다고 주위 분들이 배려하셨군요."

딱하다는 눈빛으로 나를 보며 그녀가 말했다. 동정하는 투여서 나는 애매하게 네, 하고 대답해 두었다.

그때 젊은 여자 하나가 나타났다. 긴 치마를 입은, 못된 장난과는 거리가 먼 타입이었다.

"수녀님, 손님이 오셨군……."

그러면서 내 얼굴을 보던 그녀의 눈과 입이 동시에 천천히 커졌다.

"마리코!"

또 시작이다. 나는 솔직히 말해 이제는 넌더리가 났다.

"하루코가 마리코랑 같은 학년이었어?"

호소노 수녀가 의외라는 듯이 물었다.

"아니요, 수녀님. 마리코가 저보다 2년 아래였어요. 그런데 방을 같이 썼거든요. 그렇지?"

하루코라는 여자가 내게 미소를 지어 보였다. 나는 머리를 긁적거리며 호소노 수녀를 봤다.

그녀의 둥근 얼굴에 씁쓸한 미소가 떠올랐다.

"있잖아, 하루코. 이분은 마리코가 아니야. 아주 똑 닮았지만 말이지."

"네, 무슨 말씀이세요?"

하루코 씨가 몇 번이나 눈을 깜박였다.

"설마요……."

"고바야시라고 합니다. 동생이 신세를 많이 진 모양이에요."

나는 반쯤은 될 대로 되라는 심정으로 말했다.

"동생이라면……."

"언니래, 쌍둥이 중에."

호소노 수녀가, 와키자카 고스케가 지어낸 얘기를 그대로 되풀이했다. 하루코 씨 역시 전혀 의심하는 기색 없이 크게 고개를 끄덕였다.

"아, 그렇군요. 정말 똑같이 생기셨어요. 마치 마리코가 와 있는 것 같습니다."

그러고서 그녀는 "죄송합니다, 자꾸 힐끔거리게 되는군요."

라고 사과했다.

"아닙니다."

나는 내 또래 여자가 이런 말씨를 사용하는 걸 거의 처음 들은 터라 무척 신선했다. 우지이에 마리코도 분명 이럴 테지, 하고 상상했다. 나도 이 기숙사에 있었다면 이렇게 되었을까. 내가 이런 말투를 쓴다면 밴드 멤버들은 낄낄거리며 웃을 것이다.

하루코 씨는 이 재단에서 운영하는 대학에 진학했는데, 여름 방학을 맞아 일을 거들러 왔다고 한다. 교육학부에 적을 두었으며 순조롭게 일이 풀리면 장래에는 여기서 생활할 거라고 한다. 그래서야 남자 친구가 생기겠나 싶었지만, 그런 농담을 입 밖에 낼 분위기가 아니라서 잠자코 있었다.

하루코 씨가 우지이에 마리코와 얽힌 추억을 얘기해 주었다. 호소노 수녀의 얘기와 겹치는 부분도 있었지만, 사감 몰래 저질렀던 몇몇 일은 여기서 처음 밝히는 모양새가 되었다. 그래 봐야 방에서 패션쇼 비슷한 걸 했다거나, 좋아하는 탤런트에게 함께 팬레터를 보낸 정도였지만. 우지이에 마리코가 중학교 1학년 때여서 그 정도였을지도 모른다.

이번에는 내 얘기를 하게 되었다. 하루코 씨도 호소노 수녀도 사사로운 일을 꼬치꼬치 파고들지는 않았지만, 나와 우지이에 마리코가 서로 떨어져 자랐다는 점에는 깊은 관심을 보였다. 생각해 보면 당연한 일이다.

"이런저런 사정이 있어서요."

나는 대충 얼버무렸다.

"저를 키워 주신 부모님이 돌아가시는 바람에 이번에 만나게 되었어요."

"그랬군요."

호소노 수녀가 고개를 끄덕였다. 갖가지 상상의 나래를 펼치는 표정이었지만, 함부로 물어서는 안 된다고 생각하는 듯했다. 두 사람이 지극히 상식적이어서 다행이라고 생각했다.

"저, 한 가지만 여쭤봐도 될까요?"

하루코 씨가 작심한 듯이 물었다.

"네."

"고바야시 씨의 친부모님이 우지이에 씨 내외잖아요. 그러니까 마리코를 키운 아버지와 어머니 말이에요."

"그렇죠."

내친김에 그렇게 대답할 수밖에 없었다. 그러지 않으면 이 사람들이 혼란스러워할 거라는 생각이 들었다. 그런데도 하루코 씨는 왠지 떨떠름한 표정이었다.

"왜 그러시죠?"

내가 물었다.

"아아, 저, 굉장히 실례되는 말일지도 모르겠는데요."

그녀가 나와 호소노 수녀의 얼굴을 번갈아 보며 머뭇거렸다.

"예전에 마리코에게 마음에 걸리는 말을 들은 적이 있어서요."

"무슨 말인데요?"

"그게……."

잠시 틈을 두었다가 그녀가 말했다.

"자기가 부모님의 친자식이 아닐지도 모른다고요."

"네?"

나는 등을 쭉 폈다.

"잠깐, 하루코. 그런 말을 경솔하게 입에 담으면 안 돼."

호소노 수녀가 기숙사생들을 이렇게 대하지 않을까 싶게 매우 위엄 있는 목소리로 그녀를 나무랐다.

"죄송합니다."

하루코 씨는 조건 반사처럼 고개를 숙였다.

"하지만, 마리코가 정말 고민을 많이 했어요. 특히 어머니를 닮지 않았다고요. 그래서 어머니가 자신을 싫어하는 게 아닐까 하고 줄곧 걱정했어요."

"말도 안 되는 소리! 자식이 부모를 닮지 않는 경우는 얼마든지 있어요."

"네. 저희도 마리코에게 그렇게 말했어요. 하지만 그녀가 별로 수긍하지 않는 것 같더군요. 그런 와중에 화재 사건이 일어나는 바람에 더는 그런 얘기를 나누지 못했지만……."

그러고서 하루코 씨는 고개를 숙였다.

나는 생각에 잠겼다. 우지이에 마리코가 자신의 출생에 관해 조사하고 있다는 말은 유타카에게 전화로 들은 바 있다. 그녀가 의문을 품게 된 동기는 엄마와 닮지 않아서였을까.

만약 둘 다 시험관 아기라고 했을 때 나도 마리코도 엄마를 닮지 않았다면 대체 진짜 엄마는 누구란 말인가.

"죄송합니다. 제가 쓸데없는 말을 했어요."

내가 아무 말도 하지 않자 하루코 씨가 울음을 터뜨릴 것 같은 얼굴로 사과했다.

"괜찮아요. 마음에 두지 마세요."

속마음과는 다른 말을 하며 나는 억지웃음을 지어 보였다.

그 후 기숙사 내부를 한 바퀴 둘러보고 나서 나는 그곳을 나왔다. 호소노 수녀가 나를 문까지 바래다줬다.

"마리코에게 안부 전해 주세요."

헤어지면서 호소노 수녀가 말했다.

"네."

나는 고개를 끄덕였다. 나와 우지이에 마리코의 실제 관계를 알게 되면 이 뚱뚱한 여자는 어떤 표정을 지을까.

철문을 나오자 큰 나무 뒤에 와키자카 고스케의 자동차가 서 있고, 그는 그 안에서 낮잠을 자고 있었다. 나는 그를 깨위 우지이에 마리코에 관해 들은 얘기를 들려주었다. 그녀 역시 엄마를 닮지 않았다고 말하자 그는 팔짱을 끼고 생각에 잠겼다.

"가능성은 한 가지밖에 없군. 너희 둘은 쌍둥이 시험관 아기고, 게다가 대리모도 서로 달랐던 거야."

"대리모라……."

그 말에는 불쾌한 뉘앙스가 있었다. 엄마라는 존재를 그런 식으로 정의하고 싶지 않았다.

"있잖아, 지금 문득 생각났는데,"

우리가 왔던 길을 바라보며 내가 말했다. 반대 방향에서 바라봐도 별 차이가 없었다.

"혹시 나와 우지이에 마리코는 몸도 똑같지 않을까?"

잠시 침묵하던 그가 "그게 무슨 뜻이지?" 하고 물었다.

"얼굴만 똑같은 게 아니라 분명 몸도 똑같을 거야. 그게, 쌍둥이가 그렇잖아."

"그래서?"

"그쪽이 말했잖아. 내 몸에 뭔가 비밀이 숨겨져 있고, 이하라 슌사쿠 일당이 그걸 노리는 거라고. 그 비밀이라는 게 우지이에 마리코에게도 있지 않을까?"

"아마 그렇겠지."

"그럼 큰일이야."

심장이 두근거리기 시작했다.

"이 사실을 우지이에 마리코에게 빨리 알려야 해. 이번에는 그 아이를 노릴 거야."

마리코의 장 9

가사하라 교수가 아베 아키코라는 여성의 사진을 보여 준 다음 날 아침, 시모조 씨가 통신사로 전화해 다카시로 씨의 집 전화번호를 알아냈다. 다행히 지금도 다카시로 씨의 집 주소는 그대로였고, 전화번호도 전화번호부에 실려 있었다고 한다. 시모조 씨는 재빨리 그 번호를 메모했다.

"그럼 이 번호로 전화를 걸어 볼게."

"부탁드려요."

나는 고개를 살짝 숙였다.

가사하라 교수는 사진에 왜 다카시로 씨가 찍혀 있는지 그 이유를 잘 모르겠다고 했다. 다카시로 씨와 안면이 없었던 듯하다.

"이 사진에 찍힌 사람은 네 명이지만, 이 사람들만 하이킹을 가지는 않았을 거야. 여럿이 갔는데 어쩌다 보니 이 네 명이 사진을 찍었겠지. 우리 동호회는 최소한 열 명은 모였으니까."

가사하라 교수의 설명은 그랬다.

"하지만 여학생이라면 몰라도, 회원이 아닌 남학생이 같이 가는 경우도 있었나요?"

시모조 씨가 물었다.

"딱 하나, 가능성을 생각해 볼 수 있지. 그 남학생을 통해서 다른 대학 여학생을 초대하는 경우야. 예를 들어서 여대생 애 인이 있는 남학생에게 부탁해서 그녀의 친구를 소개받았을 때는 그 남학생과 애인까지 하이킹에 참여한다든가 말이야."

"그럼 이 아베 아키코 씨가 다카시로 씨와 연인 사이였을지 도……."

"가능성이 있는 얘기지. 회원 중 다카시로 씨와 친한 녀석이 아베 아키코 씨의 친구를 데려오라고 부탁했을지도 몰라."

나는 그 추리가 그럴듯하다고 생각했다. 아빠는 아베 아키 코라는 여학생을 사랑했고, 산보회 멤버 중 누군가와 그녀를 놓고 다투었다고 했다. 그 라이벌이 바로 다카시로 야스유키 씨였을 것이다.

그래서 다카시로 씨의 집을 찾아가 보기로 했지만, 과연 그 에 대한 답을 들을 수 있을지는 의문이었다. 다카시로 씨는 이미 세상을 떠났다.

시모조 씨가 조심스럽게 전화기의 숫자 버튼을 눌렀다. 연 결되기를 기다리는 동안 그녀는 몇 번이나 입술을 핥았다. 역시 긴장한 것이다.

그녀의 뺨이 꿈틀 움직인 걸 보고 누군가 전화를 받았나 보다고 짐작했다.

"아, 여보세요. 다카시로 씨 댁인가요? ······아, 저는 데이토 대학 사무국 사람인데요, 다카시로 야스유키 씨가 댁에 계신가요? ······아, 그렇군요. 그럼 사모님은요? ······네, 언제쯤 돌아오시는지······. 그래요. 네? ······저, 이번에 동창회 명부를 새로 작성하게 되어서, 근무처 등을 여쭤보려고요. 네? ······아니, 그런 사람은 아니에요. 네? 저······ 여보세요. 아······."

입을 반쯤 벌린 상태로 시모조 씨는 움직임을 멈췄다. 그리고 잠시 후 천천히 수화기를 내려놓았다. 그녀가 이쪽을 돌아보며 쓴웃음을 짓는다.

"묻는 방식이 좋지 않았나······. 뭔가 오해한 것 같아. 가사 도우미가 전화를 받은 것 같은데. 그렇다면 집이 상당히 큰 가 봐."

"부인이 외출한 모양이네요."

"응. 언제 돌아올지 모른대. 그보다."

시모조 씨가 테이블을 손가락으로 톡톡 두드렸다.

"소메이샤라고 했어. 주인어른이나 사모님께 물어보고 싶은 게 있으면 소메이샤로 연락하라는데?"

"소메이샤라면, 출판사 말인가요?"

"그럴 거야."

"그 출판사에 근무한다는 얘기일까요?"

"그런지도 모르지. 그런데 말이야, 소메이샤라는 이름을 듣고 생각이 났는데, 다카시로라는 성과 소메이샤가 뭔가 관계가 있지 않나?"

"어떤 관계요?"

"잠깐 기다려 봐. 아마 책이 한 권 정도는 있을 거야."

그러고서 일어나 공부방으로 간 시모조 씨는 책이 빽빽이 꽂힌 책꽂이 앞에 서서 죽 훑어보다가 양장본 한 권을 뽑아 들었다. 공해에 관한 책인 듯했다. 그녀가 그 책의 뒤쪽을 펼쳤다.

"아, 역시 그러네. 다카시로가……."

거기까지 말하다가 그녀가 말을 멈췄다. 그리고 마치 비디오의 일시 정지 버튼을 누른 것처럼, 이쪽을 향하려던 동작 그대로 정지했다. 이윽고 얼굴을 들었을 때 그녀의 눈은 골똘히 생각에 잠겨 있었다.

"왜 그러세요?"

시모조 씨는 대답 없이 돌아와서 그 책을 펼친 채 내게 보여 주었다. 펼쳐진 곳은 맨 마지막 페이지였다. 그녀가 판권을 가리켰다.

'펴낸 곳, 주식회사 소메이샤'라는 글자가 보였다. 그리고 그 옆에 '펴낸이, 다카시로 아키코'라고 적혀 있었다.

분쿄구라면 내게는 아무런 이미지가 떠오르지 않는 곳이었다. 그러나 앞으로는 아마 평생 잊지 못할 장소가 될 것이다.

다카시로 씨의 집을 찾아가는 게 잘하는 짓인지 나로서는 판단하기 힘들었다. 다카시로 아키코라는 여자가 유전학상 내 엄마라는 사실은 거의 틀림없었고, 그걸 확인했으니 이제는 그만 물러나는 편이 낫지 않을까 하는 마음도 있었다. 그러나 역시 알고 싶기는 했다. 왜 그런 일이 일어났는지, 왜 다카시로 아키코라는 여자의 아이를 우리 엄마가 낳아야 했는지를.

전철이 다카시로 씨의 집에서 가장 가까운 역에 도착했다. 나는 시모조 씨와 함께 역에서 나왔다. 시모조 씨는 여름용 정장을 입었다. 소메이샤 사장님 댁을 방문하는 거니까, 라고 그녀는 말했다. 나는 내가 가져온 옷 중 제일 얌전한 치마와 블라우스를 골라 입었다.

우리는 전신주에 붙어 있는 주소 표지판을 보면서 한여름의 뙤약볕을 걸었다. 도중에 동네의 집들이 자세히 그려진 지도가 있었다. 거기서 다카시로라는 성을 찾을 수 있었다. 지도로 보건대 상당히 큰 저택인 듯했다.

"조 앞인 것 같아."

시모조 씨가 말했다.

목적지가 가까워지자 심장이 쿵쿵거리기 시작했다. 피가 머리로 몰리며 뺨이 화끈거렸다. 인적이 드문 주택가라서인지 발소리가 유난히 크게 들렸다.

이 모퉁이를 돌면 그 집이 있다, 그렇게 생각했을 때, 나는 걸음을 멈췄다.

"왜 그래?"

시모조 씨가 뒤를 돌아보았다. 그러고는 내가 걸음을 멈춘 이유를 헤아린 듯 부드럽게 미소 지었다.

"이대로 진상을 모른 채 돌아가는 것이 나을까?"

나는 고개를 저었다.

"자, 그렇다면……."

나는 두세 번 심호흡을 하며 마음을 가라앉히려 했다. 무슨 일이 벌어져도 결코 이성을 잃어서는 안 된다. 어떤 사실을 알게 되더라도 놀라지 말자. 스스로 몇 번이나 다짐했다.

한 걸음을 내디딘 후 그 집 쪽을 보았다.

무사 집안의 저택을 떠올리게 하는 하얀 담이 눈에 들어왔다. 그 담을 뒤덮듯이 정원수 가지가 안에서 뻗어 나와 있다.

나는 또 몇 걸음 앞으로 나아갔다. 다카시로가는 오랜 역사를 지닌 듯하다. 대문과 그 너머로 보이는 어두운 회색 지붕의 분위기에서 그런 느낌이 묻어났다. 도쿄 한복판에 이런 전통 가옥이 있다니. 볼수록 신기했다.

그제야 나는 찾아온 이유를 뭐라고 설명해야 할지 걱정이 되었다. 어리석게도 그 점에 대해서는 전혀 생각하지 않았던 것이다. 다카시로가의 대문은 그렇게 어설픈 나를 단호하게 거부하듯 굳게 닫혀 있었다. 나는 앞으로 나갈 결심도 하지 못하고, 그렇다고 도망칠 수도 없어 다시 그 자리에 우뚝 서고 말았다.

"자, 어서 가자."

시모조 씨가 말했다.

"하지만……."

"괜찮아."

그녀가 내 등을 살짝 밀었다.

문설주에 인터폰이 달려 있었다. 그걸 누르기 전에 시모조 씨가 대문을 한 번 눈으로 훑었다.

"아쉽게도 카메라가 없는 것 같네. 있으면 얘기하기가 쉬울 텐데."

그 말의 의미를 나는 알지 못했다.

호흡을 가다듬는지 시모조 씨의 가슴이 살짝 오르내렸다. 그녀가 인터폰 버튼을 눌렀다. 잠시 후 스피커에서 대답이 들렸다.

"네."

"데이토 대학에서 왔습니다. 사모님께 긴히 드릴 말씀이 있어서요. 만나 뵐 수 있을까요?"

상대에게 끼어들 틈을 주지 않으려는 것인지, 시모조 씨가 단숨에 말을 뱉었다.

"아까 전화한 분이죠? 사모님은 외출하고 안 계세요."

나이가 좀 있는 듯한 여자의 마뜩잖아하는 목소리가 들렸다.

"돌아오실 때까지 기다리면 안 될까요. 아니면 가족 분이라도 만나 뵈었으면 하는데요."

"지금은 아무도 안 계세요. 용건이 있으면 회사로 연락하세요."

툭, 인터폰 끊기는 소리가 났다.

시모조 씨가 다시 인터폰을 눌렀다. 한 번으로는 아무 반응이 없어서 두세 번 계속 눌렀다.

"네."

조금 전 여자의 성난 목소리가 들렸다.

"일단 문을 좀 열어 주세요."

시모조 씨가 말했다.

"저희를 들여보내 주세요. 그리고 저와 함께 온 사람의 얼굴을 봐 주세요."

"대체 무슨 소리예요?"

"부탁입니다. 아무도 없으면 댁이라도 괜찮아요. 보시면 압니다."

"그럴 시간 없어요."

또 인터폰이 끊겼다. 시모조 씨는 포기하지 않고 인터폰을 다시 눌렀다.

"시모조 씨, 이제 그만하세요."

"무슨 소리야, 여기까지 와서."

그녀는 물러서지 않았다.

대문 안쪽에서 개 짖는 소리가 났다. 시모조 씨가 인터폰에서 손을 뗐다. 대문 왼쪽에 있는 조그만 출입구가 열렸다.

"끈질기네, 정말. 경찰을 부르겠어요."

앞치마를 두른 뚱뚱한 여자가 나와서 말했다. 손에 쥔 줄에 검게 번들거리는 개가 묶여 있었다.

얼굴을 찡그리며 우리 쪽을 노려보던 여자가 내 얼굴에 시선을 주었다. 그 순간 그녀의 표정이 싹 바뀌었다. 아니, 표정이 사라졌다고 하는 편이 적절할 것이다. 출입구 앞에 우뚝 선 채 그녀는 얼어붙은 것처럼 꼼짝하지 않았다.

"저……."

말을 하려고 했지만 시모조 씨가 기다리라는 듯이 내 어깨에 손을 얹었다. 그리고 그녀는 앞치마를 두른 여자에게 다가섰다.

"이래서 만나고 싶다고 했던 거예요."

앞치마를 두른 여자의 망연한 눈길이 나와 시모조 씨 사이를 오락가락했다.

"이 사람은 대체…… 당신들, 누구예요?"

"그 얘기를 하려고 왔어요. 사모님이 정말 집에 안 계시나
요?"

"사모님은 여행을 ……."

"가족 분은요?"

"바…… 바깥어르신은 계신데요."

"뵐 수 있을까요?"

앞치마를 두른 여자가 내 얼굴을 보며 잠시 생각하더니 "여
쮜보고 올게요."라고 대답하고 출입구 안으로 사라졌다. 시모
조 씨가 열려 있는 문 안으로 발을 들여놓으며 내게 "들어가
자." 하고 말했다.

담장 안에는 서늘한 공기가 고여 있었다. 나무들이 햇볕을
가려 준 덕분일 것이다. 나뭇잎 사이로 스며든 햇살이 디딤돌
위에 어른거렸다. 점점이 놓인 디딤돌이 끝나는 곳에 저택이
있었다.

잠시 그곳에 서 있자니 옆쪽에서 소리가 들렸다. 앞치마를
두른 여자가 갈색 기모노 차림의 노인과 함께 서 있었다. 노
인은 손에 전지가위를 들고 있다.

"아니, 이게 무슨……."

내 얼굴을 본 노인이 퀭한 눈을 부릅떴다. 주름투성이 목의

움직임으로 그가 침을 삼키는 걸 알 수 있었다.

시모조 씨가 노인에게 몇 걸음 다가갔다.

"이 친구가 자신의 출생에 관해 조사하고 있습니다."

그녀가 나를 힐끔 돌아보며 말했다.

"여러 경로를 거쳐 이 댁 부인의 존재를 알게 되었어요. 그래서 만나 뵙고 싶은 생각에 이렇게 찾아왔습니다."

시모조 씨가 설명했지만 노인은 사태를 파악하지 못하는 듯했다. 그럼에도 그는 여자에게 우리를 응접실로 안내하라고 지시했다.

저택의 외관은 전통 가옥이지만 안내된 방에는 가죽 소파와 테이블이 놓여 있었다. 장식장 위에는 항아리가 놓여 있고, 옆으로 시선을 옮기자 사진 액자가 걸려 있었다. 기모노 차림의 여자가 서양풍의 양산을 쓴 사진이다. 그런데 그 양산 이상으로 그녀의 얼굴이 기모노와는 이질적이었다. 흑백 사진이라 눈이나 머리 색까지는 알 수 없지만, 분명히 서양인의 얼굴이다.

"누굴까?"

시모조 씨가 중얼거렸다. 나는 글쎄요, 하며 고개를 갸우뚱했다.

앞치마를 두른 여자가 차를 내오고, 노인이 그 뒤를 따라 들어왔다. 조금 전과 달리 안경을 쓰고 있다. 그 안경 너머로 내 얼굴을 힐끔거리며 그는 우리와 마주 앉았다.

먼저 간단하게 자기소개를 했다. 내 이름을 들은 노인이 "우지이에 마리코 씨." 하고 마치 주문을 외듯이 따라 읊었다. 기억에 없는 이름인 듯했다.

"다카시로올시다."

노인은 자신의 성만 밝혔다. 다카시로 야스유키 씨의 아버지일 것이다.

시모조 씨가 여기 오게 된 경위를 설명했다. 하지만 그 내용은 아주 간략했다. 내가 아빠의 앨범에서 나와 똑같이 생긴 여성의 사진을 발견했고, 마침내 그 여성이 다카시로 아키코 씨라는 사실을 알게 되었다는 말이었다. 의문을 품을 여지가 없는 깔끔한 스토리다.

"도무지 모르겠군, 뭐가 어떻게 된 일인지."

노인은 안경을 위로 올리고 시모조 씨가 건넨 사진을 보았다. 가사하라 교수에게 받은 사진이었다.

"그래요, 아가씨는 우리 며느리를 빼다 박았어. 아니, 빼다 박았다는 말로도 모자라지. 똑같아요, 아주 똑같아. 우리 며느리가 이제는 나이를 먹었지만, 그래도 그렇게 느껴지는군. 어떻게 된 일인지. 그 아이가 다른 데서 아이를 낳았다는 말인지."

노인이 나를 보았다.

"아가씨 부모님은 뭐라고 하셨지?"

"엄마는 돌아가셨어요. 아빠께는 아직 아무 말도 듣지 못했습니다."

"아버지에게 묻기 전에 스스로 조사해 보기로 했답니다."

옆에서 시모조 씨가 거들었다.

"아버지는 뭘 하시는 분인가?"

"하코다테 이과 대학에서 학생들을 가르치세요."

짐작 가는 바가 없다는 듯이 노인이 고개를 비틀었다.

"호적은 어떻게 되어 있지?"

"부모님의 장녀로 되어 있습니다."

노인이 사진을 시모조 씨에게 돌려주고는 신음 소리를 냈다.

"며느리에게 물어보지 않고는 아무 말도 할 수가 없겠어요. 하지만 아마도 아가씨는 우리 며느리의 딸이겠지. 어떤 경위로 그쪽 부모에게 맡겨졌는지는 모르지만 말이에요."

그리고 그는 아련한 눈빛으로 중얼거렸다.

"그런데 대체 언제 출산을 했을까……."

"이 친구가 만으로 열여덟입니다."

시모조 씨가 말했다.

"지금으로부터 20년 전쯤 이 댁 며느님이 오랜 기간 입원하신 적이 있나요? 그것도 홋카이도의 병원에요."

질문의 의도는 나도 알 것 같았다. 다카시로 아키코 부인의 난자를 사용한 체외 수정이 실제로 이루어졌는지 확인하려는 것이다.

다카시로 노인은 숨을 크게 들이쉬고 소파에 기댄 다음 후, 하고 길게 숨을 내뱉었다. 그리고 고개를 끄덕였다.

"맞아요. 그래, 그게 꼭 20년 전이지. 둘이 떠났어요, 홋카이도로."

"둘이서요?"

시모조 씨가 물었다.

"그래요. 아들과 며느리 둘이서."

"야스유키 씨도 함께 가셨군요."

"그야 물론이지요. 아이를 갖는 것이 목적이었으니까. 당연히 둘이 가야지."

"아이를 가지러 굳이 홋카이도까지 가셨다는 말씀인가요?"

시모조 씨의 질문에 노인의 얼굴이 어두워졌다. 복잡한 사정이 있다는 걸 굳게 다문 입술이 말해 주었다.

"뭔가 사정이 있었군요. 그 사정을 말씀해 주시지 않으면 아무것도 해결되지 않을 겁니다."

시모조 씨의 말에 노인은 또 크게 한숨을 내쉬었다.

"우리 아들이 아이를 가질 수 없는 몸이었어요. 아니지, 가져서는 안 되는 몸이었지."

"그게 무슨 뜻이죠?"

"병이 있었어요."

노인이 말하고 나서 턱을 쓰다듬었다.

"아이를 가져서는 안 되는 병이었지. 거기에는 나도 책임이 있어요."

노인이 눈을 껌벅거렸다.

"저……."

나는 살짝 치켜뜬 눈으로 노인을 보며 조심스럽게 입을 열었다.

"무슨 병인가요?"

그러자 노인은 슬픈 표정으로 나를 바라보더니 비쩍 마른 오른손을 장식장을 향해 뻗었다.

"저 액자에 들어 있는 사진 속 인물이 내 처랍니다."

일순 의외라는 생각이 들었지만 나는 이내 고개를 끄덕였다.

"아름다우신 분이군요."

"요코하마에 살던 영국인 교사의 딸이었어요. 영어를 배우려고 그 집에 드나들다가 그녀와 친해져서 마침내 결혼까지 했지. 주위 사람들은 극구 반대했지만 나는 개의치 않았어요."

노인이 찻잔을 들어 차를 한 모금 마셨다.

그 얘기가 야스유키 씨의 병과 무슨 관련이 있다는 건지 의아했지만, 잠자코 듣기로 했다. 시모조 씨도 노인을 재촉할 마음은 없어 보였다.

"결혼하고 나서 금방 아이가 태어났어요. 그 아이가 야스유키지. 야스유키는 건강하게 자랐어요. 나는 아버지가 일군 출판사를 물려받아 사업을 키우는 데 정열을 불태웠지요. 모든 일이 순조로웠어. 당시에 아쉬운 게 있었다면 아이가 하나뿐이라는 거였어요. 하기야 그것도 나중에는 불행 중 다행이라고 여겼지만."

여기서 노인은 헛기침을 한 번 했다.

"야스유키는 성인이 되자 우리 회사에서 일하게 되었지요. 학생 시절부터 사귄 여성과 결혼도 했고요."

"그 여성 분이 아베 아키코 씨죠?"

시모조 씨가 물었다.

노인이 고개를 끄덕였다.

"집안도 좋고, 머리도 좋은 아가씨였어요. 야무지기도 했지. 야스유키의 상대로 손색이 없었어요. 더는 걱정할 일이 없겠다고 마음을 놓았을 때 생각지도 못한 일이 일어났어요."

노인이 사진으로 얼굴을 돌렸다.

"내 처가 덜컥 병에 걸렸지 뭐요. 그것도 실로 기묘한 병이었어요."

"기묘한 병이라면……?"

시모조 씨가 물었다.

"우선 몸의 움직임이 이상해졌어요. 손발이 자기 뜻대로 움직이지 않는 거야. 그리고 점점 쇠약해지고. 게다가 아직 그럴 나이가 아닌데 치매 증상을 보이는가 하면 심장 기능에도 이상이 나타나기 시작했어요. 검사 결과 헌팅턴 무도병으로 판명되었지. 무도회, 할 때 무도 말이에요. 그 병에 걸리면 손발이 저절로 심하게 움직여 마치 춤을 추는 것처럼 보인다고 해서 그런 병명이 붙었다더군."

"헌팅턴 무도병……, 그렇군요."

뭔가 이해가 간다는 듯이 시모조 씨가 몇 번이나 고개를 끄덕였다.

"들어 본 적이 없는 병이에요."

내가 말했다.

"우리 나라에서는 흔치 않은 병이야. 하지만 미국이나 영국에서는 10만 명 가까운 사람이 발병 위험이 있는 것으로 여겨지지."

시모조 씨의 말에 다카시로 노인이 "호오." 하며 의외라는 표정을 지었다.

"잘 아는군."

시모조 씨는 자신이 의학부 학생이라고 밝혔다. 노인은 납득하는 표정을 지었다.

"그 병의 기원이 남미인가 보더군요."

"네. 베네수엘라의 한 마을이 그 뿌리랍니다."

"거기에서 바이러스가 발생했나요?"

내가 묻자 노인이 대답했다.

"헌팅턴 무도병은 전형적인 유전병이에요. 상당히 높은 확률로 자식에게 유전되지. 그리고 일단 유전되면 발병 확률도 아주 높아요. 그래서 급속히 퍼진 것 같던데, 맞나?"

마지막은 시모조 씨에게 한 질문이었다. 그녀가 고개를 끄덕였다.

"치료가 어려운가요?"

"지금은 어떤지 모르겠지만……."

"지금도 치료되지 않습니다."

시모조 씨가 즉시 대답했다.

"하지만 얼마 전 미국에서 원인 유전자를 발견했으니까 앞으로 치료의 길이 열릴 거예요."

"그런 날이 빨리 왔으면 좋겠군."

노인의 말투가 절절했다.

"그 병에 걸리면 비참하기 이를 데 없어요. 춤추듯이 움직이고, 쇠약에 치매, 2차 감염, 끝내는 죽음에 이르지. 내 처도 그랬어요."

"하지만 그런 불치병이라면 자손이 줄어들 텐데요?"

"그게 바로 이 병의 문제점이야. 젊을 때는 증상이 나타나지 않다가 대개는 사십 대 중반에 갑자기 나타나거든. 그러니 본인은 미처 깨닫지 못한 채 결혼을 하고, 이미 자식을 낳은 경우가 많아."

"내 처의 경우가 바로 그래요."

노인은 안타깝다는 듯이 무릎을 주먹으로 두드렸다.

"아무 징조가 없었어요. 병에 대한 지식이 조금이라도 있었다면 집안에 발병한 사람이 있다는 사실을 안 시점에 결혼을 단념할 수도 있었겠지만, 우리가 결혼했을 당시에는 그 병의 기묘한 증상만 보고되었을 뿐 그 외에는 아는 게 없었어요. 그게 어떤 병인지 알게 된 건 아내가 발병한 후였지."

"그럼 야스유키 씨도……."

나는 그다음 말을 삼켰다. 그러나 그 뜻은 노인에게 전해진 듯했다.

"당연히 아들 녀석에게 유전되었을 가능성이 높다고 판단했지요. 그렇게 각오할 수밖에 없었어요."

"지금이라면 유전자 정보를 판독해 양성인지 아닌지 판단할 수 있지만, 당시에는 아직 거기까지는 발전하지 못했죠."

시모조 씨가 말했다.

"그 무렵에 고뇌하던 아들 모습을 떠올리면 지금도 마음이 아픕니다."

다카시로 노인이 번뇌에 찬 얼굴을 찡그리며, 주름에 파묻힐 듯한 눈으로 아득히 먼 곳을 바라보았다.

"자신에게 언제 죽음이 찾아올지 알아 버린 것이지요. 야스유키는 하루하루를 침울하게 보냈어요. 걸핏하면 혼자 방에 틀어박혀서 몇 시간씩 나오지 않았고요. 그럴 때면 혹여 자살이나 하지 않을까 걱정스러워서 수시로 말을 걸곤 했어요. 그때마다 다행히 녀석의 대답이 들리기는 했지만 그건 절망이라고 할까 아니면 분노라고 할까, 아무튼 뭐라 말할 수 없이 복잡한 심경이 담긴 목소리였다오."

그럴 만도 하다고 생각했다. 죽음이 한 발 한 발 다가오는 상황에서 평온하게 지낼 수 있는 사람이 몇이나 있겠는가.

"그러다 마침내 아들이 결론을 내렸어요. 자기 처에게 이혼을 요구한 거지. 불행해질 확률이 높다는 걸 알면서 거기에 휘말리도록 놔둘 수는 없다면서 말이에요."

나는 고개를 끄덕였다. 다카시로 야스유키 씨가 진심으로 아키코 씨를 사랑했다면 그러는 것이 당연할지도 모른다.

"하지만 며느리가 이혼에 동의하지 않았어요. 상대가 미래에 병에 걸릴지도 모르니까 이혼한다는 얘기는 들어 본 적이 없다면서 말이지. 그렇게 나약한 소리 하지 말고 둘이 힘을 합해서 고난을 이겨 내자고 오히려 야스유키를 격려했어요."

"강한 여성이군요."

시모조 씨가 말했다.

"정말로 강한 여자지요."

노인은 그렇게 말해 놓고 그 말의 의미를 거듭 확인하듯 고개를 깊이 끄덕였다.

"속으로는 야스유키처럼 절망했을 거예요. 하지만 자신까지 낙담해서는 안 된다고 생각하고 그랬겠지요. 덕분에 야스유키도 새롭게 출발하기로 결심을 굳혔어요. 죽음을 각오한 출발이기는 하지만 말이에요. 그런데 중요한 문제가 하나 있었어요. 다카시로가의 후계자 말이에요. 지금까지 한 얘기로 충분히 짐작했겠지만, 야스유키는 자식을 낳아서는 안 되니까요."

"그래서 홋카이도로 가신 건가요?"

시모조 씨가 물었다.

"자세한 내용은 모르지만,"

노인이 찻잔으로 손을 뻗어 목을 축인 후 다시 입을 열었다.

"아들 말이, 대학 시절 친구 중에 여러 가지 획기적인 연구를 하는 친구가 있는데, 그 친구에게 부탁하면 헌팅턴 무도병의 유전자를 피해 아이를 가질 수 있을지도 모른다는 거였어요."

"대학 시절 친구요?"

나는 시모조 씨를 바라보았다. 그녀도 나를 보더니 고개를 살짝 끄덕했다.

아빠가 틀림없었다. 다카시로 부부는 호쿠토 의과 대학에 있는 아빠를 만나러 홋카이도에 간 것이다.

"그래서, 결과는요?"

413

시모조 씨의 물음에 노인은 힘없이 고개를 저었다.

"모체 쪽에 무슨 시술을 한다더가 그러면서 며느리가 1년 가까이 그쪽에 머물렀지만 결국은 헛수고였나 봐. 뭘 했고, 왜 헛수고였는지는 듣지 못했어요. 선뜻 물어볼 수도 없었고."

"그래서 두 분은 어떻게 하셨나요?"

"어떻게 하고 말고 할 게 있나, 포기하는 도리밖에. 어느 날 야스유키가 내게 와서, 아쉽지만 후계자는 단념해 달라고 하더군요. 내가 이러니저러니 말할 자격이 있나. 어쩔 수 없지 않겠느냐고 대답했지요."

시모조 씨와 나는 다시 얼굴을 마주 보았다. 다카시로 부부가, 아니 적어도 다카시로 아키코 씨가 아무 일 없이 홋카이도에서 돌아왔다고 생각할 수는 없었다.

"20년쯤 전에 그런 일이 있고 나서 지금은 거의 잊었는데."

노인이 내 얼굴을 보며 말했다.

"이렇게 아가씨 얼굴을 보고 있자니 또다시 그때 일이 떠오르는군요. 아가씨는 누가 뭐래도 아키코의 딸이겠지. 그럼 그때 아이가 생기지 않았다고 한 것은 거짓말이었나? 하지만 왜 그런 거짓말을 했을까. 혹시 아키코와 다른 남자 사이에서 생긴 아이인가. 아니지, 우리 며느리는 그럴 사람이 아니야. 만에 하나 그랬다면 누구보다 야스유키가 눈치를 못 챘을 리 없지."

노인은 우리가 아니라 스스로에게 말하는 듯했다.

"본인에게 물어보는 게 가장 좋지 않을까요?"

시모조 씨가 말했다.

"그렇겠지요. 나 역시 전후 사정을 듣고 싶군요. 어쩌면 이 아가씨가 내 손녀일지도 모르니까 말이야."

그러고서 노인은 고개를 갸웃했다.

"하지만 과연 그럴지. 야스유키의 모습이 하나도 없으니 말이에요. 아니, 그렇다기보다는 우리 며느리 그 자체라고 할까. 그 외에는 어느 누구도 닮지 않았어."

"며느님은 언제 돌아오시나요?"

"휴양소에 가서 일주일 정도 쉬다 오겠다고 했으니 며칠 동안은 돌아오지 않을 거예요. 물론 연락할 수는 있으니 서둘러 돌아오라고 해 보지요."

노인이 천천히 소파에서 일어나 문 옆 벽에 붙어 있는 전화의 수화기를 들었다. 그대로 전화를 걸 줄 알았는데 그렇지 않았다.

"기누에 씨, 휴양소 전화번호가 적힌 수첩을 가져와요."

기누에 씨란 조금 전의 그 가사 도우미인 듯했다.

노인이 다시 앉기를 기다렸다가 시모조 씨가 물었다.

"회사는 며느님이 이어받으셨나요?"

"그래요. 10년 전에 야스유키가 죽고 얼마 지나지 않아서요."

"야스유키 씨는 역시 헌팅턴 무도병으로 돌아가셨고요?"

이번에는 내가 물었다.

"그렇지. 예상보다 발병이 빨랐어요. 야스유키는 우울증에 빠져서 알코올에 의존하게 되더군요. 그 병은 발병하면 정신까지 망가지는 모양인지……. 여위고 안색도 나빠지더니 차츰 여러 가지 증상이 나타났어요. 며느리는 발병 전부터 치료법을 찾으려고 전 세계에서 정보를 수집했지만, 확실한 방법을 찾지 못했어요. 연구자들도 그 병의 유전자가 어디 있는지 정도만 겨우 알게 된 단계였으니까 말이야. 그 무슨 염색체 속에 있다고 하던데……."

"제4염색체 단완이라는 부분이에요. 매사추세츠 종합 병원의 제임스 구셀라라는 사람이 발견했습니다."

시모조 씨가 설명했다.

"그래요. 그나마 획기적인 발견이었지만, 치료에 적용하기까지는 아직 먼 시절이었지. 그러는 동안 야스유키는 점점 쇠약해졌어요. 그러다가 어느 날 아침에 보니 침대에서 싸늘하게 식어 있었어요. 심부전에 의한 돌연사라던가……. 마지막에는 뼈하고 가죽만 남아서 나보다 더 늙어 보였다오."

담담하게 말하는 다카시로 노인의 얼굴에서 나는 잠시 눈을 돌렸다. 이렇게 말할 수 있기까지는 얼마나 많은 시간이 필요했을까.

"며느님도 많이 힘들어하셨겠어요."

"그야 물론이지."

더 말할 필요도 없다는 듯이 노인이 한숨을 깊이 쉬었다.

"배우자가 병에 걸려 죽었다는 사실 하나만으로도 보통 사람은 정신이 아득해질 거예요. 그런데 그 아이는 회사 일까지 도맡아 했어요. 약해질 틈이 없다는 듯이 말이지. 대단한 사람이에요. 야스유키가 죽었을 당시에는 내가 사장으로 있었지만, 이내 아키코에게 맡겨도 괜찮겠다고 판단했지. 아이러니한 얘기지만, 야스유키가 아니라 아키코가 경영을 맡아서 회사로서는 다행이라고 할 수 있어요."

"하지만 그다음은 어떻게 하실 생각이세요? 후계자가 없으니……."

"그 문제는 해결되었어요. 아까는 깜박 잊고 말하지 못했는데, 야스유키가 살아 있을 당시에 어느 친척에게 건강한 사내아이를 양자로 얻었지. 지금은 훌륭하게 성장해서 아키코를 돕고 있어요."

"양자를요? 그분은 지금 어디 있나요?"

"요즘 계속 집을 비우네요. 취재차 해외에라도 간 게지."

그때 노크 소리가 들리고, 기누에 씨가 들어와 다카시로 노인에게 얇은 노트 같은 것을 건넸다.

"어디 보자, 아키코가 어느 휴양소에 간다고 했지?"

안경을 고쳐 쓰면서 노인이 물었다.

"지토세로 간다고 하셨어요."

기누에 씨가 대답했다.

그 순간 세 사람이 동시에 아니, 하고 외쳤다. 기누에 씨는 자신이 무슨 잘못이라도 저질렀나 하는 표정을 지었다.

"지토세라면 홋카이도인가?"

"네……."

노인이 우리 쪽을 보았다.

"우연이려나?"

나는 아무 대답도 하지 못한 채 시모조 씨에게 눈길을 주었다. 그녀의 찡그린 눈썹이, 절대 우연이 아니라고 말하고 있었다.

다카시로 노인이 곧바로 전화를 걸었다. 그러나 아키코 씨는 부재중인 듯했다. 밤이나 되어야 돌아온다면서 나갔다고 한다.

"두 분은 언제까지 여기 있지요?"

전화를 끊고 나서 노인이 물었다.

"오늘 저녁이라도 홋카이도로 돌아갈까 생각하고 있어요."

"그렇군요. 그럼 아키코가 이리 오느니 그쪽에서 만날 수 있도록 조치를 취하는 편이 나을지도 모르겠군요. 알았어요, 홋카이도에 도착하면 이리 연락해 줘요. 그 전에 며느리에게 얘기를 해 둘 테니까. 그, 이름이 뭐라고 했더라……."

"우지이에입니다. 우지이에 마리코요."

"우지이에 씨. 알겠어요."

"우지이에……."

옆에서 듣고 있던 기누에 씨의 표정이 변했다. 다카시로 노인도 그 사실을 알아차린 듯했다.

"왜 그러나?"

"아니, 저."

"뭐야, 빨리 말해 보게."

"네, 그게, 사모님이 홋카이도로 가시기 직전에 우지이에 씨라는 남자 분이 전화를 하셨어요. 그리고 사모님이 곧장 나가셨거든요."

"그래서 우지이에라는 사람을 만났다는 건가?"

"글쎄요, 거기까지는……."

기누에 씨가 꾸중이라도 듣는 것처럼 몸을 움츠렸다.

"아가씨 아버지인가?"

다카시로 노인이 내게 물었다. 나는 고개를 갸웃거렸지만, 아마 아빠일 거라고 생각했다. 며칠 전에도 왔는데 또 도쿄에 왔단 말인가. 그것도 다카시로 아키코 씨를 만나려고?

"이거, 아무래도 아키코와 그쪽 아버지 양쪽 모두의 얘기를 들어 봐야겠군. 가급적이면 빨리."

노인이 신음하듯이 말했다.

다카시로 저택을 나올 때 노인은 우리를 정원까지 배웅해 주었다. 마지막으로 인사를 하는데, 나무 사이에서 아까 그 검은 개가 튀어나왔다. 마치 나를 덮칠 것 같은 기세여서 나도 모르게 비명을 질렀다.

"박카스!"

노인이 날카로운 소리로 외쳤다.

그러나 박카스라고 불린 개는 나를 덮치지 않고 발밑에서 냄새 맡는 시늉을 했다. 그리고 짖기는커녕 부드러운 눈빛으로 나를 올려다봤다.

"아이고, 이걸 어째."

기누에 씨가 개 줄을 들고 와 박카스의 목 줄에 걸었다.

"죄송합니다, 묶어 둔다는 걸 그만 깜박했어요."

"조심해야지. 그나저나 이 개가 이렇게 낯선 사람을 따르다니, 희한한 일일세. 혹시 아가씨를 우리 며느리로 착각했는지도 모르겠네요."

노인이 진지하게 말했다.

다카시로 저택을 나와 지하철역으로 향하는 도중에 시모조 씨가 "집에 도착하면 곧바로 준비해서 하네다로 가자. 기다려 보면 취소하는 자리가 두 개쯤은 생길 거야."라고 말했다.

"다카시로 아키코 씨가 홋카이도에 있다는데, 고바야시 후타바 씨와 관계가 있을까요?"

"그럴 거야. 우연이라기에는 너무 심하잖아."

"아빠가 아키코 씨를 만나러 오기도 했고요."

내가 모르는 곳에서 분명 무슨 일인가 벌어지고 있는 것이다.

지하철에 올라타 둘이 나란히 자리에 앉았다. 건너편 자리에서는 회사원인 듯한 남자가 피로에 찌든 얼굴로 꾸벅거리고 있었다. 반소매 와이셔츠의 겨드랑이 부근이 땀으로 얼룩져 있다. 그러고 보니 도쿄에는 피곤해 보이는 사람이 참 많다. 마음 편히 쉴 곳은 아닌지도 모르겠다. 내가 도쿄에 있는 대학에 진학하는 걸 한사코 반대하던 아빠의 말이 떠올랐다. 물론 아빠는 내가 다카시로 아키코 씨의 존재를 알게 될까 봐 두려워서 반대했을 것이다. 출판사 사장이라니 언제 어느 때 매스컴에 얼굴을 드러낼지 알 수 없는데, 내가 그걸 보지 말란 보장이 없기 때문이다.

"헌팅턴 무도병이었구나."

옆에서 시모조 씨가 중얼거렸다.

"이제야 좀 알겠어."

"저는 그런 병이 있는지도 몰랐어요."

"나도 실제 사례를 가까이에서 듣기는 처음이야."

"역시 다카시로 부부가 홋카이도에 갔을 때 내가 생긴 걸까요?"

"너라는 사람이 태어날 만한 요인이 만들어진 것만은 분명하겠지."

"하지만 어떻게요?"

"글쎄, 그건 앞으로 조사해 봐야지."

시부야역에서 전차로 갈아탄 후 시모조 씨가 학교에 잠깐 들렀다 가자고 했다. 당분간 연구실에 얼굴을 비칠 수 없다는 말을 해 두고 싶다고 한다.

"너는 먼저 가서 준비하고 있어도 좋아."

"아니에요. 짐이 많은 것도 아닌데요, 뭐."

나는 시모조 씨와 함께 대학교 앞 역에서 전차를 내렸다.

어제처럼 정문으로 향한 길을 걸어갔다. 정문을 지난 후에는 넓은 캠퍼스를 가로질렀다. 이로써 몇 번째 여기 오는 것일까. 그렇게 많이 온 것도 아닌데 어쩐지 늘 다니던 장소 같은 기분이 든다.

"여기서 잠깐 기다려. 금방 끝내고 나올게."

하얀 4층 건물 앞에 나를 남겨 두고 시모조 씨는 안으로 들어갔다. 이곳은 내가 처음 이 학교에 왔을 때 그녀를 기다리던 곳이다. 그 후로 시간이 꽤 흐른 것 같은데, 따져 보니 겨우 3주일 전이었다.

어쩌면 더는 올 일이 없을지도 모른다고 생각했다. 홋카이도로 돌아가 뭔가 해답을 얻으면 다시 올 필요가 없을 수도 있다.

문득 우메즈 교수에게 인사라도 하자는 생각이 들었다. 옛날의 아빠를 아는 몇 안 되는 사람 중 하나다. 게다가 교수를 만나면서 많은 걸 알게 되었다.

여름 방학이라서 교수가 있을지는 의문이었지만, 나는 일단 건물로 들어갔다. 방의 위치는 기억하고 있다.

발소리를 죽이고 마루 복도를 걸어가자 기억 속 그 장소에 '제10연구실'이라고 적힌 팻말이 보였다. 문을 노크하려는데 안에서 소리가 들렸다.

"이 기회를 놓치면 방법이 없어요."

시모조 씨의 목소리였다. 나는 문을 두드리려고 쥐었던 주먹을 천천히 풀었다. 그녀 목소리에서 절박감이 묻어났다.

"하지만 얼굴이 닮았다는 것만으로는……."

우메즈 교수 목소리다.

"닮은 게 아니라 똑같다니까요. 얼굴이 똑같아요. 그것도 30년이라는 시간을 두고 말이에요."

심장이 쿵쿵거리기 시작했다. 시모조 씨가 교수에게 내 얘기를 하는 듯했다.

"도저히 믿기지 않아. 구노 교수가 그 실험에 집착했다는 건 알았지만, 설마 실제로 그 일을 했다고는……."

"그럼 달리 어떻게 설명할 수 있죠? 그녀와 고바야시 후타바, 다카시로 아키코 씨가 모두 똑같이 생겼다니까요."

"그게 말이야, 외모가 같다는 건 주관적인 판단이겠지."

"그들을 보고 하나같이 놀라더라고요. 교수님도 고바야시 후타바의 사진을 보고 몹시 놀라셨잖아요."

"물론 그 사진이야 아주 흡사했지만……."

교수가 말끝을 흐렸다.

뭘까. 두 사람이 뭘 가지고 저렇게 다투는 걸까.

"그 세 명의 존재가 알려지면 세상이 발칵 뒤집힐 거예요. 그렇게 되면 우리는 손을 내밀 수 없겠죠. 지금 바로 핵심에 접근해 연구 내용과 실험의 자세한 내용을 조사해야 한다고 생각해요. 잘하면 데이터를 손에 넣을 수도 있어요."

"그걸 손에 넣어서 어찌겠다는 거지?"

"물론 우리 대학의 재산으로 만들어야죠."

"그런 건 재산이 될 수 없어."

"절대 그렇지 않아요. 이제껏 아무도 하지 못한 실험의 기록인걸요. 앞으로도 불가능할 거예요. 그 데이터가 있으면 발생학과 유전자공학이 비약적으로 발전할 테고요."

"내 생각은 달라. 자네 말대로라면 호쿠토 의과 대학이 이미 실적을 내놓았을 거야. 그런데 그 사람들은 쥐의 핵 이식에서조차 악전고투하고 있어."

"구노 교수님이 돌아가신 탓이 클 거예요. 핵심 두뇌를 잃는 바람에 호쿠토 의과 대학에서도 모처럼의 보물을 살리지 못하는 거죠."

"보물이라니, 얼토당토않은 소리야."

우메즈 교수가 어두운 목소리로 말했다.

"회수되지 않은 독가스 무기 같은 것이지."

"설사 그렇다 해도 어쨌든 회수는 해야잖아요?"

"그걸 자네가 할 필요는 없어."

"제가 해도 상관없잖아요. 게다가 제가 가장 가까운 위치에 있어요."

"아무튼 나는 찬성할 수 없어. 그 연구는 위험한 사상의 산물이야. 그런 일에 관여하는 건 자네 앞날을 위해서도 바람직하지 않아."

"이제 와서 손을 떼다니, 그럴 수는 없어요. 우지이에 마리코라는 실험 결과가 눈앞에 있는걸요."

실험 결과? 내가?

"아직 확실한 것도 아니잖아. 손을 뗄 기회는 지금뿐이야."

"확실해요. 적어도 저는 확신하고 있어요."

시모조 씨의 목소리가 한 단계 높아졌다.

"그녀는 클론이에요."

그 순간 주위의 소리가 아득해졌다. 마치 아주 잠깐 정신을 잃은 느낌이었다. 어쩌면 이제부터 그들이 하는 얘기가 귀에 닿지 못하도록 일종의 방어 본능이 무의식적으로 작동했는지도 모른다.

정신을 차려 보니 쪼그리고 앉아 문에 손을 대고 있었다. 청각이 원래대로 돌아왔는데도 안에서 아무 소리도 들리지 않았다. 그 대신 발소리가 다가왔다. 내가 소리를 낸 모양이었다.

얼른 일어나 그 자리를 뜨려고 했지만 발이 말을 듣지 않았다. 복도 중간쯤에서 휘청거리는데 등 뒤에서 문이 열리는 소리가 났다. 나는 그 자리에 선 채 천천히 뒤를 돌아보았다. 시모조 씨가 이쪽을 보고 서 있었다. 그 뒤로 우메즈 교수의 모습도 보였다.

"듣고 있었니?"

창백한 얼굴로 시모조 씨가 물었다.

나는 고개를 끄덕였다. 그런 동작만으로도 목에서 삐걱거리는 소리가 날 만큼 몸이 뻣뻣했다.

"이봐, 내 얘기를 좀……."

한 걸음 앞으로 나서려는 우메즈 교수를 시모조 씨가 손을 내밀어 제지하며 "제가 설명할게요. 제 책임이니까요."라고 말했다.

"하지만……."

"부탁드려요, 교수님."

교수가 잠시 생각하더니 고개를 끄덕였다.

"알았네. 그럼 내 방을 사용하도록 해."

그리고 그는 복도 반대쪽으로 걸어갔다.

시모조 씨가 다가와 내 어깨에 손을 얹었다.

"설명하게 해 줘. 너도 이렇게 불분명한 건 싫잖아."

나는 그녀를 한 번 올려다본 후 다시 시선을 떨어뜨리고 걸음을 옮겼다.

지난번에 왔을 때처럼 교수 방에서 검은 소파에 앉았다. 시모조 씨는 맞은편에 앉았다.

"나는 SF 따위 자주 읽지 않지만, 아까 그 말은 들은 적이 있어요. 아까 그, 클론이라는 말은……."

나는 고개를 숙인 채 말했다.

"복제 인간이라는 뜻이죠? 똑같은 인간을 잔뜩 만들어서……. 내가 그거로군요."

"잠깐, 부탁이야. 잠깐만 고개를 들어 봐."

그녀의 목소리가 격해져 있었다. 나는 시선을 약간 들었다.

"물론 클론이라는 말은 SF 같은 데 자주 등장하지만, 우리가 사용할 때는 의미가 약간 달라. SF에서는 한 사람의 세포를 채취하고 배양해서 똑같은 사람을 만들어 내지만, 현실에서 그건 불가능한 일이야. 그러니까 너도 그런 의미의 복제 인간은 아니야."

"그럼 뭐죠?"

"그건……, 설명하려면 길어지는데."

"설명해 줘요, 이해하도록 노력할 테니까."

시모조 씨는 무릎 위에서 양손을 깍지 끼었다가 마주 비볐다가 했다.

"핵 이식이라는 말을 들어 본 적이 있니?"

"아까 두 사람이 얘기하던 중에 그 말이 나왔었죠. 그러고 보니 전에 아빠 서재에 들어갔을 때도 그렇게 적힌 파일이 있었어요."

동시에 그때 엿들었던 아빠의 통화 내용이 기억났다. 그때도 핵 이식이라는 단어가 나왔던 것 같다.

"그 의미는 모르지?"

"네, 몰라요."

"그럼 생물 강의가 되겠구나. 세포에 세포핵이라는 부분이 있다는 건 알아?"

"네, 생물 시간에 배웠어요."

"난자도 일종의 세포라서 핵이 있어. 핵 안에는 유전의 근간이 되는 유전자가 들어 있고. 하지만 그것만으로는 염색체 수가 절반밖에 안 되니까 완전한 인간이 될 수 없어. 그래서 나머지 절반의 유전자를 가진 정자와 결합해서 한 사람분의 세포가 되는 거야. 그게 수정이지. 그리고 그렇게 만들어진 세포가 분열을 반복해서 마침내 하나의 개체로 성장하는 거야. 그래서 수정된 세포의 핵에는 엄마와 아빠 양쪽에서 물려받은 유전자가 들어 있어. 여기까지는 알겠지?"

"네, 알겠어요."

"핵 이식이라는 것은 수정 이외의 방법으로 난자를 한 인간으로 성장할 수 있는 세포로 만드는 것을 말해. 그 원리는 어렵지 않아. 난자 안에 있는 절반짜리 핵을 제거한 뒤 이미 한 사람분이 되어 있는 세포핵을 넣으면 되니까. 그럴 때는 머리카락을 이루는 세포를 사용할 수도 있고, 내장을 구성하는 세포를 사용할 수도 있을 거야. 하나의 개체를 이루는 세포는 기본적으로 모두 같은 유전자를 갖고 있을 테니까."

"그렇게 하면 어떻게 되는데요?"

"그런 식으로 핵이 이식된 난자는 그 핵의 유전자를 이어받게 되지. 예를 들어 흰 암쥐의 난자에서 핵을 제거하고 검은 쥐의 세포핵을 이식하면 거기서 태어난 쥐는 흰 쥐가 아니라 검은 쥐가 되는 거야. 게다가 그 검은 쥐는 세포를 제공한 검은 쥐와 똑같은 유전자 정보를 가졌기 때문에 당연히 생긴 모습도 완벽히 똑같아지지. 이런 식으로 태어난 생물을 클론이라고 불러."

"내가 그렇단 말이죠?"

"그건 아직 알 수 없지만……."

"거짓말 말아요. 아까는 우메즈 교수님께 확신한다고 말했잖아요."

나도 모르게 언성을 높였다. 그 목소리를 스스로 들으니 왠지 슬퍼졌다. 나는 고개를 숙이고 내 무릎으로 시선을 떨어뜨렸다.

시모조 씨가 후, 한숨을 쉬었다.

"지난번에 네가 홋카이도로 돌아간 후 왠지 관심이 생겨서 너희 아버지와 너희 아버지가 배웠다는 구노 교수에 관해 조사해 봤어. 여러 사람에게 얘기를 듣기도 했고. 그래서 구노 교수가 쫓겨나다시피 이 대학을 떠났다는 사실을 알았어. 구노 교수는 당시부터 포유류의 클론을 연구했던 것 같은데, 그 궁극적인 목표는 인간의 클론을 만드는 것이었지. 그 이론과 방법을 교수회에서 발표한 적도 있다더라."

"그래서요?"

고개를 숙인 채 그녀의 다음 말을 재촉했다. 징, 하고 형광 등에서 나는 소리가 유난히 귀에 거슬렸다.

"마침내 구노 교수는 실제로 인간의 난자를 사용한 실험에 들어가려고 했어. 하지만 체외 수정조차 아직 아이디어 단계에 불과했던 시절에 인간의 난자를 구하기란 쉽지 않았지. 구노 교수는 산부인과 조교수의 협조를 얻어 의료상의 이유로 난소의 일부를 제거해야 하는 환자에게서 난자를 채취하는 방법을 생각해 냈어. 그런데 그럴 경우 실험에 알맞게 성숙한 난자를 때맞춰 구하기가 힘들잖아. 그래서 미성숙 난자를 배양액에서 기르는 연구를 하는 한편, 아까 말한 산부인과 조교수에게 난소 제거 수술의 시기를 조작해 달라고 부탁하기도 했어. 그런데 그런 사실이 대학 측에 알려진 거야. 당연히 다른 교수들은 구노 교수를 격렬하게 비난했지. 비도덕적 행위라고 공격하는 사람도 있었고, 구노 교수의 이론 자체를 미치광이의 망상이라고 비웃는 사람도 있었어. 아무튼 구노 교수를 대학에 남겨 둘 수는 없다는 분위기가 지배적이었나 봐."

"그래서 호쿠토 의과 대학으로 간 건가요?"

"그랬을 거라고 생각해."

"우리 아빠도 그 연구를 거들었을까요?"

"정확히는 모르겠지만, 그러지 않았을까 싶어. 우리 대학에서 발표한 논문은 전부 마이크로필름에 담겨 있는데, 구노 교수와 너희 아버지 논문만 아무리 찾아도 없었으니까."

나는 시모조 씨의 얼굴이 보이지 않을 정도로만 고개를 들었다.

"그걸 왜 나한테 말하지 않았어요?"

"처음에는 얘기할 생각이었어. 그런데 그녀 사진을 보고 나서……."

"그녀라면…… 고바야시 후타바 씨 말인가요?"

시모조 씨가 고개를 끄덕이는 기척이 느껴졌다.

"설마 했어. 쌍둥이일 거라고 생각했지. 그런데 구노 교수의 연구 내용이 도무지 머리에서 떠나질 않는 거야. 혹시나, 혹시

나, 하는 식으로 말이야. 그래서 네게는 말할 수 없었던 거야."

"언제 확신했어요, 내가 클론이라는 걸?"

"언제라고 딱 꼬집어 말하긴 그렇고, 이런저런 조사를 하다 보니 그게 가장 타당한 결론이 아닐까 하는 생각이 들었어. 하지만 역시 다카시로 아키코 씨의 사진을 봤을 때 자신이 생겼다고 해야 할지……."

"그러다가 다카시로 노인의 얘기를 듣고……."

"그렇지."

얼버무려 봐야 소용없다고 생각했는지, 어딘가 모르게 체념한 말투로 시모조 씨가 대답했다.

"다카시로 부부는 아키코 씨의 클론을 만들려는 목적으로 홋카이도에 갔을 거야. 그런 방법이면 다카시로 야스유키 씨의 유전자는 관여하지 않으니까. 다만, 성공했음에도 왜 그 사실을 부부가 몰랐는지, 왜 너와 고바야시 후타바 씨, 그리고 두 명의 대리모가 있었는지, 그 점은 수수께끼야."

그러나 시모조 씨는 그 수수께끼에 별 관심이 없었을 것이다. 그녀가 원하는 것은 어떻게 해서 클론이 만들어졌느냐 하는 것뿐이다. 나는 그 답을 얻는 데 필요한 실험 결과의 하나에 지나지 않는다. 그녀 자신이 조금 전에 우메즈 교수에게 말한 대로.

우리는 잠시 아무 말도 하지 않았다. 시모조 씨는 머리가 좋은 사람이니까 내가 지금 무슨 생각을 하는지 잘 알 것이다.

"시모조 씨에게는 고마워하고 있어요."

나는 자신의 손끝을 바라보며 말했다.

"여러 가지로 조사를 해 주었고, 나 혼자서는 갈 수 없는 곳을 함께 가 주었고요. 정말 도움이 많이 되었어요. 시모조 씨가 없었다면 나는 아무것도 알아내지 못했을 거예요. 그러니까……."

나는 침을 삼켰다. 몸이 떨리는 것을 꾹 참았다.

"그러니까 시모조 씨가 뭔가 다른 목적이 있어 나를 도와줬다 해도 상관없어요. 그게 당연하다고 생각해요. 그저 내 출생에 관해 조사하는 것뿐이라면 시모조 씨에게 아무런 이득이 없을 테니까요."

"그런 게 아니야. 이해해 줘. 부탁이야."

그녀가 자리에서 일어나 내 옆에 와서 앉았다. 그리고 내 오른손을 잡았다.

"물론 미지의 연구 내용을 자세히 알고 싶은 마음은 있어. 그건 부정하지 않겠어. 하지만 네게 힘이 되려고 했던 이유는 너라는 사람이 마음에 들었기 때문이야."

"……감사합니다."

"그렇게 슬픈 목소리로 말하지 마. 내가 어떻게 해야 좋을지……."

시모조 씨는 한 손으로 내 손을 잡은 채 다른 한 손을 자기 이마에 갖다 댔다.

나는 그녀의 손을 슬며시 뿌리쳤다.

"잘 알겠어요. 시모조 씨에게 조금도 화나지 않아요. 고마워하고 있습니다. 진심으로요."

시모조 씨는 지그시 눈을 감은 채 아무 말도 하지 않았다. 나는 자리에서 일어섰다. 그러자 그녀가 물었다.

"홋카이도에는 혼자 갈 거니?"

"그럴게요."

내가 대답했다. 형광등에서 나는 소리가 여전히 신경에 거슬렸다.

후타바의 장 9

　우지이에 마리코가 6년간 지냈다는 기숙사를 뒤로하고 우리는 삿포로로 가기로 했다. 우지이에 마리코가 현재 그쪽에 산다고 하니 홋카이도에 돌아온다면 지토세에 도착하는 항공편을 이용할 것이라고 판단한 것이다. 유타카에게 물어보니 그녀의 출발 일정이 아직 정해지지 않았다고 한다. 우리는 밤이면 삿포로에 도착할 예정이라고 말해 두었다.

　"이 근처에 하코다테 이과 대학이 있어. 들렀다 갈까?"

　하코다테에서 5번 국도로 들어서서 북쪽으로 조금 올라갔을 때 와키자카 고스케가 제안했다. 하코다테 이과 대학이라면 현재 우지이에 기요시가 근무하는 곳이다.

　"우지이에 씨는 없겠지만, 뭔가 알아낼 수도 있잖아."

　"좋아. 가 보자."

　"오케이."

　와키자카 고스케가 운전대를 돌렸다.

대학은 경사면을 깎아 만든 부지에 세워져 있었다. 벽돌로
된 시계탑이 맨 먼저 눈에 들어왔다. 담장도 같은 벽돌색이어
서 조금 전에 갔던 기숙사가 떠올랐다. 그러나 가까이 가서
보니 이 건물은 지은 지 오래되지 않았고, 벽돌로 여겼던 것
은 모두 벽돌 비슷한 타일이었다. 번들거리는 것이 왠지 싸구
려 티가 났다.

캠퍼스 안에 있는 넓은 주차장에 차를 세운 다음, 주차장 한
쪽에 세워져 있는 알록달록 촌스러운 구내 지도를 들여다보
았다. 와키자카 고스케 말로는 우지이에 기요시가 이학부 생
물학과 교수라고 한다.

위치를 확인한 우리는 이학부 건물을 향해 걸었다. 여름 방
학에 들어갔는지 들어가기 직전인지는 모르겠지만, 학생들의
모습이 드문드문 보였다. 반대편에서 남학생 넷이 하나같이
졸린 얼굴로 어슬렁어슬렁 걸어왔다. 스쳐 가기 전까지 그들
이 내 얼굴을 힐금힐금 봤다. 그러다가 눈이 마주치자 얼른
눈을 피하는 소심한 학생들이다.

"젊은 여자가 보기 드문 모양이군."

와키자카 고스케가 히죽거리며 말했다.

"하기야 이과 대학이니 태반이 남학생이겠지."

"그래서 그런가, 캠퍼스에서 냄새가 나는 것만 같아."

이학부 건물은 찾았지만, 우지이에 씨의 교수실이 어딘지

알 수 없었다. 반들거리는 리놀륨 복도를 서성거리는데 옆에서 문이 열리면서 작업복을 입은 자그마한 남자가 나왔다. 우리를 본 그가 수상하다는 듯이 "무슨 용건입니까?"라고 안경렌즈를 빛내며 물었다.

"우지이에 교수님을 뵙고 싶어서요."

와키자카 고스케가 대답했다.

"우지이에 교수는 오늘 휴무인데요."

역시 오지 않은 모양이다.

"연락은 닿나요? 댁에도 안 계시는 것 같은데……."

"저……."

남자가 집게손가락으로 안경을 밀어 올렸다.

"누구시죠?"

"이쪽은 우지이에 교수님의 따님입니다."

와키자카 고스케가 내 어깨에 손을 얹으며 대답했다.

"저는 이쪽의 친구고요."

"우지이에 교수의……."

그가 눈을 껌벅이면서 나를 바라보다가 "여기서 잠시 기다려요."라고 말하고는 문 안쪽으로 사라졌다.

"그렇게 말해도 괜찮을까?"

"괜찮지, 그럼. 오히려 그렇게 말하지 않으면 골치 아파질 수도 있어."

잠시 후에 문이 열리고 조금 전의 조그만 남자와, 얼굴이 창백하고 예민해 보이는 중년의 마른 남자가 나왔다. 마른 남자가 나를 보더니 만면에 미소를 띠었다.

"야, 이거 오랜만이네. 야마모토예요."

"네?"

"기억을 못하는 모양이군. 그럴 만도 해. 전에 만났을 때는 중학생이었을 테니까. 이거, 몰라보겠는걸."

야마모토라고 자신을 밝힌 인물이 빠르게 말하다가 와키자카 고스케를 보고 살짝 당황한 듯 입을 다물었다. 그러고는 다시 내 쪽을 향해 물었다.

"우지이에 교수가 댁에 안 계신가?"

"그런 것 같아요."

"하하."

야마모토 씨가 갸름한 턱을 가느다란 손가락으로 긁적거렸다.

"우리한테는 여행을 떠나서 잠시 쉬겠다는 연락만 있었어. 급한 일이 생기면 전화에 메시지를 남겨 달라면서 말이야. 여행을 떠난다는 얘기를 듣지 못했나 보군."

"네."

"이 친구가 지금 우지이에 교수님과 함께 살지 않거든요."

옆에서 와키자카 고스케가 거들었다. 야마모토 씨는 고개를 끄덕이면서, 그쪽은 대체 누구냐는 듯한 표정을 지었다.

"그럼 최근에는 아빠가 학교에 나오지 않으셨나 봐요?"

아빠, 라고 말하는데 혀가 살짝 꼬였다.

"그렇지, 요 며칠은."

"아니, 그게……."

지금까지 옆에서 듣고만 있던 작업복 차림의 남자가 조심스럽게 끼어들었다.

"어제 다녀가셨나 보던데요."

"그래? 언제?"

야마모토 씨의 눈이 동그래졌다.

"아마 저녁 무렵이었을 거예요."

"아마, 라니?"

"네, 오늘 아침에 학생이 얘기하는 걸 들었거든요. 어제 저녁 무렵에 우지이에 교수가 약품실에서 나오는 걸 봤다고요. 그래서 벌써 여행에서 돌아오셨나 했죠."

"이상하군. 돌아왔다는 얘기는 듣지 못했는데. 자네, 우지이에 교수 방에 한번 가 보게. 아, 그리고 약품실에도. 거참, 그런 얘기는 진즉 해 줬어야지."

야마모토 씨는 눈가에 불쾌한 감정을 드러냈다. 아마도 조교일 듯한 남자가 총총히 사라졌다.

야마모토 씨가 석연치 않은 얼굴로 우리 쪽을 향했다.

"아무튼, 나는 적어도 요 며칠 교수를 못 뵈었어요."

"그렇군요."

내가 말했다.

"야마모토 교수님이라고 하셨죠?"

와키자카 고스케가 물었다.

"우지이에 교수님과 같은 연구실에 계십니까?"

"연구 테마는 다르지만, 그래도 연구회에서 늘 신세를 지고 있지요. 발생 공학의 권위자이시니까요."

"우지이에 교수님이 호쿠토 의과 대학에서 오시지 않았습니까. 지금도 그 대학과 교류가 있나요?"

"최근에 몇 번 전화가 걸려 왔어요. 자세한 내용은 모르지만."

"혹시 호쿠토 의과 대학의 후지무라 교수를 아십니까?"

"후지무라 교수 말인가요? 네, 잘 알죠. 우지이에 교수와 같은 연구실에 계셨다더군요. 우지이에 교수처럼 동물 클론 연구에 실적이 있는 분이죠."

"클론이오?"

내가 되물었다.

"응, 발생학에서는 획기적인 연구의 하나지."

야마모토 씨가 눈을 빛내며 말했다.

"최근에 우지이에 교수님이 호쿠토 의과 대학 얘기를 꺼낸 적이 있습니까?"

와키자카 고스케가 끼어들듯이 물었다.

"글쎄요, 기억이 없는데요."

야마모토 씨가 고개를 갸웃거렸다. 그러다가 자신만 대답하는 것이 공평치 않다고 느꼈는지 한눈에도 가식적인 웃음을 지으며 "저, 그런데 댁은 우지이에 교수와 무슨 관계인가요?"라고 물었다.

"아, 저는 우지이에 교수님과 아무 관계도 아닙니다. 저랑 관계있는 사람은 이 친구죠. 나머지는 상상에 맡기겠습니다."

와키자카 고스케가 얼굴색 하나 변하지 않고 대답했다. 나는 속으로 혀를 내둘렀다.

"아하, 그래서 우지이에 교수에게 인사차 오신 게로군."

와키자카 고스케의 말을 어떻게 받아들였는지, 야마모토 씨가 그렇게 말했다.

"그런데 호쿠토 의대 일은 왜 물으시는지요?"

"형이 그 대학 조교거든요."

"아아, 그렇군요."

야마모토 씨가 다소 경계를 푸는 눈치였다.

그때 아까 그 조교가 돌아왔다. 그런데 왠지 당황한 기색이다. 그가 야마모토 씨 귀에 대고 뭐라고 속삭이자 야마모토 씨의 안색이 대번에 변했다.

"확실해?"

"확실합니다. 어제 점검했거든요."

"알았어. 지금 가 보겠네."

야마모토 씨가 심각한 눈빛으로 우리를 보았다.

"급한 일이 생겨서, 이만 실례해야겠어요."

"아, 알겠습니다. 반가웠습니다."

"아, 그리고, 우리도 교수에게 연락해 보겠지만, 혹시 교수님이 계신 곳을 알게 되면 우리한테 알려 줄 수 있을까?"

"네, 그럴게요."

분위기상 그렇게 대답할 수밖에 없었다.

"무슨 일이 있습니까?"

와키자카 고스케가 야마모토 씨에게 물었다.

"아니, 별일 아닙니다. 그럼."

그리고 야마모토 씨는 서둘러 복도를 걸어갔다. 그 속도가 계단 근처에서 좀 더 빨라지더니, 거의 뛰다시피 계단을 올라갔다.

와키자카 고스케가 손가락으로 내 어깨를 찔렀다.

"우리도 가 볼까?"

그러자, 하고 나도 동의했다.

야마모토 씨가 뛰어서 오른 계단을 우리는 살금살금 올라갔다. 복도에 들어서서 건너다보니 문이 열린 방이 있었다. 약품실이라는 팻말이 걸려 있다.

발소리를 죽이고 다가가는데 갑자기 거기서 사람이 나왔다. 아까부터 바쁘게 오가던 조교였다. 그가 우리를 발견하고 그 자리에 우뚝 섰다.

와키자카 고스케가 쉿, 하고 손가락을 입술에 대며 다른 손으로 그를 손짓해 불렀다. 그가 곤란한 듯한 표정을 짓더니 뒤쪽에 신경을 쓰면서 다가왔다. 와키자카 고스케가 그의 팔을 잡아 계단 뒤로 데리고 갔다.

"무슨 일입니까? 얘기해 주세요."

"아니, 그게, 좀……."

남자가 머리를 벅벅 긁었다.

"우지이에 교수님과 관련된 일이죠?"

"아니, 아직 확실하지 않아요."

"그렇지만 약품실에 문제가 생긴 건 사실이죠?"

"네에, 뭐."

조교는 계속 등 뒤쪽에 신경을 곤두세웠다. 이런 데서 어물거리다 들키면 혼쭐이 나는 모양이었다. 어서 여기서 벗어나고 싶은지 그가 입술을 핥고서 조그만 소리로 말했다.

"니트로가 없어졌어요."

"니트로라면, 니트로글리세린?"

조교가 살짝 고개를 끄덕했다.

"보관고에서 일부가 사라졌어요."

"확실해요?"

"네. 니트로는 엄격하게 관리하는 것이 의무거든요. 저, 이제 됐죠? 가 봐야 할 곳이 있어서요."

와키자카 고스케가 팔을 놓자 조교는 도망치듯 계단을 내려갔다.

우리는 얼굴을 마주 보았다.

"니트로글리세린은 폭발물이잖아?"

"그런 용도로 유명하지만, 심장병에도 사용될 거야. 그런데 우지이에 씨가 왜 그런 걸……. 심장에 이상이 있나."

그때 복도 쪽에서 소리가 났다. 우리는 허둥지둥 계단을 내려왔다.

하코다테 이과 대학을 나와서 곧장 삿포로로 향했다. 숲으로 에워싸인 5번 국도를 타고 북쪽으로 계속 올라가자 오누마 공원이 나왔다. 숲 사이로 언뜻언뜻 하코다테 본선 철로가 보였다. 하코다테 본선에 연결된 사와라 지선이 있는데, 이 두 철로가 합류하는 지점 근처에서 우리가 달리는 길도 바다를 만났다. 바로 우치우라만이다. 여기서부터는 오른쪽으로 해안선을 보면서 원둘레를 그리듯이 달리게 된다.

"아무래도 잘 모르겠어."

왼쪽으로 펼쳐지는 목장을 바라보며 내가 말했다.

"이하라 슌사쿠의 병을 치료하는 게 목적인지 어떤지는 모르겠지만, 호쿠토 의과 대학의 후지무라가 내 몸을 노렸잖아. 그런데 그 일당 중에는 우지이에 기요시 씨도 끼여 있는 것 같아. 우지이에 씨의 딸은 나랑 쌍둥이니까 신체도 똑같을 텐데 왜 처음부터 우지이에 마리코를 노리지 않고 나를 노렸을까?"

"우지이에 씨가 자기 딸의 존재를 후지무라에게 숨겼는지도 모르지."

"왜 그랬을까? 아니 그보다, 애당초 우지이에 씨는 왜 그녀를 자신의 딸로 삼았을까?"

"그건 본인에게 물어보지 않고는 알 수 없겠지."

차는 거의 일정한 속도로 계속 달렸다. 여전히 오른쪽은 바다, 왼쪽은 초원이다. 목장에는 간간이 소의 모습도 보였다. 흰색과 검은색이 섞인 얼룩무늬 소도 있지만, 그 모양은 저마다 달랐다. 그들에게도 개성이 있는 것이다.

"있잖아, 클론이라는 게 뭘까?"

"뭐?"

"아까 야마모토 씨가 말했잖아. 후지무라가 클론 동물 연구에 실적이 있다고."

"아아······."

"클론이라는 말을 간혹 듣기는 했는데, 정확히 무슨 뜻이지?"

"글쎄. 그게 어쨌다는 건데?"

"아니, 딱히 어쨌다는 건 아니고."

나는 고개를 저었다.

오샤만베가 가까워지자 터무니없이 화려하게 장식한 드라이브인이 몇 군데 나타났다. 우리는 그중 한 군데에 들러 가볍게 식사를 했다. 그 김에 나는 유타카에게 전화를 걸었다.

"마침 잘 걸었어."

유타카의 활기찬 목소리가 들렸다.

"우지이에 마리코 씨에게서 연락이 왔는데, 오늘 저녁 6시 비행기를 탈 거래. 그러면 지토세에는……, 그래, 7시 반 정도에 도착하겠다."

"우리가 그쪽으로 갈 거라고 얘기했어?"

"응. 도착 로비에서 기다리겠대."

"도착 로비? 그래, 알았어."

"저, 후타바."

유타카가 약간 머뭇거리며 말했다.

"조심해."

"응, 고마워."

전화 부스에서 나와서 와키자카 고스케에게 통화 내용을 알려 주었다.

"좋아. 지금부터 부지런히 가면 시간에 맞출 수 있을 거야.

나도 일단 회사에 전화 한 통 하고, 그다음에는 쉬지 말고 달리자."

그가 전화 부스에 들어가는 것을 보고 나서 나는 완만하게 굽은 도로 끝으로 시선을 옮겼다. 이제 몇 시간 후면 그녀를 만나게 된다.

마리코의 장 10

내가 탄 보잉기는 저녁 6시가 조금 지나 하네다를 이륙했다. 예정대로라면 1시간 반 후에 신치토세 공항에 도착한다. 그리고 유타카 씨를 통해 내 말이 제대로 전달되었다면 그곳에서 고바야시 후타바 씨를 만나게 될 것이다.

후타바 씨. 나의 또 다른 분신. 그녀가 왜 존재하게 되었는지는 아직 알 수 없다. 내가 왜 존재하는지 모르는 것과 마찬가지로.

구름밖에 보이지 않는 창문에서 시선을 돌려 내 양손을 들여다보았다. 엄지손가락부터 순서대로 열 손가락을 꼽아 본다. 어느 손가락도 이상한 점은 없다. 정상적인 인간이다. 나는 생각하고, 책을 읽고 감동할 줄 아는 인간이다.

그러나 나는 이 세상에 유일하지 않다. 다카시로 아키코라는 여자의 복제품이기 때문이다. 이런 인간에게 어떤 존재 가치가 있을까. 루이뷔통의 복제품이 헐값에 팔리는 것처럼, 아무리 귀중한 문서라도 복사물은 가차없이 파기되는 것처럼, 위조 화폐가 통용될 수 없는 것처럼, 나란 존재도 이렇다 할 가치가 없지 않을까.

가치가 있다면 기껏해야 귀중한 실험 결과라는 것 정도일 것이다. 그래서 시모조 씨도 그렇게 친절히 대해 준 것이다.

내가 엄마라고 불렀던 여자는 그저 분신 제조 장치에 지나지 않았다. 적어도 아빠는 엄마를 그런 것으로 취급했다. 마찬가지로 아빠는 나를 과거에 사랑했던 여성의 복제품으로밖에 보지 않았을 것이다. 아빠에게 나는 그 이상도 이하도 아닌 존재였음이 틀림없다.

나는 내 안에 아빠를 증오하는 마음이 번져 가는 것을 부정할 길이 없다. 자신의 욕망을 달성하는 데 엄마의 몸을 이용하고 인간의 생명을 마음대로 조작한 죄가 무겁다고 생각한다.

그러나 아빠가 그런 짓을 저지르지 않았다면, 하고 생각하면 혼란에 빠지고 만다. 그러면 나는 이 세상에 존재하지도 않았을 테니까. 존재하지 않는 편이 낫지 않았겠느냐고 묻는다면, 울고 싶을 정도로 난감해진다. 이렇게 고통을 겪으니 차라리 태어나지 않는 편이 나았을 거라는 생각도 든다. 하지만 다른 한편으로는 고개를 젓고 만다. 남들 눈에는 보잘것없을지 몰라도, 나는 내가 지내 온 시간을 보석처럼 소중히 여긴다.

나는 분신이라는 말을 너무 무겁게 받아들이지 않고 가볍게 여기려고 노력해 봤다. 꼭 닮은 모녀나 자매, 또는 쌍둥이의 한쪽처럼 생각하는 것이다. 그러나 아무리 호의적으로 해석해도 그런 사람들과는 근본적인 차이가 있었다. 그들은 모두 나름의 목적을 지니고 이 세상에 태어났고, 그 결과 우연히 '분신과 같이' 되었을 뿐이다. 나처럼 처음부터 '분신'으로 태어나지는 않았다.

단지 생물학적 문제일 뿐이다, 라고 생각할 수도 있다. 유전자나 세포 하나하나는 똑같다 하더라도 그것으로 인격이 결정되는 것은 아니다. 실제로 내가 살아온 인생이 '다카시로 아키코'라는 원본의 인생과 다르지 않은가. 그리고 앞으로도 다른 인생을 다른 방식으로 살아갈 것이다.

하지만 아무래도 나는 나 자신이 태어난 이유에 얽매일 것이다. '분신'으로 태어났고, '분신'이어서 아빠에게 사랑받았고, '분신'이기에 엄마를 잃은 내가 '분신' 이외의 그 무엇이 된다는 건 환상에 지나지 않는다.

한참을 생각한 끝에 결국 나는 이 세상에 존재해서는 안 되는 사람이라는 결론에 도달했다. 내가 있을 곳은 그 어디에도 없다.

그걸 입 밖으로 내어 본다.

"내 의자는 없어."

"네?"

옆 자리의 회사원으로 보이는 남자가 이쪽을 봤다가 다시 신문으로 눈길을 돌렸다.

나는 존재하지 말았어야 한다.

그렇게 생각하자 아픈 어금니를 누른 듯한 쾌감이 일었다. 그리고, 신기한 노릇이지만, 마음이 조금 편해졌다.

7시 37분. 비행기가 신치토세 공항에 도착했다. 짐을 찾아 들고 출구로 향하는데 알 수 없는 감정이 나를 지배했다. 고바야시 후타바 씨를 만나면 어떤 표정을 지어야 할까. 뭐라고 말을 걸면 좋을까.

사실 두려웠다. 그러나 만나고 마음이 있는 것 또한 사실이었다. 먼 옛날에 헤어진 소꿉친구를 다시 만나는 것처럼 애틋하다. 이런 감정이 다카시로 아키코 씨에게는 느껴지지 않았다.

심장이 쿵쿵거리는 것을 느끼며 나는 도착 쪽 출구를 지났다. 마중 나온 사람들의 얼굴이 보인다. 나는 숨을 멈추고 그들을 쓱 둘러보았다. 그들 가운데 나와 똑같은 얼굴이 섞여 있을지도 모른다.

그러나 거기에는 내 분신이 없는 듯했다. 나는 왠지 안도하고, 동시에 조금 낙담했다. 이왕 만날 거라면 빨리 만나고 싶다. 그러면서 내심 두렵기도 하다.

출구 밖은 길쭉한 플로어다. 바로 오른쪽에 사람 크기의 입상이 있고 그 옆이 흡연 구역이었다. 좀 더 걸어가자 기념품 가게와 단체 승객 카운터 사이에 끼인 형태로 금연석용 긴 의자가 줄줄이 놓여 있었다. 이곳이 약속 장소다.

맨 앞에 있는 의자에 앉아 로비 안을 다시 한 번 둘러보았다. 심장은 여전히 빠르게 뛴다. 나는 가방에서 문고본 책을 꺼냈다. 애독서인 『빨간 머리 앤』이다. 짧은 여행을 떠날 때도 반드시 가방에 넣어 가는 책이다. 벌써 몇 번을 읽었는지 모른다.

하지만 오늘은 전혀 책에 집중할 수 없었다. 나는 읽기를 포기하고 책을 도로 가방에 넣었다. 그리고 도쿄를 떠날 때 산 레몬을 꺼냈다. 맛있어 보이는 국산 레몬이 눈에 띄어 두 개를 샀다.

한 개만 꺼내려고 했는데 다른 한 개가 가방에서 톡 떨어져 바닥에 굴렀다.

"어……."

고개를 숙인 채 얼른 일어났다.

그때, 눈앞에 누군가 와서 섰다.

검은 가죽 구두와 베일 듯이 줄을 세운 짙은 남색 바지가 눈에 들어왔다. 나는 흠칫하며 고개를 들었다. 몸집은 작지만 어깨가 제법 벌어진 남자가 나를 내려다보고 있었다. 나이는 사십 대 중반쯤일까. 옅은 갈색 렌즈의 안경을 끼고, 얇은 입술에 미소를 머금고 있다.

"우지이에 마리코 씨죠?"

남자가 물었다.

"네. 그런데, 댁은 누구세요?"

"아버님 친구예요. 마리코 씨를 마중 나왔습니다."

"아빠 친구라고요?"

내가 묻자 남자가 오른손 엄지손가락으로 자신의 뒤쪽을 가리켰다. 출입구 근처에 남자 둘이 서 있었다. 그중 한 명은 본적이 없는 키가 큰 남자고 다른 한 명은 아빠였다. 아빠가 간절한 눈빛으로 이쪽을 보았다. 하지만 나랑 시선이 마주치자 어색하게 고개를 돌렸다.

"아빠……."

나는 말을 잃은 채 우두커니 서 있었다.

"우리와 함께 가시죠. 마리코 씨에게 긴히 할 얘기가 있습니다."

긴히, 라는 부분을 강조하며 남자가 말했다. 그리고 그는 대답을 기다리지도 않고서 내 가방을 집어 들었다.

"잠깐만요. 무슨 일인데요?"

"그건 나중에 말씀드리겠습니다. 시간이 없어요."

남자가 내 등에 팔을 둘렀다.

"우선 아빠와 얘기하고 싶어요."

"이따가 천천히 할 수 있어요."

"기다려요. 제가 여기서 사람을 만나기로 했어요."

"괜찮습니다."

남자가 내 등을 밀었다.

"고바야시 후타바 씨에게는 저희가 연락하겠습니다."

나는 소스라치게 놀라며 남자의 얼굴을 봤다. 내가 그녀와
만나기로 한 걸 어떻게 알까. 아니 그보다, 내가 여기로 돌아
오는 걸 어떻게 알았을까.

떠밀리듯 나는 아빠가 있는 쪽으로 다가갔다. 아빠는 미간
을 찡그린 채 고개를 숙이고 있었다.

"아빠, 왜……."

아빠에게 말을 하려 하자 "얘기는 나중에."라며 작은 남자
가 나를 제지했다.

아빠와 동행한 키 큰 남자가 아빠를 데리고 걷기 시작했다.
우리가 그들을 뒤따르는 모양새가 되었다.

공항에서 나오니 길가에 자동차가 두 대 서 있었다. 앞차에
아빠와 키 큰 남자가 타고, 나는 뒤차에 타게 되었다.

"아빠랑 같이 타게 해 주세요."

작은 남자에게 말해 보았다.

"금방 도착할 겁니다."

남자가 그렇게 말하고 나를 차 안으로 밀어 넣었다.

차에는 이미 운전사가 핸들을 잡고 있었다. 체격이 좋은 남자였다. 감귤류의 향이 나는 화장품을 바른 듯, 냄새가 코를 찔렀다.

차는 곧장 고속도로로 진입했다. 도오 자동차 도로다. 북쪽으로 올라가는 것 같았다.

"어디로 가는 거죠? 삿포로인가요?"

옆에 앉은 작은 남자에게 물었다.

"아니요, 삿포로보다 조금 더 갑니다. 도착하면 알 겁니다. 좋은 곳이죠. 밤이라 경치가 보이지 않아서 아쉽겠지만요."

남자가 슬며시 웃었다.

"할 얘기가 뭐죠? 빨리 말씀해 주세요."

"너무 조급하게 굴지 말아요. 매사에는 순서라는 게 있으니까요."

남자가 내 쪽으로 향하듯이 몸을 약간 틀고 등받이에 기대며 다리를 꼬았다.

"마리코 씨에게 누구를 좀 도와달라고 부탁하려는 거예요."

나는 입을 다문 채 남자의 얼굴을 바라보았다. 누군가를 도와달라니. 전혀 예상치 못한 말에 잠시 머릿속이 정지된 느낌이었다.

"어떤 분이 지금 병으로 고통받고 있어요."

웃음기가 사라지면서 남자의 표정이 진지해졌다.

"저대로 내버려 두면 오래가지 못할 거예요. 물론 치료를 계속하고 있지만, 그건 마음의 위안에 지나지 않고, 근본적으로 치료하려면 상당히 까다로운 조건이 맞아야 합니다."

"그게 나랑 무슨 상관이죠?"

"그 조건이 맞으려면 마리코 씨의 협조가 필요하거든요. 더 솔직히 말하면, 마리코 씨의 몸이 필요합니다. 마리코 씨의 몸에는 어떤 특수성이 있어서 그걸 이용하면 난치병을 치료할 수 있습니다."

"특수성……."

"우지이에 교수에게는 이미 양해를 구했습니다. 우리와 함께 마리코 씨를 마중하러 나온 걸 보면 아시겠지요. 협조라고 해서 그리 대단한 일을 부탁하는 건 아닙니다. 고작해야 이삼 일 병원 침대에 누워 있기만 하면 돼요. 걱정할 일도 불쾌한 일도 생기지 않도록 충분히 배려할 겁니다."

남자가 힘 있는 목소리로 거침없이 말했다. 무슨 일을 하는지는 모르지만 타인과의 교섭에 익숙한 사람이라는 인상을 받았다. 나 같은 어린 사람에게도 줄곧 정중한 말투를 사용한다. 그러나 그 점 때문에 오히려 나는 경계를 늦출 수 없었다.

"그 사람이 누구죠? 병으로 고통받고 있다는 사람 말이에요."

내가 물었다.

남자는 얼굴을 찡그리며 고개를 저었다.

"미안하지만, 그건 아직 가르쳐 드릴 수 없어요. 다만 이것만은 말씀드리죠. 그분은 이 나라에 아주 중요한 분입니다. 지금 그분이 돌아가시면 이 나라는 갈 길을 잃을 수도 있어요. 그만큼 중요한 인물입니다. 그리고 그분을 구할 수 있는 사람은 마리코 씨, 당신뿐이에요."

그가 무슨 말을 하는지는 알아들었지만, 그것이 현실 속의 일이라고는 도저히 믿기지 않았다. 아무런 실감이 나지 않고 머릿속이 텅 빈 느낌이었다.

"하나만 물어봐도 될까요?"

내 물음에 그의 표정이 약간 흐려졌다. 뭔가 귀찮은 질문을 하려는 거라고 짐작한 듯하다.

"뭡니까? 그분에 관한 질문만 아니면 가능한 한 대답해 드리죠."

"그 사람과는 직접적인 관계가 없을 거예요. 확인하고 싶은 것뿐이니까요."

"확인이라니, 뭘요?"

"아까 말씀하신 제 몸의 특수성 말이에요."

나는 남자의 얼굴을 똑바로 바라보았다. 숨을 고르려고 했지만, 아무래도 불가능할 것 같았다. 목소리가 떨리는데도 나는 개의치 않고 물었다.

"그 특수성이란 게 내가 클론이라는 사실과 관계가 있나요?"

말이 끝나는 것과 동시에 남자의 얼굴색이 변하는 듯했다. 아니, 겉보기에는 그다지 변하지 않았지만, 보이지 않는 가면이 스르륵 벗겨진 것처럼 느껴졌다. 가면 속의 얼굴은 소름이 끼치도록 차가웠다.

"거기까지 알고 있다면 얘기가 쉽겠군."

그의 눈에 냉혹한 빛이 어려 있었다.

후타바의 장 10

신치토세 공항에 도착한 시각은 7시 50분경이었다. 나와 와키자카 고스케는 차를 노상에 주차하고 곧장 도착 로비로 갔다. 마침 비행기가 도착했는지, 출구에서 사람들이 쏟아져 나오는 참이었다. 나는 두근거리는 마음으로 젊은 여자만 보이면 얼굴을 확인했다. 그러나 나와 똑같은 얼굴은 없었다.

사람들이 사라진 후 약속 장소에 가 보았지만, 우지이에 마리코의 모습은 보이지 않았다.

"도착 게이트가 다른 데도 있으니까 잘못 찾아왔는지도 몰라. 너는 여기서 기다려. 내가 다녀올게."

그러고서 달려간 와키자카 고스케가 이내 고개를 갸우뚱거리며 돌아왔다.

"이상하네. 아무 데도 없어."

"도착이 지연되는 거 아닐까?"

"아니야, 제시간에 도착했을 텐데. 혹시 화장실에라도 갔나……."

그가 사방을 두리번거리며 말했다.

일단 좀 기다려 보기로 하고 우리는 근처에 있는 의자에 앉았다. 그리고 다시 주위를 둘러보았다.

남자아이 하나가 이쪽을 향해 서 있었다. 초등학교 1, 2학년쯤 되었을까. 청바지와 헐렁헐렁한 티셔츠 차림에 앞머리를 가지런히 자른 그 아이가 분명히 내 얼굴을 바라보고 있었다.

"아는 애야?"

와키자카 고스케가 물었다.

"글쎄, 연하에게는 관심이 없는데."

그러는 사이에 남자아이가 우리 쪽으로 다가왔다. 그리고 내 얼굴을 들여다보며 "옷 갈아입고 왔어?"라고 묻는다. 말에 간사이 지방 억양이 섞여 있었다.

"응? 무슨 말이야?"

"옷 갈아입고 왔지? 아까랑 옷이 다르잖아."

나는 와키자카 고스케와 얼굴을 마주 보았다. 그리고 다시 남자아이에게 눈길을 돌렸다.

"여기 있었구나? 내가 다른 옷을 입고 여기 앉아 있는 모습을 네가 본 모양이구나."

남자아이는 미덥지 않다는 듯한 표정으로 고개를 끄덕였다.

"그 여자가 어디로 갔지?"

와키자카 고스케가 쪼그려 앉으며 소년에게 물었다.

"여기."

소년이 나를 가리켰다.

"지금 여기 있는 건 아는데, 그때는 어디로 갔어? 그건 못 봤나?"

"어떤 아저씨들이랑 저쪽으로 갔어."

소년이 출입구 쪽을 가리켰다.

안색이 변한 와키자카 고스케가 소년이 가리킨 방향으로 달려갔다. 나도 뒤쫓아 가려고 했지만, 소년이 셔츠 자락을 잡았다.

"이거."

소년이 내민 것은 아직 푸른빛이 조금 남아 있는 레몬이었다.

그걸 본 순간 내 안에서 뭔가 터지는 듯한 느낌이 들었다. 나는 레몬을 받아 들고서 물었다.

"이게 뭐지?"

"아까 주웠어. 누나가 떨어뜨렸잖아."

그러고서 소년은 휙 돌아서서 달려갔다. 저 앞쪽에 소년의 할머니인 듯한 여자가 서 있었다.

나는 레몬을 내려다보았다. 소년이 손에 쥐고 있던 거라 그런지 온기가 약간 남아 있었다.

이건 우지이에 마리코가 갖고 있던 레몬이다.

나와 그녀가 무슨 관계인지는 아직 모른다. 그러나 나는 나의 내부에서 뭔가가 감응하는 것을 느꼈다. 나는 레몬을 손에 쥔 채 주위를 빙 둘러보았다. 이 광경을 조금 전까지 우지이에 마리코도 보았을 것이다. 내가 오기를 이제나저제나 하고 기다리면서.

와키자카 고스케가 돌아왔다. 온몸에서 실망감이 풍긴다.

"아무 데도 없어. 사라졌어."

"왜."

내가 물었다.

"왜 그녀는 나를 기다리지 않았지? 대체 누가 그녀를 데리고 갔을까."

그리고 나는 숨을 헉, 삼켰다.

"설마."

"나도 그 생각을 하고 있었어. 너를 납치하려 했던 놈들일지도 몰라."

"하지만 그녀가 돌아오는 걸 우리 외에는 아무도 모를 텐데."

그러자 와키자카 고스케가 눈을 내리깔고 입술을 굳게 다물었다. 턱의 움직임으로 보아 어금니를 악물었다는 걸 알 수 있었다. 그가 그렇게 고뇌에 찬 표정을 보이기는 처음이었다.

그가 고개를 들고 나를 봤다. 눈가가 벌게져 있었다.

"같이 갈 곳이 있어."

그가 말했다. 목소리에서 뭔가를 결심한 듯한 느낌이 묻어 났다.

"뭐라고? 갑자기 무슨 말이야?"

"일단 잠자코 따라왔으면 좋겠어, 아무것도 묻지 말고."

그리고 그는 돌아서서 성큼성큼 걸음을 내디뎠다. 나는 서둘러 그를 쫓아갔다.

대체 왜 그래, 하고 묻고 싶었다. 하지만 그의 등을 본 순간 아무 말도 할 수 없었다. 마치 닫혀 버린 돌문처럼 그는 내가 부르는 것을 거부하고 있었다.

마리코의 장 11

"마리코 씨가 말씀하신 대롭니다."

남자가 낮은 목소리로 말했다.

"우리가 마리코 씨에게 협조를 부탁하는 이유는 마리코 씨가 클론이기 때문이에요. 더구나 우리는 마리코 씨의 출생에도 적지 않게 관여해서 마리코 씨를 아주 잘 알죠. 어떤 의미에서는 본인 이상으로 말입니다."

남자의 말은 내 몸을 저 안쪽에서부터 짓눌렀다. 새삼스럽게 슬픔과 절망이 밀려왔다. 각오했음에도 그 어두운 힘이 나를 집어삼켰다. 그리고 깨달았다. 거의 의심의 여지가 없다는 걸 알면서도 내가 클론이라는 사실을 누군가 부정해 주기를 바랐다는 것을. 모든 일이 착오였기를 꿈꾸었다는 것을.

눈물이 솟구쳤다. 나는 차창 쪽으로 얼굴을 돌리고 손가락 끝으로 눈물을 훔쳤다.

"고바야시 후타바 씨도 마찬가지인가요?"

"네, 그녀도 클론입니다."

그가 거리낌 없이 대답했다.

"다카시로 아키코 씨의?"

내 말에 남자는 말문이 막힌 듯했다. 잠시 후 그가 낮은 소리로 웃었다.

"놀랍군요, 거기까지 안다니. 용케 알아냈어요."

나는 남자의 얼굴을 바라보았다.

"제 출생에 관해 저 이상으로 잘 안다고 하셨죠?"

"그랬죠."

"그럼 가르쳐 주세요, 어떤 연유로 내가 태어났는지. 나와 고바야시 후타바 씨가 태어난 일에 무슨 사정이 있었나요?"

남자가 천천히 눈을 감았다가 떴다.

"그걸 알아서 어쩌려고요?"

"알고 싶어요. 그냥 알고 싶을 뿐이에요."

그러자 그는 어쩔 수 없다는 듯이 한숨을 쉬었다.

"한마디로 실수였어요."

"실수라고요?"

"네. 그 실수를 저지른 사람이 고바야시 후타바 씨의 어머니와 우지이에 교수예요. 그들의 경솔한 행동 때문에 지금 같은 상황이 벌어졌죠. 우리로서는 그런 일이 일어나지 않도록 완벽한 계획을 세웠는데 말이에요. 아니지. 하긴……,"

남자가 다리를 바꿔 꼬았다.

"그 실수 덕분에 이번에는 도움을 받게 되는군요. 두 사람이 존재한 덕분에요."

남자의 말이 내 마음속에 쿵, 부딪쳐 왔다. 그의 설명으로 이해하게 된 것은 아무것도 없었지만, 더는 질문하기가 괴로 웠다. 알면 알수록 깊은 수렁으로 빠져드는 듯한 기분이었다.

한마디로 실수였어요.

그 말이 한없이 귓가를 맴돌았다.

차는 도오 고속도로에서 삿포로로 빠지지 않고 곧장 아사히 카와 쪽으로 향했다. 어느 정도 예상했던 일이다. 목적지는 아빠가 구노 교수와 함께 악마의 연구를 했던 장소, 그리고 내가 만들어진 곳이다. 호쿠토 의과 대학이 틀림없다.

그러나 차는 고속도로의 종점인 아사히카와 다카스까지 가 지 않고 도중에 다키카와에서 빠져나와 일반 도로로 진입했다.

"호쿠토 의과 대학으로 가는 거 아닌가요?"

남자에게 물었다.

"맞습니다."

"하지만 이 길은……."

"문제없으니까 잠자코 있어요."

남자는 기분 나쁜 미소를 지었다.

나는 몸을 비틀어 차 뒤쪽을 돌아보았다. 자동차 헤드라이트 하나가 바짝 붙어 따라온다. 아빠가 탄 차일 것이다.

"도착하면 아빠와 얘기하게 해 주실 건가요?"

"그건 뭐, 상황을 봐야겠죠. 시간 여유가 별로 없으니까요."

"잠깐이라도 괜찮아요. 아빠와 단둘이 있게 해 주세요."

애원했지만 남자의 옆얼굴에서 표정을 읽을 수 없었다. 가면 같은 얼굴로 앞에 펼쳐진 어둠을 응시할 뿐이었다.

"생각해 봅시다."

감정 없는 목소리로 대답했다. 거부의 의미라고 봐도 무방할 듯했다.

나는 남자의 옆얼굴을 노려보았다.

"나는 아직 당신들에게 협력한다고 말하지 않았어요. 아빠와 얘기를 나눌 수 없다면……."

말을 멈춘 이유는 남자의 날카로운 눈초리가 이쪽을 향했기 때문이다. 몸이 움츠러들었다.

"자신의 처지를 잘 모르는 것 같군요."

남자의 말투는 여전히 정중했지만, 그게 나를 한층 두렵게 했다.

"조금 전에도 얘기했지만, 우리는 마리코 씨의 출생에 깊이 관련되어 있어요. 말하자면 나도 마리코 씨도 한배를 탔다는 뜻입니다. 어느 한쪽만 행복해지거나 어느 한쪽만 불행해지는 일은 있을 수 없어요. 우리에게 협조하는 일은 마리코 씨 자신을 위한 일이기도 합니다."

"하지만……."

"얌전히 우리가 시키는 대로 하면 돼요."

그리고 남자는 덧붙였다.

"앞으로도 평범한 인간으로 살아가고 싶다면 말이죠."

평범한, 이라는 부분을 그는 강조했다. 나를 평범한 인간으로 여기지 않으며, 그러니 어떤 상처를 주든 상관없다고 생각하니까 그런 말을 내뱉을 수 있는 것이다.

나는 이 남자가 정말 하고 싶은 말이 무엇인지 이해했다. 사실은 이렇게 말하고 싶은 것이다.

네가 클론이라는 사실이 폭로되는 걸 원치 않는다면 시키는 대로 해라.

나는 다시 뒤따라오는 차를 보았다. 틀림없이 아빠도 이 말에 붙들려 있을 것이다.

차는 계속 달렸다. 어두워서 자세히 보이지는 않지만, 길가에 건물이라고는 없고 그저 드넓은 들판이 끝없이 펼쳐져 있는 것 같았다. 나는 대략 위치를 파악해 갔다. 아사히카와보다 조금 더 남쪽으로 왔으니 후라노 부근일 것이다.

고속도로를 빠져나온 후 얼마를 달렸을까. 오래도록 긴장했던 탓인지 졸음이 밀려왔다. 피곤한 것도 사실이다. 오늘 하루 갖가지 일이 일어났다. 다카시로 노인을 만난 것도 오늘이고, 내가 클론이라는 사실을 안 것도 오늘이다. 그런데 그 일들이 아주 오래전 일처럼 느껴진다. 그리고 지금 이렇게 있는 것도 현실 같지 않다. 마치 기나긴 꿈을 꾸고 있는 것만 같다.

갑자기 몸이 흔들리는 바람에 눈을 떴다. 나도 모르는 새 잠이 든 모양이다. 주위를 둘러보니 조금 전과는 도로의 폭이 달랐다. 마치 농로처럼 좁다랗다.

"거의 다 왔어요."

남자가 말했다.

그의 말처럼, 얼마 안 있어 앞쪽에 건물이 보였다. 숲에 둘러싸인 하얗고 네모난 건물이다. 차가 속도를 늦추고 자갈 밟는 소리를 내며 부지 안으로 들어섰다.

운전사가 재빨리 내려 내가 앉은 쪽 문을 열었다. 밖으로 나서자 서늘한 공기가 뺨에 닿았다. 홋카이도로 돌아왔구나, 하고 새삼스레 생각했다.

조금 후 또 차 한 대가 들어왔다. 차가 서는 것과 동시에 문이 열리고 아빠가 내렸다.

"아빠!"

뛰어가려고 했지만 운전사에게 팔을 꽉 붙잡혀 움직이지 못했다. 내 목소리를 들었는지 아빠가 이쪽을 보았다. 그러나 아빠 역시 다른 남자에게 붙들려 있었다. 그리고 마치 연행당하는 것처럼 건물 뒤로 사라졌다.

"이봐, 아가씨는 이쪽이야."

작은 남자가 내게 말하고 나서 옆에 있는 입구를 손으로 가리켰다. 운전사가 재촉하듯이 내 등을 떠밀었다. 또 감귤류의 향이 풍겼다.

그때 문득 시선이 느껴져 고개를 들어 보니 2층 창문에서 여자 하나가 이쪽을 내려다보고 있었다. 그녀는 긴 머리를 하나로 땋아 오른쪽 어깨 앞으로 늘어뜨리고 있었다. 나와 눈이 마주치자 고개를 휙 돌리고 커튼을 닫는다.

"저 사람은 누구죠?"

운전사에게 물었지만 그는 대답을 하지 않고 내 등을 떠미는 손에 힘을 주었다.

건물 안은 병원처럼 약품 냄새가 풍겼다. 그렇지만 대합실이나 로비 같은 곳은 없고 곧바로 복도 양쪽에 방이 죽 이어져 있었다.

어디선가 슬리퍼를 끄는 듯한 소리가 들렸다. 어두컴컴한 복도 안쪽에서 하얀 실루엣 두 개가 떠올랐다. 흰 가운을 입은 늙수그레한 남자와 기분 나쁠 정도로 깡마른 남자가 다가왔다.

"수고했어요."

흰 가운 입은 남자가 내 옆에 있던 작은 남자에게 말을 건넸다.

"기다리시던 손님입니다."

작은 남자가 말했다.

흰 가운 입은 남자가 내 얼굴을 보더니 눈을 반짝인다.

"과연, 정말 기적이로군. 도저히 믿기지 않아."

"선생님은 고바야시 후타바 씨도 만난 적이 있으시죠?"

"응. 그 아이를 만났을 때도 까무러칠 뻔했는데, 그 충격에 맞먹는군."

그러고는 내 몸을 힐금힐금 훑어보았다.

"차 안에서 얘기를 나눈 결과, 이쪽 일에 기꺼이 협조하기로 했습니다."

그리고 작은 남자는 내 어깨에 손을 얹었다.

"그거 잘됐군. 그럼 내일 아침에 바로 시작하지."

"그러는 게 좋겠습니다. 시간이 별로 없으니까요."

"나도 알아."

그리고 흰 가운 입은 남자는 고개를 돌려 깡마른 남자를 보았다.

"오자키 군, 이 아가씨를 병실로 안내해요."

오자키라 불린 남자가 한 걸음 나서더니 따라오라는 듯이 내게 고개를 한 번 끄덕했다. 어쩔 수 없어 걸음을 옮기려는데 작은 남자가 "짐은 우리에게 맡겨요."라고 말했다.

운전사가 재빨리 내 손에서 여행 가방을 낚아챘다. 아니, 하고 나는 조그맣게 소리를 질렀다.

"필요한 물건이 있으면 오자키 군에게 말하도록 해요."

흰 가운 입은 남자가 소름 끼치는 목소리로 말했다.

오자키라는 남자를 따라 아무도 없는 복도를 걸었다. 도중에 계단을 오르자 또 복도가 이어졌다.

"여긴 무슨 건물이죠?"

뒤에서 물었지만 그는 묵묵히 걷기만 했다.

'3'이라고 적힌 팻말이 붙은 문 앞에서 그는 걸음을 멈췄다. 그리고 열쇠로 문을 연 뒤 들어가라는 듯이 내게 턱짓을 했다.

다섯 평 정도 넓이의 방이었다. 창가에 침대가 놓여 있었다. 그것 외에는 철제 책상과 파이프 의자와 조잡한 서랍장이 하나 있을 뿐이다.

오자키가 침대 머리맡에 붙어 있는 조그만 스위치를 가리키며 "무슨 일이 있으면 이걸 눌러요."라고, 잔뜩 쉬어서 알아듣기 힘든 목소리로 말했다.

"그 외에 궁금한 점은?"

"저…… 잠옷을 입고 싶은데, 짐을 돌려주시면 안 될까요?"

남자가 잠시 생각하더니 "허락이 떨어지면 나중에 가져다주죠. 다른 질문은?" 하고 말했다.

"지금은 딱히 없어요."

남자는 고개를 끄덕이고 나서 방을 나갔다. 문이 닫히자 세상 끝에 홀로 남겨진 듯한 기분이 들었다.

후타바의 장 11

와키자카 고스케는 묵묵히 차를 몰았다. 신치토세 공항을 출발한 지 10분 정도 지나자 지토세 시가지로 들어섰다. 지토세강 근처에서 좌회전해 시가지를 가로질렀다. 이윽고 앞쪽에 숲 같은 것이 보이고, 그 바로 앞에 있는 하얀 건물의 주차장으로 들어갔다.

"여기가 어디지?"

내가 물었다.

"나중에 가르쳐 줄게."

와키자카 고스케는 나를 돌아보지도 않고 대답했다.

"잠자코 따라왔으면 좋겠어."

토를 달 수 없는 말투라는 게 바로 이런 것일 것이다.

건물은 조그만 호텔이나 여관처럼 보였는데, 그는 정면 현관으로 들어가지 않고 주차장에 면한 비상구 같은 곳으로 들어갔다. 나는 그를 뒤따랐다.

건물 안을 조금 걸으니 엘리베이터가 나왔다. 그 앞에 유카타 차림의 아저씨 둘이 서 있었다. 한쪽은 손에 산토리 올드 위스키병을 들었고, 다른 한쪽은 얼음이 든 아이스 버킷을 들었다. 두 사람이 이상한 방향에서 나타난 우리를 보더니 수상쩍다는 듯한 표정을 지었다. 그런데 나는 고개를 숙이고 있는데도 그 아저씨들의 태도가 갑자기 달라지는 게 느껴졌다. 곁눈질로 살펴보니 위스키병을 든 쪽이 다른 쪽에게 뭐라고 귀엣말을 한다. 그들의 시선이 엘리베이터를 기다리는 와키자카 고스케의 옆얼굴을 향해 있었다.

엘리베이터가 도착하자 넷이 모두 올라탔다. 묘한 분위기는 여전했다. 아저씨들은 어색하게 굳어진 표정을 한 채 한마디도 하지 않았다. 그런 그들을 일부러 무시하는 것처럼 와키자카 고스케는 층수 표시등만 올려다보았다.

3층에서 아저씨들이 내렸다. 그러자마자 와키자카 고스케가 '닫힘' 버튼을 눌렀다.

"지금 그 사람들 누구야?"

"글쎄."

"그쪽 얼굴을 내내 힐끔거리던데?"

"잘생겨서 그런가 보지."

무뚝뚝하게 대답한다. 농담을 하는 건 좋은데 그렇게 뚱한 표정이라 받아칠 수가 없었다.

엘리베이터는 맨 꼭대기가 4층이었다. 문이 열리자 내리라는 듯이 그가 손바닥을 내밀었다. 나는 발을 내밀다가 나도 모르게 발밑을 내려다보았다. 카펫의 촉감이 달랐다.

와키자카 고스케가 얼굴을 찡그렸다.

"접대용 특별 사양이지. 하지만 별로야."

"누구를 접대하는데?"

"뭐, 이런저런 사람들."

우리는 발소리도 나지 않는 회색 카펫 위를 걸었다.

복도 맨 끝에 문 두 개가 나란히 있었다. 와키자카 고스케가 앞쪽 문 바로 앞에서 걸음을 멈췄다. '1'이라고 번호가 적힌 방이다. 그가 청바지 주머니에서 지갑을 꺼내어 거기서 카드를 뽑아 들고 문손잡이 조금 위에 있는 카드 삽입구 같은 곳에 밀어 넣었다. 파란 램프 같은 것이 한 번 깜박이더니 찰칵, 소리가 났다.

그가 손잡이를 돌리면서 밀자 문이 스르륵 열렸다. 그가 또 들어가라는 듯이 턱짓을 했다. 내가 들어간 다음 그는 조용히 문을 닫았다.

방 안은 별로 밝지 않았다. 호텔이 대개 그렇듯이 들어가자마자 욕실 같은 것이 옆에 있었다. 방은 트윈베드룸이다. 들어가다 보니 벽 쪽에 문이 하나 있었다. 안쪽에 또 방이 있는 모양이었다.

와키자카 고스케가 오른손 집게손가락을 입술에 대고 왼 손바닥을 아래로 향했다. 여기서 조용히 기다리라는 뜻인 듯했다. 나는 입을 다문 채 고개를 끄덕였다.

그가 벽에 있는 문을 두 번 두드리더니 대답이 들리지 않는데도 그 문을 열고 안으로 들어갔다.

소리가 들리지 않기에 아무도 없나 보다고 생각했다. 그런데 그게 아니었다. 잠시 후 여자 목소리가 들렸다.

"……놀랐잖아."

문이 절반쯤 열려 있어 소리가 선명하게 들렸다. 참았던 숨을 내쉬는 것 같은 말투다. 목소리의 주인이 말을 이었다.

"웬일이니, 갑자기? 오면 온다고 말했으면 좋았잖아."

내 귀에는 특별한 울림이 있는 목소리였다. 영문 모를 불안감이 온몸을 휘감았다. 이 기묘한 감각은 대체 뭘까. 저 사람은 누구일까.

"내 질문에 먼저 대답해 보세요, 어머니. 그 사람들을 어쩔 작정입니까?"

어머니? 상대가 와키자카 고스케의 엄마란 말인가. 그의 엄마가 왜 여기 있지…….

"그 일은 네가 신경 쓰지 않아도 돼."

"왜요, 왜 가르쳐 주지 않는 겁니까. 나는 그들을 구하려고 어머니가 시키는 대로 했어요. 그러니 이제 말씀해 주셔야 해요. 아니면 혹시 세게 말할 수 없는 계획이라도 있습니까?"

"……넌, 내가 하라는 대로만 하면 돼."

"지금까지 그러려고 했지만, 더는 그럴 수 없어요. 어머니가 시키는 대로 했다가 우지이에 마리코를 놈들에게 넘긴 꼴이 되었잖아요."

잠시 대화가 끊겼다. 두 사람이 지금 무슨 얘기를 나누는 건지, 두 사람이 어떤 표정으로 마주 앉아 있을지 상상이 가지 않았다.

"오해가 좀 있는 것 같구나."

여자가 말했다.

"얘기를 나눌 필요가 있겠어. 하지만 오늘은 너무 늦었으니 내일 하자. 그래야 너도 마음을 좀 가라앉히지 않겠니?"

"어머니!"

그녀의 목소리에 와키자카 고스케의 목소리가 겹쳐서 들렸다.

"어머니가 만나 봐야 할 사람이 있습니다."

나는 움찔했다. 나를 말하는 것이 틀림없다.

다시 몇 초의 침묵이 있은 후 여자가 말했다.

"너, 설마, 그 아이를……."

"네, 그녀를 데리고 왔습니다."

"싫다. 만나고 싶지 않아."

여자가 딱 잘라 말했다.

"아니요, 만나야 합니다. 만나서 어머니 입으로 그녀에게 설명하세요."

"아니, 안 돼, 고스케!"

문이 활짝 열리면서 와키자카 고스케가 나왔다. 그의 눈빛이 심각하다는 걸 희미한 전등 아래에서도 알 수 있었다.

"들어와."

나는 마치 몽유병자 같은 걸음걸이로 걸었다. 그리고 그가 잡고 있는 문을 지나 방 안으로 들어갔다.

방 한가운데 테이블과 소파가 있고 안쪽에는 커다란 책상이 있었다. 그 책상과 창문 사이에 흰 블라우스 차림의 여자가 이쪽을 향해 서 있었다.

금방은 그녀의 얼굴을 알아보기 힘들었다. 어쩌면 내 내면의 무언가가 인식하기를 거부하는지도 몰랐다. 초점이 맞지 않는 망원경을 들여다볼 때처럼, 또는 초점이 심하게 흔들린 사진을 볼 때처럼 내 눈은 그녀 얼굴을 제대로 포착할 수 없었다.

그리고 한참이 지나서야 알았다. 그녀 얼굴은 나와 똑같았다. 그것도 몇십 년 후의 내 얼굴이다. 이 세상에서는 절대 내가 만날 수 없는 인물이 지금 암울한 눈빛으로 나를 보고 있다.

나는 살짝 비명 소리를 내며 등이 벽에 쿵, 부딪칠 만한 속도로 뒷걸음질 쳤다. 다음 순간 몸이 떨리면서 온몸에 소름이 돋았다. 무언가가 치밀어 오르면서 가슴을 짓눌러 숨을 쉬기도 고통스러웠다.

와키자카 고스케가 옆으로 다가와 내 양어깨를 잡았다.

"정신 차려."

그의 얼굴을 돌아보며 말을 하려 했지만 제대로 되지 않았다.

"누구……지?"

가까스로 그렇게 물었다.

그가 고뇌에 찬 표정으로 여자를 슬쩍 돌아본 후 다시 나를 보았다.

"너의 기원이 된 사람."

"기원……?"

그 의미가 와닿지 않아서 나는 창가에 서 있는 그 여자에게 다시 한 번 눈길을 주었다. 그녀도 나처럼 그 자리에 우두커니 서 있다가 갑자기 뭔가를 알아챈 사람처럼 안절부절못하더니 허둥지둥 책상 위에 있던 안경을 집어서 끼었다. 엷은 보라색 렌즈가 끼워진 커다란 안경이었다. 그런 다음 그녀는 옆에 있는 스탠드의 스위치를 껐다. 그녀의 주위가 조금 어두워졌다.

"지금부터 다 설명할게."

와키자카 고스케는 우선 나를 소파로 데려갔다. 그리고 창가에 서 있는 여자에게 "어머니도 이리 오세요."라고 말했다.

"나는 여기 있으마."

그녀가 책상 너머에 있는 의자에 앉아 창문 쪽으로 몸을 살짝 틀었다. 이쪽에서는 그녀의 뒷모습만 비스듬히 보였다. 오른쪽 귓불에서 귀고리가 반짝거렸다. 그녀의 머리 모양을 보며, 나도 나이를 먹으면 저런 짧은 머리가 어울릴지도 모르겠다고, 지금의 심리 상태에 전혀 어울리지 않는 생각을 했다.

"그쪽 불빛도 좀 줄여 주겠니?"

그녀가 말했다.

와키자카 고스케가 벽에 있는 스위치를 조절해서 천장의 등을 어둡게 했다. 어둡다고도 밝다고도 하기 어려운 밝기 속에서 우리 셋은 한동안 침묵했다.

"먼저 아버지 얘기를 할게."

침묵을 깨고 와키자카 고스케가 말을 꺼냈다.

"사실 친아버지는 아니야. 나를 양자로 들인 사람이지."

테이블 위에 메모지가 붙어 있는 펜 꽂이가 놓여 있었다. 그는 거기서 메모지 한 장과 볼펜을 집어 '다카시로 야스유키'라고 썼다.

"이런 이름을 들어 본 적 있어? 소메이샤의 전 사장이야."

모르는 이름이어서 나는 고개를 저었다. 그는 고개를 끄덕이고 이번에는 '다카시로 아키코'라고 썼다.

"이 이름은 알아?"

"아니."

입안이 바짝 마른 탓인지 감기에 걸린 듯한 목소리가 나왔다.

그가 엄지손가락으로 자기 뒤쪽, 즉 창가에 있는 여자를 가리켰다.

"저 사람이 다카시로 아키코야."

나는 새삼 그녀를 보았다. 어슴푸레한 빛 속에서 그녀는 마치 인형처럼 미동도 하지 않았다.

"두 사람은 부부였어. 소메이샤의 젊은 사장과 그의 부인. 주위 사람들에게는 더없이 행복한 부부로 보였겠지. 하지만 두 사람은 자식을 낳을 수 없었어. 다카시로 야스유키, 즉 아버지가 유전병의 유전자를 물려받았기 때문이지. 그 병은 앓다 죽을 확률이 굉장히 높고, 환자가 자식을 낳으면 그 자식에게도 유전되는 무서운 병이었어."

단숨에 거기까지 말한 다음 그는 알겠냐는 듯이 나를 바라보았다. 대체 무슨 얘기를 하려는 것인지 궁금했지만 나는 일단 고개를 끄덕였다.

"두 사람은 가장 합리적이며 현실적인 해결책이 AID, 즉 배우자가 아닌 사람과 인공 수정을 하는 거라고 판단했지. 다시 말해 다른 사람의 정자를 기구를 사용해 자궁에 직접 주입하는 거지. 그러면 아이가 아버지의 유전자를 물려받을 염려가 없어. 그리고 그나마 절반은 어머니 피를 물려받는 셈이니 부모로서는 엉뚱한 데서 양자를 데려오는 것보다는 애정이 가겠지. 그런데 그 방법을 사용하려 하자, 이번에는 어머니에게서 결함이 발견되었어. 젊은 시절에 앓은 감염증 때문에 좌우의 난관이 완전히 막혀 버린 거야. 난관 형성 수술을 하면 아이가 생길 가능성은 있지만 성공 확률이 5퍼센트에 불과했지. 게다가 어머니를 진찰한 의사가 수술에 반대했어. 그야말로 엎친 데 덮친 격이었지."

"그래서 당신을 양자로?"

"아니야. 그 전에 또 하나의 선택지가 있었어. 그때 의사가 이런 말을 했거든. 현재 일본에도 체외 수정을 연구하는 대학이 몇 군데 있는데 그 방법이 실용화된다면 문제가 해결될 수도 있다……. 부모님은 일대 도박에 나섰어. 아버지가 호쿠토 의과 대학 대학원으로 진학한 우지이에 기요시를 떠올린 거야. 아버지와 우지이에는 데이토 대학 시절 같은 동아리에서 활동한 사이야."

"우지이에……."

귀에 익은 이름이 불쑥 튀어나왔다.

"그럼 처음부터 우지이에 씨를 알고 있었던 거네?"

"그렇게 말하니 괴롭지만, 얘기를 조금 더 들어 봐. 아버지가 우지이에를 떠올린 데는 이유가 있어. 그가 체외 수정을 연구한다는 얘기를 전부터 들어 알고 있었거든."

"체외 수정을 해도……."

"그래, 아버지 정자를 사용해서는 의미가 없지. 그러니까 다른 남자의 정자로 체외 수정을 해서 어머니가 임신하도록 하려는 거였어. 아버지는 우지이에에게 자신의 생각을 털어놓았어. 그런데 우지이에가 대학 측과 논의한 결과, 안 된다는 결론이 나왔어."

"왜지?"

"인공 수정에 다른 사람의 정자를 사용하는 일은 인정할 수 있지만, 체외 수정의 경우 다시 검토할 필요가 있다는 거였지. 그런 태도 자체에는 지금도 변함이 없어."

"그럼 결국 아무것도 하지 못했다는 거야?"

"아니, 그렇지 않아. 그 대신 우지이에는 한 가지 제안을 했어. 남편의 정자를 사용한다고 해서 반드시 그 유전자가 자식에게 대물림되는 것은 아니다, 체외 수정을 하면서 동시에 아버지의 유전자를 차단하는 방법이 있는데 그걸 시도해 보지 않겠느냐는 것이었어."

"그런 일이 가능해?"

"우지이에는 가능하다고 했어. 그 원리를 간단히 말하자면 이런 거야. 인간에게는 유전의 근간인 염색체가 마흔여섯 개 있어. 원래 자식은 그중 스물세 개를 어머니한테, 나머지 스물세 개를 아버지한테 물려받지. 그런데 우지이에가 제안한 방법은 수정 후 아버지에게 받은 스물세 개를 제거하고 특수한 방법을 사용해서 어머니에게 물려받은 스물세 개를 두 배로 늘리는 것이었어. 그렇게 하면 자식은 아버지의 유전 정보를 물려받지 않지."

머릿속에 오래전 생물 시간에 배운 '세포의 구조'라는 그림이 떠올랐다. 와키자카 고스케의 말은 이해가 가지만, 그게 말처럼 그렇게 간단한 일일까.

"그래서, 부모님이 그 방법을 승낙했어?"

"승낙했어. 애당초 두 사람 모두 다른 남자의 정자를 사용하는 일에 거부감이 있었으니 그걸 피할 방법이 있다면 더없이 좋은 일이지. 승낙하지 않을 이유가 없었어. 그렇게 해서 부모님은 홋카이도로 오게 되었어. 지금으로부터 약 20년 전 일이야. 그렇죠?"

와키자카 고스케가 다카시로 아키코를 돌아보았다. 그의 목소리가 들리지 않았을 리 없는데, 그녀는 물끄러미 창밖을 바라볼 뿐이었다. 와키자카 고스케는 포기한 듯 다시 내게 고개를 돌렸다.

"그래서, 그 실험이 이루어졌어?"

내가 물었다.

"응. 하지만 결과는 실패였어."

"왜?"

"임신은 했지만, 유산하고 말았거든. 체외 수정 기술이 발달한 지금도 종종 실패하곤 해. 그러니 연구자 대부분이 경험이 없었던 당시에는 어쩔 수 없었겠지. 오히려 연구자로서는 임신한 것만으로 만족하는 수준 아니었을까."

"그래서 부모님은 어떻게 했어?"

"포기했던 것 같아."

거기서 와키자카 고스케는 한숨을 한 번 내쉬었다.

"어머니 말로는 그 실험 때문에 육체적으로나 정신적으로나 고통을 상당히 겪었다더군. 그래서 아버지도 다시 시도하자는 말을 꺼내기가 힘들었나 봐. 어머니를 그 먼 아사히카와에 혼자 두는 것도 불안했겠지. 두 사람은 그 1년 후에 양자를 들였어. 친척 집에 아들이 다섯 있었는데, 집안 형편이 어려워 여섯 살짜리 막내아들을 기꺼이 양자로 보내겠다고 했다나 봐."

"그 사람이 당신이야?"

"그래."

와키자카 고스케가 살갑게 미소를 지었다. 그의 웃는 얼굴을 보기는 오랜만이라는 생각이 들었다.

"그 뒤로도 부모님과 우지이에 씨를 비롯한 연구자들 사이에 교류가 있었어?"

"아니, 없었어. 그렇게 몇 년이 흘렀지. 아버지는 끝내 그 병으로 돌아가셨지만, 다카시로 집안은 나름 평온했어. 어머니도 과거의 고통스러운 기억을 잊어 갔고. 그런데 엉뚱한 일이 벌어졌어."

그가 나를 가리켰다.

"그 장본인이 바로 너야."

"나? 내가 뭘 어쨌다는 거야?"

"음악 프로그램에 출연했잖아."

아……, 하는 소리가 내 입에서 흘러나왔다.

"출연은 했지만……."

"그걸 본 회사 직원들이 술렁거렸어. 사장의 숨겨 둔 자식이 아니냐고 말이야. 나는 그 방송을 보지 못했는데, 주위에서 하도 입방아들을 찧으니까 방송국에서 테이프를 빌려와서 어머니와 둘이 봤어. 그리고 그만 소스라쳤지. 왜 그랬는지는 너도 알겠지?"

나는 다시 다카시로 아키코를 봤다. 요즘의 메이크업 기술이라면 전혀 다른 두 사람을 닮아 보이도록 하는 일이 어렵지 않다. 그러나 그녀와 나 사이에는 그런 의미의 '닮았다'라는 말과는 전혀 다른 유사성이 있었다. 그녀는 나보다 훨씬 나이가 많은 데다 화장법이 달라 인상도 사뭇 다르다. 그런데도 나와 동일한 인물이라고 인식하게 하는 무언가를 우리 둘은 공유하고 있다.

아니지, 하고 나는 생각했다. 우리 둘뿐 아니라 우지이에 마리코도 마찬가지일 것이다.

와키자카 고스케가 말을 계속했다.

"당연히 나는 어머니에게 물었어. 혹시 어디에선가 아이를 낳지 않았냐고 말이야. 어머니는 아니라고 했지만, 대신 20년쯤 전에 아사히카와에서 특수한 실험에 참여한 적이 있다고 했어. 그때까지 어머니는 그 일을 아무에게도, 할아버지에게조차 말하지 않았던 거야. 얘기를 듣는 순간 감이 딱 왔어. 네가 그때 생긴 아이가 아닐까 하고."

"하지만 실험 때 생긴 아이는 유산했다면서."

"어머니의 자궁에서 자라던 태아는 그랬지. 하지만 실험에 사용된 난자가 한 개뿐이었다는 보장이 없잖아. 어쩌면 난자가 더 있어서 어머니가 모르는 곳에서 연구자들의 손에 길러졌을 수도 있어."

"그게 나란 말이야?"

나는 침을 꿀꺽 삼켰다.

"그렇게 생각하는 게 당연하잖아. 물론 의문이 하나 있긴 하지만. 그건 닮아도 너무 닮았다는 거야. 설령 그때 실험이 성공해서 어머니의 유전자만 물려받았다는 특수한 사정이 있다 해도 그 정도로 닮을 수 있을까 싶었지. 뭐, 아무튼, 나는 네 출생에 관해 조사하기로 했어. 어머니의 지시로."

"나는······."

다카시로 아키코가 불쑥 끼어들었다.

"20년 전에 일어난 일의 진상을 알고 싶었어."

"같은 얘기 아니겠어요? 그러려면 그녀가 어떻게 태어나 자랐는지 알아야 하니까요."

와키자카 고스케는 소파에서 일어나 나와 다카시로 아키코 사이에 섰다. 그리고 먼저 내게 말했다.

"네가 고바야시 시호 씨의 딸이라는 사실은 금세 알아냈어. 그 이름을 어머니도 기억하고 있더군. 어머니가 실험 때문에 입원했을 때 옆에서 돌봐 주었던 사람이 고바야시 시호 씨였던 모양이야."

그리고 그는 자기 어머니 쪽을 향했다.

"그렇죠?"

이번에는 반응이 있었다. 그녀는 살짝 한숨을 내쉰 후 "그래." 하고 다소 퉁명스럽게 대답했다.

"그걸로 그 당시 실험에 어떤 비밀이 있었다는 게 분명해졌지. 그래서 나는 고바야시 양의 출생에 관해 조사하기로 했어. 그때까지 나는 고바야시 양 앞에 모습을 드러낼 생각이 없었어. 그런데 고바야시 시호 씨가 의문의 죽임을 당하고, 그 배후에 수상한 그림자가 어른거린다는 걸 알고 나서 사정이 달라졌어. 나는 고바야시 양과 접촉해서 그 그림자의 정체를 밝혀내려고 했어. 그런데 고바야시 양이 난데없이 홋카이도로 간다는 거야. 그것도 아사히카와에. 틀림없이 자신의 출생에 관해 조사할 거라는 생각에 급히 뒤쫓아갔어."

그러니 발 빠르게 움직일 수밖에 없었던 것이다. 그제야 그간 있었던 여러 가지 일이 납득이 갔다. 와키자카 고스케가 그토록 적극적이었던 이유를 포함해서. 그는 예전에 엄마에게 신세를 진 일이 있다고 설명했지만, 그것만으로 이렇게까지 할 수는 없을 것이다.

"그럼 출판사에 자주 전화했던 것도……."

"어머니에게 한 거였어. 터무니없는 거짓말은 아니잖아. 어머니는 소메이샤 사장이니까."

"그렇긴 하네. 그래서, 어디까지 알아냈는데?"

내 물음에 와키자카 고스케가 다카시로 아키코를 보았다.

"질문 들으셨죠? 대답해 주세요. 어디까지 알아내셨어요?"

그녀가 내 쪽으로 아주 살짝 고개를 돌렸다.

"네가 설명해도 되잖아, 여태 얘기를 했으니."

"여기서부터는 어머니가 설명하시는 게 좋겠어요. 내가 모르는 일도 많을 것 같으니까요."

그러나 다카시로 아키코는 얘기할 생각이 없는 듯했다. 와키자카 고스케가 한숨을 내쉬고 말했다.

"할 수 없군. 우선 내가 들은 얘기부터 할게. 네가 후지무라의 연구실에 갔을 때 놈이 전화에 대고 우지이에 기요시가 왜 도쿄에 갔느냐고 했댔지?"

내가 고개를 끄덕이는 것을 보고 그도 고개를 끄덕이고 나서 얘기를 계속했다.

"그때 우지이에는 어머니를 만나고 있었어."

"뭐라고?"

"어머니가 불렀어. 네 존재를 알았으니 어떻게 된 일인지 설명해 보라면서 말이야."

그것이 진상을 알아내는 지름길일 것이다.

"그래서 우지이에 씨는 뭐라고 했대?"

"그때 그 실험으로 생겨난 아이라고 털어놓았다는군. 그리고,"

그가 혀로 입술을 축이고 시선을 약간 아래로 떨어뜨렸다.

"좀 더 특수한 실험이 있었다고……."

"특수한 실험이라니?"

그러자 와키자카 고스케가 난감한 듯이, 혹은 망설이는 듯이 양쪽 눈썹을 늘어뜨리고 눈을 쉴 새 없이 깜박거렸다. 그리고 다카시로 아키코를 힐끔 보고 나서 나를 보며 깊이 한숨을 쉬었다.

"클론 말이야."

그가 말했다.

"클론······."

처음 듣는 말은 아니었다. 하코다테 이과 대학에서도 들었다. 후지무라와 우지이에가 클론 동물 연구에 실적이 있다는 얘기였다.

"SF 만화에서 본 적이 있어. 세포를 인위적으로 분열시키거나 해서 머리카락 한 가닥으로 사람을 만들어 내던데, 내가······ 그렇다는 거야?"

그가 고개를 저었다.

"그렇게 간단한 게 아니야."

"하지만 본질은 그런 거잖아."

"말은 클론이라고 하지만, 보통 사람과 조금도 다르지 않아."

"그런데 왜 내 얼굴이 저 사람과 똑같지?"

나는 벌떡 일어나서 소리치며 다카시로 아키코를 가리켰다.

"보통 사람이 어떻게 이럴 수 있어? 설명해 봐. 나는 저 사람의 신체 일부로 만든 괴물 같은 거잖아. 안 그래?"

"진정해."

그가 내 두 팔을 잡고 마구 흔들었다.

"왜 이래. 이거 놔!"

"가만히 좀 있어!"

짝, 머리를 울리는 충격이 있었다. 목이 꺾인 듯한 느낌. 몸이 휘청이더니 그대로 소파에 쓰러졌다. 그런 나를 와키자카 고스케가 붙들었다. 왼쪽 뺨이 얼얼했다. 그리고 점차 화끈거리더니 묵직한 아픔이 찾아왔다. 뺨을 맞았다는 사실을 깨달았다.

"미안해. 하지만 지난번에는 내가 맞았으니까 되갚은 걸로 치자."

나는 얻어맞은 뺨을 살며시 눌렀다. 화끈거리고, 부어오르는 느낌이었다. 다음 순간 눈물이 주르륵 흘렀다. 참으려 했지만 멈출 수 없었다.

정신을 차려 보니 다카시로 아키코가 일어서서 나를 바라보고 있었다. 설마 내 아픔을 함께 느낀 것도 아닐 텐데 왼쪽 뺨에 손을 살짝 대고 있었다. 스스로도 그 동작이 기묘하게 느껴졌는지 내 시선을 느끼고는 얼른 손을 떼었다.

와키자카 고스케가 고개를 돌려 그녀에게 말했다.

"설명해 주세요, 어머니 입으로요."

다카시로 아키코는 천천히 고개를 저었다.

"내 잘못이 아니야."

"그럼 누구 잘못인가요?"

내가 물었다.

"여러 사람이 얽혀 있어."

그녀가 대답했다.

"너를 낳은 고바야시 시호 씨, 그녀도. 그녀도 잘못했다고 할 수 있어."

"왜죠?"

"왜냐니, 너를 낳았잖아."

그 대답에 나는 말문이 턱 막혔다. 그렇다. 내가 지금 화를 내는 대상은, 결국 나란 존재 그 자체다.

"여기, 우지이에 씨를 만났을 때 녹음한 테이프가 있어."

다카시로 아키코가 책상 서랍을 열어 조그만 카세트를 꺼냈다.

"중요한 얘기를 할 때는 반드시 녹음을 하지. 이걸 들으면 20년 전에 무슨 일이 있었는지 너도 알게 될 거야."

그녀는 테이프를 앞으로 빨리 돌린 다음 다시 뒤로 조금 돌려 재생 버튼을 눌렀다. 잠시 후 나지막이 웅얼거리는 목소리가 흘러나왔다. 나이가 좀 든 남자 목소리다. 우지이에 기요시인 것 같았다.

"그 무렵 나는 구노 교수 밑에서 핵 이식을 연구했어. 구노 교수는 데이토 대학에서 일하던 시절부터 핵 이식 분야에서는 일인자였지. 외국에서도 올챙이로 성공한 사례는 있었지만, 포유류는 불가능에 가깝다는 의견이 지배적이었어. 특히 성장한 포유류의 체세포를 활용한 클로닝은 절대 불가능하다고 여겼지. 그런데 구노 교수는 독자적인 방법을 사용해 고등 동물의 클로닝이 허황한 꿈이 아니라는 결과를 향해 가는 중이었어. 그러던 어느 날 학장이 구노 교수에게 인간 클론을 만드는 계획을 의논해 온 거야. 지금은 그런 연구가 학회에서 완전히 금지되었지만, 당시에도 윤리적으로는 논란을 일으킬 게 뻔했어. 성공하더라도 발표하지 못할 공산이 컸지. 그런데도 학장은 그 연구를 추진하기를 강력히 희망했어."

"왜 그런 지시를 내렸을까요?"

"모르지. 뭔가 큰 힘이 작용하지 않았을까. 그 정체야 우리 같은 말단이 알 수 없었겠지만."

"하지만, 지금은 알죠?"

"아니야. 지금도 나는 몰라."

"정말이에요? 도저히 믿기지 않아요."

"뭐라고 말하든, 사실인 걸 어쩌겠어."

잠시 두 사람이 침묵했다. 서로를 바라보는 것일까.

"알겠어요. 그래서 구노 교수가 승낙했다는 말이군요."

"그래. 명예를 얻을지 어떨지는 모르겠지만, 과학자로서 순수하게 인간 클론을 만들어 보고 싶었을 거야. 그게 교수의 궁극적인 꿈이었던 것도 사실이고."

이런 얘기를 하면서 꿈이라느니 순수라느니 하는 말을 사용하다니, 하고 나는 생각했다. 그러자 테이프 속에서 다카시로 아키코가 말했다.

"미쳤군요."

"그래, 당신 말이 맞아. 구노 교수뿐 아니라 그 당시에는 우리 모두 미쳐 있었어. 생물의 발생을 조작하는 연구에 몰두하다 보니 자신들이 신이라도 된 양 착각한 거지. 그래서 구노 교수를 중심으로 한 프로젝트에 참여하게 되었을 때 나는 춤이라도 출 듯이 기뻤어."

집단을 이루면 광기가 증폭된다, 그런 말을 들은 적이 있다.

"팀은 크게 두 그룹으로 구성되었어. 체외 수정을 연구하는 그룹과, 핵 이식을 연구하는 우리 그룹으로. 지루한 실험이 밤낮으로 계속되었지. 난자를 조작하고, 그 성장을 지켜보는 나날이었어. 그러나 실은 비열한 작업이기도 했어. 왜냐하면 실험에 사용된 난자가 무단으로 채취된 것이었거든. 당시 아직 연구 단계에 있었던 체외 수정에 불임 해결의 마지막 희망을 걸고 대학 병원을 찾았던 가엾은 불임 여성들에게서 말이야."

"환자의 난자를, 멋대로 실험 재료로 사용했다는 말인가요?"

"그래. 난자를 채취하는 방법은 당신도 기억할 거야. 배꼽 밑을 세 군데 절개해서 복강경으로 체내를 들여다보면서 겸자를 사용해서 난소를 찾아. 그런 다음 가운데가 비어 있는 침으로 난포에 구멍을 뚫어 난포액을 빨아들이지. 그 무렵 우리 팀은 이미 구연산 클로미펜을 사용해 여러 개의 난자를 한

번에 채취하는 방법을 확립한 상태였어. 많을 때는 다섯 개 이상 채취하기도 했지. 그래서 남은 난자를 실험용으로 돌렸던 거야."

듣기만 해도 아랫배가 아픈 느낌이었다.

테이프가 또 침묵했다. 두 사람이 호텔 방 같은 곳에 있는지 소음이 전혀 들리지 않는다.

"사람이 할 짓이 아니에요."

"그래, 맞는 말이야."

"그렇게 해서 클론 기술을 착착 확립해 갔군요."

"글쎄, 착착이라고 해야 할지. 연구는 난항을 겪었어. 핵 이식을 마친 난자가 배양액 속에서 분열하지 않거나, 분열을 시작해도 금세 정지되거나, 그런 일의 반복이었어. 이식용 핵을 채취할 체세포를 선택하기도 쉽지 않았고, 그 핵에서 특정한 능력을 제거하고 대신 새로운 개체를 창조할 능력을 되살리는 처리 방법을 확립하는 데도 애를 먹었어. 게다가 난자 자체가 지닌 성질에도 주의를 기울여야 했고. 난자에 따라 핵 이식 후의 처치에 미묘한 차이가 있다는 사실을 알았거든. 산 넘어 산이었어. 게다가 우리 앞에 거대한 벽이 하나 놓여 있었어. 설사 핵 이식이 제대로 된 난자가 순조롭게 분열한다 해도 그걸 실제로 자궁에 착상시키고 성장을 지켜보는 실험을 할 수 없다는 것이었지. 실험적으로 누구의 클론을 만들

것인가, 누구를 모체로 삼을 것인가 하는 질문에 답해 줄 사람이 없었어. 그럴 때 당신 부부가 우리를 찾아온 거야."

"우리는 아이를 갖고 싶어서 찾아갔던 거예요."

"나도 알아. 하지만 당신들의 등장이 우리에게는 더없이 기쁜 소식이었어. 당신들은 특수한 실험을 받아들일 각오가 되어 있으니, 우리가 난자를 어떻게 다루든 문제를 일으킬 염려가 없다고 생각한 거야. 게다가 어머니의 유전자만 남긴다고 설명해 두었으니 어머니와 똑같은 딸이 태어난다 해도 설명이 가능하다고 판단했어."

"그래서, 내 몸을 사용해 클론 실험을……."

목소리가 살짝 떨렸다. 분노 때문인지 슬픔 때문인지 알 수 없었다.

"그래."

신음하는 듯한 우지이에의 목소리.

"당신의 난자와 체세포를 사용해서 클론의 기본인 핵 이식 란을 만들어 냈는데, 그게 무사히 분열해 성장하기 시작한 거야. 엄청난 행운이었지. 조금 전에도 말했지만, 핵 이식란이 성장할지 어떨지는 신에게 달렸다고 할 수 있으니까. 우리는 그 배, 분열 후의 수정란을 보통 '배'라고 하는데, 그걸 당신 자궁에 착상시켰어. 덧붙이자면, 그 또한 기적적인 일이야. 일반적인 체외 수정에서도 가장 어려운 부분이 착상 단계니까 말이야. 그렇게 당신은 수많은 기적에 힘입어 임신한 거야."

"그럼 그때……."

몇 초간 정적이 흘렀다.

"그때 내 배 속에 있던 아이는 내 아이가 아니라 내 클론이었군요. 나는 내 분신을 잉태했던 거고요."

"그런 셈이지."

"어떻게 그런……."

잠시 침묵 상태가 이어졌다. 나는 다카시로 아키코를 보았다. 눈을 감고, 두통을 억누르려는 듯이 관자놀이에 손을 대고 있었다.

"하지만."

다시 그녀의 목소리가 들렸다.

"나는 유산했어요."

"그래. 당신도 무척 아쉬웠겠지만, 우리도 낙담했어. 게다가 시기가 너무 일러서 데이터도 충분히 얻지 못했고."

"그 후에 당신들은 다시 한 번 시도해 보자고 권했죠."

"그랬지. 그러나 당신들이 거부했고."

"유산한 그 시점에 우리는 체념했어요. 그게 우리에게 주어진 운명이라 여기기로 했죠. 그런데 이제 와서 보니 정말 잘한 일이었군요."

테이프에서 또 아무 소리도 들리지 않았다. 우리도 말이 없었다. 방 안 공기가 묵직하게 가라앉은 느낌이었다.

"그래서, 그 뒤로 어떻게 되었죠? 우리가 도쿄로 돌아간 후에요."

다카시로 아키코가 물었다.

"당신에게는 알리지 않았지만, 그때 당신 몸에서 채취한 난자는 한 개가 아니었어. 배란 유도제를 사용한 덕분에 난자 세 개를 채취할 수 있었지. 핵 이식도 그 세 개에 모두 했고. 당신 자궁에 착상된 건 그중 한 개였어."

"그럼 남은 두 개는?"

"냉동 보관했지. 과연 안전하게 동결되었을지 자신이 없었지만. 왜냐하면 그 시점에는 배의 냉동 실험에서 성공한 사례가 세계적으로 없었거든. 액체 질소로 얼리는데, 동결할 때 얼음 결정에 세포가 파괴되는 문제를 극복하지 못했기 때문이야. 그런데 때마침 호쿠토 의과 대학의 가축 개량 그룹에서 소의 배를 동결 보존하는 데 성공했어. 냉동 전에 배를 특수한 용액에 담그는 방식이지. 우리는 그 방식을 응용해서 핵 이식 배를 냉동했어."

"그런데 그걸 그대로 놔두지는 않았군요."

"여러 번 말했지만, 핵 이식에 성공해도 무사히 분열하는 난자는 거의 없었어. 그러니까 당신이 남겨 준 냉동배가 우리에게는 보물이었지. 클론 계획을 실현하기로 하고 그 동결한 배를 해동했어. 배가 제대로 살아 줄지 어떨지는 알 수 없지만, 만일 계획대로 된다면 즉시 누군가의 자궁에 착상시켜야만 했지. 하지만 그러기에 적당한 여성을 찾을 수 없었어. 섣불리 대리모를 고용했다가 나중에 말썽이 생기면 곤란하니까."

여기까지 들었을 때 내 머릿속에 한 가지 가능성이 스쳤다. 테이프에 기록된 대화 속의 아키코도 비슷한 생각을 했던 것 같다.

"혹시, 그래서 고바야시 씨가……."

"맞아. 고바야시 씨가 자신의 몸을 제공하겠다고 나섰어."

"설마…… 어떻게 그런 일을. 아무리 연구가 중요하다 해도……."

"그런 점에서 고바야시 씨는 특별한 여성이었어. 그녀는 임신과 출산을 여성의 전부인 것처럼 취급하는 사회 풍조를 몹시 싫어했어. 그래서 스스로 실험대에 오름으로써 그런 풍조를 무시하고 싶었던 거지. 당연히 우리는 그녀의 제안을 받아들였어. 그녀라면 충분히 신뢰할 수 있다고 생각했으니까. 연구 계획이 세워지고, 실험이 진행되었어. 해동은 성공했어. 배가 무사히 살아 있었지. 그리고 그녀의 자궁에 배가 착상했어. 다만 이 경우, 출산까지 가지 않고, 데이터를 어느 정도 수집한 후 중절하기로 했어. 고바야시 씨도 그럴 생각이었고.

결혼도 하지 않은 상태에서 그런 아이가 태어나 봐야 불행할 뿐이라고 모두들 생각했거든."

"그런데, 중절하지 않았군요."

"클론은 고바야시 씨의 몸속에서 순조롭게 자랐어. 그러다 중절할 시기가 다가왔어. 더는 미룰 수 없다고 생각했을 때……."

후, 한숨 소리가 들렸다.

"고바야시 씨가 연구소에서 사라졌어."

"혹시…… 수술을 피하려고?"

"그랬겠지. 그녀에게 잠재되어 있던 모성 본능이 눈뜨기 시작한 것을 실은 우리도 어렴풋이 감지했어. 때때로 중절하고 싶지 않다는 말을 했으니까. 그런 심경의 변화에 누구보다 당사자가 가장 놀라는 눈치였어. 자신의 가치관이 잘못된 것은 아닌지 고민하는 것 같기도 했고. 아무튼 중절을 거부하면 곤란하니까 우리는 적극적으로 그녀를 설득했어. 하지만 끝내 그녀는 연구자이기 전에 어머니가 되기를 선택했어."

형언할 수 없는 슬픔이 밀려왔다. 엄마는 나를 살리기로 한 것이다. 만일 엄마가 그때 도망치지 않았다면 나라는 존재는 이 세상에 존재하지 않을 것이다.

"구노 교수의 지시로, 고바야시 씨가 행방을 감춘 사실은 거의 알려지지 않았어. 그리고 교수는 그녀를 찾으러 도쿄로 갔지. 그녀의 주민 등록이 본가로 옮겨져 있었으니까. 교수는 고바야시 씨를 만났고, 설득하려 했지."

"하지만 결국 설득하지 못했군요."

"그런 거지. 그런데 도쿄에서 돌아온 구노 교수가 우리에게 는 그녀를 간신히 설득해서 중절시키고 왔다고 말했어. 그리 고 고바야시 씨가 더는 연구에 관계하고 싶지 않다고 해서 퇴 직을 허락했다고 했어."

"왜 그런 거짓말을……."

"아마 구노 교수와 고바야시 씨 사이에 그런 약속이 오갔을 테지. 그녀를 설득할 수 없다고 판단한 교수가 그녀에게 절대 우리 앞에 모습을 보이지 않겠다는 약속을 받고 물러나지 않 았을까 싶어."

"그리고 고바야시 씨는 그 여자아이를 낳았군요. 텔레비전 에 나온 그 애 말이에요."

"그래. 이름이 아마 후타바라지."

내 눈에서 눈물이 넘쳐흘렀다. 엄마는 자신과 아무 관계가 없는 나를, 오직 자신의 배 속에서 키웠다는 이유만으로 그렇 게 사랑해 주었다. 그런 엄마에게 나는 과연 뭘 해 주었던가. 그 사소한 약속조차 지키지 못해 결국 엄마를 죽음으로 몰아 넣었다.

나는 주저앉아 손으로 얼굴을 가리고 소리 내어 울었다. 터져 나오는 오열을 도저히 억누를 수 없었다.

한바탕 울고 나서야 나는 일어섰다. 손수건을 꺼내서 코를 풀고 정신을 차리고 보니 녹음기가 꺼져 있었다.

"죄송합니다. 이제 괜찮아요."

다카시로 아키코에게 말했다.

"그 후의 클론 계획은 어떻게 되었나요?"

"우지이에 씨 말로는 그러고서 곧바로 중단되었대. 하지만 자세한 얘기는 해 주지 않았어."

"그 여자……, 우지이에 마리코는요? 그녀도 나처럼 당신의 클론인 거죠?"

"아마 그럴 거야. 하지만 어떤 경위로 우지이에 씨가 내 클론으로 자기 딸을 태어나게 했는지는 나도 몰라. 우지이에 씨와 만났을 때는 내 분신이 하나 더 있다는 사실을 몰랐으니까 물어볼 수도 없었어."

"그럼 그 사람들은 어떻게 할 생각일까요?"

"나도 우지이에 씨에게 그걸 물었어. 앞으로 어떻게 할 작정이냐고. 이대로 가다가는 언젠가 세상에 알려질 것이다, 실제로 우리 회사 직원들은 사장과 똑같이 생긴 아가씨가 텔레비전에 나왔다며 수군거린다고 했지. 그러자 우지이에 씨는 어떻게든 해 보겠다고 대답했어. 자기들도 그때의 클론이 살아 있다는 사실에 당황하던 참이라면서."

"어떻게든 하다니, 그게 무슨 뜻이지⋯⋯."

내가 중얼거렸다.

"그 일은 자기네한테 맡겨 달라는 게 우지이에 씨의 얘기였어. 그래서 내가 물었지. 고바야시 시호 씨가 뺑소니 사고를 당한 일이 당신들과 관련이 있지 않느냐고. 우지이에 씨가 자기는 모르겠다고 했어."

"모르겠다⋯⋯, 관계가 없다고 못 박은 건 아니군요."

일이 그렇게 된 이상 관계가 없을 수 없었다.

"사실 여기까지는 나도 들었어."

와키자카 고스케가 변명처럼 말했다.

"그리고 어머니는 너에게서 눈을 떼지 말라고 내게 지시했어. 클론 계획의 주모자를 밝히고, 후지무라 일당이 뭘 노리는지 알아내려는 거였지. 단, 주모자의 경우 어느 정도는 추측하고 있었어. 호쿠토 의과 대학이라는 이름에서 이하라 슌사쿠를 연상하는 건 양쪽의 연관성을 고려할 때 그리 엉뚱한 일이 아니거든. 그리고 고바야시 시호 씨가 남긴 예의 스크랩북을 네가 내게 보여 줬을 때 그 추측이 옳다고 확신했어."

"그 스크랩북에는 이하라 슌사쿠의 아들과 관련된 기사가 스크랩되어 있었는데⋯⋯."

"그랬지. 게다가 그 아들은 이하라를 빼닮았고."

"그럼 그 아들도 클론이었던 거야?"

"아마 그럴 거야. 이하라가 자기 분신을 만들려는 목적으로 호쿠토 의과 대학을 움직였을 거야. 그리고 구노 교수 팀은 너라는 테스트를 거쳐 이하라의 분신을 만들어 내는 데 성공했고."

와키자카 고스케는 다카시로 아키코에게 한 걸음 다가섰다.

"이하라가 관련된 사실을 눈치챈 직후 어머니는 여기로 오셨죠. 제게는 가까이 있다가 여차하면 나가려는 거라고 설명하시면서요. 저는 후타바와 행동을 함께하면서 어머니에게 상황을 알리고 때로는 지시를 받았어요. 하지만 누군가가 우지이에 마리코를 신치토세 공항에서 데리고 갔다는 사실을 알았을 때는 어머니를 의심하지 않을 수 없었어요. 오늘 저녁 그 시각에 그녀가 지토세에 도착한다는 걸 아는 사람은 나와 후타바를 제외하면 어머니뿐이니까요."

다카시로 아키코는 말이 없었다. 그녀는 창을 향해 선 채 꼼짝도 하지 않았다.

"그럼 삿포로의 호텔에서 나를 습격한 사람들도……."

"그때도 어머니가 놈들에게 연락했던 거죠?"

와키자카 고스케가 다그쳤다.

"어째서죠? 어째서 놈들에게 협조하는 겁니까? 어머니와 놈들 사이에 어떤 밀약이 오간 겁니까?"

다카시로 아키코는 커튼 자락을 잡고 조심스럽게 손으로 당겠다. 커튼이 닫히자 실내가 한층 더 어두워졌다.

"둘이서 얘기하자. 그 아이는 나가 있으라고 해."

그 아이란 나를 가리키는 말인 듯했다.

"왜요? 후타바도 얘기를 들을 권리가 있습니다."

그의 목소리에 분노가 서려 있었다.

"그 아이를 보고 싶지 않고, 그 아이에게 나를 보이고 싶지
도 않아. 부탁이니 날 이해해 다오."

그녀가 의자에 앉아 안경 밑으로 손가락을 밀어 넣고 눈두
덩을 눌렀다.

나는 자리에서 일어섰다.

"나, 어디 있을까?"

와키자카 고스케가 의외라는 듯한 표정을 지었다.

"하지만……."

"괜찮아. 나도 불편해서 그래."

그는 난처한 표정을 지었지만 이내 고개를 끄덕였다.

"그럼 1층 로비에서 기다릴래?"

"응, 그럴게."

아까는 침실에서 들어왔지만, 이 방에도 복도로 직접 나갈
수 있는 문이 있었다. 와키자카 고스케가 그 문을 열어 주었다.

"커피라도 마시고 있어. 내가 살 테니까."

그가 접혀 있는 천 엔짜리 지폐를 내밀었다.

"됐어, 그런 건."

"괜찮으니까 받아 둬."

그는 집요하게 돈을 내밀었다. 그 지폐를 보다가 퍼뜩 놀랐다. 아까 그가 침실을 열 때 사용한 카드가 끼여 있었다.

"알았어, 그럼."

나는 천 엔짜리 지폐와 카드를 받아 들었다.

문이 닫히자 곧장 옆문으로 가서 아까 그가 했던 것처럼 카드로 잠금장치를 해제한 후 소리를 내지 않도록 주의하면서 문을 열고 안으로 들어갔다. 그리고 다시 조심스럽게 문을 닫았다.

옆방 대화가 잘 들리지 않아 나는 문에 귀를 바짝 갖다 댔다.

"역시 젊구나."

다카시로 아키코의 목소리가 들렸다.

"화장도 하지 않은 것 같은데 피부가 탄력이 있고 눈가에는 주름도 없고 턱살도 늘어지지 않았어. 나랑은 전혀 달라."

"시간이 흐르면 누구나 나이를 먹죠."

"그렇겠지……."

달그락, 의자를 움직이는 소리가 났다. 그녀가 말을 이었다.

"이쪽에 오자마자 호쿠토 의과 대학의 후지무라 교수를 만났어. 그리고 어떻게 된 일인지 물었지."

"후지무라가 용케 얘기를 해 주었군요. 어머니가 굉장한 카드를 내민 모양이네요."

와키자카 고스케가 빈정거리듯이 말했지만 다카시로 아키코는 반응이 없었다.

"뭐, 그 얘기는 나중에 듣도록 하죠. 그래서, 후지무라가 뭐라던가요?"

"……우선 클론 계획이 시작된 계기를 털어놓았어. 그 계획을 지시한 사람은 역시 이하라 슌사쿠였어. 그는 정자에 결함이 있어서 아이를 가질 수 없었다는구나. 하지만 남의 정자를 사용하는 방법을 용납할 수가 없었나 보더라. 무슨 수를 써서라도 자신의 유전자를 이어받은 자식을 원했다는 거야."

"그래서 클론을요? 이하라의 인간성을 생각하면 충분히 있을 법한 일이군요."

"구노 교수 팀은 실험에 성공했어. 그리고 여봐란듯이 이하라의 분신을 만들었지. 이하라의 젊은 부인이 그 클론을 잉태했다더라. 그것도 역겨운 일이지."

"그 후에 프로젝트 팀은 어떻게 되었나요?"

"해산한 모양이야. 다들 나름의 보수를 받고서 말이다. 장래를 약속받은 사람도 많았던 것 같아. 하지만 후지무라는 연구를 통해 얻은 노하우가 그 무엇보다 큰 보수라고 했어. 물론 클론에 관해서는 함구하기로 약속했겠지만, 그 밖의 획기적인 기술이 여럿 개발되었지. 아까 테이프에서 우지이에 씨도 말했지만, 배의 동결 방식 하나만 해도 그랬던 모양이야. 몇 사람이 체외 수정 분야에서 성과를 올리고 있는 영국과 호주의 연구 기관으로 자리를 옮겼다더라. 다만 후지무라 교수 말로는 구노 교수가 클론 기술을 어디에도 발표할 수 없어서 무척 아쉬워했다는 거야. 그래서 그는 비밀리에 미국 대학을 들쑤셔서 클론 연구의 성과를 가져가는 조건으로 자신을 교수로 채용하도록 일을 꾸몄던 모양이야."

"하지만 교수는……"

"그래. 그 얼마 후에 죽었지. 그게 단순한 사고였는지, 아니면 모종의 힘이 작용했는지는 지금도 확실하지 않고 앞으로도 밝혀지지 않을 거야. 다만 프로젝트 팀에 속해 있던 멤버들이, 뒤에서 작용하는 힘이 얼마나 큰지 새삼 깨달은 건 사실인가 보더라."

"이하라로서는 자신의 목적을 달성했으니 더는 구노 교수에게 볼일이 없다고 판단했겠군요."

와키자카 고스케가 말했다.

"그랬을 수도 있지."

다카시로 아키코도 동의했다.

"하지만 실은 이하라의 목적이 달성된 게 아니었어. 순조롭게 성장할 거라고 여겼던 클론에게 이상이 나타났던 거야. 면역 기능에 결함이 발견되더니 온갖 병에 걸렸지. 아마 핵 이식을 할 때 체세포 선택에 실수가 있었을 거라고 후지무라 교수는 말했어. 이하라는 격노해서 어떻게든 손을 쓰라고 한 모양이지만 속수무책으로 아이가 죽고 말았어."

나는 이하라의 아들이 죽었을 때의 기사가 붙어 있던 엄마의 스크랩북을 떠올렸다.

"이하라가 다시 자신의 클론을 만들려고 하지는 않았나 보군요."

와키자카 고스케가 말했다.

"진절머리가 났는지도 모르지. 게다가 다시 시도한들 성공한다는 보장도 없고."

"그런데 이번에 다시 시도하기로 한 건가요?"

"그래, 맞아."

다카시로 아키코의 목소리가 들리고, 이어 발소리가 조그맣게 들렸다.

"이하라는 지금 골수성 백혈병을 앓고 있어."

"백혈병…… 정말이에요?"

"그런가 봐. 그래서 그 병을 치료하는 데 쓰려고 이하라의 수하들이 이식용 골수를 필사적으로 찾아다닌다고 하더라."

"골수 이식을 하려는 거군요."

"우리 잡지에서도 한 번 특집으로 다룬 적이 있지만, 골수는 가족이 아니면 거의 적합하지 않나 봐. 심한 경우 적합률이 백만분의 일 정도로 떨어지기도 한다는구나. 그러니 혈육이 없는 이하라 슌사쿠로서는 절망적이었겠지."

"그래서 또다시 클론을……."

"그래. 언젠가 외국에서, 딸의 백혈병을 치료하려고 부부가 아이를 잉태했다는 기사가 있었는데, 기억하는지 모르겠구나. 그런 목적으로 아이를 갖는다는 데에 찬반양론이 분분했어. 이번 일은 그 사례보다 더 극단적인 경우지. 이하라의 세포를 사용해서 클론 아기를 만들어 그 골수를 이식용으로 사용하겠다는 얘기니까. 외국 사례는 태어날 아기의 골수가 환자에게 적합할지 어떨지 전혀 알 수 없지만, 클론은 확실하게 일치할 테지. 이 아이디어를 떠올린 사람은 이하라의 제1비서이자 과거의 클론 계획을 아는 오미치 요헤이야. 그가 몇 달 전에 당시의 프로젝트 멤버와 접촉하기 시작했어. 그 중심은 지금도 포유류 클로닝을 연구하는 후지무라였어. 그리고 하코다테 이과 대학의 우지이에 교수. 우지이에 교수는 처음에는 내키지 않아 했지만 결국 협력하기로 한 것 같아."

"그런 목적이 있었군요. 그런데 왜 그들이 우지이에 마리코와 고바야시 후타바를 노리죠? 그녀들의 무엇이 필요한 겁니까?"

"……그녀들의 난자야."

그 말을 듣는 순간 심장이 쿵, 내려앉았다. 내 난자라니.

"왜 그녀들의 난자를……?"

"당시보다 기술은 여러 면에서 발전했지만 클론을 만들기가
여전히 쉽지 않은 모양이야. 오미치가 데려온 여자의 난자를
사용해 봤지만, 거듭되는 실험에도 핵 이식란이 제대로 성장
하지 않았다는구나. 그 원인을 후지무라 등은 아는가 보더라.
아까 우지이에 씨의 얘기에서도 나왔지만, 사용하는 난자의
특성에 따라 핵 이식 후의 처치에 미묘한 차이가 있다는데,
그 노하우를 가진 사람은 구노 교수뿐이었고 데이터도 거의
남아 있지 않아서 그들로서는 속수무책이었던 거야."

"구노 교수를 해치운 일의 대가를 지금 와서 치르는 격이군
요."

"후지무라 교수 팀이 가진 건 두 개의 성공 사례에 관한 데
이터뿐이야. 하나는 내 클론을 만들었을 때의 데이터, 다른
하나는 처음 이하라의 클론을 만들었을 때의 데이터. 하지만
그 데이터들도 성질이 똑같은 난자를 사용하지 않으면 아무
런 쓸모가 없지. 게다가 17년 전에 이하라의 클론을 만들었을
때 난자를 제공한 여성은 이미 갱년기를 맞았어. 나 역시 마
찬가지고."

"그렇군요. 후타바나 우지이에 마리코라면 어머니와 성질이
똑같은 난자를 제공할 수 있단 말이죠. 20년 전의 데이터를
고스란히 써먹을 수 있고요."

"그런데 그 둘의 존재를 후지무라 교수 팀은 최근까지 몰랐어. 우지이에 씨가 자기 딸 얘기를 할 리도 없고. 그래서 연구가 난항을 겪고 있을 무렵에 학회 일로 도쿄에 갔던 후지무라 교수가 호텔에서 텔레비전을 보다가 엄청난 사실을 알게 되었지."

"그녀를…… 후타바를 보았군요."

"그 사람은 내 얼굴을 확실히 기억하고 있었대. 그래서 그즉시 사태를 파악한 거야. 고바야시 시호 씨가 중절하지 않았고, 그래서 그때의 클론이 태어났다고 말이지."

"그래서 후지무라가 고바야시 시호 씨를 만나러 갔군요."

"그래, 협력을 부탁하려고. 후지무라가 내게는 분명하게 말하지 않았지만 아마 협박에 가까운 말을 했을 거야. 딸이 클론이라는 사실을 비밀에 부치고 싶으면 협조하라는 식으로."

두 사람의 대화를 듣던 나는 속이 울렁거리기 시작했다. 한없이 신사인 척하던 후지무라의 태도가 머리에 떠올랐다.

"하지만 고바야시 씨는 승낙하지 않았겠죠."

"그래. 고바야시 씨는 후지무라 교수에게 만일 딸의 털끝 하나라도 건드리면 클론 계획이며 그 배후를 세상에 알리겠다고 말했어. 그리고 그 스크랩북을 보여 준 것 같아. 그녀는 이하라가 주모자라는 사실을 조교 시절부터 알았고, 그래서 이하라 아들에 관한 기사를 수집했던 거야."

"오미치가 후지무라의 얘기를 듣고 그냥 놔둬서는 안 되겠다 싶어서 고바야시 시호 씨를 없애기로 했군요?"

"⋯⋯후지무라 교수는 그 일에 관해 아무것도 모른다고 했어."

"그 말을 어떻게 믿습니까!"

와키자카 고스케가 버럭 소리를 질렀다. 그러나 다카시로 아키코는 아무런 반응이 없었다. 나는 입술을 깨물었다. 슬픔과 분노가 한 덩어리로 엉켜 되살아났다.

"대강의 사정은 알겠어요."

그가 다시 침착한 어조로 말했다.

"어머니는 오미치 요헤이를 만난 적이 있나요?"

"⋯⋯만났지."

"만나서 그들에게 협조하겠다고 약속했군요."

"너희들이 있는 곳을 알려 주기로 했을 뿐이야."

"대단한 협조 아닙니까? 게다가 어머니의 협조는 거기서 끝나지 않았어요. 우지이에 마리코라는 존재가 있다는 사실을 내게 듣자마자 그들에게 알렸을 테죠. 그래서 놈들이 타깃을 후타바에서 협조를 이끌어 내기 쉬운 우지이에 마리코로 바꾼 거잖아요."

다카시로 아키코는 대답하지 않았다. 그건 긍정의 의미일 것이다.

"다시 한 번 묻죠. 왜 그랬습니까? 왜 놈들을 돕기로 한 거죠? 그녀들을 놈들에게 넘겨서 어머니가 얻는 이익이 대체 뭐냔 말입니다!"

또 대답이 없었다. 이번에는 그도 다카시로 아키코가 대답할 때까지 입을 열지 않을 작정인 듯했다. 나는 숨이 갑갑해서 있기조차 괴로웠다.

"어떻게든 하라고……, 그렇게 말했어."

마침내 그녀가 툭, 내뱉었다.

"무슨 뜻이죠?"

"그 두 아이를…… 내 의사와는 무관하게 태어난 두 분신을 어떻게든 하라고 말했어. 당신들이 뿌린 씨앗이니까 당신네들이 거두라고. 그게 내가 내민 조건이야."

"어떻게든 하라니, 어머니, 그 말은……."

거칠어진 숨을 고르려는 듯이 와키자카 고스케가 말을 잠시 멈췄다.

"그 말은, 두 사람을 없애라는 뜻입니까?"

그의 말에 나는 온몸이 얼어붙을 것 같은 한기를 느꼈다. 그런데도 땀이 흘렀다. 절규하고 싶은 충동을 필사적으로 억눌렀다.

"내가 그런 말을…… 할 리 없잖아."

다카시로 아키코가 감정이 없는 목소리로 대답했다.

"그저 어떻게든 하라고 했을 뿐이야. 그녀들이 이대로 살아가다가는 언젠가 세상이 떠들썩해질 것이고, 그러면 당신들도 곤란해질 거라면서 말이지."

"하지만 어떻게든 하는 데에 달리 무슨 방법이 있다는 겁니까?"

"방법의 하나로 오미치 요헤이는 두 아이에게 성형 수술을 하는 걸 고려하고 있어. 남들이 그저 닮았다고 할 정도로만 얼굴을 고치면 문제가 없지 않을까 싶은 거지."

나도 모르게 왼손을 뺨에 댔다. 이 얼굴을 고친다고?

"도저히 납득할 수 없는 얘기예요. 그녀들에게는 그녀들 나름의 인권이 있어요."

"그러는 편이 그 아이들도 행복할 거야, 분명."

"제 생각은 다릅니다. 진실을 전하자는 것이 어머니가 회사를 운영하는 신념 아니었나요? 저는 어머니의 그런 자세를 존경했습니다. 지금 여기서 어머니가 선택해야 할 길은 클론 계획의 전모를 밝히는 거라고 생각합니다."

"바보 같은 소리 하지 마라. 그랬다가는 세상이 우리를 어떤 눈으로 보겠니. 네 앞날에도 마이너스가 될 거야."

"나는 괜찮습니다. 게다가 어머니 역시 피해자잖아요. 거리낄 이유가 없습니다."

"너는 몰라도 너무 모르는구나. 세상 사람들에게 누가 잘하고 잘못했는가는 중요하지 않아. 클론 계획이 탄로 나는 순간 주위에서 나를 보는 눈이 달라질 거야. 분신들의 오리지널이라고 수군거리겠지. 그리고 영원히 그 아이들과 세트로 취급될 거야. 젊고 무한한 가능성을 지닌 딸들과 그 삼십 년 후의 모습으로. 사용 전과 사용 후. 아아……."

오열하는 소리가 들렸다.

"마음대로 지껄이라고 하세요."

와키자카 고스케가 말했다. 그러나 그 위로는 효과가 없는 것 같았다.

"참 쉽게도 말 하는구나. 그럼 묻겠는데, 너는 어떨까? 그녀와 내가 같이 있을 때 두 사람을 비교하지 않을 자신이 있니? 내가 늙었다는 걸 의식하지 않을 거라고 맹세할 수 있어?"

다카시로 아키코의 질문에 와키자카 고스케는 침묵했다.

"그럴 리 없겠지."

그녀가 나지막이 말을 이었다.

"괜찮다, 그건 당연한 일이니까. 주위의 눈이라고 했지만, 사실 내가 가장 두려운 건 나 자신의 눈이야. 그녀들의 존재가 머릿속에 있는 한 도저히 거울 앞에 서지 못할 거야. 아까 네가 말했잖니, 시간이 흐르면 누구나 나이를 먹는다고. 그래, 맞아. 누구나 나이를 먹어. 그래서 체념하고 마음을 다잡으면서 나이를 먹는다는 일에 익숙해지지. 나도 최근까지는 내가 나이를 먹어 간다는 걸 비관하지 않았어. 30년 전에 스무 살이었던 내가 존재한 이상 지금 쉰 살의 내가 있는 건 어쩔 수 없으니까. 오히려 지금까지 살아왔다는 사실을 기뻐했어. 눈가의 주름 하나조차 자랑스럽게 여겼지. 하지만 이제는 아니야. 모든 것이 산산조각 난 느낌이다. 나이가 들어 간다는 일이 그저 비참하다는 생각만 들어. 죽음을 눈앞에 두었을 때 그 비참함은 더해지겠지."

"젊은 사람을 보면서 자신이 나이 들었다고 인식하는 건 누구에게나 있는 일이에요."

"그것과 이건 달라. 전혀 다르다. 물론 너는 이해하지 못하겠지. 너는 아직 젊고, 누군가 제멋대로 네 분신을 만들지도 않았으니까. 앞으로 30년이 지나 네가 자신의 앞날에 점차 한계를 느끼기 시작했을 때 지금의 너와 똑같은 모습, 똑같은 유전자를 지닌 남자가 나타났다고 생각해 봐라. 내기를 걸어도 좋아. 너는 그 남자를 몹시 증오할 거다. 질투라고 해도 좋겠지. 만약 네게 그럴 만한 권력이 있다면 죽이는 방법도 생각할 거야."

"어머니는 그녀들을 증오합니까?"

"증오하는 건 사실이다. 나도 내 마음을 어쩔 수가 없구나. 그 아이들을 보고 싶지 않고, 그 아이들의 존재를 인정하고 싶지도 않아. 그런 심정에 무슨 이유가 필요하겠니."

"그녀들을 딸처럼 여길 생각은 없습니까?"

"딸처럼? 말도 안 되는 소리."

다카시로 아키코의 목소리가 떨렸다. 몸을 떠는 것일까. 그녀가 말을 계속했다.

"우지이에 씨에게 클론 계획이 있었다는 얘기를 듣고 내 분신이 있다는 사실을 알았을 때의 느낌이 어땠는지 가르쳐 주련? 한마디로 끔찍했어. 그야말로 소름이 끼칠 정도로."

나는 문에서 귀를 뗐다. 슬픔의 파도가 멀리서 밀려오는 걸 느꼈다. 어서 이곳을 벗어나지 않으면 평생 다시 일어설 수 없다고, 또 하나의 내가 경고하고 있었다.

그러나 무정하게도 그들의 대화는 이어졌고, 내 귀에도 들리고 말았다.

"그녀들은 죄가 없어요."

와키자카 고스케가 말했다.

"보통 인간입니다. 그렇게 말하면 그녀들이 너무 불쌍해요."

"그러니까 넌 아무것도 모른다는 거야. 자신과 똑같이 생긴 마네킹이 쇼윈도 안에 있는 모습을 상상해 봐."

그 순간 내 안에서 무언가가 무너졌다. 나는 뒤에 있는 문을 열고 밖으로 뛰쳐나왔다. 와키자카 고스케의 목소리가 들리는 듯했지만 돌아보지 않고 계속 뛰었다.

마리코의 장 12

몇 시간이나 잤는지 모르겠다. 침대에 누워서 눈을 감고 있었지만, 의식은 줄곧 깨어 있었던 것 같다. 하지만 이런 상황에서도 어쩌면 잠을 잤을지도 모른다. 언제부터 커튼 사이로 햇살이 스며들었는지 알 수 없었다.

나는 침대에서 내려와 커튼을 열었다. 야속할 정도로 파란 하늘이 펼쳐져 있었다. 시선을 아래로 내리니 바로 앞까지 숲이 이어져 있다. 그 숲 사이로 언뜻언뜻 보이는 보랏빛은 라벤더 밭인 것 같다.

나는 침대에 걸터앉아 한숨을 내쉬었다. 또 영문을 알 수 없는 하루가 시작되는구나 싶었다. 언제쯤 그 평온했던 일상으로 돌아갈 수 있을까.

옷을 갈아입고 멍하니 앉아 있는데 문을 두드리는 소리가 세 번 불길하게 울렸다. 오자키라는 깡마른 남자, 보나 마나 그 조교일 테지. 그 남자가 왔을 거라는 생각에 기분이 더 무거워졌다.

문을 연 사람은 역시 오자키 조교였다. 그가 입구에 서서 해
골 같은 손을 팔락거린다.

"자, 가시죠."

나는 심호흡을 한 번 하고 일어섰다.

복도를 걸어가면서, 아빠에 관해 물어보려다 그만두었다.
이 조교가 내게 뭔가를 솔직하게 말해 줄 것 같지 않았다.

그가 나를 데려간 곳은 평범한 진찰실 같은 방이었다. 일반
진찰실과 다른 점은 간호사의 모습이 보이지 않는다는 것과
한가운데 있는 책상에 컴퓨터 같은 물건이 놓여 있다는 것이
다. 어젯밤에 만났던 흰 가운 입은 남자가 컴퓨터 같은 것의
화면을 향해 앉아 있었다.

"거기 앉아요."

흰 가운 입은 남자가 앞에 있는 의자를 턱으로 가리켰다. 나
는 그가 시키는 대로 의자에 앉았다. 조교는 입구 근처에 서
있었다.

흰 가운 입은 남자는 화면을 보면서 키보드를 치고, 옆에 있
는 파일을 바라보더니 이윽고 고개를 들고 나를 바라보았다.

"자, 내 질문에 솔직하게 대답해."

네, 하고 대답했다. 일단 시키는 대로 하는 수밖에 없다.

질문은 최근의 건강 상태와 병력 따위의 일반적인 내용으로

시작되었다. 건강 진단을 받기 전에 하는 문진 같은 것이다. 다만 내용이 상당히 자세하다. 그러다 중간부터 질문 내용이 좀 이상해졌다. 생리는 주기적으로 하는지, 최근에 언제 했는지, 그런 걸 묻다가 끝내는 이런 것까지 물었다.

"성교를 한 경험이 있나?"

지금까지는 질문이 조금 껄끄러워도 고개를 숙인 채 대답했지만, 이번에는 나도 모르게 고개를 번쩍 들고 말았다. 뺨이 화끈거렸다.

"그런 질문에도 대답을 해야 하나요?"

"중요한 일이니까."

남자가 삭막한 목소리로 대답했다.

"경험이 있어, 없어?"

"……없어요."

좋아, 라고 하는 듯이 남자가 고개를 끄덕이고 나서 키보드를 두드려 뭔가를 입력했다. 나는 뒤에 서 있는 조교의 시선에 신경이 쓰여 견딜 수 없었다.

"일정 기간 기초 체온을 잰 적은?"

"없어요."

"흐음."

그는 왼손으로 뺨을 비비면서 오른손 집게손가락으로 톡, 키를 하나 눌렀다. 잠시 그의 시선이 화면에 머물렀다.

"있잖아요, 저를 대체 어쩌려는 거죠? 이 나라에 아주 중요한 사람의 병을 치료하는 일이라고 들었는데, 이런 질문에 대답하는 게 무슨 의미가 있을까요?"

남자는 내 목소리가 들리지 않는다는 듯이 마냥 화면만 들여다봤다. 그러다가 사무적으로 말한다.

"아무 생각 하지 말고, 이쪽에서 시키는 대로만 하면 돼. 네 몸에 해를 끼치거나 그러지는 않을 테니까."

"하지만……"

"아무튼,"

그러고서 남자는 또 키보드를 두드렸다.

"네 협조를 얻는 데는 네 아버지도 찬성했어. 그러니까 우리를 믿어 줬으면 좋겠군."

"아빠가 관계되어 있다는 건 알지만……"

그러나 더는 내 얘기를 들을 생각이 없는지, 흰 가운 입은 남자가 내 머리 너머로 조교에게 눈짓을 했다.

조교가 다가와 내 팔을 잡았다.

"뭘 하려는 거죠?"

"가만히 있어. 단순한 혈액 검사니까."

흰 가운 입은 남자가 주사기를 준비하면서 말했다.

혈액 검사 후 나는 일단 방으로 돌아갔다. 그리고 잠시 후 조교가 왜건에 아침을 싣고 나타났다. 샌드위치와 샐러드 외에 수프, 커피가 담긴 포트, 오렌지 주스, 그리고 커다란 주전자가 쟁반에 놓여 있었다. 조교가 나간 뒤 그것들을 모두 책상에 옮겨 놓고 파이프 의자에 앉아 늦은 아침을 먹었다. 식욕은 전혀 없지만, 먹는다는 행위로나마 일상성을 되찾고 싶었다. 샌드위치도 샐러드도 수프도 맛은 별로 없었다. 햄은 너무 짜고, 수프는 너무 걸쭉했다. 그래서인지 물을 두 잔이나 연거푸 마셨다.

식사를 마친 다음 잠시 그대로 있었지만 아무도 찾아오는 기척이 없었다. 나는 커피를 마시면서 창밖을 바라보았다.

그러다 소변이 보고 싶어졌다. 나는 문을 열고 복도로 나갔다가 깜짝 놀랐다. 예의 깡마른 조교가 복도에 의자를 놓고 앉아 책을 읽고 있었다.

"화장실인가요?"

그가 다짜고짜 물었다. 할 수 없이 나는 고개를 살짝 끄덕했다. 그러자 남자가 왜 그러는지 시계를 보았다. 그리고 믿기 힘든 말을 했다.

"조금만 더 참아요."

내가 뭔가 잘못 들은 줄 알았다.

"뭐라고요?"

"화장실에는 이따가 가라는 말입니다."

남자가 무뚝뚝하게 대답한다.

"아니, 왜요? 화장실에 가면 안 될 일이라도 있나요?"

"검사 때문이에요. 방광에 소변이 꽉 차 있어야 해요."

"검사라니, 무슨 검사를 또……"

"어쨌든 방으로 돌아가요."

남자가 내 등 뒤를 가리켰다.

하는 수 없이 방으로 들어가서 아까처럼 책상 앞에 앉았다. 눈앞에 있는 아침 식사의 흔적을 보고, 그제야 문득 깨달았다. 물을 많이 마시게 하려고 음식이 짰던 것이다. 그래서 마실 것이 그렇게 많았던 것이다.

무슨 검사를 하려는 거지. 아랫배의 무지근함을 참으면서 나는 또 불안해졌다.

그러고서 30분 정도 있다가 나는 다시 문을 열어 보았다. 인상 나쁜 깡마른 남자의 모습이 보이지 않았다. 어쩔까 망설이다가 좀 더 기다려 보기로 했다.

15분쯤 지나자 더는 참을 수 없어서 방을 나왔다. 남자는 여전히 보이지 않았다. 나는 그를 찾아서 검사를 빨리 해 달라고 부탁할 작정으로 복도를 돌아다녔다. 그러나 양쪽에 늘어선 방에서도 사람의 기척은 느껴지지 않았다. 마치 폐허 속을 걷는 듯한 기분이 들었다.

모퉁이를 하나 도니 화장실 표시가 있었다. 그걸 보는 순간 나는 안도했고, 주저 없이 안으로 들어갔다.

소변을 보고 다시 돌아오는데 마침 문이 열려 있는 방이 보였다. 그 앞을 지나가는데 안에서 목소리가 들렸다.

"그건 얘기가 다르잖나."

나는 흠칫하며 걸음을 멈췄다. 아빠 목소리였다.

"클로미드는 사용하지 않는다고 약속했을 텐데."

"그런 약속은 하지 않았습니다. 배란을 무리하게 유도하지 않겠다고만 했죠."

흰 가운 입은 남자가 대답했다.

"그게 그 말이지. 잘 듣게. 마리코는 겨우 열여덟 살이야. 그런 아이에게 호르몬 칵테일을 줘서 어쩌겠다는 거야."

"젊으니까 괜찮습니다. 클로미드의 부작용은 고령의 여성에게만 나타납니다."

"편리할 대로 지껄이는군. 그런 데이터가 어디 있나?"

"저희의 독자적인 데이터입니다만, 뭐, 이런 일로 옥신각신하면 끝이 없겠죠. 중요한 것은 말이에요, 우지이에 교수님. 실험의 성공 확률을 높이는 겁니다."

"대상을 늘린다고 성공이 보장되지는 않네. 성공할 일이라면 딱 하나만으로도 성공할 거야. 실패할 실험이면 세 개든 네 개든 실패할 테고."

"핵 이식란을 여러 개 만들어 그중에서 선택해 착상시킬 겁니다. 그 방법이 최선이라는 걸 교수님도 아실 텐데요."

"한 개만 있으면 충분해. 아무튼 클로미드를 비롯한 모든 호르몬 칵테일의 투여를 거부하겠네."

"이러시면 곤란합니다. 제가 전권을 위임받았어요."

"우지이에 교수님."

또 다른 남자의 목소리가 들렸다. 어제 나를 여기까지 데려온 남자다.

"후지무라 선생님의 지시대로 하시지요. 비협조적인 태도를 보이다가는 후회하게 될 겁니다."

"또 협박인가. 당신 참 비열한 사내로군."

거기까지 들었을 때 느닷없이 누군가 내 어깨를 잡았다. 나는 깜짝 놀라 뒤를 돌아보았다. 오자키 조교가 퀭한 눈으로 나를 내려다보고 있었다.

"여기서 뭐 하는 겁니까?"

그가 물었다.

"아니, 그게……."

나는 대답을 못하고 우물거렸다.

조교가 퍼뜩 뭔가 깨달은 듯한 표정을 지었다. 다음 순간 그의 얼굴이 흉하게 일그러졌다.

"설마 소변을 보았어요?"

그 일그러진 얼굴에 어울리는 말투로 그가 물었다.

나는 몸을 웅크리며 고개를 끄덕했다.

"이런, 바보같이……. 참으라고 했잖아!"

"댁이 보이지 않았어요. 그리고 도저히 참을 수 없어서……."

"사람의 방광은 그렇게 쉽게 터지지 않아. 나 참……, 처음 부터 다시 해야잖아!"

그런 심한 말을 들어 본 적이 없는 나는 슬프고 한심해서 눈물을 흘리고 말았다. 남자가 혀를 찼다.

"무슨 일이야?"

방 안에서 그런 소리가 들리더니 흰 가운 입은 남자가 나왔다. 조교는 마치 내가 어처구니없는 실수를 했다는 듯이 보고했다.

"그랬군."

흰 가운 입은 남자가 한숨을 쉬었다.

"어쩔 수 없지. 자네가 자리를 뜬 것도 잘못이야. 알았어. 내가 설명하지."

그리고 그는 나를 보며 미소를 지었다.

"안으로 잠깐 들어와요."

방 안에 들어서자 맨 먼저 아빠 얼굴이 눈에 들어왔다. 길쭉한 회의 탁자 맨 끝에 앉아 있었다. 안색도 나쁘고 몹시 초췌해 보였다. 아빠는 순간 내 쪽을 돌아보았지만 이내 고개를 숙였다. 아빠 옆에는 어제 그 작은 남자가 앉아 있었다. 그리고 그 옆에 운전을 하던 남자, 그러니까 감귤류의 냄새를 폴

폴 풍기던 남자가 있었다. 그 두 남자는 이쪽으로 고개도 돌리지 않았다.

흰 가운 입은 남자가 회의 탁자 바로 앞에 있는 의자에 앉으라고 권했다.

"불쾌하게 해서 미안하군."

자신도 앉으면서 말했다.

"자네에게 아무것도 알려 주지 않은 우리 탓이야. 적어도 검사 내용 정도는 설명했어야 하는데 말이지."

나는 고개를 들고 그를 보았다.

"앞으로 할 검사는 크게 세 가지야. 우선 혈액 검사와 소변 검사. 이 두 검사는 주로 호르몬 수치를 측정하려는 목적이지. 남은 하나는 초음파 검사야. 이 검사는 난소 안에 있는 난자의 발달 상태를 조사하려는 거야."

"난자의……. 내 난자를 어떻게 할 작정이죠?"

"그건 아직 말할 수 없어."

남자가 고개를 저었다.

"아무튼 이 세 가지 검사를 앞으로 매일 하게 될 거야. 그리고 초음파 검사를 하려면 방광이 소변으로 꽉 차 있어야 해. 그렇지 않으면 영상이 제대로 보이지 않거든. 알겠지? 그러니까 앞으로는 멋대로 행동하지 말고, 곤란한 일이 생기면 나나 조교를 불러요. 호출용 버튼이 어디 있는지는 들었겠지?"

"화장실에 갈 때도 일일이 말해야 하나요?"

"그럼."

남자가 고개를 끄덕였다.

나는 아빠 쪽을 슬쩍 곁눈질했다. 아빠는 여전히 같은 자세였다. 흰 가운 입은 남자가 왜 나를 방에 들어오라고 했는지 알 것 같았다. 아빠가 놓인 상황을 보여 주고, 자신들의 말을 거슬러 봐야 좋을 게 없다고 협박하려는 것이다.

나는 알겠다고 대답했다.

흰 가운 입은 남자가 기분 나쁘게 웃었다.

"착하군."

"그런데 딱 한 번만 아빠랑 단둘이 얘기하게 해 주시겠어요?"

아빠가 몸을 움찔하는 모습이 눈에 들어왔다.

흰 가운 입은 남자의 얼굴에서 미소가 잠깐 사라지는가 싶더니 다시 웃는 얼굴로 돌아왔다.

"조만간 시간을 만들어 보지. 지금은 좀 바쁘니까 말이야. 오자키 군!"

이름을 부르자, 아까 그 조교가 들어왔다.

"마리코 양을 방으로 데려가게. 그리고 방에 주전자를 가져다 놓도록."

내가 조교에게 이끌려 방을 나가는데 아빠가 일어서려는 몸짓을 보였다. 그러나 옆에 앉아 있던 예의 작은 남자가 아빠의 소매를 끌어당겼다.

후타바의 장 12

나는 오도리 공원 벤치에 앉아 있었다. 머리가 지끈거려서 견딜 수가 없었다. 오늘이 무슨 요일인지 모르겠지만, 공원에 가족끼리 나온 사람이 적은 것으로 보아 아마도 평일일 거라고 짐작했다. 하기야 오늘이 무슨 요일이든 내게는 별 상관이 없었다.

그건 그렇고, 머리가 너무 아프다. 과음했나 싶어서 어젯밤에 마신 알코올의 양을 계산해 보려다가 괜히 두통만 심해질 것 같아서 관두었다.

하품을 크게 했다. 아까부터 하품만 연발이다. 한숨도 못 잤으니 어쩌면 당연한 일이다. 어젯밤 지토세에서 택시를 타고 삿포로로 이동해 스스키노까지 왔다. 운전사에게 되도록 안전하고 값싸고 아침까지 여는 가게가 있느냐고 묻자 역 남쪽에 있는 술집을 가르쳐 주었다. 술집 안에서는 60년대에서 80년대까지의 솔 뮤직이 끊임없이 흐르고, 조그만 무대에서 종업원과 단골인 듯한 사람들이 춤을 추었다. 나는 사실 차분한 분위기에서 조용히 마시고 싶었지만, 이런 공간에 몸을 맡기면 오히려 잡념이 사라질 수 있겠다는 생각이 들어 카운터 맨 구석에 자리를 잡았다.

늘 그렇듯이 남자들이 종종 다가와 수작을 걸었다. 내가 여행자라는 걸 그들은 금세 간파했다. 청바지 차림에 허리에 주머니를 두르고 있어서인지도 모르겠다. 나는 내 기분을 달랠 정도로 그들을 상대하고, 그들이 엉뚱한 기대를 품지 않을 정도로 쌀쌀맞게 대했다.

"이봐, 남자한테 차였어?"

그런 식으로 말을 거는 놈도 있었다. 왜 그렇게 묻냐고 했더니 그는 "표정이 그러니까."라고 대답했다. 나는 실연했을 때의 기분이 이럴까, 하고 생각했다. 이제껏 나는 실연이라고 할 만한 일을 겪은 적이 없다. 만일 실연의 충격이 이만큼 크다면 연애 따위 함부로 할 수 없겠다고 생각했다.

술집은 새벽 5시에 문을 닫았다. 종업원 하나가 자기 집에 가지 않겠느냐고 꼬드겼지만, 나는 적당히 거절하고 새벽의 삿포로 거리를 걸었다. 스스키노 거리에는 여기저기 구토의 흔적이 남아 있었다.

어슬렁거리며 시간을 보내다가 7시에 문을 여는 카페에 들어가 모닝 세트를 주문했다. 토스트를 절반 이상 남긴 대신

커피를 두 잔이나 마셔 속이 따끔거렸다. 카페를 나온 후 오도리 공원에서 부랑자처럼 빈둥거리는 중이다.

벤치에 기댄 채, 바로 옆 거리를 지나는 사람들을 바라보았다. 사람들의 흐름이 거의 끊이지 않는다. 마치 세상은 끊임없이 움직인다는 걸 내게 보여 주기라도 하는 것 같다. 나만 홀로 뒤에 남겨져 있다.

실연, 이라는 말을 생각해 보았다. 물론 나는 실연을 하지 않았다. 와키자카 고스케에게 매력을 전혀 느끼지 않았다면 거짓말이겠지만, 앞으로 그를 두 번 다시 못 만날 거라는 상상에도 나는 그리 낙담하지 않았다. 그 정도의 실망은 헤아리자면 한도 끝도 없다.

그런데도 지금의 심경을 분석해 본 나는 아마도 이건 실연에 아주 가까운 상태라고 생각했다. 도대체 왜일까.

기대가 어긋났기 때문, 이라는 것이 내가 한참을 생각한 끝에 내린 결론이다. 기대했던 것이다. 하지만 대체 뭘?다카시로 아키코라는 여자를 만났던 순간이 생생히 떠오른다. 그 후 그녀와 와키자카 고스케에게 이런저런 설명을 들으면서 내 출생의 비밀을 알았지만, 본질적인 것은 그녀를 만난 순간 모두 이해했다.

이 사람은 나다, 라고.

동시에 생각했다. 나는 이 사람이다, 라고.

기대는 그 순간에 생겨나 팽창하기 시작했다. 그들의 얘기를 들으면서 나는 바랐던 것이다. 이 사람이, 아마도 나의 본체일 이 여자가 분신에 지나지 않는 딸일지라도 나를 사랑해 주리라고.

그러나 그녀는 사랑하기는커녕 증오를 드러냈다. 끔찍하다니. 하긴 그럴지도 모른다. 증오하는 것이 당연할지도 모른다.

나는 벤치에서 일어나 엉덩이를 툭툭 턴 다음 공원을 나왔다. 그리고 모두가 그러듯이 길을 따라 걸었다. 사람들의 흐름에 몸을 맡기니 자못 안심되는 느낌이었다.

한참을 정처 없이 걸었다. 어디를 향하는지는 나도 모른다. 애초에 왜 지금 여기서 이러고 있는지도 알 수 없었다. 진실을 알았으니 여기에 더 머무른다고 한들 채워질 것은 아무것도 없었다. 그런데도 공항으로 가서 도쿄행 비행기를 탈 생각이 들지 않았다. 뭔가가 나를 붙잡고 있다.

쇼핑센터가 늘어선 곳이 있어 나는 그 1층의 쇼윈도를 하나하나 관찰했다. 쇼윈도 안에는 수영복을 입은 마네킹과 벌써부터 가을 정장을 차려입은 마네킹이 있었다. 모두 여자 마네킹이다. 나는 나를 닮은 마네킹을 찾아보았지만 찾을 수 없었다.

왜 다카시로 아키코에게 사랑받고 싶었을까, 하고 생각해 보았다. 그녀를 엄마처럼 여겼기 때문일까. 아니, 그렇지 않다. 내게 엄마는 고바야시 시호, 그 기가 세고 무뚝뚝한 엄마뿐이다. 엄마가 나를 사랑했으므로 나는 이 세상에 존재한다.

어쩌면 나는 다카시로 아키코에게 인정받고 싶었는지도 모른다. 본인의 의사와 상관없이 만들어진 분신이 한 인간으로 인정받으려면 그 장본인의 사랑을 받는 것이 가장 빠른 길이 아닐까.

쌍둥이의 경우를 생각해 본다. 아니, 좀 더 단순하게 평범한 부모 자식 관계를 생각해 본다. 그들 역시 분신이나 다름없다. 그런데도 하나의 인간으로 살아갈 수 있는 이유는 서로의 사랑을 확인했기 때문이다.

한참을 거기 서 있다가 다시 걸으려 했을 때 내 마음을 강하게 잡아당기는 물건이 눈에 들어왔다. 그것은 쇼윈도 안에 있는 장식품 거울이었다. 그 거울에 내 얼굴이 비쳤다. 그러나 순간 그것은 내 얼굴이 아니라 어딘가 먼 세계에서 이쪽을 바라보는 또 하나의 자신처럼 느껴졌다.

또 하나의 나.

이 말이 내 마음속의 뭔가를 흔들었다. 설렘 비슷한 감정이 점점 커졌다.

우지이에 마리코.

그 이름을 떠올리는 것만으로 그리운 느낌이 드는 것은 왜일까. 그녀의 생각, 마음의 흔들림을 간절히 알고 싶었다. 그리고 그녀에게 나를 이해시키고 싶었다.

그 갑작스러운 변화가 스스로도 당혹스러웠다. 하지만 그것
은 확실한 충동이었다. 상처와 피로, 절망의 끝에서 내가 간
절히 바란 것은 나와 똑같은 운명을 짊어진 또 하나의 분신이
었다.

나는 삿포로역을 향해 달리기 시작했다.

마리코의 장 13

노크 소리가 들렸다. 들어온 사람은 또 그 조교였다. 커다란 종이 상자를 안고 있었다.

"더 필요한 게 있으면 말하도록."

쌀쌀맞게 말하며 그가 상자를 바닥에 내려놓았다.

상자 안에는 새 트레이너와 티셔츠 등이 들어 있었다. 속옷까지 있는 데는 내심 놀랐다. 이 남자가 샀을까. 그렇게 생각하자 어쩐지 거부감이 생겼다.

상자 아래쪽을 들춰 보니 내 여행 가방에 들어 있던 옷가지와 소소한 물건들이 들어 있다. 하지만 다 있는 것은 아니었다.

"필요 없다고 판단되는 건 담지 않았어."

내 생각을 꿰뚫어 본 것처럼 조교가 말했다.

"그럼 나머지는 어쨌어요?"

"처분했어."

차갑게 내뱉고 나서 조교는 방을 나갔다. 그가 한층 퉁명스러워진 것은 초음파 검사를 하지 못해서 그럴 것이다. 조금 전, 검사를 받기 전에 생리가 시작되고 말았다. 그럴 때가 아니어서 나도 놀랐지만, 흰 가운 입은 남자도 낙담하는 눈치였다. 나로서는 방광이 꽉 찰 때까지 소변을 참아야 하는 불쾌감을 미룰 수 있어 다행이라고 생각했지만.

그가 복도를 걸어가는 발소리가 아직 사라지기도 전에 나는 종이 상자에 든 물건을 침대 위에 쏟았다. 바로 어제까지 가지고 다녔던 것들이지만 막상 내 소지품을 보니 새삼 반가웠다. 헤어브러시조차 귀중품처럼 여겨졌다. 도쿄에서 산 레몬을 보니 어쩐지 애틋한 마음이 든다. 지토세에서 떨어뜨린 레몬은 어떻게 되었을까.

그러나 무엇보다 내 눈길을 끈 물건은 문고본 한 권이다. 『빨간 머리 앤』이었다. 이 책이 있어 조금은 위로가 되겠다고 생각했다.

저녁 무렵까지 나는 『빨간 머리 앤』에 빠져 있었다. 그러고 있으니 내가 놓인 불행한 상황을 조금은 잊을 수 있었다. 앤의 수다는 늘 나를 즐겁게 한다. 그놈의 조교가 나타날 때마다 그런 기분이 중단되어서 우울했지만.

저녁 먹은 걸 정리하고 조교가 나간 직후에 또 문을 두드리는 소리가 났다. 뭐지, 생각하면서 대답하자 여자 목소리가 들리고 문이 열렸다. 들어온 사람은 본 적 없는 여성이었다.

아니, 어젯밤 여기로 끌려올 때 창문 너머로 언뜻 본 기억이 있다. 나이는 서른 전후일까. 날씬하고 예쁘게 생겼다.

"잠깐 괜찮을까? 얘기를 좀 하고 싶은데."

그녀가 물었다.

"저는 상관없지만……."

"조교는 신경 쓰지 마. 내게 뭐라고 할 입장이 아니니까."

"그럼 좋아요."

나는 침대 위에서 대답했다.

그녀가 파이프 의자를 침대 옆으로 가져와서 앉더니 내 손에 들려 있는 책을 바라보았다.

"뭘 읽고 있지?"

"이거요."

나는 책 표지를 그녀 쪽으로 돌려놓았다.

"흠."

잠깐 훑어보고 나서 그녀가 또 물었다.

"재미있어?"

"네, 무척 재밌어요."

선뜻 대답하고 나서 나는 눈을 내리깔았다.

"물론 취향에 달렸겠지만요."

"그래, 그렇겠지."

그녀가 무심히 대답하고 나서 후, 한숨을 쉬더니 내 얼굴을 보았다.

"너, 무섭지 않니?"

나도 그녀의 얼굴을 바라보았다. 질문의 의미를 알 수 없었다.

잠자코 있자 그녀가 재차 물었다.

"무슨 일을 당할지 모르는데 무섭지 않아?"

"무서워요, 굉장히."

솔직하게 대답했다. 그리고 되물었다.

"저, 그쪽은 여기 왜……?"

"너랑 마찬가지야. 누군가를 살리려고 오게 되었어."

"그럼 그쪽도 몸에 뭔가를 하나요?"

"그래. 나는 너랑 역할이 다르지만."

"역할요?"

"내가 할 일 말이야. 임신해서 아이를 낳는 거야. 하지만 내 아이는 아니지."

그녀가 대수롭지 않다는 듯이 말했다.

나는 고개를 갸우뚱했다.

"그쪽 아이가 아니라니……."

"대리모야. 나와 의학적으로 전혀 관계가 없는 수정란을 내 자궁에 착상시킬 거야. 그리고 10개월을 견딘 후 무사히 건강한 아이를 낳는 거지. 내 역할은 거기까지야."

"그럼 체외 수정을⋯⋯?"

"뭐, 그런 거지."

"누구 아이인데요?"

내 질문에 그녀는 대답을 하려다 말고 고개를 저었다.

"그건 말할 수 없어."

"혹시⋯⋯."

어떤 생각이 머리에 떠올랐지만, 그걸 입 밖에 낼 용기가 나지 않았다. 그녀가 부정하지 않는 모습을 상상하자 두려웠다.

나는 숨을 고르고서 다시 질문을 던졌다.

"내게는 어떤 사람의 병을 치료하는 데 협조해 달라고 했어요. 그쪽이 대리모로 아이를 낳는 일이 어떻게 치료에 도움이 되는 거죠?"

그러자 그녀가 입을 절반쯤 벌리고, 갈색이 도는 눈동자를 내게로 향했다. 그러나 결국 그녀는 아까처럼 고개를 저었다.

"미안하지만, 자세한 얘기는 너한테 하지 못하게 되어 있어. 네가 꽁무니를 빼면 곤란하니까 그렇겠지, 보나 마나."

"나도 대충은 알아요."

마음을 가라앉히려고 몇 번이나 심호흡을 하고 나서 말했다.

"그쪽에게 이식될 수정란의 난자를 내게서 채취하는 거죠?"

그러자 그녀는 허를 찔린 듯한 표정을 지었다. 그리고 멀뚱멀뚱 나를 바라보다가 입술에 희미하게 미소를 지었다.

"그래, 거기까지 아는구나."

"달리 무슨 생각을 하겠어요."

"하긴. 그렇다면 얘기가 쉽겠네."

그녀가 의자 위에서 다리를 꼬았다.

"네가 말한 대로야. 네 난자를 사용해서 수정란을 만들고, 그걸 내가 받을 거야. 다만, 단순한 체외 수정은 아닌 것 같아. 나도 자세한 내용은 모르지만."

단순한 체외 수정이 아니다…….

"그래서 너랑 얘기를 나눠 보고 싶었어. 네 것을 내가 대신 키우는 셈이니까 너를 알고 싶었어."

"내 것을……."

기분이 묘해지는 말이었다. 내 난자가 나와는 무관하게 다른 사람의 몸속에서 하나의 생명으로 자라난다……. 그게 정상적인 일이라고는 도저히 생각할 수 없었다.

나는 그녀의 반듯한 얼굴을 바라보았다.

"그런 일에 거부감이 들지 않나요?"

"거부감?"

그녀의 얼굴이 살짝 일그러졌다.

"거부감이 든다는 말로는 부족하지. 죽고 싶을 만큼 싫어. 왜 내가 나와는 아무 상관이 없는 아이를 배 속에서 키워야 하느냐 말이야. 아직 내 아이도 가진 적이 없는데 그런, 그런 기분 나쁜 일을 해야 하다니, 싫지 않을 수 있겠어?"

"그럼 왜……?"

"어쩔 수 없으니까. 달리 그 사람을 도울 방법이 없고, 그 역할을 다른 여자에게 빼앗기기도 싫으니까."

그녀가 머리카락 속에 손가락을 넣고 머리를 북북 긁었다.

"그래도 내 경우는 내 의사로 온 거니까 그나마 낫겠지. 넌 억지로 끌려왔지?"

"억지로라고 해야 할지……. 거부할 수 없는 상태라서……."

"협박했구나? 이렇게 어린 여자를 협박하다니, 역시 오미치야."

"오미치요?"

내가 되묻자, 그녀는 아차 하는 표정을 짓더니 이내 평정을 되찾았다.

"널 데려온 키 작은 남자 말이야. 우리가 살리려는 인물의 오른팔이랄까."

"여기 올 때 두 사람이 더 있었어요. 아빠를 데려온 사람과, 우리가 탄 차를 운전했던 사람요."

그녀가 고개를 끄덕였다.

"너희 아빠를 데려온 남자는 사정도 잘 모르고, 이제는 여기 있지도 않아. 남아 있는 사람은 오미치와 사카마키뿐이야."

"사카마키……인가요? 감귤류의 냄새를 풍기는 사람 말이에요."

내 말에 그녀는 입을 벌리고 웃었다.

"냄새가 지독하지? 그 남자, 액취증이 있거든. 그래서 냄새
를 지우려고 향이 강한 향수랑 헤어 리퀴드를 사용하는데, 차
라리 안 뿌리는 편이 나을 정도야."

그러고서 그녀는 진지한 표정으로 돌아가서 말했다.

"그 남자는 조심하는 게 좋아. 내막은 모르겠지만, 은혜에
보답한다는 식으로, 주인을 위해서라면 언제든지 목숨이라도
내놓을 타입이야."

"주인이라니요?"

"우리가 구하려는 사람."

"아아……."

머리가 복잡했다. 매사가 도무지 현실 속의 일 같지 않았다.
아무래도 엄청난 소용돌이에 휘말린 것 같은데 내 머리는 그
소용돌이의 크기를 짐작조차 할 수 없었다.

"자, 그럼."

그녀가 시계를 보며 일어섰다.

"불쑥 찾아와서 미안해. 널 만나서 기분이 조금 나아졌어.
그만 내 방으로 돌아갈게."

나는 말없이 그녀를 배웅했다. 그런데 그녀가 문손잡이를
잡은 채 뒤를 돌아보았다.

"너, 생리라면서?"

화들짝 놀랐다. 그 조교가 그런 것까지 떠들고 다닌단 말인가.

"그 생리, 되도록 오래 끌어 주면 좋겠네."

그러고서 그녀는 방을 나갔다.

나는 잠시 멀거니 있다가 담요 속으로 파고들었다. 침대 옆에 놓아둔 『빨간 머리 앤』이 바닥으로 떨어졌지만 줍고 싶지도 않았다.

내 난자를 어찌할 작정인지 흰 가운 입은 남자는 가르쳐 주지 않았다. 그러나 내게는 상상하기도 두려운 일이 있었다. 클론으로 이 세상에 태어난 여자의 난자를 사용해서 그들이 할 일이 있다면 역시 클론을 만드는 것 아닐까. 방금 왔던 여자가 들려준 얘기는 그 상상이 틀리지 않다는 걸 확인해 주었다.

어떻게든 막아야 한다고 나는 생각했다. 절대 협조할 수 없었다. 그건 인간이 해서는 안 되는 일이라고 생각한다. 클론으로 태어난 인간의 괴로움을 누구보다 나 자신이 뼈저리게 느끼고 있지 않은가.

나는 창으로 눈을 돌렸다. 여기는 2층이고, 쇠창살이 박혀 있는 것도 아니니까 마음만 먹으면 도망치지 못할 것도 없다. 그래서 나는 이곳에서 빠져나가는 일을 진지하게 검토해 보았다. 이 건물을 나가면, 들키지 않게 국도까지 뛰어간 다음 지나가는 차를 세워 근처에 있는 동네까지 태워 달라고 한다.

하지만 그런 계획도 그다음 일까지 생각하자 김이 빠졌다. 여기서 도망쳐 봐야 소용이 없다. 그들은 내가 있는 곳쯤 금방 알아낼 것이다. 그리고 또 협박하면서 협조를 강요할 게 분명하다. 그때 나는 무슨 수로 저항할까?

아빠도 문제다. 아빠가 지금 어떤 상태에 있는지 모르는 채 이곳을 혼자 빠져나갈 수는 없다. 만약 아빠를 만나지 못한 채 이곳을 나간다면 두 번 다시 못 볼 것 같은 느낌이 들었다.

이리저리 궁리해 보았지만 속수무책이었다. 앞으로 나갈 수도, 뒤로 물러설 수도 없다. 아마 이게 내 운명이겠지, 하고 생각했다. 18년 전, 클론 기술로 나라는 실험 결과물이 생겨난 것은 오늘을 위해서였다. 그러니 나는 이 운명을 거스를 수 없다. 실험용으로 사육된 쥐가 실험에 사용되지 않더라도 자연의 품으로 돌아갈 수 없듯이.

나는 침대에 엎드려 울고 싶었다. 그런데 이렇게 절망적인 기분인데도 눈물이 나지 않았다. 내 속에 지독히 냉정한 내가 있어 '실험용 동물이니 어쩔 수 없잖아.' 하고 끊임없이 귓가에 속삭였다. 그리고 몇 번이나 확인해 주었다. 나는 이 세상에 태어나서는 안 되었다고.

하코다테의 기숙사가 떠올랐다. 그곳으로 돌아가고 싶었다. 더는 인간관계를 맺지 않고 조용히 살아가면 좋겠다고 생각

했다. 호소노 수녀님은 어떻게 지내실까. 그녀라면 내가 신의
뜻을 거스르며 태어난 존재라고 해도 다정하게 대해 줄 것이
다. 그리고 나도 앤 셜리처럼, 자신의 출생 따위는 개의치 않
고 밝게 살아가고 싶다.

나는 무거운 몸을 일으켜 침대에서 내려왔다. 소중한 책을
집어 들고 아까 읽던 페이지를 찾았다. 조금이라도 즐거운 기
분으로 돌아가고 싶었다.

책을 팔락팔락 넘기다가 동작을 멈췄다. 여백에 뭔가 적혀
있는 페이지를 발견한 것이다. '겉표지 뒤를 봐'라고 연필로
적힌 메모가 있었다.

겉표지 뒤라고?

나는 문고본 겉표지를 벗겨 뒤쪽을 봤다. 동시에 몸이 굳어
졌다.

거기에 빽빽이 글자가 적혀 있었다. 나는 심장이 쿵쿵 뛰다
못해 이명까지 들리는 걸 느끼면서 그 문장을 눈으로 훑었다.

마리코에게, 서두는 그랬다. 분명히 아빠의 필체였다.

'마리코에게. 네가 의문을 많이 품었다는 걸 안다. 그 때문에 도
쿄에 갔던 사실도. 아빠가 네게 너무 많은 일을 숨겨 왔구나. 그래
서 늦었지만 이제라도 진실을 밝히는 게 내 의무라고 생각한다.'

파란 잉크로 깨알처럼 작은 글자가 또박또박 적혀 있었다. 이 글을 쓸 때의 아빠 모습을 떠올리니 가슴이 뜨거워졌다. 아빠는 내게 이 책이 유일한 낙이라는 사실을 잘 알기 때문에 이렇게 뜻을 전하기로 한 것이다.

아빠의 고백은 과거 클론 계획이라고 불렸던 프로젝트에 참가했던 일에서 시작되었다. 그곳에 다카시로 부부가 찾아왔던 일, 아키코 부인은 아빠가 학창 시절에 사랑했던 여자라는 얘기, 그녀의 클론을 만든 경위와 핵 이식 배를 냉동 보관했던 일까지 간략하게 적혀 있었다.

그리고 냉동 배를 둘러싼 아빠의 고뇌로 이어졌다.

'시즈에, 그러니까 네 엄마와 중매로 결혼한 지 5년이 지났지만, 그때까지 아빠는 다카시로 아키코 씨를 잊지 못하고 있었다. 아니, 내 마음속에서 그녀는 언제나 아베 아키코라는 하나의 독립된 여성이었어. 꿈에도 그리던 그 여성의 핵 이식 배가 내 손안에 있다는 사실에 아빠는 몹시 괴로웠다. 사악한 마음을 품어서는 안 된다고 자신을 타일러야 하는 고통이었지. 그 배가 무사히 자라면 그녀와 똑같은 여성이 된다, 그런 상상이 내 머릿속을 늘 지배했어.

한편으로 우리 부부는 자식이 없다는 이유로 양쪽 부모에게 시달림을 받았어. 그리고 마침 내가 그런 연구를 하는 대학에 있으니 체외 수정을 해 보면 어떻겠느냐는 얘기가 나왔다. 처음에는 들은 척도 하지 않던 시즈에도 서서히 마음이 움직이는 눈치였어. 나 역시 처음에는 아직 연구 단계라는 이유로 반대했지만 시즈에의 결심이 확고하다는 걸 알고 시도해 보자고 했다.

그때까지는 내게 별다른 생각이 없었어. 일반적인 체외 수정을 할 생각이었지. 면밀한 프로그램을 짰고, 난자를 채취하는 날짜가 정해졌다.

그런데 운명의 장난이라고 해야 할까. 시즈에의 몸에 마취를 하고 절개한 후에야 이미 배란되고 말았다는 사실을 담당 의사가 눈치챈 거야. 결국 그 의사는 아무것도 하지 못하고 시즈에에게도 아무런 말을 하지 못한 채 내게 찾아와 사정을 설명했어. 나는 수정용 정액을 받아 내야 해서 다른 방에서 기다리고 있었지.

위험한 생각이 떠오른 건 그때였어. 용서받지 못할 일이라는 걸 알면서도 그 생각을 떨쳐 버릴 수 없더구나. 냉동 배를 시즈에에게 착상하도록 하면 아키코를 손에 넣을 수 있다, 영원히 내 것으로 만들 수 있다, 내 내면의 악마가 그렇게 속삭였어.

다음 일은 내게 맡겨 달라, 내가 직접 아내에게 설명하겠다, 담당 의사에게 그렇게 말했다. 그리고 예의 냉동 배를 해동한 뒤 아무도 모르게 시즈에의 자궁에 착상했어. 아무쪼록 성공하기를 기도하는 마음이었지. 시즈에도 그렇게 기도하는 것 같았어. 자신과 남편의 아이가 생기기를 기도했겠지.

그렇게 시즈에는 임신했어. 그 후 출산할 때까지의 얘기는 굳이 할 필요가 없겠지. 여러 의미에서 나도 시즈에도 행복의 절정에 있었다. 사람들이 축복해 주었고.

네가 태어나고 몇 년 동안은 아무 문제가 없었다. 너는 기대한 대로 내가 사랑했던 사람의 어린 시절 모습 그대로였어. 너를 보는 것만으로도 행복했지.

물론 시즈에도 너를 사랑했어. 자신이 배 아파 낳은 자식이라는 의식이 있으니 네 얼굴 생김새가 자신과 다르다는 사실 따위는 별로 신경 쓰지 않았다. 시간이 흐르면 닮은 구석도 생길 거라고 생각했겠지.

하지만 네가 성장하면서 시즈에의 의문도 커진 듯했어. 급기야 어쩌면 이렇게 자신을 닮지 않았는지 심각하게 고민하기 시작했어.

한편으로 내 고민도 시작되었지. 당연한 일이지만, 너는 날로 아베 아키코 씨를 닮아 갔어. 너를 보고 있으면 마음이 어지러웠다. 훗날 네가 어른이 되었을 때를 상상하면 기대보다 불안감이 컸어. 그때 자신이 어떻게 될지 전혀 예상할 수 없었으니까. 너를 딸로 보지 않는 내 자신이 끔찍하기도 했다.

고민 끝에 너를 멀리 보내기로 했지. 그래서 기숙사가 있는 학교에 입학시킨 거야. 너는 시즈에가 그랬을 거라고 여겼을지 모르지만, 모든 일은 아빠가 결정했다.

시즈에가 너를 껄끄러워한 적은 단 한 번도 없을 거다. 그녀는 딸이 자기를 닮았는지 어떤지 신경 쓰는 자신을 늘 자책했어. 엄마로서 자격이 없다고 고민했지.

그런 그녀였으니, 아빠의 낡은 앨범에서 아베 아키코 씨의 사진을 발견했을 때의 충격과 슬픔이 얼마나 컸을지 짐작하고도 남지. 시즈에는 혼자 도쿄로 가서, 내가 과거에 아베 아키코 씨를 사랑했다는 사실을 알아내고 말았어. 그리고 사태를 그녀 나름으로 해석했지. 자신의 자궁에 체외 수정으로 착상된 수정란은 남편과 다른 여자 사이에 생긴 것이라고 말이야. 클론에는 지식이 전혀 없었으니 그렇게 생각하는 게 당연해.

절망 속에서 그녀가 선택한 길은 더할 나위 없이 처절했어. 즉 나와 마리코 너를 죽이고 자신도 목숨을 끊으려는 거였어. 이렇게 해서 결코 잊을 수 없는 그 공포의 밤이 찾아온 거야.

그날 저녁 식사에 수면제가 들어 있었다는 사실은 너도 알고 있겠지. 네가 잠들자마자 아빠도 잠이 쏟아지더구나. 그런데 그러기 전에 시즈에가 내게 자신의 계획과 그 동기를 모두 털어놓았어. 남의 자식을 낳아 키우다 보니 더는 살아갈 기력이 없다고 말이야. 나를 마음 깊이 증오한다고 하더구나. 그녀의 말은 당연했어. 아무런 변명도 하지 못한 채 나는 의식을 잃고 말았다.

정신이 돌아왔을 때 나는 거실 바닥에 쓰러져 있었어. 평소에 수면제를 자주 먹었던 터라 약효가 빨리 떨어졌던가 봐. 그리고 가스냄새를 맡았지. 그래서 계단을 뛰어 올라갔는데, 그 직후 폭발이 일어났고 한순간에 집이 불길에 휩싸인 건 네가 기억하는 대로다.

이쯤에서 너는 의문을 품겠지. 내 고백 중에 너를 밖으로 끌어냈다는 말이 없으니까.

사실은 이렇다. 폭발 전에 너를 밖으로 끌어낸 사람은 아빠가 아니야. 그럼 누가 너를 살렸을까. 그럴 만한 사람은 시즈에밖에 없지. 시즈에가, 너를 죽이려 했던 그녀가 너를 끌어낸 거야. 생의 마지막 순간에 너를 향한 애정이 돌아온 거야. 유전자로 이어지지는 않았지만, 역시 그녀는 네 엄마였던 거야.

이런 사실을 언젠가는 네게 밝히고 싶었다. 네가 그 화재를 단순한 사고가 아니라 엄마가 동반 자살을 시도한 결과라고 생각하니까 더욱이 그러고 싶었다. 하지만 그러려면 중대하고 어두운 내 과거를 털어놓아야 하잖아. 그래서 선뜻 결심하지 못했던 거야.'

거기까지 읽었을 때 글자가 눈물로 흐려졌다.

엄마.

엄마는 나를 싫어한 게 아니었다. 때로 엄마가 보인 슬픈 표정은 내가 엄마를 닮지 않아서가 아니라 그런 것에 연연하는 자기 자신이 싫어서였다. 엄마의 사랑은 변함이 없었다.

설령 유전자로 이어지지는 않았다 해도.

후타바의 장 13

삿포로에서 열차를 타고 아사히카와에 도착하니 밤이었다. 지난번에 여기 왔을 때가 불과 닷새 전인데, 아주 오래된 듯한 기분이다.

역의 개찰구를 빠져나와 택시 승차장으로 가려는데 오른쪽에서 커다란 그림자가 불쑥 다가와 내 팔을 잡았다. 놀라서 고개를 들어 보니, 와키자카 고스케였다.

"역시 여기로 왔군."

"이거 놔."

그가 손을 놓고 "여기로 올 줄 알고 기다리고 있었어."라고 말했다.

"왜 나를 기다리지? 이제 볼일은 끝났잖아. 아니면 오미치나 후지무라에게 넘길 일이 남았나?"

"그럴 생각 없어. 어머니 일은 사과할게."

그는 슬픈 눈빛으로 말했다.

"어머니가 한 말도. 제정신이 아니었을 거야. 잊어 줘."

"됐어, 이제."

나는 멀리서 반짝이는 네온사인으로 눈길을 돌렸다.

"사과할 필요 없어. 그 사람 말이 다 맞아. 그러니까 그쪽도 그 사람에게 돌아가는 게 좋을 거야."

"내 마음은 변하지 않았어. 여전히 네게 힘이 되고 싶어."

"고마워. 비아냥거리는 거 아니야. 하지만 이제 정말 됐어. 내게 신경 쓰지 마."

그리고 나는 걷기 시작했다.

"기다려."

뒤쫓아 온 그가 말했다.

"이대로는 마음이 놓이지 않아."

"신경 쓰지 말라니까. 나 있잖아, 두 번 다시 텔레비전에 나가지 않을 거야. 사람들 앞에도 나서지 않을 거고. 그럼 그 사람에게 폐를 끼치는 일이 없겠지. 그 사람에게 그렇게 전해 줘."

"너희는 보통 사람처럼 살아갈 권리가 있어."

"알아. 보통 사람처럼 살 거야. 하지만 누구든 조금씩은 핸디캡이 있잖아."

그러고서 나는 또 걸었다.

"기다리라니까."

그가 소리쳤다.

"우지이에 마리코 씨는 여기 없어."

나는 걸음을 멈추고 돌아보았다.

"무슨 뜻이지?"

그가 다가왔다.

"체외 수정과 관련된 일련의 연구는 다른 장소에서 하고 있단 말이야. 호쿠토 의과 대학 생물 실험실이라는 곳에서."

"어디 있는데, 그 실험실이?"

"후라노야. 어머니 말에 따르면 보수 공사를 한다면서 한동안 사용을 금지했대. 물론 극비리에 클론을 연구하려는 속임수겠지."

"정확한 위치를 알아?"

"그럼. 지도가 차 안에 있어."

바로 앞 교차로를 가리키며 그가 말했다. 그곳에 감색 MPV가 충견처럼 웅크리고 있었다.

"그쪽은 어쩔 생각인데? 오미치나 후지무라의 계획을 무너뜨리려는 거야?"

내가 물었다.

"물론이지. 우지이에 마리코를 빼낼 생각이야. 너도 그렇지 않아?"

"나는 그렇게 거창한 생각은 없어. 이렇게 조그만 여자가 뭘

할 수 있겠어."

"그럼……."

"나는 단지 우지이에 마리코를 만나고 싶을 뿐이야. 내가 가면 그놈들도 쌍수를 들어 환영할 테니까."

"무슨 바보 같은 소리야. 그랬다가는 너까지 실험에 이용될 거야."

"그렇겠지. 그래도 상관없어."

"뭐야?"

와키자카 고스케가 나를 도무지 이해할 수 없다는 듯이 바라봤다.

"우지이에 마리코만 실험동물이 되게 할 수는 없어. 그 아이가 그런 일을 당해야 한다면 나도 그래야겠지. 난자 채취라는게 보통 힘든 일이 아니라잖아. 배꼽 밑 세 군데를 절개해서 온갖 기구를 잔뜩 쑤셔 넣는다는데 말이야."

"그러니까 그런 꼴을 당하도록 놔둬서는 안 되는 거야."

그는 내 양쪽 어깨를 잡고 내 눈을 똑바로 바라보았다.

"우지이에 마리코를 생각하는 네 마음은 알겠어. 하지만 너를 생각하는 내 마음도 알아줘. 내가 뭘 할 수 있을지는 모르겠어. 하지만 놈들이 하는 짓을 두고 볼 수만은 없어. 어머니의 죗값을 치르기 위해서라도."

나는 그의 눈길을 외면했다. 교차로에서 차가 한 대 다가왔다. 운전자는 여성이고 차에서 내린 사람은 남성이다. 둘이 뭔가 얘기를 나눈다. 무척 아쉬운 듯이. 우리도 남들 눈에는 저렇게 보일까.

"후라노에 갈 거야?"

내가 물었다.

"갈 거야."

"그럼 나도 데려가."

"그러려고 했어. 하지만 지금 네 말을 듣고 보니 그럴 수 없 겠어. 함정에 뛰어드는 모습을 맥없이 바라볼 만큼 나는 바보 가 아니야."

나는 한숨을 지었다.

"우지이에 마리코를 어떻게 빼낼 생각이야?"

"모르겠어. 상황을 보면서 궁리할 거야."

나는 한 걸음 뒤로 물러서서 머리를 북북 긁었다. 샤워를 못 한 지 오늘로 며칠째일까.

"차 안에서 기다리면 안 돼? 그쪽이 허락할 때까지 밖으로 한 걸음도 나가지 않을게. 그쪽이 우지이에 마리코를 어떻게 구하는지 지켜보고 싶어."

와키자카 고스케는 팔짱을 끼고 내 얼굴을 물끄러미 바라보 았다. 내 말이 정말인지 곰곰이 생각하는 표정이다.

"거짓말 아니지?"

"응, 거짓말 아니야."

"알았어. 그럼 같이 가자."

그를 따라 이제는 익숙한 MPV에 올라탔다. 나는 그에게 실험실이 어디 있는지 물었다.

"지명으로 말하자면 나카후라노 근처일 거야. 주위에 라벤더 농장이 있을 테고."

지도에서 위치를 가리키며 그가 말했다.

"좋은 곳이네."

"위치는 그렇지."

그가 차의 시동을 걸었다. 잠시 달린 후에 내가 말했다.

"잠깐 세워 줘."

그가 브레이크를 밟았다.

"지난번에 내가 묵었던 호텔로 가 줄래?"

"호텔로? 거긴 왜?"

"핸드백을 두고 왔어. 큰 가방은 그쪽이 갖다줬지만."

"아아, 그래? 하지만 그대로 있을까? 호텔을 예약한 사람은 후지무라잖아. 아마 놈에게 연락이 갔을 텐데."

"그래도 호텔에서 아직 보관하고 있을지 모르잖아. 중요한 물건이 들어 있어서 일단 확인해 보고 싶어."

"알았어. 그 호텔이라면 멀지 않아."

브레이크 페달에 올려놓았던 발을 액셀로 옮기면서 와키자카 고스케가 말했다.

호텔 앞에 도착하자 그가 길가에 차를 세웠다. 번화가에서 약간 떨어진 곳이라 오가는 사람이 거의 없었다.

"그럴 리 없겠지만, 혹시라도 오미치 부하들이 지키고 있으면 곤란하니까 내가 갔다 올게."

안전띠를 풀면서 그가 말했다.

"호텔에는 네가 갑자기 쓰러져서 병원에 실려 갔다고 설명할게."

"좋아, 부탁해."

내가 말했다.

호텔 안으로 사라지는 그의 모습을 확인한 뒤 나는 운전석으로 자리를 옮겼다. 키는 그대로 꽂혀 있었다. 나를 믿었겠지. 그 사실에 가슴이 아팠지만, 마음을 굳게 먹고 키를 돌렸다. 웅웅거리면서 시동이 걸렸다. 기어를 드라이브에 넣고 핸드 브레이크를 푼 다음 브레이크 페달에서 발을 뗐다. 차가 천천히 굴러가기 시작했다.

그때 호텔에서 와키자카 고스케가 뛰어나왔다. 낯빛이 바뀌었다는 표현이 딱 맞는 얼굴이다. 필사적으로 뒤쫓아 오는 모습이 뒷거울에 비쳤다.

"미안."

그 한마디를 중얼거리고 가속 페달을 밟았다.

마리코의 장 14

아빠의 메시지는 다음 문장으로 끝을 맺었다.

'너 자신의 행복만을 바라보고 여기서 탈출하거라. 단, 복도로 나와서는 안 된다. 아마도 조교들이 교대로 지키고 있을 거야.

창문으로 탈출할 것. 침대 시트와 커튼을 로프 대신 사용하면 어떻게든 할 수 있을 거다. 다만 로프는 반드시 회수하도록. 두려워할 것 없다. 놈들도 네가 그렇게 대담하리라고는 생각지 못할 거야. 아니, 그러기 전에 네가 도망칠 거라고는 상상도 못하겠지. 나나 네가 그들의 뜻을 거스를 리 없다고 믿을 테니까. 그 점을 노려야 해.

지금은 경비도 없다. 밑으로 내려가면 건물을 따라 이동하고 문 오른쪽으로 돌아가거라. 그쪽 철조망이 낮아서 뛰어넘기 쉽고, 놈들이 있는 방에서도 잘 보이지 않으니까. 나갈 때 문 옆에 있는 자작나무에 손수건을 묶어 두었으면 한다. 네가 무사히 탈출했다는 표시로 말이다. 밖으로 나간 후에는 아무 생각 말고 뛰어라. 무슨 일이 있어도 되돌아와서는 안 된다.

뒷일은 걱정할 필요 없다. 내가 모든 일을 처리할 테니까. 다시는 네가 고통을 겪는 일이 없도록 해 둘 작정이다. 나는 너와 네 엄마에게 몹쓸 짓을 했어. 지금 내가 바라는 것은 네가 평범한 여성으로 살아가는 거다. 마지막으로 고바야시 후타바 씨에게도 이 글을 보여 줬으면 한다. 그녀도 너와 똑같은 운명을 짊어지고 태어난 사람이야. 그녀의 행복도 빈다.'

그리고 마지막으로 '우지이에 기요시'라고 씌어 있었다. '아빠'라고 씌어 있지 않아서 나는 슬펐다. 그러나 아빠 마음을 이해하지 못하는 건 아니었다.

아빠가 뭘 어떻게 할 작정인지 상상이 가지 않았다. 다만 지금은 아빠의 지시대로 움직이는 수밖에 없다고 생각했다.

겉표지를 원래대로 해 놓고 의자에 앉아 잠시 멍하니 있었다. 몸에서 힘이 다 빠져나간 느낌이었다. 나는 그동안 줄곧 내 출생에 관해 알고 싶어 했다. 그 대답이 여기 이렇게 있다. 하지만 대답을 얻었다는 사실에 과연 무슨 의미가 있을까.

문득 눈앞의 책에 시선이 갔다. 무심히 펼친 페이지에 앤이 친구 다이애나에게 받은 카드에 적힌 시를 소개하는 장면이 그려져 있었다. 그 시는 다음과 같았다.

'내가 너를 사랑하듯

너도 나를 사랑한다면

죽음 외에는

우리 둘을 갈라놓지 못할지어다.'

그 시를 바라보다가 어떤 여자가 떠올랐다. 아니, 떠올랐다는 말은 적절하지 않다. 왜냐하면 나는 그 사람을 만난 적이 없으니까.

하지만 얼굴은 알고 있다.

고바야시 후타바.

그 사람은 지금 어디서 뭘 하고 있을까. 그 사람도 자신이 클론이라는 사실을 알까. 그리고 나처럼 고뇌하고 있을까.

만난 적도 없는 그 사람을 생각하다가 또 눈물이 넘쳐흘렀다. 눈물은 내 의지와 상관없이 뺨을 타고 흐르고 또 흘렀다.

새벽 3시가 지나기를 기다렸다가 나는 행동에 나섰다.

우선 짐을 꾸렸다. 하지만 별것도 없다. 귀중품을 담은 파우치에 『빨간 머리 앤』 문고본을 집어넣고 나서 잠시 생각하다가 레몬도 밀어 넣었다.

그리고 아빠가 말한 대로 커튼과 침대 시트를 벗겨 세로로 반을 쫙 찢었다. 그런 다음, 길이가 두 배가 되도록 양쪽을 꽉 묶었다. 그것을 연결하자 볼품은 없지만 하얀 즉석 로프가 완성되었다.

다음으로 침대를 창가로 밀어, 잡아당겨도 움직이지 않도록 했다. 그 침대 다리에 로프를 건 뒤 로프 양쪽 끝을 잡아당겼다. 그런 다음 창문을 열었다. 건조한 냉기가 방 안으로 흘러들어 화끈거리는 뺨에 기분 좋게 스쳤다.

창으로 바깥을 살폈다. 어둠이 바다처럼 펼쳐져 있었다. 소리는 전혀 들리지 않는다. 떨어져도 바닥에 닿지 않을 거라고 느껴질 만큼 어둠이 깊었다.

그 어둠을 향해 나는 로프를 던졌다. 로프는 두 마리 하얀 뱀처럼 꿈틀거리며 밑으로 떨어졌다.

나는 두 손으로 로프 두 가닥을 꼭 잡고 조심조심 창틀로 올라갔다. 일단 창틀에 앉았다가 숨을 고르고 천천히 로프를 타고 내려갔다. 침대가 살짝 움직이는 바람에 깜짝 놀랐다.

몸이 완전히 공중에 뜨는 것과 동시에 체중이 온통 로프에 실렸다. 나는 필사적으로 로프에 매달렸다. 그런데도 내 빈약한 악력으로는 체중을 지탱할 수 없었다. 하지만 그래서 오히려 다행이었는지도 모른다. 내 몸은 주르륵 아래로 미끄러져 내려갔다. 주름치마가 낙하산처럼 펼쳐지더니 다음 순간 위로 감겨 올라갔다. 콘크리트 벽에 무릎과 팔꿈치를 부딪혔다.

바닥에 거의 다다랐을 거라고 생각했을 때 1층 유리창에 발이 닿았다. 유리창이 깨지지는 않았지만 큰 소리가 났다. 그리고 나는 바닥에 나뒹굴었다.

2층 창문에 불이 켜졌다. 도망가야 한다고 생각했지만, 발목에 격심한 통증이 느껴져 곧바로 일어서기가 힘들었다. 2층의 커튼과 유리창이 열렸다.

그 방에 있는 사람은 대리모로 온 여자였다. 나를 알아본 그녀의 눈이 휘둥그레졌다.

나는 다급히 가슴 앞에서 두 손을 모았다. 기숙사의 교회에서 매일 아침 기도를 올릴 때처럼.

잠시 나를 내려다보던 그녀가 이윽고 입술에 희미한 미소를 머금었다. 그리고 중얼거리는 것처럼 입을 움직였다.

잘 가, 그렇게 보였는데, 내 착각일까.

그녀가 커튼을 닫았다. 그리고 불을 껐다.

고마워요, 소리 나지 않게 나는 창문을 향해 속삭였다.

로프의 한쪽을 잡아당기자 줄줄 미끄러져 내려왔다. 활짝 열린 창문이 마음에 걸리지만 어쩔 수 없다.

발목의 통증을 참으면서 나는 건물을 따라 이동했다. 도중에 버려진 종이 상자가 있기에 그 안에 로프를 숨겼다.

아빠가 지시한 대로 문 옆까지 왔다. 자작나무가 한 그루 서 있었다. 파우치에서 손수건을 꺼내 나뭇가지에 묶었다. 과연 아빠는 이걸 볼 수 있을까.

철조망을 뛰어넘은 후에는 앞만 보고 걸었다. 나무들 사이를 지나, 풀숲을 헤치고 앞으로 나아갔다. 여기가 어디인지, 내가 어디로 가는지 전혀 알 수 없었다. 마을의 불빛도 없다. 인기척도 없다.

마침내 나는 자신이 끝없이 펼쳐진 초원 한가운데 있다는 사실을 깨달았다. 오른쪽을 봐도 왼쪽을 봐도 길 같은 길 따위는 없었다. 그렇다고 뒤로 돌아가고 싶지는 않았다. 아빠는 무슨 일이 있어도 되돌아와서는 안 된다고 했다.

나는 그 자리에 앉아 무릎을 끌어안았다. 공포와 긴장과 고독 때문에 더는 앞으로 나아갈 기력이 없었다. 나는 하늘을 올려다보았다. 수정 가루를 뿌려 놓은 것처럼 빛의 입자가 검은 하늘 가득 반짝거렸다. 누군가 나를 지켜보고 있다, 문득 그런 기분이 들었다.

후타바의 장 14

선루프로 별이 총총한 하늘을 올려다보았다. 네모나게 잘린 하늘이 멋진 포장지처럼 보인다. 이런 종이로 포장한다면 상자 속에는 뭘 담는 게 좋을까. 티셔츠는 어울리지 않는다. 오르골? 선글라스? 책은 어떨까. 의외성이 있을 것 같다. 별이 가득한 포장지로 싼 책. 어떤 책? 『어린 왕자』는 식상하다.

빨간 머리 앤.

왜 그 제목이 떠올랐는지는 나도 모르겠다. 읽은 지 아주 오래된 책이다. 하지만 꽤 괜찮은 아이디어인 것 같다. 『빨간 머리 앤』을 포장해서 선물하는 거다. 누구에게? 종잡을 수 없는 생각을 하기에도 지쳐서 나는 차에 있는 디지털 시계를 보았다. 새벽 3시가 지나 있었다. 날이 밝으려면 아직 조금 더 기다려야 한다.

와키자카 고스케의 차를 몰고 정신없이 후라노까지 왔지만, 아무리 돌아다녀도 찾는 건물이 보이지 않았다. 아마도 도로에 면해 있는 건물이 아니라 어딘가 샛길로 빠져나가야 보이는 모양인데, 이렇게 어두워서는 찾을 방법이 없다. 달리다 보니 기름도 얼마 남지 않아 경고등이 깜빡거렸다. 하는 수 없이 날이 밝을 때까지 기다리기로 했지만, 실은 여기가 어디인지조차 확실하지 않다.

평평하게 젖힌 뒷자리에 누워 밤하늘을 쳐다보며 엄마 생각을 잠시 했다. 엄마를 생각하는 마음에는 변함이 없다. 엄마를 죽인 남자를 증오하는 마음도 마찬가지다. 그러나 그 남자에게 복수하고 싶은 마음은 어쩐지 희미해졌다. 엄마를 죽인 사람이 그 남자만은 아니라는 생각 때문이다. 엄마는 모두에게 살해당했다. 그런데 그 모두가 나를 태어나게 했다고도 할 수 있다. 그렇다면 나 역시 엄마를 죽인 사람들과 공범이라고 할 수 있지 않을까.

나는 눈을 감고 내가 죽는 경우를 생각해 보았다. 내가 태어난 것이 잘못이라면, 내가 죽으면 처음으로 돌아가게 될까. 마치 게임을 하다가 리셋 버튼을 누르는 것처럼 말이다. 그렇게 하면 모든 일이 원만하게 해결될까?

그러나 자신의 인생이 잘못되지 않았다고 단언할 수 있는 사람이 세상에 있을까. 동시에 이런 생각도 든다. 자신이 누군가의 분신이 아니라고 단언할 수 있는 사람이 있을까. 오히려 누구나 자신의 분신을 원하는 것 아닐까. 그걸 찾지 못해서 모두들 고독한 것은 아닐까.

무언가가 귓가에서 으르렁댔다. 나는 눈을 가늘게 떴다. 하지만 금방 다시 잠에 빠져들 것만 같았다. 있는 힘을 다해 잠에서 벗어나려고 했다. 자면 안 돼. 잠잘 때가 아니야.

오른손으로 뻑뻑한 눈을 비비고 나서 나는 드라큘라가 관속에서 일어나는 듯한 모습으로 윗몸을 일으켰다. 주위가 밝아 왔다. 나는 차창 밖을 내다보았다.

초원 저편에서 연기가 피어올랐다. 하얀 건물이 불타고 있었다. 그 모습을 보고 있는데 굉음이 들리면서 불기둥이 치솟았다.

나는 차에서 뛰쳐나왔다. 저 건물이야말로 내가 찾던 건물이 아닐까.

하늘로 피어오르는 연기를 향해 나는 걸음을 옮겼다. 옅은 보라색 카펫을 깔아 놓은 것처럼 라벤더 밭이 눈앞에 펼쳐져 있었다.

그곳에 누군가 있었다.

마리코의 장 15

땅을 울리는 소리에 눈을 떴다. 깜빡 잠이 들었던 모양이다. 나는 소리가 나는 쪽을 보았다.

그 건물이 불길에 휩싸여 있었다.

웬일인지 나는 별로 놀라지 않고 멀거니 그 광경을 바라보았다. 이렇게 되리라고 예감했는지 어떤지는 나도 알 수 없었다. 어쩌면 예전에 겪었던 비슷한 경험이 겹쳐져 기시감 같은 걸 느꼈는지도 모른다.

아빠가 뭘 했는지는 생각하지 않으려고 했다. 아빠가 어떻게 되었는지도 지금은 상상하고 싶지 않다. 그것은 앞으로 오래도록 생각해야 할 거라고 내 안의 무언가가 속삭이고 있었다.

나는 초원 한가운데 우두커니 선 채 불길이 하늘을 벌겋게 물들이는 모습을 바라보았다. 그러는 동안 마음속에 온갖 것이 하나둘씩 떠올랐다가 사라졌다. 모든 것이 사라지면 마지막에는 내 몸도 여기서 사라지지 않을까 하는 생각이 들었다.

눈물이 천천히 흘러내렸다. 나는 하염없이 그 불길을 바라보았다.

시간이 얼마나 지났는지 전혀 알 수 없었다. 나는 주위를 둘러보았다. 주변이 선명한 보라색으로 뒤덮여 있었다. 내가 서 있는 곳은 라벤더 밭이었다.

길을 찾자, 그렇게 생각하고 시선을 조금 먼 곳으로 주었다.

보라색 카펫 끝에 여자가 하나 서 있었다.

그 사람이 거기 서 있다는 사실이 왠지 내게는 당연하게 느껴졌다. 여기서 이렇게 만나도록 먼 옛날부터 정해져 있었던 것처럼 여겨졌다.

그 사람도 이쪽을 향해 있었다. 그녀가 걷기 시작했다.

나도 걷기 시작했다. 라벤더의 바다를 헤엄치듯 우리는 서로에게 다가갔다.

내가 걸음을 멈추려고 했을 때 그녀가 걸음을 멈췄다. 동시에 나도 걸음을 멈췄다. 손을 뻗으면 악수할 수 있는 거리에 우리는 서 있었다.

"안녕."

내가 말했다.

"안녕."

그녀도 잠시 후에 말했다.

나와 똑같은 목소리였다.

우리는 한동안 서로를 바라보았다. 세상이 우리를 위해 멈춘 듯했다.

"목마르지 않니?"

그녀가 물었다.

"레몬이 있어."

내가 대답했다.

"좋지."

그녀가 말했다. 나는 파우치에서 레몬을 꺼내 그녀에게 건넸다.

"고마워."

레몬을 보며 그녀가 말했다.

"나도 줄 것이 있어."

"뭔데?"

그녀가 허리에 두른 주머니에서 내가 그녀에게 준 것과 똑같은 레몬을 꺼냈다. 나는 놀라서 그녀를 보았다.

"지토세에서 주웠어."

그녀가 말했다.

나는 그녀에게 받은 레몬을 내려다보다가 다시 그녀를 보았다.

"레몬을 평소에 어떻게 먹지?"

내가 물었다.

"물론, 이렇게."

내 눈앞에 있는 또 하나의 내가 아침 햇살에 하얀 이를 반짝이며, 아직 푸른빛이 조금 남아 있는 레몬을 와삭 베어 물었다.